Roman von Otto Bonhoff
und Herbert Schauer

Das Geheimnis der Masken

W0274039

Militärverlag
der Deutschen Demokratischen
Republik

Zweiter Band aus der Serie
„Das unsichtbare Visier“

ISBN 3-327-00397-1

© Militärverlag der Deutschen Demokratischen Republik (VEB) – Berlin, 1976

1

Raffael Lupus bleibt plötzlich stehen. Sehr behutsam setzt er seinen schweren Koffer auf die geschliffenen Granitquader, mit denen die Flughafenhalle ausgelegt ist. Der untersetzte Mann fährt sich mit den Fingern zwischen Hemdkragen und Hals, als bekäme er keine Luft. Wie er so steht, sieht er sich um. Seine dunklen Augen sind flink und unstet. Wenn sie einem fremden Blick begegnen, weichen sie aus. Niemand nimmt bewußt Notiz von Lupus, obwohl er jetzt denen im Wege ist, die zur Gepäckabfertigung auf dem Lissabonner Flughafen La Portela gehen. Über dieser Gepäckabfertigung hängt das Schild der Portugal Airways. Ausgewiesen wird der Flug Nummer 8832 nach Porto im Norden des Landes. Inlandflug, keine aufregende Sache...

Ein paar Schritte weiter ist das ganz anders. Dort drängen sich Menschenschlangen vor den Schaltern bekannter ausländischer Fluggesellschaften. Dort sprechen die Reisenden vorwiegend fremde Sprachen. Nur wenige Portugiesen sind unter ihnen. Der Schalter der Portugal Airways ist, während der Flug 8832 abgefertigt wird, in der weiten Halle wie eine ruhige Insel.

Die Maschine wird kaum besetzt sein. Wenige Passagiere haben gebucht, an zwei Händen abzuzählen. Eine Frau mit einem Jungen an der Hand gibt eben ihr Gepäck ab. Nun wendet sie sich in den Aufrufraum, wo die Passagiere gesammelt und von einer Bodenstewardeß zur Maschine geleitet werden. Ein dunkelblau uniformiertes Mädchen mit dem Zeichen PA am Käppi ist schon dort. Der Aufruf steht unmittelbar bevor.

Lupus zögert noch immer. Bescheiden läßt er einem elegant gekleideten Herrn den Vortritt, der von einem Hotelboy begleitet wird. Der Boy wuchtet einen modernen Luftreisekoffer auf die Plattform der Waage. Deren Zeiger schlägt kräftig aus. Das Trinkgeld muß bedeutend sein; der Boy verneigt sich sehr tief. Der Herr sagt überflüssigerweise, seinen Attachékoffer werde er mit in die Kabine nehmen. Er sagt das in englischer Sprache. Es bleibt offen, ob man ihn überhaupt verstanden hat. Dann geht er – ein Mann, der auf Flugplätzen zu Hause ist – ohne Zögern in den Aufrufraum hinüber. Beim Laufen vergleicht er Hallenchronometer mit Armbanduhr. Diese Armbanduhr ist ein teures Stück, Gold blinkt. Überhaupt nimmt sich der feine Herr seltsam fremd aus unter den übrigen Inlandreisenden. Die Bodenstewardeß sieht verwundert, daß er in Lissabon dennoch bekannt zu sein scheint. Einer der wartenden Reisenden deutet eine Verbeugung an. Sie wird mit knapper Kopfneigung quittiert. Die Bodenstewardeß denkt, daß die beiden gewiß Landsleute sind. Die hellen Augen ... Die Art, sich anzuziehen ... Zu einem Gespräch hat der zuletzt Gekommene offenbar keine Lust. Auch der andere wendet sich gleich ab. Es macht den Eindruck, als wollten die beiden gegenüber dritten ihre Bekanntschaft verheimlichen.

Zwei Männer sind mit dem Eleganten gekommen, ohne sich ihm weiter als auf fünf Schritt Entfernung zu nähern. Hinter ihm her sind sie durch die Halle gegangen. Nun stehen sie am Eingang des Aufrufraums. Sie haben sich nichts zu sagen und nichts zu tun. Sie stehen bloß da. Ihre völlig gleichartigen dunklen Konfektionsanzüge wirken hier deplaciert, denn es ist Sommer und heitere Farben herrschen vor. Die dunklen Anzüge und die Untätigkeit der Träger genügen, jedermann einen Bogen um sie machen zu lassen. Das ist das Erscheinungsbild der gefürchteten und allmächtigen Geheimpolizei Salazars, der PIDE, der Stütze der klerikal-faschistischen Diktatur. Unwillkürlich hat Raffael Lupus ihr Auftauchen auf sich bezogen. Nun, da die beiden verschwunden sind, faßt er einen Entschluß. Er nimmt seinen Koffer wieder auf und begibt sich zum Gepäckschalter. Die Kofferkarte läßt er in der Gesäßtasche seiner grünen Hose verschwinden. Lupus wendet sich zum Aufrufraum, aber er erreicht ihn nicht. Wie ein Hase, der einen Haken schlägt, schert er plötzlich aus der Richtung aus und verschwindet im Gewühl der langgestreckten Abfertigungshalle.

Schon wird das Passagiergepäck auf einen Elektrokarren verladen und zur Maschine gebracht. Schon bittet die Bodenstewardeß ihr Häuflein um einen Augenblick Geduld, da noch ein Mitreisender fehle. Da fährt der Kleinbus vor, der die Fluggäste zum Rollfeld bringt. Die Zeiger des Hallenchronometers rücken unerbittlich weiter. Der erwartete Passagier erscheint nicht. Man ist ihm entgegengekommen, es ist eine Minute über die Zeit, länger zögern kann man nicht. Die Bodenstewardeß zeigt ihr schönstes Lächeln, als sie eine einladende Handbewegung macht. «Zum Flug nach Porto, bitte!»

Sobald der Kleinbus angefahren ist, lassen die PIDE-Leute ihre Zigaretten dort fallen, wo sie stehen und wenden sich zum Hallenausgang. Ihr Auftrag ist ausgeführt – Herr Ministerialdirigent Dr. Hohlfeld, inkognito angereist aus Bonn und ohne Inanspruchnahme diplomatischer Vorrechte unauffällig weitergeflogen nach Porto, ist unterwegs zu der streng geheimen Besprechung, die die PIDE abzusichern hat. In Porto werden wieder zwei Männer in korrekten dunklen Konfektionsanzügen auf dem Flugplatz sein und Herrn Ministerialdirigent Dr. Hohlfeld nicht von der Seite weichen.

In zweieinhalbtausend Meter Höhe trödelt die zweimotorige Douglas DC-2 der Portugal Airways mit zweihundertsiebzig Stundenkilometern auf Porto zu. Das ist ihre günstigste

Reisegeschwindigkeit. Der Chefpilot hat Anweisung, so ökonomisch wie möglich zu fliegen.

Die Stewardeß tritt in die Passagierkabine. Von den zwölf Plätzen des kleinen Flugzeugs sind nur sechs besetzt, ein Jammer ist das. Wäre da nicht die Postbeförderung, Portugals Inlandfliegerei müßte Bankrott anmelden. Es ist auch nicht schön zuzusehen, wie diese brave alte Mühle immer mehr «abgewohnt» wird, wie die Wandbespannung immer mehr glänzt und wie die Sesselbezüge ausbleichen. Ach, Monica träumt manchmal davon, in einem funkelnagelneuen Überseeclipper Dienst zu tun, heute im Fernen Osten zu sein und morgen am Zuckerhut. Doch dahin führt vorerst kein Weg. Sie hat keine Beziehungen.

Der feine Herr, der seinen Attachékoffer auf den Knien hält und Monicas Angebot, das Gepäckstück ins Netz zu legen, bestimmt zurückgewiesen hat, liest eine deutsche Zeitung. Unter der Kopfzeile «Vorwärts» steht das Datum vom 14. Juni 1958, von gestern. Was er da liest, scheint ihm nicht zu gefallen. Immer mal wieder schüttelt er angewidert den Kopf. Vor ihm hantiert ein Fluggast mit einem Rechenschieber und schreibt lange Zahlenkolonnen in ein kleines Notizbuch. Ein Ingenieur vielleicht... In derselben Reihe sitzt auch noch eine ältere Frau mit einem phantastisch altmodischen Hut. Dieser wippt in gleichmäßigem Rhythmus. Die alte Dame schläft.

Ebenfalls dem Schlaf hingegeben hat sich auf der anderen Seite des Ganges jener Mann, den die Bodenstewardeß für einen Landsmann des Herrn mit dem Attachékoffer gehalten hat. Obwohl es doch nahegelegen hätte, ein solches Zusammentreffen in einem fremden Land zur Grundlage eines zwanglosen Gesprächs zu machen, nehmen die beiden voneinander keine Notiz. Monica schließt daraus, daß es sich um Deutsche handelt. Die sind so. Überdies stammen die zwei wohl aus sehr verschiedenen Kreisen. Der «Vorwärts»-Leser macht einen feinnervigen, sensiblen Eindruck. Er könnte ein Wissenschaftler sein, ein Frauenarzt vielleicht. Der andere wirkt grobschlächtiger, robuster. Keine Spur von Feinnervigkeit! Er könnte im Show-Geschäft sein, der Manager einer Beatgruppe. Knallgelber Schlips, gleichfarbiges Kavaliertuch... Er sieht aus, als wisse er die Ellenbogen zu gebrauchen. Das paßt alles zusammen, findet Monica. Immer macht sie sich einen Spaß daraus, Geschichten über ihre Fluggäste zu ersinnen.

Munter und ganz bei der Sache sind nur die junge Mutter und ihr Sprößling, den sie unentwegt mit gleichbleibend freundlichen Ermahnungen daran hindert, das Flugzeug als einen Abenteuerspielplatz zu betrachten und auseinanderzunehmen. Auf diese Weise sind beide voll beschäftigt.

Ihretwegen informiert die Stewardeß: «Meine Damen und Herren! Unsere Maschine der Portugal Airways hat soeben Torres Vedras überflogen und damit etwa ein Fünftel der Entfernung zwischen Lissabon und Porto zurückgelegt. Wenn Sie hinunterschauen, sehen Sie die Weiden der Sierra Morena.» Der kleine Junge drückt seine Nase an einem der Kabinenfenster platt. Er ist enttäuscht. Eine karge, gebirgige Landschaft breitet sich unten aus, rötlich, wie von der Sonne verbrannt, abweisend. Als wolle Monica ihm eine Freude machen, fährt sie fort und redet ihn direkt an: «Auf der anderen Seite siehst du in der Ferne einen blauen Schimmer. Das ist der Atlantische Ozean.» Schon ist er drüben. Das Meer vom Himmel aus zu sehen, das ist ein Erlebnis! Die Stewardeß schließt mit den Worten: «Die Außentemperatur beträgt drei Grad. Falls Sie Getränke oder einen Imbiß wünschen, bitte ich, den Knopf unter Ihrem Fenster zu drücken.»

Merkwürdigerweise bestellt sich der Mann mit dem knallgelben Schlips einen Whisky. Dabei öffnet er nicht einmal die Augen. Jetzt erst fällt Monica auf, daß er auch im Schlaf die Hand am Griff des neben seinem Sitz stehenden Boarding Case hat. Ob er darin die neuesten Schallplatten seiner Beatgruppe transportiert?

Es gibt zu tun. Der Ingenieur möchte Tee trinken, dem Jungen genehmigt Mama eine Limonade, und der Feinnervige verlangt Mokka. Die Stewardeß zieht sich in die winzige Bordküche zurück.

Drückende Hitze brütet über der Sierra Morena. Dabei neigt sich die Sonne schon nach Westen, Mittag ist längst vorüber. Aber die Luft steht, von keinem Windzug bewegt. In der Weite gibt es kaum einmal eine schattenspendende Baumgruppe. Die erhitzte Luft flimmert und läßt ferne Umrisse eigenartig verschwimmen. Wie staubige graue Bänder ziehen sich Straßen durch die Sierra.

Abseits der Fahrbahn in der Landschaft steht ein Landrover. Zwei Männer gehören dazu. Sie sehen mit Ferngläsern von einer Bergkuppe nach Süden. Obwohl sie sich kaum bewegen, läuft ihnen der Schweiß in Strömen. Der eine ist ein Baum von Mann, ein massiger Klotz. Unter dem breitkrempigen Strohhut erinnert das Gesicht an das Aussehen eines ausnahmsweise bösartigen Bernhardiners. Stupide wirkt er, geistig unbeweglich.

«Noch nichts zu sehen, Stan», wirft er im breiten amerikanischen Südstaatenslang hin, ohne das Glas von den Augen zu nehmen.

Sein Nebenmann antwortet nicht. Er ist ein ganz anderer Typ. Beweglicher wirkt er, und das nicht nur vom Äußeren her. Wenn er geht, mutet er drahtig und geschmeidig an, fast übertrainiert und dabei immer ein wenig nervös. Hat er nicht gerade das Fernglas vor Augen, spielt er beinahe pausenlos mit seiner Brille, die er auf die Stirn schiebt und wieder herunterzieht, abnimmt, kreisen läßt und neuerlich aufsetzt. Etwas Rastloses hat er. Auch jetzt kann er nicht ruhig stehen. Mit der Fußspitze sucht er nach Steinen und stößt sie weg.

Ein Punkt erscheint am Horizont, wird zusehends größer und als Flugzeug erkennbar. Eine Douglas DC-2 der Portugal Airways...

«Na also!»

Ein dritter Mann ist plötzlich da. Er trägt keinen Sommeranzug wie der Dicke, der John heißt, und auch kein Sporthemd wie der drahtige Stan. Der dritte Mann hat einen modischen Kammgarnanzug an und schwitzt trotzdem nicht. Ein hagerer Vierziger ist er mit schmalem, asketischem Gesicht und randloser Brille. Die Stewardeß Monica würde auf einen Staatsanwalt tippen. Dieser «Staatsanwalt» ist mit einer großen Limousine gekommen – automatisch schließende Fenster, Klimaanlage –, die er neben den Landrover gestellt hat. An jener Limousine ist alles automatisch bis auf eins: Die Motorhaube kann noch von Hand geöffnet werden. Darunter nämlich befindet sich die Automatik, und wie sollte man an sie herankommen, wenn der Zugang nicht nach Altvätersitte zu öffnen wäre?

«Wir wissen die Ehre zu schätzen, daß du dich persönlich bemühst, Cliff», sagte Stan. «Nötig wäre es nicht gewesen.»

Darauf geht der Hagere nicht ein. Er überhört es einfach.

«Zeit?» fragt er kurz.

«Sechzehn zwo», antwortet John.

Jetzt ist auch das Brummen der Flugzeugmotoren deutlich zu hören.

Der bullige Ausländer hat seinen Whisky, der feinnervige trinkt Mokka. Der Bub leert das Limonadenglas auf einen Zug. Er möchte es gern zum Fenster hinauswerfen. Geduldig versucht ihm seine Mutter zu erklären, warum man Flugzeugfenster nicht wie andere öffnen kann. Die ältere Dame mit dem phantastischen Hut schläft immer noch. Der Ingenieur löst bereits das zweite Stück Zucker auf einem in den Tee gehaltenen Löffel auf und ißt es dann genüßlich.

Die Stewardeß balanciert unterdessen ein Tablett mit drei Tassen Kaffee ins Cockpit. Das ist ein Ritual – erst greift der Chefpilot seine Tasse, als zweiter bedient sich der Copilot, und mit der dritten Tasse nimmt das Mädchen auf dem Notsitz Platz, direkt hinter den Gasschiebern und gleichsam auf Lücke zu den Flugzeugführern.

Der Chefpilot, ein Mann mit grauen Schläfen, nimmt einen ersten Schluck und wendet sich schmunzelnd nach hinten.

«Das muß am Breitengrad liegen», bemerkt er freundlich. «Ich fliege sozusagen seit Menschengedenken auf dieser Route und habe eine Unmenge Stewardessen an Bord gehabt.

Aber es war keine darunter, die nicht hinter Torres Vedras mit Kaffee ins Cockpit gekommen wäre. Immer hinter Torres Vedras! Wie gesagt, das muß am Breitengrad liegen.»

Es ist sehr gemütlich in dem engen Cockpit. Im Augenblick steuert der Autopilot der Maschine. Wie von Geisterhand bewegt, führen die beiden Steuerhörner synchron die gleichen Bewegungen aus. Ein leises, keineswegs unangenehmes Pfeifen liegt in der Luft – das kommt vom Druck auf die Stirnfront der DC-2 –, die beiden Kolbenmotoren dröhnen gleichmäßig, und die Instrumentenanzeige ist normal. Ein Flug wie tausend andere...

Die Dreiergruppe in der Sierra Morena braucht keine Ferngläser mehr. Mit bloßem Auge sind alle Einzelheiten der Douglas zu erkennen, die sieben Kabinenfenster auf der rechten Seite kann man zählen, und die Propeller zeichnen flirrende Kreise in die Luft.

«Zeit?» fragt der elegante Cliff wieder.

Stan antwortet, aber er antwortet auf besondere Weise. «Noch acht Sekunden», erwidert er. «Sieben – sechs – fünf – vier – drei – zwei – eins – Zero.»

Die Detonation ist gar nicht laut. Es gibt nur ein Puffen. Dann sieht es aus, als wäre der hintere Teil des Flugzeugs abgesprengt worden. Das Heck birst. Der vordere Teil mit Passagierkabine, Tragflächen und Cockpit kippt vornüber. Eine Stichflamme zuckt auf. Nun ist die DC-2 eine Feuerkugel, die sich um sich selbst dreht und immer schneller auf die Erde zurast. Für Sekunden verbirgt eine Hügelkette sie. Noch eine Detonation erfolgt. Eine schwarze Rauchsäule steigt senkrecht in die Höhe.

Stille. Atemlose, hitzeflimmernde Stille.

Die drei Männer sehen sich an. Sie verziehen keine Miene. Nicht einmal blaß geworden sind sie. Eher wirken sie befriedigt. John sagt: «Na also!»

Cliff wendet sich zu seiner schönen Limousine. «Beeilt euch!» ruft er zurück. «Mein Gott, dieser Pilz ist ja meilenweit zu sehen!» Gleich darauf schießt die Limousine davon, biegt auf die verödete Straße ein und rast in Richtung Lissabon davon.

Der Landrover macht eine halsbrecherische Fahrt über wegloses Gelände. Schleudernd, rutschend und springend rollt er bis dicht an die Absturzstelle heran. Die bietet ein grauenvolles Bild. Weithin sind Trümmer verstreut, überall brennt und schwelt es noch, ein beißender Geruch liegt in der Luft. Es ist die Hölle. Diese Katastrophe hat niemand überlebt – keiner der sechs Passagiere, kein Besatzungsmitglied.

John steuert den Landrover bis ins Zentrum des Absturzes. Hier steht, einem rußigen Bogen ähnlich, ein Teil der Passagierkabine zerfetzt in der Landschaft. Stan springt aus dem Landrover, reißt hinten eine Plane weg und faßt zusammen mit John zu. Sie haben einen Toten auf dem Wagen, einen untersetzten Mann in grünen Hosen. Sein Kopf ist blutverkrustet. Stan und John schleppen ihn zu dem Kabinenrest und werfen den leblosen Körper hinein, wie man einen Mehlsack wirft.

Der Dicke wischt sich mit einem Taschentuch die Hände ab. «Das hat er nun davon», brummt er. Stan hört es nicht. Der Drahtige ist wie ein Wiesel dabei, die Umgebung der Trümmer abzusuchen. Weithin sind Gepäckstücke und Fracht verstreut. John beteiligt sich an der Suche. Das ist kein Stöbern aufs Geratewohl, das ist zielstrebiges Suchen nach etwas Bestimmtem. Doch das Trümmerfeld ist weit auseinandergezogen. Sie mühen sich umsonst, und auf einmal hören sie auch noch eine Stimme, die in der Landessprache brüllt und schimpft. Offenbar gelten die Flüche einem störrischen Reittier, das nicht schnell genug vorwärts will. Noch verbirgt ein Hügel den eiligen Reiter.

Da geben Stan und John auf. Überstürzt springen sie in ihren Landrover und jagen davon. Der Schäfer, der jetzt mit seinem Esel auf dem Hügel ankommt, zieht den Zügel an.

«Heilige Mutter!» stöhnt er. «Da kann niemand mehr helfen!» Er schlägt das Kreuz, ehe er sich auf den Weg macht, den nächstgelegenen Polizeiposten zu verständigen.

2

«Detjen...», sagt Günter Krösing gedehnt. «Achim Detjen... Eine Möglichkeit! Warum, um alles in der Welt, willst du nicht jemand aus deinem Amt für Sicherheit schicken?»

Oberst von Wieseneck schüttelt bedächtig den Kopf. Er tritt ans Fenster, vor dem sich das nächtliche Bonn kleinstädtisch und verschlafen ausbreitet. Ein breiter bleigrauer Streifen zieht sich hindurch – der Rhein. Farbige Lichtpunkte bewegen sich stromauf und stromab. Frachtschiffe. «Eben nicht», erwidert der Offizier der Sicherheitsbehörde der Bundeswehr leise. «Ein Vorgang von solcher Brisanz... Da erreicht ein Routinier gar nichts, weil er ohne den gewohnten Apparat arbeiten muß, ganz auf sich allein gestellt und unter falscher Flagge. Ich brauche einen Außenseiter, einen Mann, der mit unorthodoxen Mitteln recherchiert, unvoreingenommen und mit einer gewissen Portion Wagemut. Ich habe gleich an Detjen gedacht. Nicht zuletzt, weil er perfekt spanisch spricht. Damit kommt er in Portugal durch. Das ist nur die eine Seite. Die andere – denk an den Fall ‹André› damals in Argentinien! Nur als Beispiel... Die Zeit drängt. Ich kann Major Detjen nicht auf offiziellem Weg von der Luftwaffe anfordern, das würde zu lange dauern. Aber wenn du einverstanden bist...»

Der andere hebt die Schultern. Unversehens zuckt es um seine Mundwinkel. «Wer kann es sich schon erlauben, eine Bitte von euch zurückzuweisen. Für wie lange?»

«Ich schätze, höchstens eine Woche.»

«Na, in einer Woche wird die Luftwaffe ohne Detjen nicht gleich zusammenbrechen. In Gottes Namen!» Der alte Oberst mit den Dienstlaufbahnabzeichen der fliegenden Verbände auf der maßgeschneiderten Uniform gähnt unverhohlen. Die elektrische Uhr im Dienstzimmer zeigt die dritte Morgenstunde. Schon steht draußen ein roter Streifen über dem Horizont, ein Signal des jungen Tages. Der Fluß nimmt es auf und spiegelt es wider. Aber die Straßen liegen noch still da. Vom Bahnhof herüber klingen undeutlich Zugansagen. Der Berufsverkehr in Richtung Ruhrgebiet beginnt früh. Und fast ununterbrochen rollen Güterzüge. Krösing hat es eilig zu gehen.

Trotzdem schnippt er erst einmal mit Daumen und Mittelfinger ein Stäubchen von der Dienstmütze und sagt: «Du weißt, daß mir Detjen nahesteht. Dennoch: Wir werden alle nicht jünger, Gerd. Auch das ehemalige As des Jagdgeschwaders Immelmann ist ruhiger geworden. Unsere Schreibtischsessel haben die merkwürdige Eigenschaft, bequem zu machen.»

«Detjen hat mein volles Vertrauen.»

«Darum geht es doch gar nicht.» Krösing tritt dichter an von Wieseneck heran. «Daß er sich voll 'reinknien soll, das brauchst du ihm nicht zu sagen. Aber wenn du ihm ein bißchen Vorsicht nahelegen würdest...» Er setzt die Mütze auf und wechselt abrupt das Thema: «Grüß Renate! Tschüß!» Es gibt einen flüchtigen Händedruck zwischen ihm und dem Schwiegersohn, dann ist der Fliegeroberst draußen. Schritte hallen im menschenleeren Flur, eine Tür klappt, das Fahrgeräusch eines Aufzugs ist zu vernehmen.

Oberst von Wieseneck setzt sich auf die Schreibtischkante. Er greift zum Telefon und entwickelt eine unglaubliche Geschäftigkeit. Jedes Gespräch, das er führt, endet mit den lapidaren Worten: «Termin: sofort!» Dann erst wählt er die Nummer des Majors Achim Detjen aus der Abteilung Krösing im Bundesverteidigungsministerium. Er ruft ihn zu Hause an.

Die Straße Unter den Linden in Berlin hat Eisgang. Große Schollen treiben vom Brandenburger Tor auf den Marx-Engels-Platz zu. Auf einer sitzt eine Touristengruppe, Weiblein wie Männlein im Badekostüm, und bestaunt die historischen Gebäude zu beiden Seiten. Die wiederaufgebaute Staatsoper rechts, die Humboldt-Universität und das Museum für Deutsche Geschichte links... Jetzt schwimmt in Gegenrichtung eine andere Eisscholle vorüber. Merkwürdigerweise steht darauf eine Telefonzelle, in der der Apparat überlaut klingelt. Seltsam ist, daß keiner der Touristen das Klingeln hört. Nur er, Achim Detjen, nimmt es wahr und weiß, daß er verlangt wird, aber seine Badehose ist an der Scholle festgefroren. Er kommt nicht hoch und nicht hinüber, sosehr er sich auch müht. Das Telefon klingelt unentwegt. Sein Lärmen bleibt gleichmäßig nah, obwohl die Scholle schon weit entfernt treibt. Ganz plötzlich wird ihm der Widerspruch zwischen optischer und akustischer Wahrnehmung bewußt, und das ist der Moment, in dem der Traum abreißt und Achim Detjen erwacht.

Das Telefon auf dem Nachttisch klingelt weiter. Schlaftrunken greift er nach dem Hörer und meldet sich. In der ersten Benommenheit kostet es ihn Mühe, den Darlegungen Wiesenecks ganz zu folgen. Er hört, daß ein Wagen zu ihm unterwegs sei, daß er Zivil anzulegen und sich auf eine Reise vorzubereiten habe, deren Dauer noch nicht genau abzusehen sei. Übrigens habe ihn Oberst Krösing für die Fahrt bereits freigestellt.

Endlich kann Detjen eine Gegenfrage stellen. Auf was für Temperaturen er sich einrichten solle, will er wissen. Er zieht überrascht die Brauen hoch, als erwidert wird: «Auf portugiesische!», doch seine Zusatzfrage klingt sachlich: «Mutterland oder Kolonie?» Von Wieseneck redet Klartext: «Lissabon. – Alles andere mündlich, Detjen. Der Wagen ist in zehn Minuten bei Ihnen. Ende.»

Jetzt ist er hellwach, ist mit einem Satz aus dem Bett und schon auf dem Weg ins Bad. Während der elektrische Rasierapparat surrt, überlegt er angestrengt. Was den Mann angeht, der sich Achim Detjen nennt, ist alles klar – irgendein Sonderauftrag kommt auf ihn zu. Für Werner Bredebusch, wie der Kundschafter des Ministeriums für Staatssicherheit der Deutschen Demokratischen Republik mit seinem wirklichen Namen heißt, bringt die schnelle Abreise eine Schwierigkeit. Morgen wollte er sich mit Winnie Winkelmann treffen – jener

Fotografin aus Frankfurt (Main), die als einziger Mensch in der Bundesrepublik seinen richtigen Namen und seine Funktion kennt. Er muß Winnie verständigen, damit sie und die Genossen in Berlin sich seines plötzlichen Verschwindens wegen nicht unnötige Sorgen machen.

Mit wahrhaft militärischer Geschwindigkeit ist er fertig angezogen und steht im leichten Sommeranzug da. Er findet sogar Zeit, die Majorsuniform ordentlich in den Schrank zu hängen. Dann ruft er den Fernsprech-Kundendienst an, teilt mit, daß er einige Zeit verreise und über seine Rufnummer nicht zu erreichen sei, und bittet, ankommende Anrufe für ihn zu notieren.

Schon während des Telefonats zieht er sich die auf dem Schreibtisch liegende Ausgabe des «Bonner Generalanzeigers» heran und schlägt den Börsenteil auf. Nun holt er sich den Atlas, löst die Seite «Iberische Halbinsel» aus den Klemmen und legt sie auf den Tisch. Mit Hilfe zweier Plastiklineale, die er rechtwinklig zueinander gibt, stellt er den Schnittpunkt fest, auf dem Lissabon liegt. Die Zentimeterangaben markiert er mit dem Daumennagel in der umfangreichen Börsentabelle der Zeitung dergestalt, daß er die entsprechenden Zahlen anreißt. So kommt es, daß die Farbwerke Höchst und VW neben ihrer Kurstendenz dem Wissenden auch mitteilen, daß sich ein gewisser Major Detjen nach Lissabon begibt.

Er hat es nun eilig, die Wohnung zu verlassen und die Zeitung unbemerkt in seinen Hausbriefkasten zu stecken. Als er auf die Straße hinaustritt, fährt eben der Dienstwagen des Ministeriums vor. Er setzt sich sofort wieder in Bewegung, ohne daß der Fahrer eine Frage stellt. Der Mann weiß also, wohin es geht.

In Richtung des Köln-Bonner Flughafens geht es. Noch sind die Straßen verödet. Der Dienstwagen kann so mit hoher Geschwindigkeit fahren. Nur ein paar Versorgungsfahrzeuge mit knalligen Firmenaufschriften an den Flanken kreuzen seinen Weg.

«Fasten your belt, please! No smoking – Bitte anschnallen, das Rauchen einstellen!» bittet die Leuchttafel über der Verbindungstür zum Cockpit. Der viermotorige Clipper der Pan American Airways ist kaum in der Luft, da trifft das Sonnenlicht voll auf den Aluminiumrumpf der Maschine und läßt ihn wie Silber gleißen. Die Tragflächen reflektieren das Licht. Achim Detjen kneift geblendet die Augen zu und zieht die Jalousie am Fenster halb herunter. Er hat eine Sitzreihe für sich allein und kann sich ausbreiten.

Was Miss «chief of cabin», die Chefstewardeß, über den Bordlautsprecher in drei Sprachen mitteilt, interessiert Detjen nur insofern, daß er überprüft, inwieweit er die Ansage auf Portugiesisch versteht. Es geht, Spanisch und Portugiesisch ähneln einander sehr. Der Inhalt der Durchsage – immer dasselbe. Ein Willkommensgruß. Der Name des Flugkapitäns wird genannt, der Service angepriesen, ein guter Flug gewünscht und natürlich gesagt, der wievieltausendste Flug der PAA auf dieser Route das ist. Die Passagiere sollen das Gefühl höchster Sicherheit haben und sich in erfahrenen Händen wissen.

Als die Schrift erloschen ist, die Gurte wieder gelöst sind und die ersten Zigaretten brennen, als sich das Leben an Bord sozusagen normalisiert hat, nimmt Detjen die schmale Reisetasche auf die Knie, die ihm auf dem Weg zum Flughafen übergeben wurde. Sehr dezent ist in das feine Leder ein Firmenname eingeprägt: «Confidentia». Sonst nichts.

In dem Dienstwagen, der ihn abgeholt hat, ist Achim Detjen nur ein kurzes Stück gefahren. Dann ist er in einen größeren umgestiegen, in dem ihn Oberst von Wieseneck in Empfang genommen hat. In diesem Fahrzeug konnte ihn der Offizier vom Amt für Sicherheit ungestört unterrichten; eine Glasscheibe trennt den Wagen und macht dem Fahrer ein Mithören unmöglich. Und jetzt erst, im Flugzeug, kommt Achim dazu, über die merkwürdigen Sachverhalte und Zusammenhänge nachzudenken, in die er gleichsam Hals über Kopf hineingestürzt wird. Eine sonderbare Nacht – erst die Eisschollenfahrt Unter den Linden, und nun das!

«Ohne Vorrede, Detjen», hat von Wieseneck eilig gesagt. «In fünfzehn Minuten startet die Linienmaschine der PAA nach Lissabon. Für Sie ist ein Platz gebucht. Hier haben Sie Ticket und Paß.» Er übergab die beiden Dokumente. «Der Paß lautet auf Ihren Namen, aber Sie haben einen anderen Beruf. Sie sind Versicherungsprüfer.»

Detjen grinste. «Also Hausdetektiv bei einer Versicherung. Fängt ja recht abenteuerlich an! Und wie heißt mein Brötchengeber?»

«‹Confidentia›, mit Sitz in Köln.»

«Gibt es die wirklich –, oder ist es eine Erfindung des Amtes für Sicherheit?»

Seltsamerweise ging von Wieseneck auf den heiteren Ton nicht ein. «Das können wir uns nicht leisten», erwiderte er kühl. In seinem Ton lag fast eine Zurechtweisung. «Die ‹Confidentia› besteht. Ihre Firma vermutet einen Betrug. Dem spüren Sie nach.»

Detjen nickte. «Das ist also die Legende», sagte er.

«So etwas kommt alle Tage vor. Bei jeder Versicherungsanstalt und bei jeder der rund achthundertfünfzig Privatdetekteien in der Bundesrepublik. Mit dieser Vorgabe können Sie machen, was Sie wollen.«

Den letzten Satz hat er nicht besonders betont, doch gerade er läßt Achim hellhörig werden. War die Einleitung damit zu Ende, kam jetzt nach der Introduktion die Arie?

«Folgender Sachverhalt», fuhr der Oberst fort. «Gestern nachmittag, sechzehn Uhr fünf, stürzte bei Torres Vedras die Linienmaschine der Portugal Airways ab.» Er sah Detjen fragend an, doch der schüttelte den Kopf. Er hatte keine entsprechende Nachricht gehört. Daraufhin hatte von Wieseneck weiter gesprochen: «Wir vermuten einen Anschlag. An Bord der DC-zwei befand sich Doktor Hohlfeld.»

Nun wurde die Sache konkret. «Ministerialdirigent Doktor Hohlfeld aus unserem Ministerium?» erkundigte sich Achim überrascht.

Der Oberst nickte bedeutungsvoll. «In persönlichem Auftrag des Ministers unterwegs!» betonte er. «Mit wichtigen Unterlagen.»

«Was für Unterlagen?»

Darauf bekam der Major keine Antwort. Demzufolge mußte es sich um eminent schwerwiegende Materialien handeln – offenbar wußten die Eingeweihten selbst noch nicht, wie deutlich sie werden durften. Statt dessen sagte von Wieseneck: «Für einen solchen Anschlag kann es eine Unmenge Beweggründe geben – wirtschaftlicher Natur zum Beispiel. Wenn es nämlich ums Geschäft geht...»

«Ging es ums Geschäft? Um Rüstungsgeschäfte zum Beispiel?» bohrte Achim beharrlich weiter.

Der Oberst wand sich. «Sie verstehen», antwortete er, «höchste Geheimhaltungsstufe.»

Sie hatten sich dem Köln-Bonner Flughafen genähert.

«Sie sind in Portugal völlig auf sich allein gestellt, Detjen. Ich kann Ihnen nur im äußersten Notfall helfen», sagte von Wieseneck.

«Das heißt, Sie sind auch dort?»

«Ja. Offiziell. Als Vertreter des Verteidigungsministeriums, nicht in meiner Eigenschaft als Offizier des Amtes für Sicherheit.» Er sagte das beiläufig und hastig, als sei es nicht wichtig. «Ich komme demonstrativ mit einer Kuriermaschine und habe lediglich mit unserem Militärattaché zu tun. Ich wohne in der Botschaft.»

Achim quittierte diese Information mit einer Kopfneigung. Der Oberst sprach weiter: «Wenn ein Treff notwendig wird, begeben Sie sich ins Hotel ‹Metropole› auf der Avenida de Liberdade.»

«Hotel ‹Metropole›, Avenida de Liberdade», wiederholte Detjen laut, um sich die Worte einzuprägen.

«Dort sitzt ständig ein Verbindungsmann.»

«Erkennungszeichen?»

«Unnötig. Er kennt Sie.» Unvermittelt beugte sich der Oberst zu Detjen. Leise und vertraulich schärfte er ihm ein:

«Es ist eine heikle Sache, mein Lieber. Der Minister legt größten Wert darauf, die Hintergründe des Attentats zu erfahren. Die wahren Hintergründe! Nicht, um sie an die große Glocke zu hängen. Information ist alles. Es wird eine offizielle Verlautbarung geben, in der von einem Maschinendefekt oder ähnlichem Unsinn die Rede sein dürfte. Geschenkt! Meine Wahl ist auch deshalb auf Sie gefallen, Detjen, weil Sie etwas vom Innenleben der Flugzeuge verstehen. Die Douglas stammt aus derselben Zeit wie die Maschinen, die Sie steuerten –, Sie werden sich auskennen. Hals- und Beinbruch, mein Lieber!»

Zweimal «mein Lieber» so kurz hintereinander, das hat Detjen zu denken gegeben.

Jetzt, während er in dem PAA-Flugzeug jene Autominuten noch einmal an seinem geistigen Auge vorüberziehen läßt, wird ihm bewußt, für wie delikat das Amt für Sicherheit die ihm übertragene Aufgabe hält. Und sie ist es tatsächlich. Achim malt sich aus, wie man in Lissabon in der Botschaft im schwarzen Anzug und mit ergriffener Miene die routinemäßig abgefaßte Beileidsbezeigung anläßlich des tragischen Todes des hochgeschätzten Herrn Ministerialdirigenten entgegennimmt. Wohlgesetzte Worte werden gesprochen: Portugal verlor einen Freund, der für die Probleme des Landes stets volles Verständnis gehabt hatte... Aber gleichzeitig wird außerhalb der diplomatischen Legalität ein Mann in Marsch gesetzt, damit er insgeheim und auf Schleichwegen herausfindet, was möglicherweise hinter der Kulisse der schönen Worte für eine Suppe gekocht worden ist. Muß dieser Mann ausgerechnet der Major Achim Detjen sein, bloß, weil er einigermaßen spanisch spricht, weil er weiß, wo bei einem Flugzeug vorn und hinten ist, und sich mit Bravour aus den Schlingen des Falles «André» befreit hat? Wenn er wenigstens absehen könnte, ob die Suppe, in der in Portugal gerührt werden soll, für die Genossen in Berlin von Interesse ist! Nun, man wird sehen...

Kaffee und ein kleiner Imbiß werden gereicht, mundgerechte Häppchen an Plastspießchen. Danach ist Achim ganz ungestört. Gemütlich kauend öffnet er die Reisetasche, um den Inhalt zu sichten.

Obenauf liegt eine Brieftasche. Geld ist darin, viel Geld. Ein kleinerer Betrag in D-Mark der Bundesbank und ein wesentlich größerer in portugiesischen Escudos. Die Höhe der Geldbeträge läßt einen weiteren Rückschluß auf die Kompliziertheit seiner Mission zu. Gemeinhin hält sich die Großzügigkeit des Verteidigungsministeriums in abgewogenen Grenzen.

Eine Legitimation ist da. Ihr Lederdeckel zeigt die gleiche Prägeschrift wie die Reisemappe: «Confidentia». Hier gibt es außerdem ein rundes Wappen. Um die stilisiert wiedergegebenen Türme des Kölner Doms rankt sich die Umschrift: «Vertrauen gegen Vertrauen». Kein übler Slogan. Und der über siebenhundertjährige Dom symbolisiert Beständigkeit, Treue und Glauben. Innen ein Paßfoto, über das Detjens Unterschrift läuft, die üblichen persönlichen Daten und in deutscher, englischer, französischer, spanischer und russischer Sprache ein kleingesetzter Text, der jedermann bittet, den durch diesen Ausweis als Versicherungsprüfer legitimierten Inhaber bei seiner verantwortungsvollen Arbeit tatkräftig zu unterstützen. Danke! Natürlich hat Achim diese Unterschrift nie geleistet. Trotzdem sieht das Dokument aus, als hätte er es seit etwa einem halben Jahr ständig bei sich getragen. Es ist auch ein halbes Jahr zurückdatiert. Der Major prägt sich Anschrift und Telefonnummer des genannten Kölner Büros sofort ein – es könnte ihn ja wer nach seiner Arbeitsstelle fragen. Dann legt er Ticket und Paß mit in die Brieftasche und schiebt diese in die Innentasche des Sakkos. Jetzt klappt er die Reisetasche zu. Die Stewardessen – drei sind an Bord – räumen das Geschirr weg. Detjen läßt sich Kaffee nachschenken. Inzwischen ist die Sonne höher gestiegen; man kann die Jalousie hochschieben, ohne geblendet zu werden. Tief unter der Maschine dehnt sich eine bergige Sommerlandschaft. Ein breiter Fluß mit vielen toten Armen dazwischen, in blauer Ferne eine große Stadt... Er hält sie für

Strasbourg, das Gebirge für die Vogesen. Und gleichmäßig dröhnen die Triebwerke. Fast erschütterungsfrei liegt der große Vogel in der Luft. Nur die Spitzen der Tragflächen vibrieren ein wenig. Kleine Flammen züngeln dann und wann aus den Auspuffrohren der Motoren. Längst sind die Mitglieder der Besatzung nacheinander auf die Toilette gegangen, um die Passagiere in Augenschein zu nehmen.

Die schmale Reisetasche birgt noch mehr. Er entdeckt eine Leica-Kleinbildkamera und außerdem eine Minox, eine Kleinstbildkamera für die Westentasche, Filme... Detjen zieht den Reißverschluß des Necessaires auf. Weiß der Himmel, welchen Rasierapparat sie ihm zugeteilt haben! Zur Vorsicht hat er den eigenen in der Hosentasche. Wie gut! Von Wiesenecks Leute müssen das vorhergesehen haben. Dort, wo der elektrische Rasierapparat Platz finden soll, haben sie ein winziges Schulterhalfter mit einer automatischen Gaspistole deponiert. Für diese Art Browning braucht der Besitzer keinen Waffenschein; das ist durchdacht. Im Ganzen betrachtet, stimmt die gesamte Ausrüstung Detjen nicht sehr fröhlich. Wenn man sie an Ausmaß und Brisanz seines Auftrages mißt... Er verzieht ein wenig das Gesicht. Alles, was er bei sich hat, entspricht haargenau seiner Legende. Ob er damit etwas anfangen kann, steht in den Sternen.

Es ist sehr still in der Economic-class des Clippers. Man hat zu den Zeitungen gegriffen, die im Gepäcknetz bereitliegen, ein Buch hervorgeholt oder schläft. Als der in seine Armbanduhr eingebaute kleine Wecker anschlägt, zuckt Achim unwillkürlich zusammen. Sechs Uhr. Zeit, aufzustehen... Er zieht die Uhr auf, nicht aber den Weckmechanismus. In Portugal dürfte sein gewohnter Tagesrhythmus ziemlich durcheinanderkommen.

Wenn er nur eine Vorstellung hätte, wie er überhaupt an die Sache herangehen soll! Selbst von diesem Absturz weiß er nicht mehr, als ihm der Oberst auf dem Weg zum Flughafen erzählt hat. Die Zeitungen, die der Clipper mitführt, stammen von gestern. Lediglich eine Nachtausgabe hat als letzte

Meldung die Nachricht von der Katastrophe bei Torres Vedras gebracht. Eine Douglas DC-2 der Portugal Airways auf dem Flug von Lissabon nach Porto... Drei Besatzungsmitglieder und sieben Reisende fanden, einer Meldung von International News Service (INS) zufolge, den Tod, darunter zwei Bürger der Bundesrepublik. Keine Namen, keine näheren Angaben. Eine letzte Meldung eben.

Achim Detjen lehnt sich zurück und schließt die Augen. Mit einem Hebeldruck kippt er seinen Sessel zurück. Und während ihn schon die Müdigkeit übermannt, denn es ist warm in der PAA-Maschine, die Motoren dröhnen mit einschläfernder Monotonie, und gegessen hat er auch, denkt er noch, daß er sich gleich nach der Landung in Lissabon alle Berichte der Lokalpresse über das Ereignis vornehmen wird. Er ist sicher, daß es Augenzeugen gegeben hat und daß die portugiesischen Reporter diese ausfindig gemacht haben. Er wird nicht umhin kommen, sich den Ort der Katastrophe anzuschauen, den Augenzeugen ein paar Fragen zu stellen und Ungereimtheiten zu suchen, die vielleicht der Anfang einer Spur sein können. Widersprüche...

Unversehens schläft er tief und fest, der Versicherungsprüfer Achim Detjen von der «Confidentia» in Köln – «Vertrauen gegen Vertrauen». Es entgeht ihm, daß die Leuchtschrift wieder aufflammt und dazu auffordert, sich anzuschnallen und das Rauchen einzustellen. Die dunkeläugige Stewardeß bringt es nicht fertig, ihn zu wecken.

Zwischenlandung in Madrid.

3

«Die Maschine der British European Airways, Flugnummer drei-zwo-neun-eins, aus Kopenhagen kommend, erwartet ihre Passagiere zum Weiterflug nach New York...»

Die Lautsprecheransage, in verschiedenen Sprachen wiederholt, interessiert Achim Detjen nicht. Sie steht nicht allein. Eine jagt die andere und vermischt sich mit dem verhaltenen Motorengeräusch landender Maschinen, dem Triebwerksdröhnen startender Clipper und den mannigfachen Geräuschen des Lissabonner Flughafens. Das alles zusammen schafft einen merkwürdigen Dauerton aus Betriebsamkeit und Unruhe. Er kennzeichnet das ständige Kommen und Gehen, das Hin und Her, in dem sich Achim erst einmal zurechtfinden muß.

Ein wenig verloren geht er durch die weiträumige Halle aus Glas und Beton mit ihren verschiedenen Gaststätten, den Service-Bereichen, den langen Geschäftsreihen, den Dutzenden von Buchläden und Zeitungskiosken. Schließlich tritt er auf einen der Rollsteige und läßt sich durch die Halle fahren – so bekommt er am bequemsten einen Überblick. Der rollende «Bürgersteig» mündet vor einem Zeitungskiosk. Hier tritt Detjen von dem Transportband. Die Schlagzeilen der Boulevardpresse schreien ihn förmlich an. Ausnahmslos haben alle diese Blätter mit der Katastrophe aufgemacht. Einige bringen sogar Bilder der Opfer. Sie zu beschaffen muß die Redaktionen sehr viel Mühe gekostet haben. Fotos der Besatzungsmitglieder sind sicherlich am leichtesten zu besorgen gewesen, die hatte das Personalbüro der Portugal Airways. Aber die anderen? Die Reporter müssen die Angehörigen der Lissabonner Opfer aufgesucht haben. Außerdem sind da zwei Porträtzeichnungen. Die beiden Bundesbürger ... Und eine Skizze des Unfallortes!

Mit einem Stoß Zeitungen unter dem Arm betritt Achim das nächstgelegene Espresso. Er stutzt, als der Kellner nach der Bestellung höflich fragt, ob der Senhor einen guten Flug von Madrid nach Lisboa gehabt habe. Dann wird Detjen klar, daß ihn der Mann für einen Spanier hält. Es beruhigt ihn außerordentlich, daß die gegenseitige Verständigung keine Schwierigkeiten bereitet. Er fühlt sich gleich viel sicherer.

Der Mokka wird kalt. Erleichtert stellt Achim fest, daß er auch die Zeitungstexte lesen kann. Wo die eine oder andere

Vokabel fehlt, hilft der Zusammenhang.

Der Sonderbeauftragte aus Bonn sortiert die Zeitungen. Zur Linken legt er alle die Blätter, deren Berichte im wesentlichen übereinstimmen. Rechter Hand finden die Platz, die zusätzliche Informationen bringen. Da meldet «Novidades», daß der Schäfer Guilherme Cuzzani als erster am Unglücksort gewesen ist. «Diário de Noticias» macht darauf aufmerksam, daß der gräßlich verstümmelte Leichnam des Passagiers Dr. Hohlfeld, eines hohen Beamten der Bundesrepublik Deutschland, in seine Heimat übergeführt werden wird. Über den zweiten Bundesbürger an Bord der Douglas DC-2 wird lediglich gesagt, daß er Kaufmann und auf Geschäftsreise gewesen ist. Seine Name: Lüders. Eberhard Lüders.

Detjen lockert den Kragen. Es ist sehr warm; er muß sich erst akklimatisieren. Dieser Kaufmann Lüders, Eberhard Lüders, könnte doch eigentlich ein Kunde der Versicherungsgesellschaft «Confidentia» in Köln gewesen und der Anlaß für Detjens Einsatz sein. Was heißt: Er könnte? Er war Kunde der «Confidentia». Achims Legende wird dadurch abgerundet, und eine Legende kann gar nicht dicht genug gewebt sein. Details zur Versicherungssache Lüders werden ihm zu gegebener Zeit schon einfallen, wenn er sie braucht. Ein Endfünfziger, nach der Zeichnung zu urteilen, ein robuster, ein vitaler Typ... Detjen beschließt, daß er eine zwanzig Jahre jüngere Ehefrau gehabt hat, die, blond und gutgewachsen, in Düsseldorf lebt und zu deren Gunsten Lüders eine enorme Lebensversicherung abgeschlossen hat. Die «Confidentia» zahlt eine halbe Million, wenn ihr Hausdetektiv nicht nachweist, daß der Tod des Versicherungsnehmers verbrecherisch mittels des Flugzeugabsturzes herbeigeführt worden ist. Es ist nicht schwer, eine solche Geschichte zu erfinden. Dergleichen steht jeden Tag in den Zeitungen. Und so groß ist das «Vertrauen» der «Confidentia» zu ihren Kunden gewiß nicht, daß sie sich mit geschlossenen Augen ohne weiteres von einer halben Million trennt. Zumal diese halbe Million, von der Versicherungsgesellschaft als Bundesanleihe angelegt, im

Jahr 50 000 D-Mark Gewinn bringt.

Der Mann hinter dem kalten Mokka schmunzelt. Es hat den DDR-Bürger Werner Bredebusch einige Mühe gekostet, sich die kapitalistische Denkweise anzueignen. Aber ohne sie wäre er als Achim Detjen nicht glaubhaft. Ohne die genaue Kenntnis dieses Nutzdenkens und seiner Erscheinungsformen wäre er außerstande, die Verhaltensweisen der Menschen zu verstehen und zu deuten, die ihn in Bonn umgeben. Das ist eine andere Welt.

Weiter...

Nur, um nichts auszulassen, liest Detjen auch den «Expreß», der ihn mit seinem wilden Umbruch, den Balkenüberschriften und den betont sensationellen Fotos unangenehm an gewisse Blätter des Springer-Verlages erinnert. Und gerade hier stutzt er, liest noch einmal und stockt. Er hat eine Abendausgabe vom Vortag vor sich. Der Verkäufer am Kiosk hat sie ihm wohl mitgegeben, weil er alle Blätter mit Berichten von der Katastrophe verlangt hat. Wieder eine «letzte Meldung» und wohl die erste, die in Lissabon überhaupt erschienen ist. Sie spricht von drei Besatzungsmitgliedern, aber nur von sechs verunglückten Passagieren. Man muß so aufmerksam Zeitung lesen wie Achim Detjen, um die Abweichung überhaupt zu bemerken. Sie ist sonderbar. Vielleicht gibt es eine ganz einfache Erklärung dafür, doch das möchte Achim genau wissen.

Mit dem «Express» in der Hand tritt er an den Münzautomaten im Espresso und wählt die Nummer der Redaktion. Eine Sekretärin der Nachrichtenabteilung meldet sich. Bereitwillig erklärt sie, die Meldung stamme von einem freien Mitarbeiter, der gerade auf dem Flughafen weilte, als der Absturz dort bekannt wurde. Natürlich recherchierte er sofort. Dort habe man ihm gesagt, an Bord der DC-2 seien neun Personen gewesen – drei Besatzungsmitglieder, sechs Passagiere.

Die Stimme bricht plötzlich ab. Auf einmal ist ein Baß da. «Den Damen in unserer Aufnahme muß ein Hörfehler unterlaufen sein, Senhor. Wir wissen natürlich, daß am Absturzort sieben tote Passagiere gefunden wurden; wir berichtigen heute. Darf ich fragen, Senhor, aus welchem Grunde...?»

«Danke!» sagt Detjen und legt auf.

Als nächstes bestellt er einen Juice. Hm, die abweichende Nachricht könnte wirklich auf einem Hörfehler basieren. Sie könnte aber auch dadurch zustande gekommen sein, daß der «Express» sein Wissen aus einer anderen Quelle bezog, als die übrigen Blätter. Denen lag bereits ein erster Polizeibericht von der Absturzstelle vor. Der «Express» stützte sich auf Informationen vom Flughafen. Aber wie sollen sieben Passagiere abgestürzt sein, wenn nur sechs in die Maschine gestiegen sind?

Diese Frage fasziniert ihn. Doch sie ist so absurd und gewissermaßen unheimlich, daß er sich gleich zur Ordnung ruft. Jetzt bloß nicht das Gras wachsen hören! Nicht Komplikationen in eine Sache hineininterpretieren – nur, weil einer Redaktion ein Fehler unterlaufen ist. Das führt zu nichts. Er schiebt seine Idee erst einmal weit von sich und wirft die Zeitung in den Papierkorb.

Die Skizze von der Absturzstelle... Die hat zweifellos ein geübter Kartenzeichner angefertigt. Die Himmelsrichtungen sind exakt angegeben, Längen- und Breitengrade vermerkt. Mit diesem Blatt läßt sich etwas anfangen, obwohl es lediglich ein Stück der öden Sierra Morena darstellt. Allerdings muß man eine weiträumigere Karte zur Hand nehmen, um das Gebiet einordnen zu können. Achims nächster Weg wird ihn in eine Buchhandlung führen. Er kann nicht umhin, die Absturzstelle in Augenschein zu nehmen. Detjen sah manches abgestürzte, aber auch viele zum Absturz gebrachte Flugzeuge während des zweiten Weltkrieges am Boden liegen. Darüber hinaus brachte es seine Arbeit im Planungsstab der Bonner Luftwaffe mit sich, daß er einen Gutachterkursus absolvierte, um Luftunfälle mitbeurteilen zu können. Vielleicht gelingt es ihm an Ort und Stelle, trotz der Aufräumungsarbeiten, einen Hinweis auf die Ursache der Katastrophe zu finden. Mit diesen Überlegungen begibt er sich zum Ausgang. Ein Halbwüchsiger reißt die Tür vor ihm auf und hält die Hand hin. Ehe Achim in die Tasche fassen kann, ist der Junge verschwunden. Zwei Polizisten in Khakiuniform kommen vorüber. Es ist überhaupt viel Polizei auf dem Flughafen, wahrscheinlich auch, um Betteleien zu unterbinden. Der eintreffende Fremde soll nicht gleich mit dem wahren Gesicht des «Armenhauses Europas» konfrontiert werden. Flughäfen sind immer Aushängeschilder.

Detjen braucht einen Mietwagen. Eine entsprechende Reklame springt ihn geradezu an: Rent a car – Mietwagenverleih – Barros Queiros, Rua di Gloria, Tel. 757677. Auch das ist bezeichnend – es wird nur in englischer Sprache geworben. Ein riesiges Glasfenster... Die Telefonnummer braucht er sich nicht aufzuschreiben. Drei fortlaufende Zahlen... Und überdies kann er sie von der Telefonzelle aus sehen.

Auf dem Weg dorthin bleibt er plötzlich stehen. Auch der «Express» empfiehlt sich auf einem ganzen Glasfenster – «Express»-Leser sind anderen eine Nasenlänge voraus! Da kommt Achim wieder in den Sinn, was er im Espresso überlegt hat: Wie kamen sieben Passagiere an die Absturzstelle, wenn nur sechs in die Maschine gestiegen waren? Das ist hier die Frage! Ohne es begründen zu können, neigt er mehr und mehr zu der Ansicht, daß sie sich beim «Express» keineswegs verhörten, als sic dic Durchsage vom Flughafen aufgenommen haben. Wenn dem so ist, kann er gar nicht umhin, der Ungereimheit auf den Grund zu gehen. Stellt sich heraus, daß er doch das Gras hat wachsen hören – ein Negativbeweis ist auch ein Beweis, und er muß sich dann nicht vorwerfen, etwas versäumt zu haben.

Wo würde ein Versicherungsprüfer da ansetzen? Natürlich bei der Portugal Airways, die hat die Listen. Detjen steht schon auf der Rolltreppe und läßt sich in die erste Etage tragen. Hier liegen die Service-Büros der Fluggesellschaften. Glas und wieder Glas – man kann alles sehen. Der Trakt erinnert Detjen an ein riesenhaftes Aquarium. Große, dekorative Pflanzen reichen fast bis an die Decken, und in diesem Gemisch von Grün und modernen Büromöbeln «schwimmen» ausgesucht wohlgeformte Damen in Uniform herum. Gar nicht so leicht, die Niederlassung der Portugal Airways zu finden. Sie ist von den Büros ausländischer Gesellschaften geradezu eingekeilt, und alle Namen ringsum sind bekannter und geläufiger als der ihre. Im Fenster hängen an Kordeln aufgeblockte farbenprächtige Fotos. Sie zeigen knallbunt exotische Motive: Palmen, Oasen und lächelnde Touristen in weißen Palm-Beach-Anzügen. «Moçambique und Angola sind eine Reise wert!» Sind die Kolonien das? Bezeichnenderweise wird für Besuche in Portugiesisch-Guinea nicht geworben. Dort gewinnt der Gedanke der Befreiung vom fremden Joch immer mehr Anhänger. In europäischen Zeitungen liest man immer häufiger von heftigen Feuergefechten zwischen Freiheitskämpfern und Kolonialtruppen in Portugiesisch-Guinea. Und auch in den übrigen Überseebesitzungen Portugals werden die Streitkräfte des «Mutterlandes» verstärkt. Der romantische Friede der Fotos trügt.

Auf einer Bank an der Balustrade, über die man in die Halle hinabsehen kann, flegelt sich ein bulliger Mann. Unter dem breitkrempigen Strohhut mutet sein Gesicht wie das eines ausnahmsweise bösartigen Bernhardiners an. Der Mann entgeht Detjen nicht, aber er schenkt ihm keine besondere Beachtung. Auch andere Bänke sind besetzt. Es ist vorstellbar, daß mancher der Wartenden nie in seinem Leben eine Flugreise gemacht hat oder machen wird, daß er nur herkommt, um den Atem der Ferne zu spüren und sich von der Atmosphäre einfangen zu lassen. Allein die ständigen Lautsprecherdurchsagen geben eine Vorstellung von der Weite der Welt.

Ein älteres Ehepaar ist im Büro der Portugal Airways. Als es sich der Tür zuwendet, tritt Achim ein. Das dunkelblau uniformierte Mädchen hinter dem brusthohen Abfertigungstisch sagt gerade: «Seien Sie ganz unbesorgt, Senhor. Ihre Buchung hat den o. k.-Vermerk, und damit ist Ihnen der Platz sicher. Ich wünsche Ihnen viele schöne Eindrücke an den

Stätten des klassischen Altertums.»

Was für eine angenehme Stimme sie hat! Eine weiche, ein wenig verschleierte Stimme... Überflüssigerweise denkt Detjen, das Mädchen müsse genau diese Stimme haben. Sie ist fast so groß wie er, falls sie nicht erhöht steht. Tiefschwarzes, bläulich schimmerndes Haar, mandelförmige nußbraune Augen, die sehr sanft wirken, eine schmale kleine Nase und ein wunderschöner, weich gezeichneter Mund... Ein in sich ausgewogenes, harmonisches Gesicht ist das.

Der alte Herr bedankt sich. «Ich freue mich, Senhorita. Ein ganzes Lehrerleben lang habe ich in der Welt der Hellenen gelebt, ohne sie je gesehen zu haben. Ich bin Altphilologe, wissen Sie. Und nun endlich werde ich auf den Spuren Homers wandeln. Ich kann Ihnen gar nicht sagen, wie glücklich ich bin.»

Detjen wendet keinen Blick von dem Mädchen. Sie sieht dem Gymnasialprofessor nach, der sich auf seine Traumreise begibt. Achim hat das Gefühl, daß sie einen Augenblick lang teilnimmt an der Freude dieses Menschen. Das hebt sie aus der Menge der Mädchen an den Abfertigungsschaltern heraus, denen ihre Kunden gleichgültig sind und die das verbindliche Lächeln nur zur Schau stellen, weil es vom Personaldirektor verlangt wird.

Er räuspert sich und tritt näher.

«Was kann ich für Sie tun, Senhor?» Sie wendet sich ihm zu.

«Das ist leider nicht mit einem Satz gesagt. Ich möchte Sie um eine Auskunft bitten.»

«Ich bin hier, um Auskünfte zu erteilen, Senhor.»

«Mir liegt daran, die Passagierliste der bei Torres Vedras abgestürzten Maschine einzusehen.»

Sie sieht ihn überrascht an, neugierig und ein wenig fragend. Mehrere Dinge sind es, die sie aufmerken lassen. Zunächst einmal ist dieser Mann kein Portugiese. Er spricht spanisch. Und ganz grüne Augen hat er, richtig grün. Ein Reporter aus Madrid? Aber er besitzt nichts von der hemdsärmligen Aufdringlichkeit der Zeitungsleute, wirkt auch nicht so salopp wie sie. Sehr korrekt steht er da in seinem maßgeschneiderten Sommeranzug und sieht sie an. Kein Überrumpelungsversuch. Ganz sachlich bringt er seine Bitte vor, freundlich und mit einer kleinen Werbung um Verständnis.

Es tut ihr richtig leid, daß sie erwidern muß: «Ich bedaure, Senhor. Auskünfte dieser Art darf ich nicht geben. Wozu benötigen Sie die Angaben, wenn die Frage erlaubt ist?»

Achim findet sie berechtigt. «Ich arbeite für eine Versicherung in Köln. Die ‹Confidentia› ... Einer unserer Klienten war im Flugzeug. Außerordentlich hoch versichert. Tja, die Versicherung wurde erst vor kurzer Zeit abgeschlossen. Nun ist er tot. Ein schöner Batzen Geld für die Erben.» Wie gut, daß er sich die Geschichte rechtzeitig zurechtgelegt hat. Jetzt geht sie ihm ganz glatt über die Lippen. «Wissen Sie, Senhorita, in solchen Fällen überzeugen wir uns, daß alles mit rechten Dingen zugegangen ist.»

Der Mann draußen auf der Bank hat seine Zeitung zusammengelegt. Ihm ist nicht entgangen, daß sich im Service-Büro der Portugal Airways ein Gespräch entspinnt. Der gewohnte Griff der Angestellten nach dickleibigen Flugplänen unterbleibt, kein Flugscheinheft wird bereitgelegt. Offensichtlich will der Mann am Abfertigungstisch etwas anderes. Da wuchtet sich John von der Polsterbank hoch und geht ebenfalls hinein. Er hält sich vom Tisch fern. Er blättert in Prospekten, die zur Selbstbedienung in den Fächern eines Regals ausgebreitet sind, und wirkt völlig uninteressiert an dem Gespräch. Würde man ihn anreden, so hätte er sich nach einer Flugverbindung zu den Azoren erkundigt. Bei einer solchen Frage fiele auch sein amerikanischer Akzent nicht auf – jene portugiesische Inselgruppe im Atlantik trägt einen amerikanischen Luftwaffenstützpunkt.

Detjen lächelt das Mädchen an und legt die Legitimation vor sie hin.

Sie wirft einen neugierigen Blick darauf. «Sie sind Detektiv ...» Eine Feststellung ist das, keine Frage.

John hört augenblicklich auf zu blättern. Er spielt sich näher heran. Nun bekommt sein Gesicht etwas Verkniffenes, Überanstrengtes. John spricht nur mäßig portugiesisch. Den Fremden zu verstehen bereitet ihm Mühe. Aber «Detektiv» hat er mitgekriegt; das englische «detective» klingt ebenso.

Achim schüttelt amüsiert den Kopf. «Versicherungsprüfer», stellt er richtig. «Das klingt seriöser.» Dann kommt er behutsam auf seine Bitte zurück. «Ich habe von unserem Klienten nur die Heimatadresse. Wenn ich etwas herausfinden will, muß ich wissen, wo er hier gewohnt hat.» Die Anwesenheit eines Dritten im Büro stört ihn. Er senkt die Stimme. «Mit wem hatte er Umgang? Wer wußte zum Beispiel von seinem Flug? Und tausend solche Dinge mehr.»

Es entgeht ihm nicht, daß der Mann mit der Zeitung dem Gespräch aufmerksam folgt. Dagegen ist er wehrlos. Er hat keine Handhabe, den Kerl hinauszuexpedieren, und sein Gespräch mit der PA-Angestellten abzubrechen, wagt er nicht. Wie sollte er das begründen?

«Ich verstehe», sagt das Mädchen hinter dem Abfertigungstisch, «daß Sie die Liste brauchen. Wenn Sie sich einen Moment gedulden wollen? Ich werde fragen, ob ich eine Ausnahme machen darf.»

«Sehr freundlich, daß Sie mir helfen wollen...»

Die Angestellte öffnet eine Tür in der Holztäfelung und verschwindet. Dort hinten thront ein Vorgesetzter. Detjen schiebt den Ausweis in die Tasche zurück und gibt sich gelangweilt. Der Blickfang im Service-Büro ist die Reklametafel einer amerikanischen Zigarettenfirma. Ein Mann ist darauf abgebildet, der seinen beweglichen, überdimensionalen Fuß vorstreckt und die durchgelaufene Schuhsohle zeigt. So weit ist er für eine Zigarette dieser Marke gegangen. Als sich Achim umdreht, sieht er den Blick des Verfolgers voll auf sich gerichtet. Kalt. Sachlich. Abschätzend. Der Bullige wendet sich sofort ab. Detjen fühlt, wie er sich unwillkürlich spannt. Merkwürdig, das! Es sieht ja aus, als überwache irgendwer dieses Büro. Zu welchem Zwecke, wenn nicht, um festzustellen, wer sich nach Details der Katastrophe erkundigt? Jeder Rechercheur würde logischerweise bei der Fluggesellschaft anfangen. Ist er doch auf dem richtigen Wege?

«Schönes Wetter, Senhor! Finden Sie nicht?» sagt er unvermittelt.

Der Lauscher erschrickt. «Für meinen Geschmack zu heiß», antwortet er unwillkürlich und verrät durch seinen Akzent alles, was Detjen wissen will. Keine offizielle Überwachung also. Dies ist kein portugiesischer Polizist. Aber was, um alles in der Welt, geht es einen Amerikaner an, wer sich nach dem Absturz der DC-2 der Portugal Airways erkundigt? Achim findet, daß seine Nachforschungen in Lissabon recht spannend zu werden versprechen.

Die Angestellte kehrt zurück. In ihrem Gesicht, das nichts verbergen kann, steht schon die Antwort. «Die Portugal Airways bedauern, Senhor. Die Gesellschaft sieht sich außerstande, Ihnen zu helfen. Das würde all unseren Gepflogenheiten widersprechen. So sehr ich persönlich das bedaure.»

Sie sieht ihn nicht an, während sie das sagt. Scheinbar schon mit etwas anderem beschäftigt, zieht sie sich einen Tischblock mit einer Halterung für zwei Kugelschreiber heran und beginnt etwas auf einen Zettel zu schreiben. Dann sieht sie zu dem Bulligen hinüber, der ihr und Detjen jetzt demonstrativ den Rücken zuwendet, und schiebt das Blatt flach über den Abfertigungstisch auf Achim zu. Der begreift sofort, nimmt die Mitteilung an sich und läßt sie – unbemerkt von John – in der Tasche verschwinden.

«Schade», sagt Detjen betont kühl und enttäuscht. «Ich hatte mir soviel von Ihrer Hilfe versprochen.» Dabei lächelt er dem Mädchen zu und nickt, ehe er das Service-Büro verläßt.

Sie will sich dem Mann mit dem breitkrempigen Hut zuwenden, doch der wedelt mit einem Prospekt und winkt ab. «Nicht nötig, Senhorita. Ich habe bereits alles, was ich brauche.» Der Prospekt zeigt auf der Titelseite ein Motiv von den Azoren.

Nun geht auch John hinaus. Das Mädchen sieht ihn sich

draußen über die Balustrade beugen. Was sie nicht wahrnehmen kann ist, daß seine Augen Stan suchen, der sich unten in der Halle aufhält.

Achim bemerkt, daß der massige Beobachter auf dem oberen Umgang steht und ihm unverhohlen nachschaut. Er wählt deshalb eine abgelegene Telefonzelle, die von einer freitragenden Treppe Johns Blicken entzogen wird. Zuerst nimmt er den Zettel zur Hand. Nur wenige Worte... «Pavillon Alvalade, Campo Grande, 17.30 Uhr.» Nichts weiter, aber das ist ja schon sehr verheißungsvoll. Die Aussicht, das schöne Mädchen so bald wiederzusehen, berührt Detjen durchaus angenehm. Er wählt die einprägsame Nummer des Autoverleihers: 757677.

Die Telefonzellen in der Flughafenhalle sind stark gefragt. Auch vor der Achims wartet schon ein Mann auf das Freiwerden des Apparats. Stan macht das recht geschickt, so geschickt, daß ihn der «Versicherungsprüfer» gar nicht beachtet.

4

Lissabon, das in der Landessprache Lisboa heißt, liegt terrassenförmig am Südhang des Plateaus von Estremadura. Oben am Stadtrand fährt Detjen an den rechten Straßenrand und hält. Die Stadt breitet sich gleichsam zu seinen Füßen aus. Die engen Straßen der Altstadt gruppieren sich um den Burghügel mit dem Kastell São Jorge. In der Unterstadt ballen sich die repräsentativen Administrationsbauten, Banken und Kaufhäuser. Er entdeckt sogar das Hotel «Ambassador», in dem er vor einer halben Stunde ein Zimmer genommen und sich umgezogen hat. Er fährt hemdsärmlig und hat auf dem Weg zum Autoverleih schnell noch einen zünftigen breitkrempigen Sombrero erworben. Der wird zu Hause seine Sammlung ungewöhnlicher Hüte vervollständigen – eine ähnliche Kopfbedeckung erinnert in seiner Bonner Wohnung an das argentinische Abenteuer.

Kirchen stechen mit hohen Türmen in den blauen Himmel, und unübersehbar ist die Tejobucht, die sich jenseits des idealen Naturhafens zum Meer zu wieder verengt, aber dann immer noch, wie der Prospekt sagt, drei Kilometer breit ist. Historischer Boden... Von hier aus also sind in der Zeit der großen Entdeckungen die portugiesischen Seefahrer mit ihren Karavellen zu Fahrten ins Unbekannte ausgelaufen! Schade, daß von der Stadt jener bärtigen Kapitäne wenig geblieben ist. Das Erdbeben von 1755 hat ungeheure Zerstörungen angerichtet, praktisch ist danach die Unterstadt neu angelegt worden. Das Bild wandelt sich, je höher die Straße hinaufführt. Hier oben stehen gepflegte Villen mit schönen Gärten – zur Schau gestellter Reichtum, der scharf mit der engen Muffigkeit von Wohnvierteln in der Unterstadt kontrastiert.

Achim fährt weiter. Den amerikanischen Straßenkreuzer, der ihm wortreich angepriesen wurde, hat er nicht genommen, sondern einen weißgrauen VW-Käfer. Der ist ihm vertraut. Ein Fahrzeug des gleichen Typs steht in Bonn vor seiner Tür. Damit kann er sicher umgehen.

Der Weg führt nach Norden. Die Straße ist gut und breit, doch je weiter er die Stadt hinter sich läßt, desto spärlicher wird der Verkehr. Wahrscheinlich meiden die einheimischen Fahrer die Mittagshitze und halten Siesta. Mit Recht! Die Hitze macht Detjen zu schaffen, obwohl er Schiebeverdeck und Fenster weit offen hat. Die Luft, die hereinströmt, kommt wie aus einem Fön. Heiß und trocken ist sie. Der Wagen zieht eine Staubwolke hinter sich her, die sich träge durch die Landschaft wälzt.

Je tiefer er in die Sierra Morena hineinkommt, desto karger wird die Umgebung. Als er schließlich die Hauptstraße verläßt und auf schlechten, unbefestigten Wegen fährt, da ist er ganz allein. Allein mit der glühenden Sonne, die die spärliche Vegetation erbarmungslos ausdörrt. Wo sich ein Rinnsal durch steinigen Boden windet, grünt hier eine Wiese und dort eine Baumgruppe.

In ihrem Schatten hält Detjen an. Auf dem Sitz neben ihm liegen außer der Kartenskizze der Zeitung ein Plan des Gebiets Estremadura und ein Marschkompaß. Ohne Hast richtet Achim die Karte ein, sucht markante Punkte im Gelände und findet sich leicht zurecht – ein bißchen zu leicht für einen Versicherungsprüfer, aber gerade richtig für einen Berufsoffizier, dem die Orientierung im Gelände in Fleisch und Blut übergegangen ist. Das ermöglicht ihm, sich in dem fremden Land, in dem er erst einen halben Tag weilt, zu bewegen wie ein Einheimischer. Es beunruhigt ihn nicht, daß er allein ist in dieser einsamen Landschaft – allein mit dem weißgrauen VW-Käfer und der folkloristischen Musik aus dem Autoradio. Emissora Nacional, der Staatsrundfunk, füllt damit eine Stunde Sendezeit nach der anderen.

Detjen ist schnell gefahren und befindet sich nun bereits in der Nähe der Unfallstelle – vorausgesetzt, daß die Markierung des Katastrophenorts in der Zeitungsskizze maßstabgerecht ist. Nur zu früh abgebogen ist Achim. Im Nachhinein findet er das ganz vernünftig. Auf diese Weise nähert er sich der Unfallstelle von einer anderen Seite als die Hilfsmannschaften. Die haben natürlich den kürzesten und bequemsten Weg benutzt. Er läßt den Motor an.

Wo Detjen jetzt fährt, gibt es überhaupt keinen Weg. Der Käfer holpert schaukelnd über Geröll und Steine, das Chassis setzt sogar mit häßlichem Knirschen auf, und dann geht es überhaupt nicht mehr weiter. Ein Hügel fällt steil ab. Unpassierbar... Er müßte umkehren und das ganze Massiv umfahren. Das würde zuviel Zeit kosten. Um 17.30 Uhr erwartet ihn ja die Angestellte der Portugal Airways im Pavillon Alvalade. So legt er den Rückwärtsgang ein, zieht die Bremse scharf an, nimmt die Leica und macht sich zu Fuß auf den Weg. Nichts regt sich um ihn her. Nur hoch am Himmel kreist ein Raubvogel mit weit gebreiteten Schwingen ohne einen einzigen Flügelschlag. Wie geschickt er die Thermik der öden Gegend ausnutzt!

Lose Steine kollern unter Achims Sohlen. Unten geht er um

einen Hügelvorsprung herum, ein Talkessel breitet sich aus, die Absturzstelle liegt vor ihm.

Zunächst einmal bleibt Detjen stehen, mustert lange das Areal und läßt das Bild auf sich wirken. Sicherheitshalber macht er ein paar Aufnahmen. Er sieht die Absturzstelle nicht mehr in ihrer Ursprünglichkeit. Wenigstens die großen Trümmerteile sind von der Untersuchungskommission zusammengeräumt worden. Das Gelände ist unbewacht, weit und breit kein Mensch. Detjen schließt daraus, daß die für die Feststellung der Unfallursache wichtigen Teile offensichtlich schon abtransportiert worden sind. Er schüttelt unzufrieden den Kopf. Schade!

Dann umgeht er das Katastrophenfeld in weitem Bogen. Nicht, daß er darauf abzielt, etwas zu finden, was der Untersuchungskommission entgangen ist – es wäre vermessen, mit einer nachlässigen Prüfung zu rechnen. So häufig sind derartige Katastrophen nicht; überall in der Welt werden die Ursachen genau untersucht. Achim kann nur hoffen, etwas zu entdecken, was die Kommission für unwichtig zur Klärung des Sachverhalts gehalten hat.

Alle Fahrzeuge sind von einer Seite gekommen, und zwar in gerader Linie von der Hauptstraße. Hier kreuzen und überlagern viele Spuren einander.

Detjen läuft weiter. Der Boden wirkt unberührt. Selbst Trittspuren fehlen. Das bringt Achim nicht dazu, umzukehren. Er müßte sich eine Unterlassung vorwerfen, wenn er nicht einen vollen Kreis beschriebe. Immer wieder entdeckt er kleine, kaum handgroße Metallteile vom Flugzeugrumpf. Die betrachtet er sehr genau. Alle sind verformt. Einige scheinen darauf hinzudeuten, daß sich vor dem Absturz an Bord eine ungeheure Temperatur entwickelt hat. Er ist nicht imstande, die Teilchen einzuordnen und festzustellen, an welche Stelle des Flugzeugrumpfes sie gehören. Ihr Zustand könnte auf eine Explosion hinweisen. Da diese Trümmer nicht gesucht und eingesammelt worden sind, liegt die Vermutung nahe, daß die Kommission ihrer nicht mehr bedurfte, daß sie bereits genug

Beweismaterial für ihre Untersuchung gehabt hat. Ist der Fall für sie klar?

Hundert Meter weiter stößt Detjen auf eine Reifenspur, eine doppelte Reifenspur. Hier hat sich ein Wagen der Unfallstelle genähert und sie auch wieder verlassen. Die Abdrücke auf dieser Seite sind augenfällig, sie springen Detjen förmlich an. Er hockt sich hin. Kein normaler Pkw hat Reifen mit solchem Profil. Dieses Fahrzeug ist für Geländefahrten vorbereitet. Achim hebt die Kleinbildkamera ans Auge und zieht die Schärfe. Um eine Maßeinheit zu haben, legt er eine Streichholzschachtel neben die Spur. Dann fotografiert er die Abdrücke so, daß sie schatten. Dadurch wirken sie im Bild plastisch. Mit Hilfe der Streichholzschachtel läßt sich die Stärke des Profils millimetergenau errechnen. Vielleicht wird das notwendig. Detjen nimmt die Spur an verschiedenen Stellen auf. Da und dort weist das Profil Beschädigungen auf. Das macht es notfalls möglich, die Reifen zu identifizieren.

Achim hat nicht eine Sekunde gezögert, die Abdrücke festzuhalten. Es muß eine besondere Bewandtnis mit ihnen haben. Alle anderen Fahrzeuge sind von der günstigsten Seite gekommen. Dieses hier hat sowohl bei der An- als auch bei der Abfahrt eine geradezu halsbrecherische Wegstrecke gewählt. Für die Anfahrt wäre das noch verständlich. Der Fahrer könnte die DC-2 stürzen gesehen haben und auf dem kürzesten Wege herbeigeeilt sein. Daß er zurück aber nicht die leichter zu bewältigende Fahrstrecke benutzt hat, ist unverständlich. Es sieht doch geradezu so aus, als sei er bewußt in die Unwegsamkeit zurückgekehrt, aus der er gekommen ist. An diesem Umstand entzündet sich Detjens Phantasie, auch wenn er keine Erklärung für den Zweck jener Fahrt findet. Hat da jemand versucht, etwas Wertvolles zu entdecken und beiseite zu bringen, ist er vielleicht durch die Ankunft der Hilfsmannschaften gestört worden und hat sich unbemerkt aus dem Staube gemacht? Oder haben sich die Spuren schon vor der Katastrophe hier in den Boden gedrückt? Theoretisch wäre auch das möglich. Achim hält es für unwahrscheinlich. Wer fährt ohne zwingenden Grund diese Strecke? Und die Spur führt genau ins Zentrum der Absturzstelle hinein. Detjen folgt ihr ein Stück.

Bei dieser Hitze zu laufen ist anstrengend. Achim kommt sich vor, wie aus dem Wasser gezogen, die Wäsche klebt am Leibe, Schweißtropfen rinnen ihm in die Mundwinkel. Um ihn flimmert die Luft. Kein Windhauch geht, und die Stille ist drückend.

John und Stan haben Detjen die ganze Zeit über im Glas. Die beiden sind ihm nicht gefolgt, als er Lisboa verließ. Sie begnügten sich mit der Feststellung seiner Hotelanschrift und der Beobachtung, daß er seinen Mietwagen volltankte und nach Norden fuhr. Klar, wohin er wollte! Andere Straßen benutzend, sind sie schon vor ihm zur Stelle gewesen.

«Und da fragst du, was er hier noch finden will!» sagte Stan nervös. «Das ist unsere Spur! Der da unten ist kein Dummer. Hat gleich begriffen, daß da etwas nicht mit rechten Dingen zugegangen ist.»

John schnauft. «Für einen Versicherungsprüfer ist der mir zu gut.»

«Sag das nicht!» Stan grinst. «So'ne Versicherung zahlt blendend. Da muß einer schon was tun für seinen Job. Für 'n kleines Gehalt hätte er ja zur Polizei gehen können.»

Strauchwerk verbirgt sie. Ihren Landrover, dessen Reifenabdrücke Achim Detjen eben beschäftigen, haben sie weitab in guter Deckung.

John setzt das Fernglas ab. «Und nun?» fragt er unsicher. «Es kostet den Chef sicher 'ne Menge Geld, daß die Untersuchung im Sande verläuft. Wenn jetzt dieser Elefant in den Porzellanladen trampelt... Alles durchkreuzt...»

Stan zieht die Unterlippe zwischen die Zähne. «Wir sind ja auch noch da», sagt er. «Wer hätte gedacht, daß Cliff recht behält? Als er uns die Portugal Airways beobachten ließ, hielt ich das für Beschäftigungstheorie, aber nun...»

«Cliff denkt an alles», bestätigt John im Brustton der Überzeugung. «Wir sollten ihn fragen, was mit dem Schnüffler werden soll.»

Der Hagere wedelt mit der Hand, eine Fliege zu verscheuchen. «Damit er uns anraunzt, weil wir die Sache nicht gleich erledigt haben?»

«Du meinst...?»

«Genau das! Es wird ganz natürlich aussehen, verlaß dich darauf.»

Mit einer gewissen Befriedigung stellt Detjen fest, daß die Trümmer der Douglas DC-2 nicht vollständig sind. Es fehlen jene Teile, die zwischen der Passagierkabine und dem Heck der Maschine liegen. Die also hat die Kommission mitgenommen, dort sucht sie des Rätsels Lösung! Hm, in Lissabon wird bestimmt ein Buch über Flugzeugtypen zu haben sein, mit Konstruktionsrissen und -schnitten... Hier kann er nichts mehr tun. Außerdem sagt ihm ein Blick auf die Uhr, daß er allmählich aufbrechen muß, wenn er auf der Rückfahrt nicht hetzen, in Lissabon in aller Ruhe duschen und auch noch etwas essen will, ehe er sich in den Pavillon Alvalade auf dem Campo Grande begibt. Er geht um den Hügelvorsprung herum und schaut den Steilhang hinauf. Dort oben steht der VW-Käfer, wie er ihn verlassen hat. Die Sonne spiegelt sich in den Scheiben.

Achim zieht erschrocken die Hand zurück, als er die Karosse berührt. Die glüht ja förmlich! Und innen erinnert der Wagen an einen Backofen, obwohl die Fenster offen sind. Das wird sich erst nach ein paar Kilometern Fahrt geben.

Der Major steigt ein, schaltet den Rückwärtsgang aus und läßt den Motor an. Der erste Gang... Der Wagen hat einen kleinen Wendekreis. Etwa drei Meter geradeaus, dann scharf nach rechts, und die gefährliche Stelle liegt hinter ihm.

Die Senke ist doch sehr steil. Der VW wird sofort schnell, die Bremswirkung des Viertaktmotors reicht nicht aus. Kupplung. Bremse. Es geschieht nichts. Im Gegenteil! Durch das Auskuppeln wird der Wagen noch schneller. Achim «pumpt», aber die Fußbremse bekommt keinen Druck. Der Hebel spielt völlig leer. Detjen reißt die Handbremse hoch. Auch das zeitigt keine Wirkung. Nur der eingelegte Gang hat den Käfer vorhin im Stand gehalten.

Der VW schießt auf den Abgrund zu. Würde Achim das Steuer herumreißen, würde er sich seitlich überschlagen und ebenfalls in die Tiefe stürzen. Der Absturz ist unausweichlich.

Detjen beißt die Zähne zusammen. Tür auf und 'raus! Etwas anderes gibt es nicht. Achim schlägt hart auf, überschlägt sich mehrfach, rollt, dürres Strauchwerk peitscht ihm das Gesicht, und während er immer noch vergeblich Halt sucht, hat der Wagen den Steilhang erreicht. Wie ein Pfeil schießt er darüber hinaus ins Leere. Er überschlägt sich, stößt hart auf, fällt weiter, setzt wieder auf. Es gibt eine Explosion und fast gleichzeitig eine Stichflamme. Wie eine Fackel stürzt der Käfer auf die Talsohle hinab. Er bleibt auf dem Rücken liegen und ist eingehüllt in Flammen und Rauch. Das Prasseln des Feuers muß in der Stille weit zu hören sein.

Keuchend geht Detjens Atem. Ein verkrüppelter Strauch hat den Mann aufgefangen. Wenn Achim nach schräg unten schaut, sieht er den brennenden Wagen. Nach oben kann er nicht sehen. Das Strauchwerk hat sich über ihm wieder geschlossen. Der Major kriecht ein wenig vor. Die Kamera, die er noch umhängen hat, drückt schmerzhaft gegen die Brust. Gedankenlos wischt er mit dem Handrücken über die lederne Bereitschaftstasche. Ohne die wäre der Apparat jetzt hin. Auch an sich herunter blickt Achim. Er sieht schlimm aus, Hemd und Hose hängen in Fetzen, und es fehlt nicht an Schrammen und schmerzhaften Schürfungen. Hat er ein Glück gehabt! Menschenskind, hat er ein Glück gehabt! Das hier, das hätte voll ins Auge gehen können!

Er schluckt. Er zwingt sich, ruhig zu atmen. Der widerliche Geruch brennenden Gummis zieht bis zu ihm herauf. Um ein Haar läge er jetzt da unten in der brennenden Kiste ... Einen Augenblick lang legt er die Stirn auf den Boden und schüttelt sich. Dann rekonstruiert er. Auf der Fahrt hierher funktionierten die Bremsen einwandfrei. Das weiß er so genau, weil ihn der Vermieter gewohnheitsmäßig ausdrücklich zu einer Bremsprobe anhielt, als er losfahren wollte. Nein, die Bremsen waren in Ordnung! Und nun auf einmal... Hand- und Fußbremse! Das ist kein Zufall, kann keiner sein! Daran hat einer gedreht. Es muß daran gedreht worden sein, während er, Detjen, den Katastrophenort besichtigte. Und sicher ist er noch in der Nähe, das Ergebnis seiner Manipulation zu beobachten.

Sofort wird Achim ruhig. Hier am Steilhang ist er erst einmal in Deckung. Der oder die Verfolger werden sich hüten, sich auf eine Kletterpartie einzulassen. Aber hinuntersehen werden sie zweifellos. Vorsichtig kriecht der Major noch ein Stück. Nun kann er, wenn er einen Zweig zur Seite biegt, den Rand des Plateaus sehen. Zugleich klappt er die Ledertasche der Kleinbildkamera auf und macht die Leica bereit.

Tatsächlich erscheinen dort oben zwei Männer. Es überrascht ihn nicht einmal, daß der eine der Mann mit dem amerikanischen Südstaatenslang ist, der Mann mit dem breitkrempigen Hut, der Mann, der ihm in der Repräsentation der Portugal Airways auf dem Flughafen folgte. Der Kameraverschluß klickt. Zum Glück hat der Apparat beim Sturz keinen Schaden genommen. Den zweiten hat Detjen, glaubt er, noch nie gesehen. Sie sprechen miteinander, und Achim versteht jedes Wort.

«Erledigt, der Fall!» urteilt Stan befriedigt. «Den sind wir los. Eigentlich könntest du hinabsteigen und dich überzeugen.»

Dazu hat der Dicke keine Lust. Er tritt ganz nah an den Abgrund heran. Auf einmal deutet er hinab: «Da hängt sein Hut! Den hat es herausgeschleudert. Mehr ist nicht von ihm übriggeblieben.» Trotzdem nimmt er das Fernglas und sucht damit gründlich und genau die Absturzstelle ab.

Ganz langsam senkt Achim den Kopf und liegt reglos. Eine schnelle Bewegung könnte der da oben wahrnehmen. Detjen wagt kaum zu atmen. Seine beiden Hände verdecken die blanken Metallteile der Kamera, damit sie nicht in der Sonne blinken und Aufmerksamkeit wecken. In diesem Augenblick ist der Apparat seine beste Waffe.

Als alles still bleibt und der Major wieder hochsieht, sind die beiden verschwunden. Detjen wartet noch. Nach einer Weile glaubt er, das Motorengeräusch eines weitab anfahrenden Wagens zu hören. Es entfernt sich. Da klettert er den Hang hinauf, klopft sich mechanisch Staub und Schmutz von der Kleidung, so gut es geht, und kommt sich keineswegs salonfähig vor.

Wie soll er wegkommen? Karten und Kompaß sind verbrannt, und wenn er auch von Sonnenstand und Uhrzeit die Himmelsrichtungen ablesen kann – er hat keine Ahnung, wie er pünktlich im Pavillon Alvalade sein soll. Hier kommt kein Auto vorbei, das er anhalten könnte; eine Eisenbahnlinie hat er nicht gekreuzt, und wie es mit dem Busverkehr bestellt ist... Wie ausgesetzt kommt er sich vor.

Eine Kanonade portugiesischer Flüche läßt ihn aufhorchen. Sofort geht er in Deckung und richtet sich kurz danach erleichtert wieder auf. Ein alter Mann auf einem Esel nähert sich. Im Gegensatz zu seinem Herrn hat es das kleine Tier nicht eilig. Achim geht dem Alten entgegen. So wie er jetzt muß Robinson empfunden haben, als der von Menschenfressern gejagte Freitag zum erstenmal in seinem Gesichtskreis auftauchte.

Der Schäfer hält an, sieht in Talkessel hinab und bekreuzigt sich. «Jeden Tag eine Rauchwolke!» sagt er atemlos. «Heilige Mutter Gottes, was ist bloß in die Menschen gefahren!»

«Das war mein Wagen», erklärt Detjen sofort und gibt sich Mühe, den Alten für sich einzunehmen. «Die Bremsen haben versagt. Nun stehe ich da und weiß nicht, wie ich am schnellsten nach Lissabon komme. Dabei hängt für mich viel davon ab, um fünf Uhr dort zu sein. Können Sie mir helfen, Senhor? Ich darf mich vorstellen, Detjen.»

Würdevoll lüftet der Schäfer seinen formlosen, zerknüllten Hut. «Cuzzani, Guilherme Cuzzani. Meine Herde weidet dort hinten. Ich überlege, wie ich Ihnen helfen kann, Senhor.»

5

Der Garten des Pavillons Alvalade ist dem Fluß zugewandt. Die Nähe des Stroms macht das Sitzen im Freien erträglich. Sie ist es wohl auch, die eine üppige Vegetation gedeihen läßt. Wie am Mittelmeer kommt sich Detjen vor. Zypressen und Palmen, blühender Oleander... Und überall Blumenschalen. Bromelien in vielen Farben und Formen... Sie sind sorgsam gepflegt, in den Blattachseln steht Wasser, die Blüten legen weit aus, und an Spalieren ranken Kletterrosen. Die kleinen Marmortische sind von bunten Sonnenschirmen beschattet. Ein Café-Konzert wird geboten. Der Musikpavillon gleicht einer Muschelschale; die Musiker treten im Smoking auf.

Achim lehnt sich behaglich zurück. Geduscht und umgezogen, wieder im geschlossenen Anzug und mit einer Sonnenbrille auf der Nase, hat er keine Ähnlichkeit mehr mit dem übel zugerichteten Mann in der Sierra Morena. An den erinnert bestenfalls ein kleines Heftpflaster oberhalb der rechten Braue. Wider Erwarten ist der Major lange vor der Zeit in dem Café, dessen Name auf dem ihm zugeschobenen Zettel steht. Guilherme Cuzzani hat ihm wunderbar geholfen. Zunächst ließ er ihn mit auf den Esel steigen – kaum glaubhaft, was so ein Langohr schleppen kann –, und dann erwies sich, daß Cuzzani Besitzer eines uralten Motorrades war, mit dem er Achim in das nächstgelegene Dorf brachte. Dort wußte er einen Mann, der sich stolz «Fuhrunternehmer» nennt, weil er einen klapprigen Lieferwagen besitzt, und mit diesem Lieferwagen gelangte Detjen bis vor sein Hotel. Er sieht noch vor sich, wie fassungslos der «Ambassador»-Portier das merkwürdige Taxi betrachtete. Dadurch gelangte der Major fast unbemerkt und sehr schnell durch die Hotelhalle zum Fahrstuhl. Der Liftboy musterte ihn sachverständig und wie einer, der etwas von Prügeleien versteht.

Es sitzt sich hier gut. An dem Spalier neben ihm blühen tiefblaue Klematis mit Kelchen in der Größe von Tassen, Detjen trinkt Eiskaffee und blättert in den neuesten Zeitungen. Jenseits des Spaliers sprechen Gäste über Stierkämpfe. Sie streiten ein wenig, welche der beiden Lissabonner Arenen die besseren Toreros habe, die auf dem Campo Pequeno oder die in Algés. Stierkämpfer sind hier populärer als am Rhein Filmstars. Sie haben ein sachverständiges Publikum.

Die Zeitungen melden nichts Neues. Die Untersuchungen sind noch im Gange. Jedoch glaubt die Kommission, bereits jetzt Gerüchten, denen zufolge es sich um ein Attentat gehandelt haben könnte, mit Nachdruck entgegentreten zu müssen. Ein tragischer Unglücksfall, dessen Begleitumstände in wenigen Tagen völlig aufgeklärt sein werden. Man wird sie zu gegebener Zeit veröffentlichen. Karitative Vereinigungen haben den Angehörigen der Opfer jede erdenkliche Hilfe zuteil werden lassen. Davon berichten die Blätter in rührenden Reportagen. Wollte man ihnen glauben, wäre die Welt heil im Portugal des Diktators Salazar.

Achim schaut auf die Uhr. Ist das Mädchen pünktlich, wird es in wenigen Minuten hier sein. Verstohlen schiebt der Major die Rechte unter die Jacke und rückt das kleine Pistolenhalfter gerade. Er wird sich davon nicht mehr trennen, solange er in Portugal weilt. Während seiner Fahrt in die Sierra Morena lag die Waffe im Hotel – erster Fehler! Unerbittlich gegen sich selbst rechnet er auf, was er noch falsch gemacht hat. Wie konnte ihm entgehen, daß auf dem Flughafen nach dem Lauscher ein zweiter Mann da war und ihn fraglos verfolgte, bis seine Marschrichtung klar war? Detjen schüttelt unzufrieden den Kopf. So etwas darf einem einfach nicht unterlaufen! Ihm schon gar nicht. Im Augenblick freilich steht kaum eine Gefahr ins Haus – der Dicke und sein drahtiger Begleiter halten ihn erst einmal für tot, aber in Kürze werden sie merken, daß er noch sehr lebendig ist, und sich von neuem auf seine Spur setzen. Ein dritter Fehler kann ihn mit Sicherheit das Leben kosten.

Das Mädchen aus dem Service-Büro der Portugal Airways... Fast hätte er sie nicht erkannt. Statt der kostümartigen dunkelblauen Uniform trägt sie ein farbenfrohes Sommerkleid. Darin sieht sie noch schmaler und graziler aus. Der Major steht auf und geht ihr entgegen, führt sie an seinen Tisch und schiebt ihr den Stuhl zurecht.

«Ich habe Ihnen in zweifacher Hinsicht zu danken, Senhorita», beginnt er. «Einmal dafür, daß Sie Zeit für mich erübrigen, und zum zweiten für Ihre Hilfsbereitschaft. Ich stehe tief in Ihrer Schuld. Was darf ich für Sie bestellen, Senhorita...?»

Sie versteht die Frage. «Solano», hilft sie aus. «Ich heiße Isabella Solano.» Auch sie wählt Eiskaffee, und bis der gebracht wird, plätschert das Gespräch belanglos dahin. Wie der erste Eindruck sei in Portugal, ob er ein Hotel gefunden habe, das ihm zusage, und dergleichen verbindliche Allgemeinplätze mehr. Detjen versichert im Brustton der Überzeugung, Lissabon sei für ihn unglaublich aufregend und voller Überraschungen. Das zu sagen fällt ihm nicht einmal schwer. Isabella entdeckt das Pflaster oberhalb des Auges und erkundigt sich mitfühlend, ob er sich gestoßen habe. Achim bestätigt, so könne man es nennen. Dann stellt ein Kellner im weißen Dinnersakko den Eiskaffee auf den Tisch, und sobald er gegangen ist, kommt Isabella Solano zur Sache. Sie öffnet ihre Handtasche und nimmt einen kleingefalteten Bogen Schreibmaschinenpapier heraus. «Die Passagierliste», sagt sie ganz leise und ein wenig verlegen. «Darum geht es Ihnen doch...»

Er lächelt sie unbefangen an. «Ja, wenn Sie den Versicherungsprüfer meinen. Der Achim Detjen aus Köln ist da seiner Sache gar nicht so sicher. Es ist schön, mit Ihnen hier zu sitzen.»

Das zu sagen kostet ihn keine Verstellung. Die junge

Portugiesin ist liebenswürdig. Vor allem gefällt ihm, daß sie hier im Pavillon Alvalade nicht plötzlich etwas ganz anderes sein möchte als im Service-Büro, daß sie ihm mit der gleichen selbstsicheren Natürlichkeit gegenübersitzt, die ihn auf dem Flughafen für sie einnahm.

Isabella deutet auf das Papier. «Ich habe Ihnen die Liste abgeschrieben. Von einigen auch die Adressen. Aber – bitte, erwähnen Sie mich nirgends. Ich bekomme sonst Schwierigkeiten.»

Achim nickt. «Diskretion ist mein Beruf. Vertrauen gegen Vertrauen.» Er beugt sich vor. «Von wem geht die Geheimnistuerei eigentlich aus? Von Ihrer Gesellschaft?»

«Nein, von der Polizei. Die Ursachen der Katastrophe sind ja noch völlig ungeklärt.»

Da deutet er auf die Zeitungen. «Hier liest sich's anders. Ich würde gern wissen, wie man bei der Portugal Airways darüber denkt.»

Sie nimmt ihre Sonnenbrille mit den großen runden Gläsern von der kleinen Nase und spielt mit den Bügeln. «Es wird natürlich viel darüber geredet. Den meisten fällt es schwer, an einen Unfall zu glauben. Menschliches Versagen scheiden sie ganz aus. Ein so erfahrener Kapitän... Und wenn sich die PA mehr Maschinen leisten könnte, dann wäre auch sein Copilot längst Chefpilot gewesen. Versagen...» Sie setzt die Brille wieder auf. «Die DC-zwei war erst vor vierzehn Tagen generalüberholt worden. Sie glauben an ein Attentat. Senhor Detjen, nicht wahr?»

Achim wiegt den Kopf. «Es spricht einiges dafür, finden Sie nicht? Wie man hört, hat die Untersuchungskommission die Teile des Flugzeugs abtransportieren lassen, die zwischen Passagierkabine und Heck liegen. Da gibt es weder Tanks noch elektrische Aggregate. Ein Frachtraum befindet sich dort. Passagiergepäck. Post. Etwas davon ist explodiert.»

Isabella Solano zeigt sich ganz interessiert. «Verstehen Sie etwas von Flugzeugen?» fragt sie neugierig.

Er nimmt sofort zurück. «Wenig. Man muß sich eben damit

befassen, wenn es der Fall verlangt.»

Auch ihr scheint es angenehm zu sein, mit Achim Detjen hier zu sitzen. Vermutlich findet sie es aufregend, in ein Stück Detektivarbeit eingeweiht zu werden. Zeitschriftenstories und Funkspiele stilisieren Privatdetektive und Kriminalkommissare zu Rittern ohne Furcht und Tadel, und sie hat noch nie einen solchen Helden kennengelernt. «Glauben Sie, daß man es auf Ihren Klienten abgesehen hatte?» fragt sie eifrig.

Der Major löffelt Schlagsahne aus dem Eiskaffeeglas. «Diese Form des Versicherungsbetruges kommt gar nicht so selten vor.»

«Scheußlich.»

«Ich habe meinen Verdacht nicht aus der Luft gegriffen. Kaum war ich hier gelandet, da stieß ich schon auf eine Merkwürdigkeit. Eine Abendzeitung meldete unter Berufung auf Informationen vom Flughafen, hier seien sechs Passagiere in die Douglas gestiegen. Der Polizeibericht, der am nächsten Tag vorlag, sprach jedoch von sieben toten Reisenden. Wieviel Namen stehen in Ihrer Liste?»

«Sieben», erwidert sie schnell. «Sieben haben auch ihr Gepäck aufgegeben. Aber geflogen sind wirklich nur sechs. Das weiß ich ganz genau. Manuela hat die Maschine abgefertigt. Eine Freundin. Sie erzählte mir, daß sie sogar eine Minute auf den siebenten Mann gewartet haben.» Sie nimmt aus ihrer Handtasche einen Zeitungsausschnitt mit den Bildern der Opfer. «Sie können sich denken, daß wir lang und breit darüber geredet haben. Manuela ist ganz sicher, daß dieser Mann nicht mit ihr zum Flugzeug gegangen ist.»

Detjen beugt sich über das Blatt. Da, wo die Spitze von Isabellas Zeigefinger liegt, steht der Name Raffael Lupus. Der Mann mit den grünen Hosen, der Passagier, von dem auch Guilherme Cuzzani sprach, der Schäfer. Der hatte die Polizei geholt und war mit ihr an die Absturzstelle zurückgekehrt. Wie den Beamten fiel ihm auf, daß der Leichnam des Mannes mit den grünen Hosen im Vergleich zu den anderen nicht verstümmelt war. Nur der Kopf wies eine große Wunde auf. Der

Polizeiarzt hatte noch gesagt, das sehe mehr nach einem Schlag über den Schädel als nach einem Sturz aus großer Höhe aus. Und auch das Feuer hatte ihn kaum berührt. Unwillkürlich denkt Achim wieder an die Spur des Wagens, die bis ins Zentrum der Unglücksstelle führte. Der phantastische Schluß liegt nahe, daß Raffael Lupus, der sich nicht an Bord der DC-2 begab, unmittelbar nach dem Absturz tot zu den übrigen Reisenden gelegt wurde. Das setzt voraus, daß die Täter genau wußten, wann und wo die Maschine abstürzen würde, das heißt, daß sie den Zeitzünder der Sprengladung eingestellt hatten. Befand sich diese Ladung vielleicht in Lupus' Gepäck und war er, dies ahnend, nicht an Bord gegangen? Oder sollte von vornherein überhaupt nur sein Gepäck fliegen, und war er, nachdem er es auf den Weg gebracht hatte, als unliebsamer Mitwisser beseitigt worden? Wem aber galt der Anschlag? Bis jetzt sieht der Sonderbeauftragte aus Bonn keine greifbare Verbindungslinie von den Tätern zum Besuch des Ministerialdirigenten Dr. Hohlfeld in Portugal.

Achim faltet die Abschrift der Passagierliste auf. Einige Adressen werden genannt, andere fehlen. Lüders' Anschrift steht da – Campo Grande 251. Das muß ganz in der Nähe sein. Dr. Hohlfelds Ticket ist über die Botschaft beschafft worden. Es steht zwar nur die Straße da, aber die Hausnummer sagt alles. Detjen hat die Adresse im Kopf.

Hinter dem Namen «Lupus, Raffael» fehlen weitere Angaben. Enttäuscht schaut Detjen auf.

«Die Adresse ist unbekannt», sagt Isabella bedauernd. «Senhor Lupus hat sein Ticket im Stadtbüro gekauft. Anschriften haben wir bloß von denen, die telefonisch oder telegrafisch buchen. Genaue Listen sind nur für den grenzüberschreitenden Verkehr vorgeschrieben.»

Für Achim steht fest, daß er die Rätsel, mit denen er sich konfrontiert sieht, lediglich lösen kann, wenn er mehr von Raffael Lupus weiß. Dies vor allem dankt er der Bereitwilligkeit Isabella Solanos, sich mit ihm zu treffen – der Verdacht, der durch die Meldung des «Express» in ihm aufkeimte, hat eine Bestätigung gefunden. Wie das alles zusammenhängt, kann er noch nicht überblicken, doch das wäre auch ein bißchen viel verlangt nach noch nicht einmal vierundzwanzig Stunden Aufenthalt in Lissabon. Mit ein wenig Ironie denkt Detjen, daß er eigentlich gut sei und seiner Legende keine Schande mache. Privatdetektive, wie er einen spielt, verlangen in der Bundesrepublik vierzig D-Mark je Arbeitsstunde, Spesen und Aufwandsentschädigung extra. Dafür hat er genug getan. Sein Majorsgehalt liegt wesentlich darunter.

Sie sitzen noch eine Weile zusammen und unterhalten sich. Ohne daß es einer ausspricht, wird beiden bewußt, daß ihm der andere gefällt. Ihn rührt es, daß ihr der Tod von zehn Menschen so nahegegangen ist. Sie kommt immer wieder auf die Katastrophe zurück. Er begreift, daß sie die Anweisungen ihrer Direktion ignoriert und ihm Zeit opfert, weil sie die Hintergründe eines möglichen Verbrechens geklärt sehen möchte und ihm zutraut, daß er das schafft. Ihr gefällt an ihm, daß er sich nicht großsprecherisch in Szene setzt, nicht alles besser weiß und nicht gleich jedermann mit deutscher Unduldsamkeit behandelt, wie sie es von seinen Landsleuten gewohnt ist, die die Touristik ins Land schwemmt. Er prahlt nicht mit früheren Heldentaten, um sie gesprächig zu machen, und biedert sich auch nicht mit plumper Vertraulichkeit an. Die überlegte Sachlichkeit, mit der er seiner Arbeit nachgeht, flößt ihr Vertrauen ein. Schade, daß er nur ein kurzes Gastspiel in Portugal gibt... Isabella Solano freut sich, daß er sie fragt, ob er sie wiedersehen darf.

Nachdem Detjen das Mädchen zu ihrem kleinen Wagen gebracht hat, sucht er Campo Grande Nummer 251. Das ist ein altes, verschnörkeltes Bürohaus, ein neoklassizistischer Bau mit blendendweißer Fassade, protzig auf altertümliche Weise. Beide Seiten des Portals sind voll von Messingschildern. Sie nennen nur wenige einheimische Firmen, aber in langer Reihe die Namen ausländischer Unternehmen, die hier Niederlassungen unterhalten, Namen von Agenturen und Vertretungen. Womit man alles Geld verdienen kann!

Ein kleines Schild: «Eberhard Lüders, Industrieberatungen.» Das Büro liegt im fünften Stock. Hier oben nennt jede Tür einen anderen Namen. Der Flur ist wie ausgestorben. Detjen begegnet keinem Menschen und wird den Verdacht nicht los, daß sich in dieser Etage vornehmlich Briefkastenfirmen eingenistet haben. Sie mieten zu horrendem Preis ein Zimmer, lassen sich ins Handelsregister eintragen, eröffnen Konten und machen Geschäfte. Auf diese Art kann beispielsweise eine Firma in Köln von ihrer Niederlassung in Lissabon Exportaufträge entgegennehmen, die Steuervergünstigungen nach sich ziehen, kann diese Vergünstigungen in beiden Ländern kassieren und durch Kapitalverschiebungen maximale Profite erzielen.

Lüders' Büro ist selbstverständlich verschlossen, in den nebenan gelegenen ist niemand; Achim muß sich an den Hausverwalter wenden, um etwas zu erfahren.

Er erfährt nichts. Senhor Lüders weile selten hier und habe keine regelmäßigen Bürostunden. Er komme eigentlich nur alle paar Tage einmal vorbei, um Post abzuholen. Angestellte beschäftige er nicht, und wo er wohnt? Ein Schulterzucken ist die Antwort. Auch ein über den Tisch geschobener Geldschein macht den eleganten jungen Mann nicht gesprächiger. Er weiß nur noch zu sagen, die Büroräume in diesem Haus würden über eine Agentur vermietet. Dort nachzufragen sei völlig zwecklos. Solange die Mieten pünktlich entrichtet werden, verweigert sie jede Auskunft. Ganz aussichtslos, sich überhaupt dorthin zu wenden.

Achim verläßt das protzige Haus am Campo Grande so klug, wie er es betreten hat. Keine Adresse von Lüders, keine Adresse von Lupus! Er muß sich etwas einfallen lassen.

6

Winnie Winkelmann schiebt verstohlen den Ärmel des weißen Trenchcoats hoch und blickt auf die Armbanduhr. Das ist sonderbar. Sie kennt Achim Detjen, der eigentlich Werner Bredebusch heißt, als die Pünktlichkeit selbst. Auf die Minute genau da zu sein, gehört zu den Grundregeln für einen solchen Treff. Jemand, der lange wartet, fällt auf, und Winnie ist nun schon ungebührlich lange da. Zum Glück herrscht reger Betrieb in der Lederwarenabteilung des Kaufhofes in Bonn. Sie kann viel Zeit glaubhaft darauf verwenden, an den Regalen entlang zu gehen, zwischen den Tischen hin und her zu schlendern, dies und das betrachtend in die Hand zu nehmen und sich nicht entscheiden zu können. Aber Werner Bredebusch erscheint nicht. Die Gefahr wird immer größer, daß die Leute, die auf der Jagd nach Ladendieben auf Fernsehmonitoren den Kundenstrom beobachten, auf sie aufmerksam werden. Sie kauft schließlich eine Schlüsseltasche und verläßt den Kaufhof.

Ihr Wagen steht auf dem Parkplatz vor dem Verkehrsbüro. Von der kleinen zweisitzigen Isetta mit Fronteinstieg hat sie sich längst getrennt. Nicht, daß sie ihrer überdrüssig geworden wäre. Aber als Geschäftsinhaberin kann sie sich ein solches Minifahrzeug nicht mehr leisten –, jeder würde denken, das «Wirtschaftswunder» habe um «Foto Winkelmann» einen weiten Bogen gemacht, und so ist es nicht. Winnie hat ihr Geschäft und vor allem das Atelier entscheidend verbessert. Erste Versuche, in die Werbung einzusteigen, haben sich recht gut angelassen. Die Fotografin spielt mit dem Gedanken, ganz auf dieses Gebiet überzuwechseln. Das würde sie beweglicher machen, sie würde viel reisen müssen, und das käme ihrer eigentlichen Aufgabe sehr zugute. Wenn eine Ladenbesitzerin dauernd herumzieht, weckt das bei den Nachbarn doch gelegentlich ein Kopfschütteln. Von dieser Verwunderung ist es nur ein kleiner Schritt zu Argwohn und Verdächtigungen. Die

Genossen in Berlin haben ihre Überlegungen gebilligt und sie in ihrem Vorhaben bestärkt. Der Wagen, den sie jetzt fährt, unterstützt ihr Image auch bei anspruchsvollen Kunden. Ein großer, repräsentativer BMW... Der Marke ist sie treu geblieben.

Weit fährt Winnie nicht, eigentlich wechselt sie bloß den Parkplatz. Mit Bredebusch ist ausgemacht worden, daß im Falle des Scheiterns eines Treffs durch unvorhergesehene Ereignisse zwei Stunden später an anderer Stelle ein «Ersatztreff» stattfindet. Diesmal haben sie sich auf das Beethovenhaus in der Bonngasse geeinigt. Kaum anzunehmen, daß Detjen dort ein Bekannter über den Weg läuft. Es ist das Schicksal aller Museen, daß sie von Auswärtigen immer, von Einheimischen jedoch selten besucht werden. In beiden Etagen des schönen Fachwerkhauses, in dem der große Tondichter geboren ist, sind mehr englische und französische als deutsche Laute zu hören.

Eine Minute vor der vereinbarten Zeit geht Winnie Winkelmann auf das Gebäude zu. Genau gegenüber befindet sich ein Spielzeugladen. Über dem Schaufenster hockt auf einer Stange Meister Petz und bläst unentwegt Seifenblasen. Sie schweben buntschillernd ein Stück durch die Gasse, ehe sie platzen. Spielende Kinder haschen nach ihnen.

Auch im Beethovenhaus kommt keine Begegnung zustande. Die Fotografin verweilt noch etwas in der Umgebung, doch auch das ist umsonst. Jetzt erst unternimmt sie den Versuch, Werner Bredebusch anzurufen – von einer «Öffentlichen» aus.

Das Rufzeichen. Dann überraschend eine Frauenstimme. «Kundendienst. Guten Tag. Bitte, welchen Anschluß hatten Sie gewählt?»

«Fünf-zehn-sieben-neun. Herrn Detjen.»

Wieder die Frauenstimme, kühl, aber mit geschäftsmäßiger Verbindlichkeit. «Der Anschluß von Herrn Detjen ist auf Kundendienst geschaltet. Darf ich etwas für den Teilnehmer notieren?»

«Danke», wehrt Winnie Winkelmann ab. «Ist Ihnen bekannt, wann Herr Detjen wieder zu erreichen ist?»

«Ich bedaure. Darüber liegt mir keine Information vor.»

«Haben Sie vielen Dank», beschließt die Fotografin das Gespräch und hängt an. Besorgt ist sie nicht. Sie tippt auf eine plötzliche Dienstreise des Majors. So etwas kann sich im Verteidigungsministerium von einer Minute auf die andere ergeben. Immerhin hat er noch so viel Zeit gehabt, den Kundendienst zu verständigen. Auch dessen Einschaltung ist nicht ohne Bedeutung: Werner hat eine Nachricht für sie hinterlegt.

Auf dem Rückweg zum Wagen erwirbt sie einen «Generalanzeiger». Als sie bei «Foto Evang» vorübergeht, tut sie einen kräftigen Griff in die Ständer vor dem Geschäft und nimmt Prospekte mit. Dazu sind die ja da. Mit diesem Gepäck – dem «Generalanzeiger» und den Prospekten – begibt sie sich von einem weiteren Parkplatz aus zu Fuß zu dem Haus, in dem Detjen wohnt. Sie betritt es nicht gleich. Als wollte sie die ganze Straße «aufrollen», tritt sie von der Straßenkreuzung her in jeden Eingang und beschickt die Briefkästen mit Prospekten. Das ist nichts Besonderes, das fällt nicht auf. Tag für Tag sind die Reklamekolonnen unterwegs und stopfen die Briefkästen voll. Was kümmert es sie, daß sie einer hochbetagten Rentnerin nahelegen, durch Body-building zu einem athletischen Körperbau zu kommen, einem Oberfinanzsekretär dringend anraten, mittels eines garantiert unschädlichen Präparats seiner Büste erregende Üppigkeit zu geben, und dem Vorsitzenden des Abstinenzlervereins eine Weinreise auf der Mosel zu Sonderpreisen anempfehlen? Solche Werbung erfolgt nach dem Schrotflintenprinzip: Eine Kugel von vielen wird schon treffen!

Halb auf dem Bürgersteig steht vor dem Haus, in dem Detjen wohnt, dessen Wagen. Winnie ist gerade im Treppenhaus, als von oben ein Mann kommt, der seinen Hund ausführen will. Das ist ein besonders schönes Tier, ein afghanischer Windhund mit seidigem, goldfarbenem Behang.

«Schon wieder Prospekte!» seufzt der Mann. «Die landen doch sowieso im Papierkorb. Warum machen Sie sich überhaupt erst die Mühe, junge Frau?»

Die Fotografin lächelt. «Es ist mein Job.» Dabei fährt sie fort, Werbematerial in Briefkastenschlitze zu schieben – flink und gewandt, als täte sie das alle Tage. An ihr vorüber zerrt der schöne Hund seinen Herrn ins Freie. Der Stammbaum ruft...

Nun ist Winnie allein. Mit raschem Griff nimmt sie die in Detjens Kasten steckenden Zeitungen heraus und ersetzt sie durch den mitgebrachten «Generalanzeiger». Die mitgebrachten Prospekte reichen auch noch für das Nachbarhaus. Umsichtig versorgt sie dort ebenfalls die Briefkästen, ehe sie zu ihrem Wagen zurückkehrt. Jetzt hält sie in Bonn nichts mehr. Sie biegt auf die Autobahn nach Frankfurt (Main) ein.

Wenig mehr als zwei Stunden später sitzt Winnie Winkelmann in ihrem Labor. Um diese Zeit, lange nach Ladenschluß, stört sie niemand mehr, als sie den Börsenteil des Bonner «Generalanzeigers» aufschlägt und sehr genau betrachtet. Mit der Lupe erkennt sie Werners Markierungen – die Farbwerke Hoechst und Volkswagen. Nun nimmt Winnie ihren Atlas zur Hand – «rein zufällig» dieselbe Ausgabe, die sich in Bredebuschs Besitz befindet – und löst die Seite «Iberische Halbinsel» heraus. Eine der Markierungen, die erste von hinten, nennt die Seitenzahl. Die zweite gibt Höhe und Breite an. Die Fotografin legt das Kartenblatt in einen Vergrößerungsrahmen und stellt die beiden Schieber auf die genannten Zahlen ein. Was dabei herauskommt, wäre als Fotoformat durchaus ungewöhnlich, aber genau im Schnittpunkt der beiden rechtwinklig zueinander stehenden Geraden erscheint das breite Mündungsgebiet des Tejo, zeigt sich die rote Kennzeichnung einer Millionenstadt. Lisboa.

Was hat Achim Detjen in Lissabon zu tun? Oder, um die Frage zu präzisieren: Was führt einen Offizier der Luftwaffe der Bundeswehr nach Portugal? Hm... Ein Besuch beim NATO-Partner? Portugal ist seit 1949 NATO-Mitglied, und weder Amerika noch die anderen haben sich bei seiner Aufnahme daran gestört, daß der faschistische Diktator Antonio de Oliveira Salazar noch vor vier Jahren bei der Kapitulation Hitlerdeutschlands demonstrativ Staatstrauer angeordnet hat.

Das Büro, das Achim Detjen am Morgen des folgenden Tages betritt, ist trist und von niederschmetternder Farblosigkeit. Neben dem Rollschrank hängt ein Stadtplan von Lissabon dem Bildnis des Diktators gegenüber, der streng und ernst auf seine Untertanen niederblickt. Hier sieht er auf ein paar aneinander gerückte Schreibtische, einen eisernen Waschständer und ein unsauberes Handtuch. An der Wand neben der Tür befindet sich eine Meßlatte. Auf der Wandtafel daneben sind Steckbriefe, die meisten mit Fotos versehen, angeheftet. Eine hölzerne Barriere teilt den Raum. Der Schreibtisch des Mannes dahinter steht frei und hat einen eigenen Ventilator. Die übrigen Benutzer des Zimmers müssen sich mit dem Luftzug des Propellers an der Decke begnügen. Das ist ein lärmendes altes Gerät. Die ausgeleierten Lager schnarren und quietschen.

Der Polizeikommissar hinter der Barriere zieht die Brauen hoch und gibt Achim den «Confidentia»-Ausweis zurück.

«Da gibt es nichts mehr zu erfahren», sagt er gleichgültig. Dieser Kommissar steht dicht vor seiner Pensionierung und möchte bis dahin in Ruhe gelassen werden. Sein faltiges, eigentümlich erschlafftes Gesicht mit der fleischigen Nase wirkt müde und desinteressiert. «Es gibt keinen Fall ‹Portugal Airways›. Es war ein Unglück. Bedauerlich, aber ...» Er sieht den Besucher an und hält das Gespräch für beendet. Doch sein Gegenüber rührt sich nicht. Na ja, ein Deutscher mit all der sturen und pflichtbewußten Beharrlichkeit dieses Menschenschlages. Der Teufel soll ihn holen! denkt der Kommissar.

Da der Teufel sich nicht bemüht, murmelt er etwas, das wie «Einen Moment warten ...» klingt, und geht nach nebenan. Dazu muß er um die aneinandergerückten Schreibtische herum. Einer ist nicht besetzt. An dem anderen hämmert ein junger Mann in Zivil auf einer supermodernen elektrischen Schreibmaschine. Sie ist das Glanzstück in diesem Raum. Zwischendurch klingelt einmal das Telefon. Der junge Mann sagt, hier sei die Kriminalabteilung, aber für das, worum es dem Anrufer gehe, sei das Sittendezernat zuständig und er solle sich dorthin wenden. Dann schreibt er weiter an seinem offenbar endlosen Bericht.

Mit einem Aktendeckel in der Hand kehrt der Kommissar zurück. Er schwitzt, obwohl der Weg nur kurz gewesen ist. Er greift nach seinem Ventilator, schwenkt ihn vor dem Gesicht hin und her und hält ihn sich auch in den Nacken. Nebenbei schlägt er die Mappe auf.

«Gutachtlich wurde festgestellt», erklärt er mürrisch, «daß es durch eine schadhafte elektrische Leitung zu einem Kurzschluß gekommen sein muß. Das Feuer griff um sich. Wie das ausging, wissen Sie.» Er lehnt sich zurück und schaut Detjen traurig an. «Ich habe das Gerede von einem Anschlag auf die Maschine auch gehört. So etwas fasziniert einen, wenn man so jung ist wie Sie. Da hat man tausend Rosinen im Kopf. Der große Fall, durch dessen Aufklärung man berühmt wird. Ich kenne das alles. In Wahrheit sind diese Gerüchte durch nichts zu beweisen. Es lohnt nicht einmal, ihnen nachzugehen.»

«Immerhin», wendet Achim ein, «drei Besatzungsmitglieder, sechs Passagiere ...» Irgendwie muß es doch möglich sein, diesen gleichgültigen alten Mann aufzuscheuchen.

«Sieben, Senhor. Es waren sieben Passagiere», berichtigt der Kommissar. «Mir ist auch das Flughafengeschwätz geläufig, falls Sie darauf anspielen. Da hat so eine kleine Gans entweder die Augen nicht aufgesperrt oder sich wichtig machen wollen. Man weiß doch, was dort herumläuft. Diese Mädchen haben nichts im Kopf, als die Angel nach einem wohlhabenden Freier auszuwerfen. Auffallen wollen sie, das ist alles.»

Detjen denkt an Isabella Solano und ist sogleich gegen den Kommissar eingenommen. Jener sagt abschließend: «An der Absturzstelle lagen sieben tote Passagiere. Das entscheidet.»

Er entnimmt der Mappe einen braunen Umschlag, schüttet die darin befindlichen Fotos auf den Tisch und fächert sie vor dem «Versicherungsprüfer» auf. «Sieben! Zählen Sie nach! Und die Besatzung.»

Das sind nicht die Privatfotos der Umgekommenen, die sich die Reporter beschafft und veröffentlicht haben. Das sind auch keine Porträtzeichnungen. Hier liegen die von der Polizei an der Absturzstelle angefertigten dokumentarischen Aufnahmen. Entsetzliche Bilder... Detjen stockt der Atem. Es kostet ihn Anstrengung, nicht wegzusehen. Aber nur so kann er sich überzeugen, daß alles, was ihm über Raffael Lupus gesagt worden ist, zutrifft. Bis auf die Kopfwunde ist dieser Leichnam völlig unversehrt. Es drängt Achim, dem Kommissar vom bisherigen Ergebnis der eigenen Ermittlungen zu berichten, doch er unterläßt es. Er würde den Alten bloß mißtrauisch machen, und das kann er sich nicht leisten, wenn er halbwegs ungestört von Wiesenecks komplizierten Auftrag ausführen will. Fast bedauert er es einen Augenblick lang, nicht wirklich nur ein Versicherungsprüfer zu sein.

Das Gespräch wird unterbrochen. Ein weiterer junger Mann in Zivil kommt herein und berichtet, die aufwendige Observation, an der er beteiligt war, habe sich als faules Ei erwiesen. Der Mann habe mit dem Bankraub nicht das Geringste zu tun, es bestehe jedoch die Möglichkeit, daß sein Schwager mit von der Partie war und sich für die Tat ausgerechnet jenen Wagen «auslieh», der auch in der Nähe des Büros vom Observierten gesehen wurde. Eine Freundin der Frau des Schwagers gehöre zum Reinigungspersonal der Bank.

Der Kommissar hat wieder den Ventilator in der Hand. Dann solle er sich, wirft er böse hin, gefälligst um jenen Schwager kümmern, anstatt ihm hier unverständliche Familienverhältnisse aufzutischen. Der junge Mann in seinem zerknitterten Leinenanzug geht wieder; der andere an der Schreibmaschine grinst hinter ihm her.

Unterdessen hat Achim keinen Blick von den Bildern gelassen. Während des Gesprächs mit seinem Mitarbeiter gab sie der Kommissar nicht aus der Hand. Er legte sie Kante auf Kante, stieß sie auf und drehte sie dabei auch um. Wie es sich gehört, trägt jedes auf der Rückseite Namen und Adresse des Abgebildeten, mit Bleistift flüchtig hingeschrieben, aber zu entziffern. Und Detjen muß so nahe herankommen, daß er die dünne Schrift lesen kann.

Unvermittelt schlägt er einen kameradschaftlichen Ton an. «Ich persönlich, Senhor Kommissar, hege nicht den geringsten Zweifel an der Stichhaltigkeit Ihrer Angaben. Sie sind ja schließlich ein erfahrener und langgedienter Kriminalist, der seine Verdienste hat...« Zum erstenmal ruht der Blick des Alten ein bißchen freundlicher auf dem Besucher. Der fährt gleich fort: »Aber bitte, verstehen Sie meine Lage! Die ‹Confidentia› hat mich nicht nach Portugal geschickt, damit ich den Unfall bestätige und so die Auszahlung einer horrenden Versicherungssumme veranlasse. Das Gerücht vom Anschlag ist nun einmal da. Deshalb hat man mich in Marsch gesetzt. Sie wissen doch, wie hartnäckig sich so was hält! Wenn ich ohne hieb- und stichfeste Beweise komme, hängt meine weitere Existenz bei der ‹Confidentia› an einem verdammt dünnen Faden. Ich muß etwas vorlegen – koste es, was es wolle! Wenn ich zum Beispiel eine beglaubigte Durchschrift dieses Gutachtens da hätte...« Mit einer sehr betonten Geste nimmt er die Brieftasche heraus, klappt sie auf und drückt sie so, daß das Fach voller großer Escudoscheine gut zu sehen ist. «‹Vertrauen gegen Vertrauen‹ ist das Motto meiner Gesellschaft, Senhor.»

Das Gesicht des Kommissars bleibt unbewegt. Er schaut flüchtig zu dem Mann an der elektrischen Schreibmaschine hinüber, doch er sieht nicht auf. Gehört haben kann er nichts. Der Elektromotor der Maschine brummt, und der Deckenpropeller klappert und klirrt.

»Ich kann mich in Ihre Lage versetzen, Senhor Detjen«, murmelt der Alte. »Sie stehen unter Erfolgszwang, wie? Was habe ich davon, wenn ich an Ihrem Unglück schuld bin? Schecks nehme ich nicht, aber da Sie Bargeld haben... Ich möchte Ihnen ja gern helfen.«

Die großen Scheine, die der «Versicherungsprüfer» unter der flachen Hand auf den Schreibtisch schiebt, dürften dem Monatsgehalt des Kommissars entsprechen. Ohne eine Miene zu verziehen, läßt der die Scheine in der Hosentasche verschwinden. Der Mann hat Übung! Es frappiert Achim dennoch, daß der Kommissar das Gutachten aus dem Hefter herausnimmt, etwas von einem sicher vorhandenen Duplikat murmelt und ihm die Blätter hinschiebt.

«So ist das wertlos!» widerspricht Detjen. «Mindestens eine Unterschrift muß sein. Dazu ein Stempel, damit es einen amtlichen Charakter kriegt. Sie können sich nicht vorstellen, wie pingelig die Leute in Köln sind.«

Der Alte nickt! Das entspricht seiner Meinung von den Landsleuten seines Gegenübers. Also drückt er einen Stempel auf das Papier, schraubt seinen Füllfederhalter auf und schreibt einen langen Text, in dem er bestätigt, daß dieses Gutachten von einem vereidigten Sachverständigen angefertigt sei, daß sich die Polizei auf dieses Gutachten vollinhaltlich stütze und daß der unterzeichnete Polizeikommissar im Kriminaldienst die Übereinstimmung der Durchschrift mit dem Original beglaubige. Er schreibt sehr sorgfältig. Das dauert lange.

Unterdessen zieht sich Detjen zwanglos die Polizeifotos heran und dreht sie eines nach dem anderen um. Lüders – wieder nur die Anschrift vom Campo Grande. Dr. Hohlfeld – abermals die Adresse der Botschaft.

Während er Bild für Bild besieht, schwatzt Achim drauflos. Der Kommissar muß nicht merken, wieviel ihm an diesen Anschriften liegt, ja, daß der ganze Zirkus mit dem Gutachten nur stattfindet, damit er Zeit zu ungestörter Besichtigung der Fotos gewinnt.

«Unsere Leute haben natürlich Grund, einen Versicherungsbetrug für möglich zu halten. Sie müßten die Frau mal sehen, die Lüders geheiratet hat. Er war ja nicht mehr besonders knusprig, aber sie... Zwanzig Jahre jünger, Senhor Kommissar, blond und gut gewachsen. Und kein Kind von

Traurigkeit! Immer allein, wenn der Gatte im Ausland herumreiste ... Die Nachbarn erzählten mir von Besuchern, die ihr die Wartezeiten verkürzten, von eleganten jungen Herren, die bloß einen Nachteil hatten: Ihre Konten konnten sich mit denen des Herrn Lüders nicht messen. Na, durch den plötzlichen Tod ihres Gatten ist die Senhora mit einem Schlage unabhängig und mehr als vermögend. Die hohe Lebensversicherung, die unser Klient zu ihren Gunsten abschloß, dürfte ihr sehr gelegen kommen. Zu gelegen, meint man bei unserer Direktion.»

Das klingt glaubhaft.

Das Foto von Lupus. Auf der Rückseite steht: «Lupus, Raffael, Rua da Magdalena, Nummer 112.»

Na also! Er legt die Bilder zurück mit einer gleichgültigen Geste, gerade so, als hätte er sich nur beschäftigen wollen, während der Kommissar zu tun hatte.

Der Alte überliest seinen Text noch einmal, fährt mit einer Löschrolle darüber hin und reicht Detjen das Papier. Achim faltet es betont sorgsam, ehe er es einsteckt.

«Das Gepäck – was übriggeblieben ist – haben Sie doch sichergestellt, Senhor Kommissar?»

«Meine Pflicht!»

«Auch das von Lüders?»

«Das auch.»

Der «Versicherungsprüfer» beugt sich wieder vor. Ganz verbindlich klingt sein «Wie wäre es, wenn Sie mich mal hineinsehen ließen?»

«Wenn ich es noch hätte – gern.» Er setzt umständlich einen dicken schwarzen Stumpen in Brand. «Das Gepäck der beiden Deutschen ist von der Bonner Botschaft abgeholt worden. Zur Weiterleitung an die Hinterbliebenen ...»

Das findet Detjen nicht schlecht. Da braucht er ja nur in das Hotel «Metropole» zu gehen, in die Avenida de Liberdade, und sich mit dem Verbindungsmann zu treffen.

«Wann ist das Gepäck abgeholt worden?»

«Vor drei Stunden, Senhor Detjen. Es handelte sich genau»

– und er nimmt eine Quittung zur Hand – «um einen Attachékoffer, ein Boarding Case und einen stark beschädigten Luftreisekoffer.«

Vor drei Stunden... Das bedeutet, daß sich das Gepäck noch in der Botschaft befindet. Achim steht auf und verabschiedet sich. Er hat eine Menge erreicht und ist ein gutes Stück weitergekommen.

7

Rua da Magdalena...

Das ist keine Straße. Eine Gasse ist es, so schmal, daß kaum vier Männer nebeneinander gehen können. Kein Wagen kommt hier durch, und die Sonne vermag höchstens in der Mittagsstunde einmal das grobe Kopfsteinpflaster zu erreichen. Die hohen Mauern auf beiden Seiten lassen die Rua da Magdalena noch enger erscheinen, als sie ohnehin ist. Moose haben seltsame Ornamente auf das rohe Ziegelwerk gezogen, das im Laufe der Zeit zerfressen worden und bröcklig geworden ist.

Als er hier entlang geht, hat Achim Detjen das unangenehme Gefühl, ohne Unterlaß beobachtet zu werden. Er ist in dieser armseligen Gasse ein Fremdkörper. Tobende Kinder, von einem struppigen Straßenköter umkläfft, beäugen ihn argwöhnisch. Merkwürdigerweise wagen sie nicht einmal, ihn anzubetteln. Frauen, die schwatzend vor einem Eingang stehen, verstummen. Sie wenden sich ab, aber sobald er vorüber ist, stecken sie die Köpfe zusammen und tuscheln. Wann verirrt sich ein Mann im Maßanzug und mit Schlips und Kragen hierher? Wenn überhaupt, könnte es dann nicht ein Agent der PIDE sein, der Geheimen Staatspolizei, die gerade in den Wohngegenden der Armen ständig Aufruhr und Verschwörung wittert? Die PIDE jedoch wird gleichermaßen gefürchtet und gehaßt. Detjen bewegt unbehaglich die

Schultern. Er hätte doch erst ins Hotel gehen und hemdsärmlig hierher kommen sollen.

Die zerfallenden Eingänge tragen weder Nummern noch Namen. Eine schwarzgekleidete Frau, die er nach der Adresse fragt, wendet den Kopf zur Seite und geht wortlos weiter. Da versucht er es auf andere Weise. Er hält einen der spielenden Jungen am Arm fest und drückt ihm ein paar Centavos in die Hand.

«Sag mir, wo Senhor Lupus wohnt!»

Das Kind starrt ihn mit offenem Munde an. Vielleicht ist das auf Achims Spanisch zurückzuführen, das denn doch anders klingt als Portugiesisch und dem Jungen gewiß sehr fremdartig erscheint. Detjen wiederholt die Frage ganz langsam. Aber das Kind reißt sich los und läuft davon.

Auf offener Straße arbeitet ein Schuhflicker. Bei dem hat er mehr Glück. Drei Eingänge weiter, dort müsse er hineingehen.

Nun steht Achim in einem Innenhof. Dreistöckige Gebäude schließen ihn von allen Seiten ein. Lediglich Außentreppen führen zu den einzelnen Stockwerken empor und münden in offene Umgänge. Auf denen hängt Wäsche, Tabakblätter trocknen an langen Schnüren neben Knoblauchzöpfen. Der Hof ist sehr schmutzig. Gerümpel liegt herum, als habe man es einfach von oben heruntergeworfen, und von den Abfallhaufen her stinkt es modrig. Hühner stelzen umher und scharren im Unrat. Aus einem wackligen Verschlag hat gerade eine Alte eine Ziege gezerrt, die sie nun melkt. Eine schwarze Ziege mit hohen, gedrehten Hörnern.

Der «Versicherungsprüfer» tritt auf die Frau zu. «Eine Frage, Senhora», sagt er betont höflich. «Ich suche Senhor Lupus, Raffael Lupus. Er wohnt doch hier?»

Die Alte unterbricht ihre Arbeit nicht. Mit einer vagen Kopfbewegung deutet sie in die Höhe. «Dort! Bei Espada. Die graue Tür . . .», erwidert sie wortkarg.

Es gibt nur eine graue Tür. Sie befindet sich im ersten Stock, und die Treppe führt genau darauf zu. Achim geht hinauf. Er ist sich darüber klar, daß von allen Seiten Augenpaare auf ihn gerichtet sind. Sie bleiben hinter Fenstern und halboffenen Türen verborgen, aber sie sind da, das spürt er deutlich. Jetzt weiß schon jeder Anwohner, daß Espada Besuch bekommt.

Auch Espada selbst weiß das. Noch bevor der Fremde vor seiner Tür steht, tritt er heraus. Espada scheint ein Mann ohne Hals zu sein, es sieht aus, als säße der Kopf unmittelbar auf den Schultern. Er trägt eine Art Zipfelmütze, deren Spitze ihm hinten bis auf die Schulterblätter fällt. Ein gekrümmter Rücken, grobknochige große Hände. Das runde Gesicht mit der fleischigen Nase ist ausdruckslos. Der Mann sieht Detjen an und wartet ab.

«Senhor Espada?»

Irrt sich Achim, oder wirkt der massige Mann plötzlich erleichtert? Dann muß das in Folge der Wahrnehmung sein, daß der Besucher kein Portugiese ist und deshalb mit Gewißheit kein Beamter dieses Staates. Bewußt bemüht sich Detjen fortan, ein so sauberes Spanisch zu sprechen, wie er zu bieten vermag.

«Zu mir?» vergewissert sich der andere. Er denkt nicht daran, den Fremden etwa hereinzubitten. Seine zwar kleine, aber breite Gestalt bildet eine Art Pfropfen am Treppenende. Es stört ihn überhaupt nicht, daß die Nachbarn das Gespräch mithören können. Eine Etage höher biegt sich jetzt mit unverhohlener Neugier ein blondiertes Mädchen über die Brüstung, als wolle sie den Besucher taxieren. Sie trägt ein knallgelbes Kleid mit verwegenem Ausschnitt. Die hochblickenden Männer können ihr bis zum Bauch sehen.

«Ich suche Senhor Lupus», erklärt Detjen. «Er wohnt doch bei Ihnen?»

Die merkwürdig unsteten Augen Espadas weichen dem Blick aus. Er schaut zu dem Mädchen hinauf, als sehe er diesen üppigen Busen zum erstenmal. «Ach, Sie sind Ausländer? Spanier, was? Man hört es an der Sprache», antwortet er ausweichend.

«Ausländer, ja», bestätigt Achim.

«Lupus wohnt bei mir», bestätigt der Wohnungsinhaber und kratzt sich hinter den Ohren. «Unsereiner braucht jeden Escudo, verstehen Sie...»

Detjen versteht. Er hat längst ein paar zusammengefaltete kleine Scheine in der Brustleistentasche stecken. Einer davon wechselt den Besitzer. «Ich muß ihn sprechen.»

«Er ist nicht da. Schon seit einigen Tagen nicht; weiß der Himmel, wo er sich herumdrückt.»

«Arbeitet er?»

«Ja.»

«Wo?»

Espada schweigt. «Das Leben ist sehr teuer», murmelt er dann.

Ein weiterer Geldschein geht von einer Hand in die andere. In dem Manne scheint sich die Überzeugung festzusetzen, daß er den Fremden nach Belieben ausnehmen kann.

«Wo?» wiederholt Achim.

«Er ist Kraftfahrer, fährt einen Lkw. Macht schönes Geld damit.»

«Und wem gehört der Lkw?»

Abermals kratzt sich Espada am Kopf. «Eine Zigarre haben Sie nicht, Senhor?»

«Ich bin Nichtraucher.»

«Wenigstens eine Zigarette?» Wieder ist die aufgehaltene Hand dicht vor Detjens Gesicht.

«Ich rauche auch keine Zigaretten. Also: Wo arbeitet Lupus?» Ein neuer Geldschein wird gezückt, aber noch nicht übergeben.

Espada seufzt. Sicher denkt er über eine neue Ausflucht nach. Doch seine Rechnung geht nicht auf. Von oben ruft das blondierte Mädchen herunter: «Lupus ist Chauffeur im Fratzenmuseum, Senhor.»

«Fratzenmuseum», das wird in eine verständliche Sprache zu übersetzen und zu lokalisieren sein. Detjen schaut hoch und lüftet mit großer Geste den neuen Sombrero. Das ist schon der zweite Hut, den er in Portugal gekauft hat. Wenn das so weitergeht...

«Verbindlichen Dank, Senhorita!» Dann steckt er den gefalteten Geldschein demonstrativ in die Tasche zurück. «Tut mir leid, Senhor Espada! Auch unsereins braucht jeden Escudo!» Er hat es jetzt eilig, wegzukommen. Noch auf der Straße vernimmt er die Flut von Schimpfworten, mit der der Alte das Mädchen überschüttet. Sie bleibt ihm nichts schuldig. Was da an Beleidigungen ausgetauscht wird, versteht Achim nicht. Dazu ist sein spanischer Wortschatz zu klein.

Für die Kinder, die noch immer mit ihrem struppigen Hund spielen, sind solche lautstarken Auseinandersetzungen offenbar ein Stück Alltag in der Rua da Magdalena. Sie nehmen keine Notiz davon. Vielmehr treten sie scheu zur Seite und beugen Kopf und Knie, als hinter zwei Meßknaben ein Priester im Ornat in die Gasse einbiegt. Einer der Anwohner liegt im Sterben und hat die letzte Ölung verlangt.

Mit einem Aufatmen läßt Achim die Rua da Magdalena hinter sich. Er kann sich des Gefühls nicht erwehren, daß der Alte mit der Preisgabe von Lupus' Arbeitsstelle nicht nur zögerte, um möglichst viel Geld aus dem Besucher herauszuquetschen. Genau betrachtet, hat Espada überhaupt keine exakte Angabe gemacht. Wer weiß, ob Detjen ohne den Zuruf des blondierten Mädchens überhaupt erfahren hätte, wo Lupus tätig gewesen ist. Die Frage ergibt sich, ob der Alte nicht mehr von dem Kraftfahrer des «Fratzenmuseums» weiß, als er erkennen ließ. Verhält es sich so, dürfte des «Versicherungsprüfers»-Besuch in der Gasse ein Nachspiel haben. Unwillkürlich faßt Achim unters Jackett und rückt das Schulterhalfter zurecht.

Indessen hat Espada den Hinterhofdisput vorzeitig abgebrochen. Von boshaften Bemerkungen des blonden Mädchens verfolgt, schlurft er mit seiner Zipfelmütze auf die Gasse hinaus. Ohne nach rechts oder links zu schauen, verläßt er die Rua da Magdalena in entgegengesetzter Richtung. Gleich an der Kreuzung steht eine Telefonzelle.

«Hier ist Espada», sagt er, nachdem er gewählt hat. «Ja doch! Der Wirt von Raffael Lupus. Eben war jemand da.»

Pause. «Er hat einen sehr schönen Anzug angehabt und spanisch gesprochen.» Nächste Pause. «Wie soll ich ihn beschreiben? Bin ich ein Bulle, daß ich das kann? Aber grüne Augen hat er gehabt. Richtig grün.»

Dann legt er auf. Das macht er sehr umständlich. Er telefoniert nicht oft. So ein Gespräch ist für ihn eine Anstrengung. Seine Kehle ist ganz trocken geworden. Bedächtig faltet Espada den Zettel mit der Rufnummer, die er gewählt hat, zusammen und schiebt ihn in die Hosentasche. Dabei berühren seine Finger die von dem Fremden empfangenen Geldscheine. Das bringt ihn auf eine Idee. Er steuert die nächste Kneipe an.

Tag und Nacht brennt in diesem Raum Licht. Er hat keine Fenster. Die frische Luft strömt aus einer Klimaanlage. Das macht den Aufenthalt hier erträglich. Ein Konferenzraum. Dazu stempelt ihn die Einrichtung. Mannshoch sind die Wände mahagonigetäfelt. Es gibt Einbauschränke, zum Teil verglast, aber es sind auch Türen und Schübe vorhanden, erkennbar an steckenden Schlüsseln. Ein langgezogener Konferenztisch, hochlehnige, unbequeme Stühle, wie sie in Ratssälen des Mittelalters gestanden haben, über alledem eine gewölbte Decke, die das Licht der indirekten Beleuchtung zurückwirft und das rötlichbraune Holz aufhellt.

Eine gewisse feierliche Würde wohnt dem Raum inne. Es ist vorstellbar, daß die Schränke einst voller wissenschaftlicher Werke gewesen sind und daß an diesem Tisch um Erkenntnisse gerungen worden ist. Heute dagegen ... Hinter den Glasscheiben befindet sich auf rotem Samt ein Waffensortiment, vom Revolver bis zum leichten Maschinengewehr. Die brünierten Läufe glänzen matt. Beschriftete Karten neben den Ausstellungsstücken lassen erkennen, daß das Angebot systematisch nach Kalibern und anderen waffentechnischen Daten geordnet ist. Die entsprechende Munition wird gezeigt, Pflegegeräte sind vorhanden, und Auszüge aus Expertisen fehlen nicht. Kein Waffennarr hat diese Sammlung zusammengetragen, um etwa moderne Waffentechnik überschaubar zu machen, das ist eindeutig eine

Verkaufsausstellung, nach praktischen Gesichtspunkten sortiert. Lediglich die Preise fehlen. Die werden von Fall zu Fall ausgehandelt; das Wechselspiel von Angebot und Nachfrage und die Dringlichkeit der Beschaffung regulieren sie; die Menge spielt eine Rolle und ebenso der Ort der Übergabe. Er ist immer geheim. Die Waffenhändler hier bieten ihre Ware nicht auf Messen und Märkten feil.

John sitzt am unteren Ende der langen Tafel und reinigt einen Revolver. Die Trommel hat er ausgeklappt und läßt sie surrend rotieren. Der Klotz ist mit Faustfeuerwaffen vertraut, seine Handgriffe verraten den Fachmann. Das gibt ihnen etwas seltsam Biederes, Handwerksmeisterliches.

Am oberen Ende des Konferenztisches thront der elegante Cliff. Er «thront» tatsächlich. Dieser Eindruck wird verstärkt durch eine Art Pult, das er vor sich hat und das der Schaltanlage einer elektronischen Befehlszentrale ähnelt. Eine Vielzahl verschiedenfarbiger Lämpchen, Knöpfe und Hebel, ein eingebauter Lautsprecher, ein Mikrofon und zwei Telefone sind auf kleinem Raum zusammengedrängt.

Gerade legt der Mann mit der schmalen Goldbrille langsam einen der Telefonhörer auf. Er lehnt sich zurück, streicht mit dem Zeigefinger den sorgsam gestutzten Oberlippenbart und sagt plötzlich mit Schärfe: «Er lebt! Der Schnüffler aus Germany lebt! Obwohl du ihn in seinem Wagen verbrennen sahst! Ich gratuliere!»

John läßt den Revolver sinken. «Das ist doch 'n Witz...» Überzeugt klingt das. Er sieht den VW, nachdem Stan die Bremsschläuche durchgeschnitten hat, sich mit Detjen am Steuer in Bewegung setzen, sieht ihn unaufhaltsam auf den Abgrund zurollen, immer schneller werden, über die Felsnase hinausschießen, sich überschlagen, hart aufsetzen, explodieren und als Feuerkugel in den Talkessel hinabstürzen. Und Stan hat unten als einziges, was unbeschädigt geblieben ist, den Hut des Versicherungsprüfers gefunden. Nein, das kann der Mann nicht überstanden haben!

»Ein Witz? Nur unter der Voraussetzung, daß es sein Geist

ist, der Lupus nachspioniert.» Cliff steht auf und geht, die Daumen in die Ärmellöcher der Weste gehängt, um den Tisch herum auf John zu. Vor diesem verharrt er und wippt auf den Zehenspitzen. «Ich gebe dir vier Stunden Zeit, John. Dann bist du wieder hier und weißt, wo der Senhor Detjen zu finden ist. Habe ich mich klar ausgedrückt?»

Der Ton des Eleganten ist unmißverständlich. Der Massige hält es für geboten, sehr schnell aufzustehen und keinen weiteren Widerspruch zu versuchen. Er begreift nichts, doch es erscheint nicht ratsam, Cliff zu reizen.

«Okay, Cliff», murmelt er. «In vier Stunden ...» Er klappt hastig die Revolvertrommel zurück und will die Waffe einstecken.

Da streckt der andere fordernd die Hand aus. «Ich habe gesagt, du sollst Detjen aufspüren. Mehr nicht.»

Da kann John nicht umhin, die Waffe in die immer noch ausgestreckte Hand zu legen. Er hat es auf einmal sehr eilig, den fensterlosen Konferenzraum zu verlassen.

Inzwischen weiß der «Versicherungsprüfer», was sich hinter dem «Fratzenmuseum» verbirgt. In seinem Stadtplan sind die Museen und Sehenswürdigkeiten Lissabons durch leicht faßbare Symbole gekennzeichnet. Da sind für die Theater Lisboas die üblichen Masken der Komödie und der Tragödie, lachend die eine, weinend die andere, aber es gibt noch eine andere Maske, teuflisch anzuschauen, fratzenhaft... Eine Maske, wie sie Naturvölkern zu Kulthandlungen dient, zur Dämonenbeschwörung. Schrecklich, wie Dämonen in den Mythen beschrieben werden, ein Versuch, das Böse mit seinen eigenen Waffen zu schlagen. Der Textteil zur Karte erläutert, daß dieses Symbol für das kleine Ethnographische Museum ziemlich weit am Rande der City steht. Auf eine große Sammlung wertvoller Masken aus verschiedenen Erdteilen wird besonders hingewiesen. Fratzenmuseum.

Ein Taxi bringt Detjen in die Avenida de Liberdade und unmittelbar vor das Portal des Hotels «Metropole». Ein livrierter Portier reißt die Glastür auf; eine weiträumige, wohltemperierte Halle nimmt Achim auf. Zwischen den kühlen Marmorwänden rechts ein Sesseltrakt, links ein Sesseltrakt; rechts eine Hallenbar, links eine Hallenbar, geradezu eine überdimensionale Rezeption. Dahinter, inmitten beflissener Angestellter, respektgebietend der Chef der Halle, im würdigen Schwalbenschwanz anzusehen wie ein spanischer Grande. Und es wimmelt von Fahrstuhlführern und Boys – Portugal kennt keinen Mangel an Arbeitskräften.

Im Sesseltrakt rechts erhebt sich ein Mann und steuert eilig auf Achim zu. Ein kleiner, schmächtiger Mann ist es, unscheinbar. Er wird nicht bedeutender durch seine ausgesucht korrekte Kleidung. Schütteres, fahlblondes Haar... Der Verbindungsmann.

«Guten Tag, Herr Major», sagt er mit abgezirkelter Kopfneigung. «Sie werden sich nicht an mich erinnern. Mein Name ist Niese. Ich bin der Gehilfe des Militärattachés. Herr von Wieseneck hat mich informiert. Ich darf Sie an meinen Tisch bitten.» Er spricht alles in einem Ton, gleichmäßig leise und verbindlich.

Während die beiden zum Tisch gehen, martert Detjen sein Gedächtnis. Woher kennt ihn Niese? Sie müssen einander begegnet sein. Die Formulierung »Sie werden sich nicht an mich erinnern» deutete es an.

«Herr Oberstleutnant unterschätzen sich», sagt Achim schmunzelnd, als sie Platz nehmen. «Korrigieren Sie mich, wenn ich mich irre: Sie gehörten zum Stab von Brigadegeneral Becker. Wir sind uns bei einer Besprechung des Planungsstabes Luftwaffe begegnet. Das muß, warten Sie, vor zwei Jahren gewesen sein. Im August.»

Niese verbeugt sich geschmeichelt. «Exakt, Herr Major! Exakt! Was kann ich für Sie tun?»

«Übermitteln Sie Herrn von Wieseneck, daß ich ihn heute noch sprechen muß.»

«Gut. Wo?»

«Im Zentralpark», schlägt Achim vor. «Am Haupteingang.»

«Wann?»

«In zwei Stunden...»

Der unscheinbare Oberstleutnant sieht auf die Uhr. «Das wird sich machen lassen.» Er steht sofort auf, um mit seinem Chef Kontakt aufzunehmen.

Detjen hält ihn zurück. «Ein Wort noch, Herr Niese!» setzt er vertraulich an. «Was steckt eigentlich hinter diesem Riesenaufriß?»

Sein Gegenüber zögert. «Irgend etwas von weitreichender strategischer Bedeutung», antwortet er endlich und spricht jetzt noch leiser. «Ich bin nicht unterrichtet. Nur soviel: Ich habe einen einzigen Satz aufgeschnappt, aber würde ich den weitersagen – lieber Detjen! Morgen früh wären wir, glaube ich, beide erledigt...»

Cliff hat eine Kartei vor sich. Er greift mit spitzen Fingern einige Karten heraus, die alle gleichfarbige Reiter tragen. Wie er das macht, wirkt eigenartig geziert. Ebenso geziert nimmt er Eintragungen vor. Er legt dabei nicht den Arm auf; er schreibt von oben herunter – damit seine blütenweißen Manschetten nicht angeschmutzt werden. Es muß unbequem sein, so zu arbeiten, doch Cliff ist daran gewöhnt und empfindet es als normal.

Der drahtige Stan weilt noch im fensterlosen Konferenzraum. Die Beine hochgelegt, liest er andächtig ein Kochbuch. Stan ist ein begeisterter Hobby-Koch. Ungarische Küche hat es ihm besonders angetan. John, den er an seinen Versuchen teilnehmen läßt und der sein dankbarster Verkoster ist, versichert immer wieder, wenn Stan des Lebens als Revolvermann einmal müde sei, könne er jeden Tag in der Küche vom «Hilton» anfangen und dort eine ruhige Kugel schieben.

John kommt in diesem Augenblick herein. Er gibt sich recht selbstbewußt, hat den Hut im Nacken und die Hände in den Jackentaschen. Da weiß Cliff sofort, daß er mit Erfolg recherchierte.

«Alles klar!» sagte der Klotz großspurig, ohne auf eine Frage zu warten. «Er hat auf dem Flughafen seinen richtigen Namen genannt und heißt wirklich Detjen, Achim Detjen. Wohnt im ‹Ambassador›, Zimmer vierhundertundsechs.»

«Wie hast du's 'rausgekriegt?» will Stan wissen.

«Er hatte doch 'n Mietwagen. Wir beide sahen ihn auf dem Flughafen telefonieren. Der Zelle gegenüber war die Reklame des Autoverleihs Barros Queiros. Fünfundsiebzig, sechsundsiebzig, siebenundsiebzig – die reinste Schnapsnummer! Ich habe da angerufen. Sie wußten sofort Bescheid.»

«Wie hat er den Verlust des Käfers erklärt?» will Cliff wissen.

John flegelt sich breitspurig auf den Tisch. «Als popligen Unfall, Bremsdefekt... Er muß ihnen ganz schön eingeheizt haben. Der Verleiher bekam direkt 'n schlechtes Gewissen.»

Stan legt einen Zettel ins Kochbuch und klappt es zu. «Nicht zur Polizei gegangen? Allerhand!»

Auch Cliff wiegt den Kopf. Darin liegt eine Spur von Anerkennung. «Wenn er sich zutraut, mit der Sache allein fertig zu werden, ist er der cleverste Versicherungsdetektiv, von dem ich je gehört habe.»

Und wie in der Sierra Morena erwidert John: «Für einen Versicherungsprüfer ist er mir zu gut.»

Das übergeht Cliff. «Du hast im ‹Ambassador› 'rückgefragt?»

«Versteht sich. Die Angabe stimmt. Ich habe aber noch etwas.» Er kostet es aus, daß ihn die anderen mit neuerwachtem Interesse ansehen. Genüßlich verkündet er: «Gestern früh wollte dieser Detjen die Passagierliste sehen, aber er kriegte sie nicht. Trotzdem hat er später die Adresse von Raffael Lupus gewußt. Habt ihr euch mal überlegt, woher er sie hat?»

«Mir ist nicht nach Quiz zumute, John.»

«Ich nehme an, er hat sich mit der Kleinen aus dem Büro der Portugal Airways getroffen.»

Stan nimmt seine Brille ab und beginnt sie nervös zu putzen. «Aber Lupus hat persönlich gebucht», gibt er zu bedenken.

«Wie kommt da seine Adresse in die Passagierliste?»

«Die Kleine aus dem Büro der Portugal Airways.» Cliff spinnt den Gedanken von John weiter. «Es muß nicht, doch es kann so gewesen sein. Er ist mit allen Hunden gehetzt, und man weiß ja, wie solche Privatschnüffler an etwas herangehen. Versuchen wir es mal, ihn über das Mädchen zu erreichen. Der direkte Weg bleibt uns immer noch.»

John kramt ein abgegriffenes Notizbuch aus der Tasche, feuchtet die Fingerspitze an und blättert. Dann verkündet er: «Sie heißt Isabella Solano und wohnt Rua da Penha Nummer fünf, achter Stock. Telefon siebenundachtzig sechzehn zwounddreißig. Es ist 'n Neubau mit Einzimmerwohnungen.» Er strengt sich mächtig an, die Schlappe wiedergutzumachen, die ihm mit der Meldung von Detjens Tod unterlaufen ist. Cliff kann schrecklich nachtragend sein.

Der Elegante schreibt sofort mit. Dann jedoch legt er seinen massiv goldenen Kugelschreiber nicht gleich wieder hin. Vielmehr fragt er nachdenklich: «Welche Versicherungsgesellschaft nannte Detjen auf dem Flughafen als seinen Auftraggeber?»

»Eine ‹Confidentia›», erinnert sich John. «Er sagte auch, wo die ihr Headquarter hat. Wartet mal! Ja... Köln in Germany. Da bin ich sicher.»

Und er genießt es, daß Cliff ihm mit unverhohlenem Wohlwollen gnädig zunickt, ehe er sich wieder über seinen Merkblock beugt.

Immer, wenn sie vom Dienst nach Hause gekommen ist, geht Isabella Solano zuerst einmal unter die Dusche und genießt es, sich ausgiebig zu erfrischen. Sie dreht den Warmwasserhahn langsam zu, hält eine Weile tapfer den kalten Guß aus und springt dann, munter wie ein Fisch, aus der Wanne. Das Klingeln des Telefons verkürzt heute Isabellas Vergnügen. In ein Badetuch gewickelt, läuft sie zum Apparat. Ihre noch nassen Füße hinterlassen Abdrücke, als sie an einer eingebauten Kochnische mit der Durchreiche vorüber ins Zimmer läuft, den Hörer abhebt und sich meldet.

Eine Frauenstimme ist da, seltsam weich und eindringlich. Und was für ein überaus gepflegtes Portugiesisch sie spricht! Isabella denkt an eine Wissenschaftlerin.

«Es tut mir leid, daß ich Sie stören muß, liebes Fräulein Solano», sagt die angenehme Stimme. «Zu meinem Bedauern kann ich Senhor Detjen im Hotel ‹Ambassador› nicht erreichen. Deshalb wende ich mich an Sie.»

Isabella hört auf, sich abzutrocknen. Auf einmal hat sie ein Lächeln. Es ist gar nicht unangenehm, an den Versicherungsprüfer aus der Ferne erinnert und mit ihm in Zusammenhang gebracht zu werden. Noch schöner wäre es freilich, wenn er sie angerufen hätte. Insgeheim wartet sie sogar darauf. Sie hat ihn doch merken lassen, daß er ihr gefällt.

Die Frauenstimme fährt fort: «Sehen Sie den Senhor heute noch?»

Was soll sie darauf antworten? «Hat er Ihnen meinen Namen genannt?» fragt sie neugierig.

Am anderen Ende der Leitung gleichbleibende Freundlichkeit! «Wie sollte ich Sie sonst anrufen? Wenn Sie ihn sehen, dann richten Sie ihm bitte aus, daß man seine Recherchen mit Interesse verfolgt und gern mit ihm darüber sprechen würde. Empfehlen Sie ihm, der Einladung Folge zu leisten, die man ihm in der nächsten Stunde zustellen wird.»

Auf Isabellas glatter Stirn springt über der Nasenwurzel eine steile Falte auf. Das Mädchen zieht sich gleichsam zurück und nimmt eine Abwehrstellung ein. Wenn das eine Wissenschaftlerin ist – was gehen sie da der Flugzeugabsturz und Detjens Ermittlungen an? Woher weiß sie überhaupt davon? Und wie sie von dieser Einladung redet... Es klingt mehr wie eine Drohung. Isabella Solano hat plötzlich das Gefühl, sich schützend vor Detjen stellen zu müssen.

«Es tut mir leid, Senhora», entgegnet sie sehr förmlich. «Ich kann nicht mit Bestimmheit sagen, wann und ob ich den Senhor sehe. Unsere Bekanntschaft ist nur flüchtig. Mit wem spreche ich eigentlich?»

Ein Knacken, dann ist die Leitung tot. Die Dame mit der wohlklingenden Stimme hat aufgelegt. Auch Isabella gibt den Hörer auf die Gabel zurück. Doch sie steht nicht gleich auf. Eine ganze Weile sitzt sie nachdenklich im Sessel neben dem Telefontischchen.

Der Versicherungsprüfer Detjen wohnt im Hotel «Ambassador».

8

Atlantische und mediterrane Einflüsse durchmengen sich an den Ufern des Tejo. Unter dem Einfluß des Ozeans gedeiht hier eine üppige Vegetation, gemäßigtes und subtropisches Klima verschmelzen, und im Zentralpark Lisboas stehen immergrüne Hartlaubgewächse wie die Korkeiche vertraulich neben Dattelpalmen, neben Bananen und knorrigen Ölbäumen, kegelförmigen Zypressen und Pinien mit dunkelgrünen Kronen. Ginster leuchtet. Ziströschen duften.

Angenehm, hier zu gehen. Die Wege sind schattig. Der Passat, der vom Meer her weht, raunt in den Wipfeln und bringt ein wenig von der Kühle des Atlantik. Die trockene, kraftzehrende Hitze der Sierra Morena ist in Lisboa unbekannt.

Ungestört gehen Oberst Gerd von Wieseneck und Major Achim Detjen stille Wege entlang. Achim erstattet halblaut Bericht.

«Damit bin ich schon ziemlich dicht dran, glaube ich. Der siebente Mann gab nur sein Gepäck ab und verließ danach den Flughafen. Einen besseren Hinweis auf ein Attentat kann es gar nicht geben. Als ich an der Absturzstelle erschien, versuchte man mich aus dem Wege zu räumen. Hier!» Er zieht aus der Jackentasche einen mit Reklame des Fotogeschäfts Galo Sanchez – «Amateurarbeiten aller Art schnell und zuverlässig! Eilaufträge in zwei Stunden!» – bedruckten Umschlag und nimmt Hochglanzvergrößerungen seiner Aufnahmen heraus. «Die Spur eines geländegängigen Wagens ... Die Leute, die mich mit Eilpost ins Jenseits befördern wollten ... Der von ihnen liquidierte VW ...»

Von Wieseneck sieht sich die Fotos genau an. «Das bedeutet», kombiniert er, «daß man Entdeckungen im Zusammenhang mit dem Tod unseres Doktor Hohlfeld um jeden Preis verhindern will. Dafür spricht auch, daß man statt des nicht geflogenen siebenten Mannes einen beliebigen Toten in die Sierra Morena legte. Damit niemand durch den Widerspruch zwischen Passagierliste und Leichenfunden stutzig wurde ...»

«Von einem ‹beliebigen Toten› würde ich nicht sprechen», wendet Detjen ein. «In der Passagierliste stand ‹Raffael Lupus›, und als Raffael Lupus wurde der siebte Tote identifiziert.» Er greift schnell zu, als der Oberst eine Aufnahme vom Reifenprofil achtlos unter die anderen schieben will, weil er sie für eine Zweitvergrößerung eines schon betrachteten Bildes hält. «Nein, Herr Oberst! Dieses Foto machte ich nach dem Anschlag auf meine Wenigkeit und nicht an der Absturzstelle. Das sind Abdrücke von den Reifen des Wagens, dessen Insassen es auf mich abgesehen hatten.»

Von Wieseneck hält die beiden Bilder nebeneinander. «Oberflächlich betrachtet», sagt er zögernd, «gibt es keinen Unterschied.»

«Nicht bloß bei oberflächlicher Betrachtung», bestätigt der Major trocken. «Es waren dieselben Reifen.»

Der Oberst – sehr distinguiert in einem hellgrauen Gabardineanzug – nimmt die Pfeife aus dem Mund. Seit die Werbung behauptet, Pfeiferauchen sei männlicher, hat er sich von Zigaretten getrennt. Von Wieseneck bleibt stehen. «... Und also wohl auch dieselben Leute, die vermutlich das ganze Flugzeug, mit Sicherheit aber zumindest diesen Lupus auf dem Gewissen haben», führt er den Gedanken zu Ende. «Ganz schön für den Anfang! Ich hoffe, Sie sind sich darüber klar, daß Sie va banque gespielt haben, als Sie diese Kerle auf sich aufmerksam machten.»

Auf mich aufmerksam machte ist gut! denkt Detjen. Am besten, ich lasse ihn bei dieser schmeichelhaften Annahme!

«Nun, das hat uns weitergebracht, und der Zweck heiligt die Mittel. Aber jetzt, lieber Detjen, ist es an der Zeit, den Spieß umzudrehen. Die Verfolger müssen die Verfolgten, der Verfolgte muß der Verfolger werden. Sonst erfährt er nichts.»

Sie setzen ihren Weg fort. Im Vorbeigehen reißt Achim ein Blatt ab, reibt es zwischen den Fingern und riecht daran. Er weiß nicht, was es ist, aber der Duft ist stark, von einer herben Süße. «Ich frage mich immer wieder», beginnt der Major von neuem, «ob der Anschlag wirklich auf unseren Ministerialdirigenten zielte. An Bord befand sich ja noch ein Landsmann, der Kaufmann Eberhard Lüders. Und richtete sich das Ganze überhaupt gegen einen der beiden?»

«Wenn man in Bonn davon nicht überzeugt wäre, befänden Sie sich nicht hier», weist von Wieseneck diese Frage überlegen zurück. «Und was Lüders angeht... Der legitimiert Sie als Versicherungsprüfer, aber sonst interessiert uns der Mann nicht die Bohne.»

Achim nimmt das zur Kenntnis. Sie haben jetzt ein Rondell erreicht, von dem aus sie auf die Stadt, den Fluß und auf das Meer sehen können. «War eigentlich Doktor Hohlfelds Gepäck vollständig?»

Der Oberst setzt seine Pfeife neu in Brand. Der Wind macht es ihm schwer. Er muß der See den Rücken zuwenden und sich nach unten beugen, um im eigenen Windschatten handeln zu können. «Wir wissen es noch nicht», erwidert er undeutlich über den Pfeifenstiel. «Sie kennen doch diese ewigen Formalitäten.»

«Formalitäten?» Detjen ist wirklich verblüfft. «Aber unsere Botschaft hat doch das Gepäck der beiden Toten heute beim Polizeikommissariat abholen lassen.»

Die Pfeife brennt. Von Wieseneck nimmt sie wieder aus dem Mund. «Was?»

«Ist mir von dem zuständigen Kommissar gesagt worden.»

Jetzt wird Achim ein wenig ungeduldig.

Der Oberst schüttelt den Kopf. «Davon weiß ich nichts. Und man hätte mich in jedem Fall unterrichtet.» Er schließt abrupt: «Das war niemand von uns.»

Groß sieht ihn der Major an und wiederholt: «Das war niemand von uns?» Er räuspert sich. «Wissen Sie, was das bedeutet?»

Von Wieseneck kaut auf dem Mundstück. «Man hat uns 'reingelegt.» Er wendet sich zum Meer zurück und starrt hinaus in die blaue Ferne. «Wenn der Minister das erfährt, haben wir mehr als nur eine schlechte Stunde.»

«Ein Attachékoffer, ein Boarding Case und ein stark beschädigter Luftreisekoffer. Unter dem Vorwand, für die Botschaft der Bundesrepublik Deutschland aufzutreten, mußten die Kerle das Gepäck unserer beiden Landsleute verlangen», denkt Detjen laut. «Genau betrachtet, verschleiert das auch, um welches Gepäckstück es den Abholern eigentlich ging. Den Attachékoffer und das Boarding Case hatten die Herren zweifellos bei sich in der Kabine. Wer sagt uns, daß sich nur in Doktor Hohlfelds Mappe Materialien befanden, die er nicht aus der Hand geben wollte?»

«Wir müssen das Gepäck um jeden Preis zurückhaben!»

Achim hat die Hände in den Hosentaschen und wippt auf den Zehenspitzen. «Wenn man mehr vom Inhalt der Koffer wüßte, könnte man vielleicht kombinieren, wer sich dafür interessiert», wirft er hin. Das ist eine durchaus sachgemäße Schlußfolgerung. Sie verrät nicht, daß der Kundschafter Werner Bredebusch natürlich zu wissen wünscht, was der Ministerialdirigent an Dienstpapieren mit sich führte und was einen solchen Wirbel rechtfertigt.

Dem Oberst leuchtet die Bemerkung ein, doch er erwidert: «Mir sind die Hände gebunden. Ich bin zum Schweigen verpflichtet.» Seine Stimme sinkt zum Flüstern herab. «Nur soviel: Es handelt sich um eine politische Zeitzünderbombe. Das Uhrwerk tickt, und wir haben dafür zu sorgen, daß die Bombe nicht hochgeht.» Er scheint selbst zu erkennen, wie unbefriedigend und farblos das ist; er macht ein unglückliches Gesicht.

Detjen schüttelt den Kopf. «Wo soll ich da ansetzen?»

«Doktor Hohlfeld reiste in geheimer Mission.»

Ich muß ihn noch mehr in die Enge treiben, sonst erfahre ich nichts, denkt Achim. Er nimmt die Hände aus den Taschen und knöpft demonstrativ das Jackett zu. «Ich bitte Herrn Oberst, mir zu gestatten, daß ich nach Bonn zurückkehre.»

«Sie können mich doch jetzt nicht im Stich lassen!» braust der Offizier vom Amt für Sicherheit auf.

Detjen hält seinem Blick stand. «Ich kann Ihnen nur nutzen, Herr Oberst, wenn ich mehr weiß als jetzt. Entschieden mehr!»

Von Wieseneck sieht weg. «Meinen Sie, ich weiß alles?» knurrt er. «Verteufelte Situation! Ich verstehe Sie ja, aber... Hören Sie zu! Ich werde über die Funkstelle unserer Botschaft Vollmachten und Informationen einholen. Gehen Sie morgen früh wieder ins ‹Metropole›. Nicht zu früh! Niese...»

Achim lockert seine Haltung. Er hat erreicht, was er wollte; überspannen darf er den Bogen nicht. «Danke, Herr Oberst! Das wäre es dann wohl.»

Es erscheint ihnen geraten, nunmehr das Rondell zu verlassen. Zur Besichtigung des Stadtpanoramas nähert sich eine Gruppe Reisender. Sie wirkt eigenartig fremd und exotisch hier in Lisboa. Die vorwiegend wohlbeleibten Männer in farbenfrohen afrikanischen Prachtgewändern dürften Stammesfürsten aus den Kolonien sein, die hier von Beauftragten des faschistischen Regimes geradezu verwöhnt werden. Man scheut weder Kosten noch Mühe, ihnen die Größe und «unabänderliche» Macht des «Mutterlandes» vor Augen zu führen und ihnen gleichermaßen zu schmeicheln und zu drohen. Den Potentaten wird Zuckerbrot gereicht, dem Volk in den Kolonien zeigt Salazar die Bajonette und Maschinenwaffen seiner Soldaten. Als sie wieder auf schattigen Wegen sind, bohrt Detjen weiter. «Ich brauche auch alles über diesen Kaufmann Lüders.»

«Muß das wirklich sein? Zeitraubende Ermittlungen zu Hause. Und es kommt nichts dabei heraus.»

«Für einen Versicherungsprüfer weiß ich verdammt wenig von meinem Klienten. Ich habe da schon ein paarmal kräftig schwimmen müssen.»

Von Wieseneck hält das für eine Marotte Detjens, doch er ist auf diesen Mann angewiesen und möchte ihn bei guter Laune halten. «Sie sollen Ihren Willen haben. Ich werde das Nötige veranlassen.»

Ein langer Laubengang tut sich auf. Er ist schnurgerade. An seinem Ende fahren Automobile vorüber, und eine Häuserzeile wird sichtbar. Einer der Ausgänge.

«Und ich», erklärt der Major, «werde mich inzwischen mit Raffael Lupus beschäftigen. An dem Kerl stimmt nichts! Ein schlecht bezahlter Kraftfahrer im armen Portugal – und bucht eine Flugreise, ohne sie anzutreten!» Er fügt noch hinzu: «Ich nehme an, daß er die Bombe ins Flugzeug brachte. Wer stand hinter ihm und stopfte ihm dann für immer den Mund?»

Feierliche Stille umfängt Achim Detjen im Ethnographischen Museum. Um diese Stunde ist er der einzige Besucher. Seine Schritte hallen auf dem Parkett, als er ohne Hast von Raum zu Raum geht. Nirgendwo im Erdgeschoß hält er sich länger auf. Was hier gezeigt wird, rechtfertigt den Begriff «Fratzenmuseum» nicht. Zweifellos sind die hier zusammengetragenen Schaustücke aus dem Bereich des Wirtschaftslebens der Naturvölker – Werkzeuge, Gerätschaften und Waffen sowie Erzeugnisse der materielle Produktion von Kleinkeramik bis zum Boot aus Rinde und Tierhäuten – betrachtenswert, doch sie sind nicht das, was der Major sucht. Überdies kann er sich des Eindrucks nicht erwehren, daß alles ziemlich wahllos zusammengetragen und aufgehäuft worden ist, gerade so, als habe man vor allem das Haus füllen wollen. Dieses Gebäude hat nicht immer musealen Zwecken gedient. Früher war es eine Villa, ein prunkvoller «Herrensitz», dessen räumliche Gliederung der Übersichtlichkeit der heutigen Ausstellungen ohnehin nicht entgegenkommt. Den Wert der Exponate vermag Detjen nicht zu beurteilen, doch es begegnet ihm nirgendwo eine Aufsichtsperson, und das wundert ihn. An Arbeitskräften herrscht in Portugal kein Mangel, und wenn das hier alles so wertvoll ist, wie es sich mit blitzenden Vitrinen und neonbeleuchteten Tafeln gibt... Es ist ein zwiespältiges Gefühl, das dieses Museum in Detjen weckt. Dazu tragen vor allem die Dioramen, die Schaubilder bei, die so attraktiv gestellt sind, als hätten die gefälligen Arrangements eines Boulevardtheaters Pate gestanden. Da bestaunt eine ganze Indianerfamilie am Amazonas «Vater», der mit einem Pfeil einen Fisch erlegt hat und seine Beute vorweist; dort flechten wunderschöne polynesische Mädchen Matten. Das erstarrte, tote Lächeln der Wachsfiguren, die an Schaufensterpuppen erinnern, läßt Achim frösteln. Plötzlich erklingt originaler polynesischer Gesang. Detjen hat eine Lichtschranke passiert und damit das Tonbandgerät ausgelöst.

Nun geht er die Treppe hinauf. Noch immer ist ihm niemand begegnet. Es kommt ihm vor, als ob der Kassierer am Eingang und er die einzigen lebenden Wesen im Hause sind. Das erzeugt den Eindruck merkwürdiger Verlorenheit.

Ein Vorplatz, ein offener Durchgang... Diesmal sieht der Major die Lichtpunkte der elektronischen Schranke rechtzeitig. Es verblüfft ihn nicht mehr, daß es plötzlich in dem abgedunkelten Raum, in den er tritt, hell und laut wird. Licht flammt auf.

Das «Fratzenmuseum».

Masken in den vielfältigsten Farben und Formen starren Achim von allen Seiten an, wenden sich ihm zu und wieder ab und scheinen einen wahren Höllentanz um ihn auszuführen. An Drehständern sind sie befestigt, Unterlicht verzerrt sie, reißt sie jäh aus der Dämmerung und läßt sie wieder in dieselbe zurücksinken – ein spukhafter Vorgang, unwirklich und unheimlich. Leise, mehr zu ahnen als wahrzunehmen – Musik; eine schnelle Folge von Kulttänzen der verschiedensten Erdteile. Das ist wirklich gekonnt gemacht, das fasziniert. Detjen bleibt stehen und staunt. Ihm wird klar, daß den Besuchern des Museums vor allem und vielleicht allein der

Maskensaal in Erinnerung bleibt. Er hat ihm den volkstümlichen Namen gegeben.

Es gibt eine unglaubliche Vielzahl von Masken, hier lediglich nach Farbe und Form zusammengestellt. Kultmasken, wie man sie in Westafrika, Melanesien, Ceylon, Südindien, Altmexiko, Kolumbien und Peru zur Bekämpfung von Dämonen hatte. Kriegsmasken, furchterregende Fratzen, die bei vielen Negervölkern, in Mexiko, auf Borneo und Japan zur Einschüchterung des Feindes dienten. Totenmasken, die dem Verstorbenen den von bösen Geistern versperrten Weg ins Totenreich erleichtern sollten, so im alten Ägypten und in Peru. Justizmasken, wie sie von Geheimbundmitgliedern in Westafrika, Melanesien, Frankreich und Bayern getragen wurden, Theater- und Tanzmasken sowie Tiermasken...

Plötzlich ist eine menschliche Stimme zu hören – eine seltsam weiche und eindringliche Frauenstimme. Sie kommt von oben.

«Ich will Sie nicht stören, Senhor», sagt sie, «aber das Museum schließt jetzt. Ich mache um diese Zeit immer noch einen Rundgang, damit niemand versehentlich eingeschlossen wird.»

Detjen schaut überrascht hoch. Auf einer schmalen Wendeltreppe, die zu den Bodenräumen zu führen scheint, steht eine Dame von Anfang vierzig, ebenso unauffällig wie elegant gekleidet, mit einem feingezeichneten Gesicht und einer randlosen Brille, die ihr etwas Entrücktes gibt. Die Dame nimmt Achims Überraschung wahr und lächelt.

«Ich leite dieses Haus», erklärt sie verbindlich.

Der Major macht eine korrekte Verbeugung. «Tatsächlich», sagt er mit flüchtigem Blick auf die Armbanduhr. «Wenn ich mir die Bemerkung erlauben darf, gnädige Frau: eine wundervolle Sammlung!»

Die Dame kommt herunter in den Saal. Die Begeisterung des Besuchers scheint sie zu freuen. Kein Wunder, wenn die Räume so leer sind wie heute.

«Diese Maskenabteilung ist mein besonderer Stolz. Ja, ich

schmeichle mir, daß sie ihresgleichen suchen dürfte.» Nun steht sie unmittelbar neben ihm. «Ach, wenn Sie wüßten, wieviel persönliche Erlebnisse mit diesen herrlichen Schöpfungen unverbildeter Kunst der Naturvölker verknüpft sind! Ich langweile Sie doch nicht?»

«Aber ich bitte Sie, gnädige Frau!» protestiert Detjen. «Ich muß mich entschuldigen, daß ich Ihre Zeit über Gebühr in Anspruch nehme.»

Sie rückt an ihrer randlosen Brille und schaut ihn mit schwärmerischem Kleinmädchenblick an. «Es ist mir ein Vergnügen. Sollte Sie Ihr Weg noch einmal hierher führen, dann wenden Sie sich vertrauensvoll an mich. Ich kann Ihnen eine Unmenge hochinteressanter Einzelheiten erzählen. Viele dieser Masken habe ich selbst zusammengetragen. Ich habe verschiedene Erdteile bereist.» Sie geht auf eine Wand zu und zwingt Achim dadurch, ihr zu folgen. «Diese Totenmaske habe ich im Hochland von Peru entdeckt. Glauben Sie ja nicht, daß es leicht war, sie mitzunehmen! Das reinste Abenteuer! Mein Weg war mindestens so gefahrvoll wie der, den die Schöpfer der Masken ihren Verstorbenen erleichtern wollten.»

Sie geht weiter, und der Major muß ihr wohl oder übel folgen. Die Museumsleiterin spricht ununterbrochen. Ihre seltsam weiche, eindringliche Stimme hüllt Achim ein wie ein warmer Regen, der beruhigt und einschläfert. Einen Augenblick lang gibt sich Detjen dieser Stimmung willig hin, um so mehr, da seine fortgesetzte Anspannung in Erschöpfung umschlägt; aber auf einmal wehrt er sich instinktiv gegen den Sirenengesang in ungemein wohltönendem Portugiesisch. Ihm fällt plötzlich auf, daß sie sein Spanisch wie etwas Selbstverständliches hinnimmt. Es hat sie nicht überrascht und sie zu keiner Frage provoziert, nicht einmal zu einem verwunderten Blick. Als ihm das bewußt wird, ist Detjen und in ihm Werner Bredebusch hellwach. Hier gibt es zu viele Ungereimtheiten, da stimmt etwas nicht...

Materialerklärungen prasseln auf den Zuhörer nieder, Fertigungstechniken werden erklärt, die Bearbeitungsweisen von Hölzern, Gräsern, Tierknochen und -haaren und Vogelbälgen geschildert. Für alles sind Beispiele da. Die blonde Dame im schwarzen Kostüm interpretiert sie kenntnisreich, stellt Beziehungen zwischen einzelnen Kulturkreisen her und schlägt ohne Mühe eine Brücke zwischen Masken von den Inseln Samoa und denen des hellenistischen Theaters.

«Aus den Bockspielen der Dionysien entwickelte sich im alten Griechenland die Tragödie. Das Mysterium vom Tode und von der Auferstehung des Dionysos Zagreus war das erste griechische Drama, dem bald die Komödie oder das Satyrspiel folgte», hört der Major. «Da die religiösen Mummereien durchweg von Männern ausgeführt wurden und diese Sitte der Ausschließung der Frauen auch auf das griechische Theater überging, war die Beibehaltung der altgeheiligten Masken auch für die szenische Darstellung unvermeidlich.»

Achim reißt sich gewaltsam vom Zauber dieser Stimme los. Er wird das Gefühl nicht los, daß ihn jemand von hinten ansieht.

Er dreht sich um, als wollte er die von der Museumsleiterin gezogenen Vergleiche nachvollziehen. Und da stockt ihm der Atem, da hat er Mühe, sich seine Überraschung nicht merken zu lassen.

Eine der Masken an der gegenüberliegenden getäfelten Wand hat lebende Augen!

Ausgeschlossen, daß er sich täuscht! Hinter den leeren Augenhöhlen einer indianischen Tanzmaske aus Kolumbien sind Augäpfel. Sie bewegen sich, man sieht es an den Pupillen. Die in allen Farben, vorwiegend jedoch rot leuchtende Maske mit der hochgezogenen Stirn und der extrem verlängerten Kinnpartie bekommt dadurch etwas Gespenstisches. Ihre Augen sehen Detjen an.

«Verfertigt wurden die Masken bei den Griechen aus Baumrinde, Leder und zuletzt aus Holz. Sie bedeckten den ganzen Kopf und hatten gewöhnlich große, trichterförmige Mundöffnungen, um der Stimme einen durchdringenden Schall zu verschaffen», hört Achim wie von weither die Museumsleiterin sprechen. «Sie kennen ja die Weitläufigkeit der antiken Amphitheater; da war das schon nötig.»

Mit großer Anstrengung bemüht sich Detjen, nicht direkt in die lebenden Maskenaugen zu schauen. Der Beobachter, der hinter der holzgetäfelten Wand steht, soll nicht merken, daß er entdeckt ist. Als hätte er nichts gesehen, wendet sich Detjen zu der blonden Dame. «Ich muß gestehen, daß ich Masken noch nie so faszinierend fand wie heute und hier, gnädige Frau.»

Sie nickt verstehend. «Ihre Verlorenheit an diese schönen Dinge ist mir eine Gewähr dafür, daß ich Sie bald wieder in unserem Museum sehen werde. Wenden Sie sich dann vertrauensvoll an mich.» Sie nimmt eine Karte aus ihrer Kostümtasche und überreicht sie Achim. «Es wird mir eine Freude sein, Sie selbst zu führen.»

Achim dreht sich zum Licht. Die lebendigen Augen sind verschwunden. Die Höhlen der kolumbianischen Tanzmaske gähnen so schwarz wie die aller anderen. Detjen senkt den Blick auf die Visitenkarte, «Professor Dr. Romana Godiva, Direktor».

Neuerliche Verbeugung. «Ich mache davon gern Gebrauch, Frau Professor.»

Nun muß der Major das vorgetäuschte Interesse weiterspielen. An der Kasse deckt er sich beim Verlassen des Museums mit Material über die Sammlung ein. Sogar einen ganzen Satz der farbigen Ansichtspostkarten kauft er. Damit gewinnt er das Wohlwollen des Kassierers. Wahrscheinlich ist der Mann am Umsatz beteiligt. Eigentlich möchte Detjen ihn nach Raffael Lupus fragen, der doch bei diesem Museum als Kraftfahrer angestellt sein soll, doch er unterläßt es. Die lebenden Augen im Maskensaal mahnen zu äußerster Vorsicht. Es ist vielleicht besser, hier nicht auf sich aufmerksam zu machen. Oder verbirgt sich hinter der Maske lediglich eine Aufsichtsperson? Er hat sich ja schon gewundert, daß die Exponate so unbewacht schienen. Trotzdem: Er fragt nicht.

Als er die Straße hinuntergeht, stoppt plötzlich eine Limousine am Straßenrand, ein Wagen amerikanischer Bauart, nicht das neueste Modell, aber von imponierenden Ausmaßen. Aus dem hinteren Fenster beugt sich die Frau Professor. Wieder die seltsam weiche, eindringliche Stimme. «Ich fahre stadteinwärts, Senhor. Kann ich Sie ein Stück mitnehmen?»

Detjen steigt zu. «Sehr liebenswürdig, Frau Professor.»

Der alte Straßenkreuzer wird von einem Fahrer in grauer Chauffeuruniform gelenkt. Sein gelocktes schwarzes Haar ist ungewöhnlich lang; es quillt unter der Schirmmütze hervor. Mit Schwung fädelt der breitschultrige junge Mann den schweren Wagen in den schwach fließenden Verkehr ein und beschleunigt schnell.

Offenbar nicht schnell genug für die Museumsleiterin. «Dieser Buick ist natürlich auch nicht mehr der neueste, Senhor», sagt sie seufzend. «Aber sagen Sie mir, wo überhaupt man Geld hat für die Wissenschaft.» Und nach einer winzigen Pause fährt sie fort: «Gefällt es Ihnen in Lisboa?»

Also ist ihr doch nicht entgangen, daß er Spanisch spricht! «Ich finde es recht interessant.»

«Interessant?» Das ist ihr offenbar zu wenig. Mit einem Heben der Brauen stellt sie das abgegriffene Allerweltswort in Frage.

«Ich bin geschäftlich hier», erläutert Achim. «Detjen. Achim Detjen. Ich bin Versicherungskaufmann. ‹Confidentia›, Köln. ›Vertrauen gegen Vertrauen‹.»

Frau Professor lächelt. «Was für ein schöner Leitsatz.»

Und er muß doch etwas über Lupus erfahren! Warum nicht von der «Museumsmutter»? Weltfremd, wie sie wirkt, wird sie am wenigsten Verdacht schöpfen.

«Das Komische ist – ich bin kaum in Lisboa, da habe ich schon mit Ihrem Museum zu tun, von dem ich nichts wußte und das ich nicht kannte.»

Senhora Godiva sieht ihn überrascht an.

«Genauer gesagt, mit einem Ihrer Angestellten», präzisiert er. «Mit einem Kraftfahrer. Lupus, Raffael Lupus.»

Unbewegt bleibt ihr Gesicht. Eher gibt es darin eine Spur von Verständnislosigkeit. Auch der Kraftfahrer zeigt keine Reaktion. Detjen hat nach vorn auf seine Hände gesehen. Die liegen so ruhig auf dem Lenkrad wie zuvor. Der Wagen fährt wirklich stadteinwärts. Der Verkehr wird dichter. Die Häuser werden höher, die Straßen enger. An einer Kreuzung sind zwei Wagen aufeinandergefahren und ineinander verkeilt. Die Polizei ist bereits da; ein Krankenwagen setzt sich gerade in Bewegung.

«Um das technische Personal kümmere ich mich nicht», stellt Romana Godiva klar. Dann aber tippt sie, als wollte sie dem Versicherungsmann gefällig sein, ihrem Chauffeur auf die Schulter. «Juan! Haben wir einen Raffael Lupus?»

Der Fahrer wendet flüchtig den Kopf. Eine ausgeprägte Nase wird sichtbar, buschige Brauen stehen über dunklen Augen. «Wir hatten, Frau Professor. Bis vorige Woche.»

Also doch! denkt Detjen und fragt: «Ist ihm etwas zugestoßen?»

Diesmal antwortet der Fahrer, ohne den Kopf zu wenden. «So kann man es auch nennen, Senhor. Der Hausmeister hat ihn 'rausgeschmissen. Selten pünktlich. Oft betrunken.»

Achim lehnt sich zurück. Es hat doch etwas auf sich mit den lebenden Augen! denkt er. Und was für ein hübscher Zufall, daß Lupus nicht mehr im Museum tätig war, als die Bombe die DC-2 auseinanderriß! Der alte Espada in der Rua da Magdalena hat seine Gründe gehabt, Lupus' Arbeitsstelle nicht preisgeben zu wollen!

9

Schön, daß sich Isabella so freut, als Achim vor der Wohnungstür steht. Sie strahlt ihn richtig an und bittet ihn herein. Da fällt es Achim Detjen leicht, die Zellophanhülle von den Blumen zu entfernen und fröhlich zu sagen: «Mir ist im Hotel ausgerichtet worden, daß Sie mich anzurufen versuchten. Also habe ich 'n paar Blümchen besorgt, und da bin ich!»

Sie steckt die Nase in die Blüten und lächelt. Heute abend trägt sie eine rostfarbene enge Cordhose und eine zartviolette Bluse.

Während Isabella Solano nach einer Vase in die eingebaute Kochnische geht, sieht er sich um. Die Einzimmerwohnung ist geschmackvoll und wohnlich eingerichtet. Hier kann man sich wohl fühlen. Achim setzt sich in einen der kleinen Sessel. Ein Buch auf dem Tisch zieht seine Aufmerksamkeit auf sich. «Portugal und seine Kolonien» entziffert er. Das gefällt ihm weniger. Oder muß sie sich damit beschäftigen? Die Flugstrekken in die Kolonien sind natürlich eine Domäne der Portugal Airways.

Isabella steckt den Kopf aus der Durchreiche. Während sie die Blumen in einer Vase ordnet, ruft sie herüber: «Wenn Sie nicht gekommen wären, hätte ich eine sehr unruhige Nacht gehabt.» Sie merkt gleich, wie doppelsinnig dieser Satz ist und lacht unbefangen. Dann fährt sie fort: «Es kam ein merkwürdiger Anruf. Ich soll Sie bitten, unbedingt eine Einladung anzunehmen, die man Ihnen überbringen wird.»

«Und wer hat angerufen?»

Sie kommt mit der Vase ins Zimmer. «Ich habe gefragt, aber keine Antwort bekommen.»

«Mann oder Frau?»

«Eine Frau.» Die Blumen finden ihren Platz auf dem Tisch.

«Kannten Sie die Stimme?»

Isabella schüttelt bedauernd den Kopf. «Nein. Aber sie klang sehr sympathisch und angenehm.» Mehr weiß sie dazu nicht zu sagen. Sie schaut ihn an, wirkt ein bißchen verlegen und fragt schüchtern: «Darf ich Ihnen etwas zu trinken anbieten?»

Nein, sie hat nicht oft Herrenbesuch! Die Art, wie sie sich müht, mit der Situation fertig zu werden, läßt das eindeutig erkennen. Wohltuend berührt das, liebenswert ist es. Achim merkt, daß er auf dem besten Wege ist, sich in dieses Mädchen zu verlieben. Zu diesem Zweck hat man ihn eigentlich nicht nach Portugal geschickt.

«Viel habe ich nicht im Haus», fährt sie fort. «Sie können nur zwischen Wermut und Portwein wählen.»

«Dann bin ich für Portwein. Mit Soda, wenn möglich.»

«Das ist möglich.» Sie läuft in die Kochnische, macht zwei Gläser fertig und setzt sich schließlich zu ihm. «Werden Sie der Einladung folgen?»

Er trinkt ihr zu und nickt. «Ich werde. Das gibt eine Chance, etwas zu erfahren, und um etwas zu erfahren, bin ich hier, Fräulein Solano.»

Sie setzt das Glas ab. «Sagen Sie Isa. Alle meine Freunde nennen mich so. Ich heiße Isabella.»

«Gern, Isa. Aber dann müssen Sie Achim sagen. Schön, daß Sie mich zu Ihren Freunden zählen...» Er greift erneut zum Glas und stößt mit ihr an. «Isa...»

«Achim!»

Wie merkwürdig das aus ihrem Munde klingt! Sie spricht das «ch» ganz im Rachen. Es gefällt ihm jedoch.

«Ich verstehe ja nichts davon, aber kann eine solche Einladung nicht sehr gefährlich werden?»

«Ich hoffe, daß sie es nicht wird. Genau weiß man es immer erst hinterher.»

«Ist es denn nicht bedenklich, daß die Aufforderung so geheimnisvoll erfolgt?»

«Je geheimnisvoller, desto verlockender!» Er weiß genau, warum die anderen diesen Weg gewählt haben, doch er behält es für sich, um das Mädchen nicht zu verunsichern. Sie wollen ihm beweisen, daß sie alles über ihn wissen und über jeden seiner Schritte unterrichtet sind. Eine versteckte Drohung liegt darin: Du kannst uns nicht entkommen. Also tu, was wir verlangen!

«Es ist ganz aufregend, mal eine Detektivgeschichte zu erleben», plaudert Isabella drauflos. «Bisher kannte ich Detektive bloß aus Romanen, und manche haben mir sogar gefallen. Das waren die, in denen durch die Aufklärung eines unheimlich verzwickten Falles der geschändeten Gerechtigkeit zum Siege verholfen wurde. Aber einen leibhaftigen Rechercheur ...»

«Das heißt, ich darf Sie nicht enttäuschen.» Achim schmunzelt. Wohl fühlt er sich nicht in seiner Haut. Es behagt ihm gar nicht, daß er durch die Umstände und die Eigenart seines Auftrages gezwungen ist, dem Mädchen, das ihm so unbefangen und arglos gegenübertrat, diese blödsinnige Legende in allen Einzelheiten aufzutischen. Was macht er eigentlich, wenn sie Details seiner Arbeit zu hören wünscht? Neue Erfindungen ... Köln ist ein Zentrum des Kunsthandels; er wird Geschichten von Kunstraub und Fälschungen ausschmücken, die er in den Zeitungen gelesen hat. Er wünscht sich sehr, daß ihm das erspart bleibt. Diesen dämlichen Versicherungsprüfer soll doch der Teufel holen! Um so mehr, da er die Phantasie des Mädchens ungeheuer anzuregen scheint. Isabella ist ein Opfer konfektionierter Spannungsliteratur.

«Haben Sie bei Ihrer Arbeit schon mal Angst gehabt?» fragt sie weiter.

«Oh ja, oft», erwidert er ehrlich, und das ist eigentlich die Antwort des Kundschafters Werner Bredebusch, der sich in seinem Leben mehr als einmal ins Gedächtnis rief, daß Angst zu haben menschlich, sie nicht zu überwinden aber gefährlich sei.

«Geht es manchmal wirklich auf Leben und Tod?»

Auch das bestätigt er mit gutem Gewissen. Er muß dazu gar nicht weit zurückdenken. Der Sturz des VW-Käfers in den Abgrund ...

Isabella lächelt ihn an. «Ich hätte sicherlich nicht den Mut dazu», bekennt sie. «Aber ich finde es bewundernswert, wenn jemand einer guten Sache wegen all das auf sich nimmt.»

Auf dieser Ebene möchte Detjen das Gespräch nicht weiterführen. Er steht auf, geht ein paar Schritte durchs Zimmer und bleibt am Fenster stehen. Wie niedrig die Häuser sind, auf deren Lichter er hinunterschaut. Die Baugesellschaft, die die Hochhäuser mit den Einzimmerwohnungen hier errichtete, hat sich einen Dreck darum geschert, ob die Betonfinger in das organisch gewachsene Stadtbild passen oder nicht. Fremdkörper sind sie.

«Ich glaube, von mir haben wir jetzt genug geredet, Isa», sagt er über die Schulter. «Mir fällt auf, daß ich gar nichts von Ihnen weiß...»

Gründlich gearbeitet hat sie, die Baugesellschaft, die die Hochhäuser baute. In angemessener Entfernung sind Parkplätze angelegt – schattige Parkplätze, damit die Karossen unter direkter Sonneneinstrahlung nicht zu heiß werden. Die weiß eingegrenzten Stellflächen tragen Nummern und sind dadurch den Wohnungen zugeordnet. Das bedeutet, daß das Betonrechteck Nummer 27 immer Isabella Solano zur Verfügung steht – das ist in der Wohnungsmiete einbegriffen.

Das Betonrechteck 27 ist besetzt. Ein sandfarbener NSU-Prinz steht dort. Der Kleinwagen wirkt ängstlich und geduckt zwischen den langgestreckten Prachtkarossen überseeischer Bauart rechts und links.

Ein Stück weiter parkt ein grauer Ford, der nicht dorthin gehört. Er wird sofort weitergefahren, wenn der rechtmäßige Besitzer der Box erscheinen sollte, der Mann am Lenkrad wird sogar die Scheibe herunterkurbeln und sich höflich entschuldigen. John und Stan haben nicht die Absicht, hier unangenehm aufzufallen. Aus diesem Grunde auch haben sie ihren Landrover in der Garage gelassen und den Ford genommen, den Detjen noch nicht kennt. Der große Parkplatz bietet ihnen völlige Deckung, und aus der Höhe von Isabella Solanos Wohnung ist zweifellos nicht wahrzunehmen, daß das graue Gefährt besetzt bleibt.

John gähnt herzhaft. Er ist weit nach vorn gerutscht, legt den Nacken auf die Rückenlehne und faltet die Hände.

«Hau ab, Stan», knurrt er mit einem Blick auf die elektrische Uhr am Armaturenbrett. «Kannst dem Boß sagen, sie haben ihn angerufen, und nun sei er bei ihr. Es läuft also alles programmgemäß. Ich beobachte weiter.»

Der Hagere stößt die Tür auf. «Nicht nachlassen, Johny-Boy», sagt er grinsend. «Und wenn du doch schläfst, morgen früh kommt der gute Onkel Stan und weckt dich.»

John seufzt. «Glaubst du im Ernst, daß er über Nacht bleibt?» Dieser Gedanke betrübt ihn.

Stan kostet das aus. «Man muß aufs Schlimmste gefaßt sein! Wenn ich an gestern denke, ich glaube, dieser Mister Detjen ist ein schrecklich gründlicher Mensch.» Und immer noch grinsend, macht er sich auf die Suche nach einem Taxi.

So tief, wie John im Sessel liegt, kann er am oberen Rand der Frontscheibe gerade noch die Wohnungsfenster von Isabella Solano sehen. Nach wie vor brennt dort Licht.

Isa kocht Kaffee. Sie hantiert in der Kochnische, während Detjen die Ellenbogen auf die Durchreiche stemmt und ihr zusieht.

«Was wäre denn noch über mich zu sagen?» überlegt sie laut. «Ich stamme aus der Provinz. Mein Vater ist im Norden des Landes Bergbauingenieur. Ich bewundere ihn; ich glaube, daß er sehr tüchtig ist. Er besitzt auch Patente; es geht ihm ziemlich gut, und deshalb konnte er mir eine für unsere Verhältnisse gute Schulbildung zukommen lassen. Ich spreche inzwischen drei Sprachen perfekt und werde» – sie zögert unmerklich, ehe sie schnell weiterspricht – «bald außerhalb des Landes eingesetzt. Zuerst auf einem Flughafen in den Kolonien, das machen sie immer so. Moçambique... Dann vielleicht London oder Paris...» Isa sieht Achim an, und plötzlich sagt sie leise: «Schade, daß ich nicht deutsch spreche. Sonst würde ich versuchen, nach Köln-Bonn zu kommen...»

Da kann er einfach nicht anders – er streckt ihr beide Hände entgegen, und als sie sich zu ihm beugt, faßt er in ihr schwarzes Haar, zieht ihren Kopf heran und küßt sie. Isabella legt ihm wie selbstverständlich die Arme um den Hals. Und dann flüstert sie dicht an seinem Ohr: «Ich wünsche mir, daß du noch lange in Lisboa zu tun hast!»

Detjen nimmt ihr die Tassen ab und bringt sie zum Tisch.

«Meine Chefs erwarten genau das Gegenteil. Für sie ist meine Zeit Geld; für sie heißt es: kommen, kaspern und kassieren. Aber ich habe noch eine Menge in Portugal zu tun.» Er trinkt einen Schluck Kaffee. Dabei fällt sein Blick auf die Uhr, die in einem Fach der Schrankwand steht. «Die mysteriöse Einladung dürfte schon im Hotel sein. Schade, Isa, doch...»

Sie legt ihm die Hand auf den Arm. Sehr ruhig und endgültig erwidert sie: «Dann ist sie auch morgen früh noch da, Achim. Ich möchte, daß du bei mir bleibst.»

Mit den modernsten Geräten bestückt, ist die Funkstelle der Botschaft der BRD rund um die Uhr besetzt. Sie befindet sich im ausgebauten Dachgeschoß des repräsentativen Gebäudes. Diese Funkstelle würde auch dann noch arbeiten, wenn in der ganzen Stadt der Strom ausfiele. Sie ist autark. Sobald die städtische Energieversorgung Schwierigkeiten bereitet, schaltet sich automatisch ein Dieselaggregat ein und hält auch die installierte Nachrichtentechnik funktionsfähig, die Fernschreiber, Funkgeräte, Codiermaschinen.

Der diensthabende Funker wendet sich gelassen zum Funkempfänger, der plötzlich zu arbeiten beginnt. Ein Lochstreifen quillt aus dem Gerät. Der Empfang dauert nur Sekunden, die Übermittlung erfolgt per Schnellgeber in rasendem Tempo. Überdies ist der Spruch kurz. Das Kennzeichen am Anfang weist ihn als für den Militärattaché bestimmt aus. Der Funker muß nicht überlegen; er hat für alle Fälle Vorschriften. Zum Telefon greift er, wählt eine Nummer des Hausanschlusses und läßt den Apparat lange klingeln. Endlich meldet sich eine verschlafene Stimme.

«Ja? Von Wieseneck.»

«Guten Morgen, Herr Oberst», sagt der Funker fröhlich; denn seine elektrische Uhr zeigte zwei Minuten nach Mitternacht. «Die Funkstelle. Herr Oberst wünschten geweckt zu werden, sobald aus Bonn ein Spruch für den Herrn Militärattaché ankommt. Das ist soeben geschehen.»

«Ich bin gleich da.»

Er ist sehr schnell zur Stelle, und er bringt es sogar um diese Stunde fertig, elegant auszusehen. Seidener Hausmantel, lässig geschlungener Schal. Ohne Umschweife geht er zum Panzerschrank und öffnet ihn. Dieser Oberst muß ein mächtiger Mann sein, denkt der Funker. Wenn ihm der Attaché seine Schlüssel ausgehändigt hat... Er wird noch eine Spur zuvorkommender. Der Funker kann allein den Safe nicht öffnen, aber er kennt seinen Inhalt. Ein Griff genügt, und er hat in der Hand eine schmale Metallkarte, auf der der in Frage kommende Chiffreschlüssel programmiert ist, und gibt sie in die Codiermaschine. Dann schiebt er den Lochstreifen in die Führung ein. Ein Knopfdruck, schon beginnt der Streifen zu wandern und wird elektronisch abgetastet. Wie von Geisterhand bedient, beginnt gleichzeitig eine elektrische Schreibmaschine zu tippen. Hier erscheint der Klartext.

Nur wenige Worte... «Planungsstab ‹Ikarus› für Oberst von Wieseneck. Notwendiges Material kommt durch Offizier. Landung Lisboa 11.20 Uhr. B.»

Der Funker hütet sich, mitzulesen. Das geht ihn nichts an. Je weniger er vom Inhalt der Funktelegramme weiß, die durch seine Hände gehen, desto größer ist seine Chance, diesen einträglichen Posten lange zu behalten.

Die Manipulation am Panzerschrank wiederholt sich in umgekehrter Reihenfolge, ehe von Wieseneck die Funkstelle verläßt. Er ruft von seinem Zimmer aus Niese an. Der weiß, daß um 11.20 Uhr eine Lufthansamaschine in Lissabon landet. Ein Wagen wird am Flugplatz sein, den Kurier abzuholen.

«Gute Nacht, Herr Oberst!»

«Guten Morgen, Achim!» sagt Isabella dicht an Detjens Ohr und streichelt über sein zerzaustes Haar. «Zeit, aufzustehen. Der Kaffee steht schon auf dem Tisch.»

«Jeden Morgen aufstehen», wehrt er sich, ohne die Augen zu öffnen. «Wer das bloß erfunden hat...»

Das macht ihr Spaß. Sie setzt sich neben ihn auf die aufgebettete Couch und tippt ihn auf die Nase. Isabella hat bereits geduscht und ist halb angezogen, nur die dunkelblaue Uniform der Portugal Airways fehlt noch. Sehr jung und glücklich sieht sie aus an diesem hellen, sonnigen Morgen, der breite Lichtbahnen durch die Fenster schickt. So früh zeigt sich Lissabon von seiner besten Seite. Ein Hauch von See und Frische liegt in der Luft. Später, wenn die Temperatur steigt, tritt an seine Stelle eine brodelnde Dunstglocke, die nur die hochgelegenen Villenvororte ausspart. In allen Großstädten ist das so.

Die «Nasenmassage» macht Achim vollends wach. Er schlägt die Augen auf und streckt die Hände nach dem Mädchen aus. «Isa, ich sehe dich wie einen Stern. Und wer greift nicht gern nach den Sternen?»

Sie läßt sich küssen, ehe sie ihm sich zögernd entzieht. «Ich muß doch zum Dienst.»

«Wie spät ist es?»

«Gleich sechs», antwortet sie. «In einer halben Stunde fahre ich.»

Detjen springt von der Couch. «In fünf Minuten...» Er unterbietet diese Zeit. Sie frühstücken gemeinsam, und plötzlich ertappt sich Achim dabei, daß er sich sekundenlang wünscht, er wäre wirklich ein Versicherungsprüfer aus Köln und sonst nichts.

Isabella zieht die Uniform an, setzt das Käppi auf und nimmt ihre Umhängetasche, die gleichfalls das eingeprägte Emblem der Portugal Airways trägt. Blick in den Spiegel. Das Käppi wird ein wenig kesser aufs Ohr gedrückt. Dabei lacht Isa. Neben ihrem Spiegelbild sieht sie Achim, er wirkt auf jungenhafte Weise komisch in dem zu engen und zu kurzen Mädchenbademantel, und er macht sich auch noch einen Jux daraus, das zu unterstreichen. Er lacht mit.

«Laß dir Zeit», bittet das Mädchen. «Dort hängt der zweite Schlüssel. Er gehört dir.» Schon an der Wohnungstür, mit der Klinke in der Hand, wendet sie sich noch einmal um. «Und was diese Einladung angeht – bitte, sei vorsichtig. Ich will dich doch wiedersehen.»

Er steht am Fenster und schaut hinunter. Isabella Solano

tritt unten aus dem Haus und geht zum Parkplatz hinüber, in gerader Linie auf den sandfarbenen kleinen Wagen zu. Bevor sie einsteigt, dreht sie sich zum Haus zurück und hebt grüßend die Hand. Detjen winkt. Er bleibt stehen, bis der Prinz den Parkplatz verläßt und in rascher Fahrt stadteinwärts verschwindet.

Achim kehrt an den Tisch zurück. Es ist noch Kaffee da; er schenkt sich ein und trinkt. Es ist schön in dieser kleinen Wohnung; er fühlt sich hier so wohl und wie zu Hause, als ginge er seit Jahren ein und aus. Er beschließt, Isabella vom Dienst abzuholen.

Detjen zieht sein einsames Restfrühstück in die Länge, einfach, um noch ein wenig die Atmosphäre dieses Zimmers zu genießen. Ob Winnie in Bonn den «Generalanzeiger» abgeholt hat? Sicher hat sie und weiß längst, wo er ist.

Achim räumt das Geschirr in die Kochnische. Er tut es nicht aus besonderer Ordnungsliebe, sondern nur, damit es Isa abends nicht machen muß. Dann zieht er sich an. Er muß ins Hotel, die Einladung abholen.

«Mir reicht es», sagt John. Er sieht unausgeschlafen, müde und zerknittert aus und ist damit das ganze Gegenteil von Stan, der ausgeschlafen, frisch rasiert und gut gelaunt neben dem Ford steht und den Dicken angrinst. «Er ist immer noch oben. Obwohl die Kleine längst zum Flugplatz gefahren ist.» Er gähnt. «Hast du den Brief im Hotel abgegeben?»

Der Hagere klopft beziehungsvoll auf seine Brusttasche. «Warum? Wenn er nicht dort ist...»

Mit jähem Entschluß wuchtet sich John aus dem Wagen, setzt die Sonnenbrille auf, die ihn auch nicht schöner macht, und streckt die Hand nach dem Brief aus. «Gib her! Dann kriegt er ihn eben hier.»

Als das Telefon läutet, blickt Achim verwundert zur Uhr. Für Isa kann der Anruf nicht sein – wer sie kennt, weiß, daß sie um diese Zeit im Büro der Portugal Airways arbeitet. Es ist gerade sieben Uhr, sie müßte schon dort sein. Wahrscheinlich ruft sie an. Mit einem Lächeln nimmt er den Hörer ab. «Ja?»

Eine Männerstimme antwortet: «Warum so kurz angebunden? Wir finden Sie überall, Senhor Detjen!» Am anderen Ende der Leitung spricht ein Amerikaner schlecht Portugiesisch. «Sie sind heute früh nicht in Form, was? Sehen Sie mal zur Wohnungstür! Da ist ein Brief für Sie durchgeschoben worden.»

«Wie reizend», spottet der Major, «daß Sie mir den Weg ins Hotel ersparen.»

Der Anrufer – John – nimmt den Ton nicht auf. «Ein guter Rat, Detjen: Halten Sie sich genau an die Anweisungen, die man Ihnen in dem Brief erteilt. Keine krummen Touren, keine Polizei.»

Unwillkürlich spannt sich Achim. Die schöne Gelöstheit der letzten Stunden ist plötzlich wie weggewischt vom Bewußtsein der unablässig lauernden Gefahr. Wie das seine Gewohnheit ist in solchen Augenblicken, knetet er mit Daumen und Zeigefinger das Kinn. «Einverstanden», erwidert er sachlich. «Keine krummen Touren. Keine Polizei. Und da wir gerade von krummen Touren reden: Ich habe mir erlaubt, bei meiner Botschaft einen verschlossenen Umschlag zu deponieren.» Er spricht jetzt betont langsam und deutlich, damit der andere jedes der spanischen Worte genau versteht, die ihm bei seinem schlechten Portugiesisch Schwierigkeiten bereiten dürften. Er formuliert sehr einfach: «Der Umschlag enthält drei Fotos. Das erste Foto zeigt das Reifenprofil Ihres Landrovers. Auf dem zweiten Foto sind zwei dumme Gesichter. Sie gehören Männern, die sich in der Sierra Morena über einen Abhang beugen und sich vom Tode eines Mannes überzeugen wollen, dessen Mietwagen kurz zuvor in den Abgrund stürzte. Auf dem dritten Foto sieht man das Wrack des Volkswagens, der auf den Namen Detjen geliehen war. Die Bilder sind gestochen scharf, Senhor. Jedem Polizisten würde das Herz im Leibe lachen, wenn er das Doppelporträt für einen Steckbrief benutzen dürfte. Sollte ich den Umschlag mit den drei Fotos bis heute abend neunzehn Uhr nicht von meiner Botschaft abgeholt haben, dann...»

«Sie brauchen nicht weiterzureden», unterbricht ihn der andere. «Wir sind im Bilde.»

«Und das im wahrsten Sinne des Wortes», bestätigt Achim trocken. Sie legen beide gleichzeitig auf. Dann nimmt sich Detjen den Brief. Jetzt hat er es sehr eilig. Der Brief legt fest, daß er vor dem Hotel «Ambassador» abgeholt wird. Er ist auf Hotelbriefpapier geschrieben und trägt keine Unterschrift.

10

Die Auffahrt des «Ambassador» erweist sich als gut gewählt. Hier herrscht ständiges Kommen und Gehen. Hotelgäste nähern und entfernen sich mit eigenen oder Mietwagen, Taxis schieben sich zwischen chromblitzende Luxuskarossen, hoteleigene Kleinbusse befördern Gäste von den beiden Lissabonner Flughäfen und den Bahnhöfen hierher oder bringen sie weg, und zwischen den Fahrzeugen quirlen Hotelboys, Gepäckträger und Straßenhändler.

Rechts vom Portal fasziniert ein Blumenstand durch die Pracht der Farben und Formen seines Angebots. Der Geschäftsführer macht eine tiefe Verbeugung, als Achim vorübergeht. Der Senhor hat gestern abend Blumen gekauft, der Senhor ist ein Kunde und also verehrungswürdig. Er sieht dem Senhor nach. Der bleibt am Zeitungskiosk stehen, erwirbt die neueste Ausgabe der «Novidades», bleibt stehen und blättert das Blatt durch.

Wer immer die Einladung hierher ausgeknobelt hat – der Mann versteht sein Handwerk. Es ist die natürlichste Sache der Welt, daß ein wartender Taxifahrer aussteigt und auf einen Herrn zugeht, der ein potentieller Fahrgast sein könnte. Hätte Achim doch die Polizei verständigt und wäre ein Hinterhalt gelegt worden, wer hätte dem Taxifahrer beweisen wollen, daß er mit den ominösen Briefschreibern im Bunde steht? Der Fahrer ist Portugiese, sein Wagen zweifellos einwandfrei registriert. Ob der Vorgang von Dritten bewußt beobachtet wird, läßt sich nicht ausmachen.

«Senhor Detjen?» fragt der Mann verbindlich.

Der «Versicherungsprüfer» faltet langsam die «Novidades» zusammen. «Ja.»

«Es ist neun Uhr, Senhor. Um diese Zeit soll ich Sie hier abholen. Dort steht mein Wagen. Wenn Sie mir folgen würden?» Dieses Abholen verläuft geradezu beklemmend normal. Der Taxifahrer, ein agiler kleiner Mensch mit freundlichem, vertrauenerweckendem Gesicht, späht nicht nach etwaigen Verfolgern; er ist die Gelassenheit in Person – ein Mann mit absolut gutem Gewissen. Achim denkt, daß der Chauffeur vermutlich nicht zu den Leuten gehört. Er führt einen gewöhnlichen Auftrag aus. Zumindest in diesem Taxi wird Achim noch völlig sicher sein.

Oder nicht? Während er im Fond des schwarzen Chevrolets sitzt, entgeht dem Major nicht, daß der Fahrer ungewöhnlich häufig in den Rückspiegel blickt. Hält er Ausschau nach einem Wagen, der dem Chevrolet folgt? Der agile kleine Mann legt es förmlich darauf an, immer noch als Letzter in einem Fahrzeugpulk über Kreuzungen zu flitzen, und gewöhnlich biegt er gleich darauf von der eben benutzten Straße ab. Obwohl er ja Lisboa nicht kennt, möchte Achim schwören, daß der Wagen kreuz und quer fährt und Haken schlägt wie ein Hase, sich dabei aber doch stetig in östlicher Richtung bewegt. Der Sonnenstand verrät es. Der Himmel ist wolkenlos, von einem satten, tiefen Blau. Bei dieser Zickzackfahrt gibt der tickende Taxameter keinen Aufschluß über die wirklich zurückgelegte Entfernung.

Der Stadtteil, durch den sie jetzt rollen, erinnert den Major sehr an die Rua da Magdalena. Die Straßen werden enger, die Häuser baufälliger. Ein ganzes Viertel auf Abriß, möchte man denken. Tatsächlich sind hier und da die Fenster mit Brettern vernagelt oder gähnen leere Höhlen. Dort fehlen schon die

Haustüren – irgendwer hat sie als Brennholz genutzt. Aus einer zerfransten Dachrinne wächst eine Birke.

Über Kopfsteinpflaster schaukelt der weichgefederte Chevrolet nun, eine Rechtskurve beschreibt er und steht plötzlich in einer Gasse. Die ist so eng, daß man zum Fenster hinaus die Begrenzungsmauern mit der ausgestreckten Hand erreichen könnte.

«Wir sind da», sagt der freundliche Chauffeur und deutet auf einen Torbogen mit einer windschiefen, schräg in den Angeln hängenden Tür. «Wenn Sie sich dort hineinbemühen würden.»

Das klingt schon wie nackter Hohn – «sich dort hineinbemühen...» Hat er denn eine andere Wahl? Achim hält es für geraten, so zu tun, als erlebte er einen alltäglichen Vorgang. Er fragt sogar, was er zu zahlen habe.

«Nichts, Senhor! Es ist schon alles beglichen. Ich wünsche einen guten Tag.» Der Chevrolet fährt rückwärts in die Straße mit dem Kopfsteinpflaster. Offenbar kennt sich der Mann hier genau aus. Detjen will sich gewohnheitsgemäß das Kennzeichen einprägen, aber das kann er nicht erkennen. So spiegelblank die Karosse geputzt ist – das Nummernschild trägt eine fingerdicke Staubschicht.

Ganz allein steht Achim in der schlauchartigen Gasse. Kein Mensch außer ihm weit und breit! Die Häuser ringsum sind leer und tot. Er sieht an den rissigen Mauern empor zu dem schmalen Streifen blauen Himmels. Nur für Sekunden sichtbar, zieht dort ein viermotoriger Silbervogel. Ein Lachen, das plötzlich hörbar wird, überrascht so, daß Detjen zur Kopfsteinpflasterstraße blickt. Ein zierliches Mädchen, um das ein hünenhafter Marinesoldat den Arm gelegt hat. So schnell aus dem Blickfeld verschwunden, wie sie hineinkamen...

Die schiefhängende alte Tür, gleichermaßen brüchig und schwer, quietscht nicht, als Achim dagegendrückt. Frisch geölt, öffnet sie sich lautlos. Ein kühler Luftzug weht Detjen an. Er steht in völliger Dunkelheit. Erst, als sich seine Augen an die Finsternis gewöhnt haben, erkennt er, daß vor ihm eine steil ansteigende Treppe in einen höher gelegenen Hof führt. Er geht hinauf. Die Steinstufen, ausgetreten und schadhaft, sind sicherlich ebenso alt wie der ganze Bau.

Oben bleibt Detjen stehen. Der Hof ist winzig klein, eigentlich nur ein Lichtschacht. Kaum zu fassen, daß hier ein Baum wächst, der sich mit seinen Ästen an eine ziegelrote Brandmauer drückt. In den Zweigen tschilpen Spatzen.

Das kleine Geviert ist verwahrlost. Schuttberge, Blechteile, alte Töpfe ... Es mutet an, als hätten die ehemaligen Hausbewohner alles aus den Fenstern geworfen, was sie nicht mitnehmen wollten, als sie auszogen. Dazwischen das Skelett eines Motorrades ohne Räder und Armaturen, der Rahmen rot von Rost. Detjen knetet sein Kinn. Wie ist die Maschine hierhergekommen? Nicht anzunehmen, daß sie der einstige Besitzer die Steintreppe hinaufgeschleppt hat, um sie hier dem Zahn der Zeit zu überlassen. Es gibt wahrscheinlich noch einen zweiten, einen bequemeren Zugang.

Irgendwo schlägt ein Fensterflügel. Da ist jemand. Achim weiß, daß er keinen unbemerkten Schritt tut, aber er sieht noch niemand. Die Enge des Hofes, seine scheinbare Leblosigkeit und der Modergeruch zerren an den Nerven. Mit einer langsamen, gleichgültigen Geste faßt Detjen zum Schulterhalfter. Für einen Außenstehenden muß das wirken, als wollte er einen lästigen Juckreiz bekämpfen. Er zieht die Druckknopflasche auf und nimmt die Waffe heraus. Diese «Walther»-Gaspistole ist so klein, daß er sie mit dem Daumen in die Handfläche drücken und ungesehen in die Hosentasche schieben kann. Behutsam legt er den Sicherungsflügel herum. Viel wird ihm das kleine Ding im Ernstfall nicht nutzen, doch es in der Hand zu haben beruhigt ungemein.

Der Treppe gegenüber steht eine Tür offen. Alle anderen, die auf den Hof führen, sind geschlossen oder mit Gerümpel verstellt, sind nicht zugänglich. Die offene Tür ist eine Aufforderung.

Eine Art Trampelpfad schlängelt sich über den Hof. Achim holt tief Luft und folgt ihm. Nun, da er einmal hier ist, gibt es für ihn kein Zurück mehr.

Hinter der offenen Tür liegt kein Flur. Die Bauweise des Hauses ist die gleiche, die er in der Rua da Magdalena vorfand – Außentreppen und Umgänge ersetzen Treppenhaus und Korridore. Detjen steht sofort in einem Zimmer. Der gedielte Boden ächzt unter jedem Schritt. Von den Wänden bröckelt der Putz. Fenster sind nicht mehr da. Ihnen gegenüber hängt ein Vorhang, der merkwürdig neu wirkt. Und ein Tisch ist da, einziges Möbelstück im Raum. Auf dem Tisch liegt eine Maske!

Das ist keine bunte, farbenfrohe Maske, wie er sie im Ethnographischen Museum betrachtet hat. Diese da – kalkweiß – ähnelt vielmehr einer Totenmaske. Die Augen sind geschlossen, der Mund steht einen schmalen Spalt offen. Achim schluckt. Was soll das? Wenn man ihn das Gruseln lehren will, dann muß man früher aufstehen.

Er nimmt die Pistole aus der Tasche und geht entschlossen auf den Vorhang zu.

«Stop!» sagt eine Stimme, sobald er die ersten Schritte getan hat. Die Stimme kommt Achim bekannt vor. Der Anrufer von heute morgen... Detjen bleibt stehen.

«Deutsche Pünktlichkeit, das gefällt uns!» fährt die Stimme amüsiert fort. «Was uns gar nicht gefällt, das ist der Ballermann, den Sie in der Hand halten. Wie leicht kann so was losgehen. Legen Sie das Ding auf den Tisch!» Achim gehorcht. Er drückt den Sicherungsflügel zurück, ehe er die Pistole weggibt. Die Stimme spricht weiter: «Die Maske da ist ein kleines Souvenir für Sie. Setzen Sie sie auf!»

«Wollen wir zum Karneval? Wenn ich das gewußt hätte, wäre ich im Smoking gekommen», knurrt Detjen. Ganz bewußt spielt er die Rolle, die seine Legende vorgibt – den mit allen Hunden gehetzten und in tausend Gefahren erprobten Versicherungsdetektiv aus einer Kurzgeschichtenserie von Edgar Wallace. Wohl ist ihm nicht in seiner Haut. Die Maske faßt sich merkwürdig an – Weichplast, die Außenseite aufgerauht, irgendwie stumpf. Die Innenseite, die ein Gummiband fest ans Gesicht preßt, fühlt sich unangenehm glatt und glibbrig an. Da keine Nasenlöcher ausgespart sind, fällt das Atmen schwer, und vor allem ist es schrecklich, nichts mehr zu sehen. Jetzt kann er sich nur noch auf sein Gehör verlassen, und merkwürdigerweise hat er nun das Gefühl, daß es präziser arbeitet als je zuvor.

Ringe schleifen auf einer Metallstange – der Vorhang wird bewegt. Ein Mann kommt auf ihn zu – Schritte eines schweren Körpers. Das wird der Dicke von der Absturzstelle sein, dieser bösartige Kerl mit Sonnenbrille und breitkrempigem Hut.

«Hände vor!» Metallbügel legen sich um Detjens Gelenke und rasten ein – Handschellen. «Die Maske könnte jucken. Nur deswegen.»

Auf einmal ist eine zweite Stimme da, eine jüngere, beweglichere. Der Mann, dem sie gehört, ist lautlos herangetreten. Kein Knarren der Dielen – der Kerl geht nicht nur auf Kreppsohlen, er ist auch ein Leichtgewicht. Der zweite Mann von der Absturzstelle... Nicht ermutigend zu denken, daß die beiden ihn schon einmal aus dem Felde räumen wollten! Es liegt auf der Hand, daß sie nicht Hauptfiguren in diesem Spiel sind – sie führen Befehle aus. Gestern versuchten sie ihn umzubringen. Heute werden sie ihn demjenigen zuführen, der es jetzt für besser hält, mit ihm zu reden. Das Zimmer hier bildet noch nicht die Endstation seiner Reise.

«Vertrauen gegen Vertrauen, Senhor Detjen!» sagt die zweite Stimme. «Sie haben sich verkleidet – ein Jammer, daß Sie sich nicht so sehen können! –, und jetzt führen wir Sie ein bißchen spazieren.»

Detjen fühlt sich an beiden Armen gefaßt und geschoben. Etwas Weiches streift ihn – der Vorhang. Er stolpert über eine Türschwelle. Dann ein warmer Luftzug... Sie sind wieder im Freien. Achim hatte recht mit seiner Vermutung, daß es einen zweiten Ausgang geben müsse. Stufen führen abwärts. Sie sind steinern und ebenso abgetreten wie die auf der anderen Seite. Kopfsteinpflaster... Die beiden Männer halten Detjen an.

«Sie stehen vor einem Auto», sagt John. «Wir steigen ein.

Der Tritt ist ein wenig hoch, wie bei einem Omnibus.»

Achim tastet mit der rechten Fußspitze und findet den Einstieg.

«Bücken!» Diesmal spricht Stan.

Der hohe Tritt und Bücken – das ist kein Omnibus. Er sagt das, und die zweite Stimme bestätigt: «Richtig! Es ist ein Lieferwagen.»

Halb gezogen und halb geschoben, kommt Detjen in das Fahrzeug hinein. Die harte Bank, auf die er gedrückt wird, entspricht der Vorstellung von einem Lieferwagen. John wuchtet sich neben ihn. Die Breite des Nachbarkörpers verrät, daß er es ist. Also sitzt der andere am Lenkrad. Der Wagen fährt rückwärts, und an der Fahrbewegung merkt der Major, daß sich die Sitzbank an der Längsseite befindet.

«Setz ihm deinen Hut auf, John», klingt es von vorn. «Die Sonne könnte ihn blenden.»

Eine unangenehme Berührung – das Schweißband des Hutes ist feucht. Achim schlußfolgert, daß man von außen in den Wagen hineinsehen kann. Das paßt nun wieder nicht zum Bild eines Lieferwagens. Aber es führt auch zu nichts, darüber nachzudenken.

Ohne Augenschein würde er niemals erraten, in was für einem Gefährt er sich befindet. Der «Versicherungsprüfer» Achim Detjen wird in einem Leichenwagen befördert – in einem nicht mehr neuen schwarz lackierten Fahrzeug, in dessen Fenster Palmenwedel eingeätzt sind.

Für Isabella Solano gibt es jetzt im Service-Büro der Portugal Airways die erste Atempause an diesem Vormittag. Bis eben hatte sie ununterbrochen zu tun gehabt. Unwillkürlich muß sie lachen. Ein älteres Ehepaar, das offenbar über die Vor- und Nachteile des Fliegens sehr geteilter Meinung ist, verläßt gerade das Büro.

«Ich begreife nicht, warum wir fliegen müssen», klagt die Frau. «Da oben bringe ich vor Angst kein Wort heraus.»

Die lakonische Antwort des Ehemannes lautet: «Dann sollten wir öfter fliegen!»

Nun ist Isabella allein. Sie zieht sich das Telefon heran und wählt den Anschluß des Hotels, in dem Achim wohnt. Vielleicht ist er noch da.

«Hotel ‹Ambassador›? Portugal Airways... Bitte, verbinden Sie mich mit Senhor Detjen. Zimmer vierhundertundsechs.» Geschäftsmäßig freundlich klingt das. Aber dann hat sie Mühe, diesen verbindlichen Ton beizubehalten. Sie schluckt. Was ihr aus dem Hotel, sachlich entgegenkommend, mitgeteilt wird, trifft sie. Das kann nicht wahr sein, das ist einfach unfaßbar. «Abgereist?» wiederholt sie verstört. «Das ist unmöglich! Senhor Achim Detjen. Zimmer vierhundertundsechs...»

Man hat nicht falsch verstanden. Jawohl, bestätigt man, Senhor Achim Detjen, Zimmer vierhundertsechs, ist abgereist! Die Rechnung wurde beglichen, das Gepäck abgeholt. Vor zehn Minuten. Durch einen Beauftragten des Senhor Detjen.

Es besteht keine Ursache, die Angaben des Hotels in Zweifel zu ziehen. Isabella kostet es Mühe, sich für die Auskunft zu bedanken. Behutsam legt sie den Hörer zurück. Sie will es nicht wahrhaben, doch auf einmal sind ihre Augen feucht. So reist Achim Detjen nicht ab, ohne etwas zu hinterlassen. Das paßt nicht zu ihm. Plötzlich ist der beklemmende Gedanke da, daß diese Ungereimtheit mit der Einladung zusammenhängt.

Der Leichenwagen fährt eine scharfe Kurve. Das ist halsbrecherisch. Um ein Haar hätte das Gefährt einen der morschen Torpfeiler mitgenommen, die die Einfahrt begrenzen. Stan lacht; er liebt es, auf diese Weise zu fahren. Daß dieser Fahrstil keineswegs dem würdigen Äußeren des Bestattungsautos entspricht, läßt er außer acht. Es kümmert ihn auch nicht, daß seine Fahrgäste unsanft gegen die Wand geschleudert werden.

«Blöder Kutscher», knurrt John.

Der Fabrikhof, in den Stan einbiegt, bietet einen trostlosen

Anblick. Berge von geborstenen Fässern mit verrosteten Reifen, auseinanderklaffend wie abgeblühte Margeriten. Daneben Stiegen voller zerbrochener Flaschen. Sie haben selbst im Sonnenlicht keinen Glanz mehr; eine fingerdicke Staubschicht liegt darauf. Die Weinkellerei, die einst hier ihren Sitz hatte, ist längst bankrott. Die Gebäude zerfallen.

Stan springt aus der Fahrerkabine, öffnet die Tür und nimmt Achim am Arm. «Endstation!» ruft er. «Alles aussteigen!»

Das fällt Detjen sofort auf: Selbst unter der Maske wird ein eigenartiger Geruch spürbar. Er kann ihn nicht gleich identifizieren, doch dann wird ihm klar, daß es nach Wein riecht. Er wird eine Schräge hinabgeführt. Kühle weht ihm entgegen und verstärkt sich. Türen werden vor ihm geöffnet und hinter ihm geschlossen. Auf einmal haben die Schritte Hall. Sie gehen in einem Gewölbe. Achim glaubt über Beton zu laufen, in den Feldbahngleise eingelassen sind. Er bleibt darin hängen, doch seine Führer ziehen ihn weiter. Und immer noch geht es bergab! Manchmal wenden sie sich nach links, manchmal nach rechts.

Detjen kommt es vor, als marschierten sie eine Ewigkeit. So angenehm die Kühle anfangs war, Achim beginnt zu frösteln. Immer öfter denkt er daran, was er dem Anrufer von den in der Botschaft deponierten Fotos sagte. Hat das wirklich als Lebensversicherung genügt? Unwillkürlich erinnert er sich des Polizeikommissars, der das Bestechungsgeld mit einer Geste entgegennahm, die durchaus Routine verriet. Nein, Detjen ist sich nicht mehr so sicher, daß er hier lebend wieder herauskommt. Er beißt die Zähne zusammen. Andererseits – um ihn zu ermorden, hätte es nicht so aufwendiger Verabredungen und Transporte bedurft.

Achims Begleiter sind plötzlich hautnah. Er schließt daraus, daß sich der Gang verengt. Bisher führten sie ihn mit ausgestreckten Armen. Der Widerhall der Schritte ist auch anders. Nun rücken die beiden von ihm ab. Plötzlich legt sich eine Hand auf seinen Hinterkopf.

«Köpfchen einziehen!» mahnt John. «Sonst gibt es ’ne Beule.»

Detjen beugt den Kopf tief. Beulen hat er sich in Portugal schon genug eingehandelt. Jetzt wird der Hall wieder nachdrücklicher, also schließt sich ein großer Raum an den Durchgang an. Und jetzt bleiben seine Begleiter stehen. Einer drückt ihn gegen die Brust.

«Drei Schritte zurück!» Achim spürt einen Widerstand in den Kniekehlen. Da heißt es auch schon: «Jetzt setzen wir uns brav aufs Kommödchen.» Ein leichter Schubs, und er sitzt. Das Möbel ist weder ein Stuhl noch ein Hocker. Mit dem gewölbten Deckel erinnert es eher an eine Truhe.

Sie sind am Ziel. Detjen entnimmt das daraus, daß sich die Schritte eines Dritten nähern. Dieser Mann geht anders als die beiden Begleiter, sehr bestimmt und selbstbewußt. Seltsam, wie fein das Gehör arbeitet, wenn die Optik ausgefallen ist! Die Schritte kommen direkt auf Achim zu.

«Falls Sie wünschen, daß wir uns für den Vorfall an der Absturzstelle entschuldigen – wir entschuldigen uns!» Diese Stimme hat der Major noch nie gehört. Sie spricht so, wie die Schritte waren, selbstbewußt und bestimmt. Im Gegensatz zu den zwei Gorillas beherrscht dieser Mann das Portugiesisch, obwohl er einen leichten fremden Akzent nicht verbergen kann. Auch er dürfte Amerikaner sein. «Zufrieden?»

«Ich nehme es zur Kenntnis», erwidert Detjen. Was sonst sollte er sagen? Einen Augenblick lang verwirrt ihn der Klang seiner eigenen Stimme. «Aber um mir das zu sagen, haben Sie mich doch wohl nicht hierhergeholt!»

Cliff hat ein leises, distinguiertes Lachen. Das wäre nicht unangenehm, wenn es nicht so überheblich klänge. «Scharfsinnig bemerkt! Ja, es hat seinen Grund, daß wir hier so gemütlich beisammen sind. Kommen wir also gleich zum Geschäft.» Er räuspert sich, Papier knistert, und dann spricht er weiter: «Ihre Firma, die ‹Confidentia› in Köln, Schadowstraße einhundertfünf, zahlt Ihnen – da Sie erst ein halbes Jahr dabei sind – zweitausendsechshundertfünfzig Mark im Monat, Spesen und Prozente extra.»

Die Maske hat auch Vorteile. Detjen muß sich keine Mühe

geben, sein Erschrecken zu verbergen. Wer immer der Mann ist, der mit ihm redet, er nennt genau die Adresse des vorgetäuschten Brötchengebers. Darüber hinaus weiß er mehr als Achim selbst. Er hätte nicht zu sagen gewußt, wie hoch oder wie niedrig das Gehalt eines Versicherungsdetektivs zu sein pflegt. Das ist der Nachteil dieser verfluchten Legenden – sie sind nie ganz vollständig. Aber kann man vorher wissen, was gebraucht wird? Und außerdem mußte Achim Detjen binnen einer halben Stunde in die Rolle des Versicherungsprüfers schlüpfen. Immerhin – die Leute hier haben sich zweifellos in Köln nach dem Mitarbeiter Detjen erkundigt, und die «Confidentia» hat – soweit das ihre Geschäftsinteressen zuließen – zuvorkommend Auskunft über ihren Ermittler gegeben, der zur Zeit auf einer Dienstreise ist. Das war Gerd von Wiesenecks Geschoß! Achim hat nie daran gezweifelt, daß der Oberst im Amt für Sicherheit sein Handwerk gefährlich gut beherrscht.

«Sie sind exakt unterrichtet», erwidert Detjen trocken. «Kompliment! Köln befindet sich ja nicht gerade vor der Haustür.»

Darauf geht der Mann nicht ein. Er scheint Achim zu umkreisen, während er spricht. Seine Stimme kommt fortgesetzt aus einer anderen Richtung, und da sie trotzdem immer gleich klingt, muß sich das «Kommödchen» wohl genau in der Mitte des Raumes befinden.

«Wir sind der Meinung, Senhor Detjen, daß Sie für die paar Piepen genug getan haben. Fliegen Sie nach Hause und – Gott befohlen!»

Die Schritte verstummen. Vermutlich sieht der Mann Achim von vorn an und blickt genau in die reglosen, glatten Züge der Maske. Detjen gibt sich Mühe, so entspannt und gelassen wie möglich zu sitzen. Je souveräner er sich gibt, desto mehr imponiert er seinem Gegenüber, den er für den Chef der Truppe hält.

«Und was sage ich meiner Direktion? Haben Sie für die auch ein Patentrezept?»

Cliff läuft weiter. «Mein Gott, nun tun Sie sich nicht so schwer! Alle Ihre Recherchen haben Sie zu der Erkenntnis geführt, daß es ein simpler Unfall war, ein bedauerliches technisches Versagen.»

«Das ist nicht meine Art.»

Plötzlich ist die schmalzige Telefonstimme ganz nah. «Mensch, begreifst du nicht, daß du froh sein mußt, wenn du lebend aus Portugal 'rauskommst?»

«Still!» befiehlt der Chef. «Verzeihen Sie ihm, Senhor Detjen. Die feine englische Art hat er nicht erfunden, doch im Prinzip liegt er richtig. Ich glaube zu verstehen, worum es Ihnen geht. Wenn Sie der ‹Confidentia› den Nachweis liefern, daß bei dem Absturz nicht alles mit rechten Dingen zuging, und wenn Sie Ihrer Firma eine Handhabe geben, die hohe Versicherung des Herrn Lüders nicht auszuzahlen, steht Ihnen nach dem Brauch ein Zehntel der Summe als Prämie zu. Das legt Ihr Vertrag fest, nicht wahr?»

Woher, zum Teufel, soll Achim wissen, was in den Verträgen von Versicherungsprüfern steht? Er hat nie einen solchen Vertrag in den Händen gehalten, aber er zweifelt nicht daran, daß sich ein solches Schriftstück im Personalbüro der «Confidentia» findet, von ihm ebenso «original» unterschrieben wie der Dienstausweis. Wenn das Amt für Sicherheit fälscht, dann fälscht es gründlich. Achim vermeidet es, präzise zu antworten. Er knurrt etwas Undefinierbares.

«Wie hoch war Lüders' Versicherung?» fragt Cliff interessiert.

«Eine halbe Million.» Detjen sagt es zögernd. Er hat keine Ahnung vom Versicherungsgeschäft; er weiß nicht, ob man überhaupt eine Lebensversicherung dieser Größenordnung abschließen kann. Cliff deutet das Zögern falsch. Er glaubt, der Mann wolle keine Geschäftsgeheimnisse preisgeben.

Achim fährt fort, um möglichen versicherungstechnischen Zusatzfragen zuvorzukommen: «Sagen Sie mir wenigstens, warum Ihnen daran liegt, daß Lüders' Versicherung ausgezahlt wird?»

Die Stimme erhält eine Spur von Ungeduld. «Es war eine interne Auseinandersetzung. Fänden Sie es nicht inhuman, die Hinterbliebenen darunter leiden zu lassen? Je normaler jetzt die Formalitäten abgewickelt werden, desto weniger dringt an die Öffentlichkeit. Das entspricht durchaus meinen Vorstellungen.»

«Und ich fing gerade an, Sie für einen Menschenfreund zu halten! Über die Art Ihrer ‹internen Auseinandersetzung› möchten Sie sich wohl nicht auslassen?»

«Erraten! Das geht Außenstehende nichts an. Aber das sagte ich schon.»

«Gut. Und warum soviel Umstände mit mir?»

Cliff bleibt wieder stehen. «Erstens: Keinem sollen Nachteile daraus erwachsen, daß er durch puren Zufall in meine Geschäfte geraten ist. Vorausgesetzt, daß man sich mit diesem Jemand arrangieren kann. Sie, Senhor Detjen, halte ich für klug genug, auf ein Gentlemen-Agreement einzugehen – um so mehr, da Sie erfahren haben, daß wir auch anders können. Sie werden doch nicht so töricht sein, für zweieinhalbtausend Mark monatlich den Heldentod sterben zu wollen? Zweitens: Der Fall ist geklärt. Es war ein Unfall. Daran kann die ‹Confidentia› nicht zweifeln, wenn Sie das amtliche Gutachten vorlegen, für das Sie übrigens viel zuviel bezahlt haben.»

«Habe ich die Preise verdorben? Ich bin zu kurze Zeit in Portugal, um die Tarife zu kennen.»

«Daß es ein Unfall war, ist für alle Beteiligten die angenehmste Lösung», fährt Cliff fort. «Drittens: Was Lüders betrifft – wer mit dem Feuer spielt, kann darin umkommen. Aber das geht Sie nichts an. Dazu keine Fragen, bitte!» Eine kleine Pause entsteht. «Wenn Sie Ihren Mann von der Botschaft wiedertreffen, diesen Herrn Niese, dann sagen Sie ihm, Ihre Recherchen seien ergebnislos verlaufen, alles habe seine Ordnung.»

Jetzt ist die Katze aus dem Sack! Diese Leute halten ihn für das sprichwörtliche Kamel, das das Gras frißt, welches eben über eine unliebsame Sache zu wachsen beginnt. Sie wünschen kein Aufhebens, keine Schlagzeilen und keine neue und vielleicht gründlichere Polizeiaktion; deshalb soll er verschwinden. Wahrscheinlich hat ihm die Drohung mit dem in der Botschaft hinterlegten Brief doch das Leben gerettet. Daß man es jetzt «im guten» mit ihm versucht, legt die Schlußfolgerung nahe, daß die Gruppe ständig in Lisboa operiert; sie will hier freie Hand behalten und nicht das Risiko eingehen, Hals über Kopf aus dem Lande flüchten zu müssen. Das zu wissen ist nicht schlecht.

«Sie verlangen eine ganze Menge von mir», wirft Achim unwirsch hin. «Genau betrachtet, bin ich der einzige Verlierer in diesem Spiel.»

Der Mann, den Detjen für den Chef hält, hat es jetzt satt. «Man wird Ihnen beim Abflug einen Umschlag übergeben. Darin werden sich fünfzigtausend Mark in Scheinen der Bundesbank befinden, lauter Tausender... Ihre Prämie!»

«Und die brauchst du nicht mal zu versteuern!» sagt die schmalzige Stimme.

«Dafür werden Sie», fährt Cliff fort, «die Freundlichkeit besitzen, Ihre hochkünstlerischen Fotos von der Absturzstelle zu vernichten. Einschließlich der Negative, versteht sich! Das Geld wird Ihnen auf dem Flughafen übergeben. Ich empfehle Ihnen, die Mittagsmaschine der KLM nach Frankfurt/Main zu nehmen. Sie ist selten ausgebucht, Sie bekommen mit Sicherheit ein Ticket.»

«Sie lassen sich das etwas kosten. Das muß Ihnen der Neid lassen.»

«Ich wußte, daß wir einen gemeinsamen Nenner finden, Senhor Detjen! Alles hat schließlich seinen Preis.» Jetzt klingt die Stimme des «Chefs« befriedigt. Der Versicherungsprüfer hat auf die «Prämie» reagiert, wie er es erwartete. Alles ist käuflich, es kommt nur darauf an, ob man den Preis bezahlen kann, soll schon die österreichische Kaiserin Maria Theresia gesagt haben. Wer will ausgerechnet von einem schmierigen kleinen Detektiv verlangen, daß der ein weißer Rabe ist?

Wahrscheinlich hätte es genügt, ihm fünf Prozent zu bieten.

«Angenehme Reise, Senhor Detjen!»

Das Gespräch ist beendet. Die Schritte des selbstbewußten «Chefs» entfernen sich. Detjen fühlt sich wieder an den Armen gefaßt. Derselbe Weg in umgekehrter Reihenfolge. Und während er ihn – gezogen und geschoben, geschubst und geduckt – zurücklegt, steht für Achim fest, daß er nicht abreisen wird.

Die Kerle werden auf dem Flugplatz sein, um ihm das Geld zu übergeben. Sie zweifeln keine Sekunde daran, daß er die KLM-Maschine nimmt. Fünfzigtausend Mark. Wer kann da widerstehen – noch dazu um den Preis des eigenen Lebens? Von Rechts wegen müßte der Versicherungsprüfer Achim Detjen jubeln und überzeugt sein, den Coup gelandet zu haben! Aber er ist weder Versicherungsprüfer, noch heißt er Detjen. Der Kundschafter Werner Bredebusch denkt, daß er jetzt den Faden in der Hand hält, der ihn ans Ziel bringen kann. Einer Lappalie wegen würde niemand eine solche Summe über den Tisch schieben. Er darf annehmen, daß sie lediglich einen Bruchteil des Wertes jener Geschäfte ausmacht, die Lüders störte, indem er «mit dem Feuer spielte», wie der «Chef» gesagt hat. Große Geschäfte. Welchen Grund hatte Lüders, sie zu stören? War es überhaupt ein Zufall, daß er sich mit gleichem Ziel – Porto – in derselben Portugal Airways-Maschine befand, die der Ministerialdirigent Dr. Hohlfeld benutzte?

Diese Überlegung stellt er zum erstenmal an. Bis jetzt hat er Lüders nur als Strohmann benutzt, ihn zur Erhärtung seiner Legende vorgeschoben. Nun plötzlich fällt ihm ein, daß von Wieseneck bei ihrem ersten Zusammentreffen in Lisboa die Bitte um Auskünfte über Lüders sehr schnell und bestimmt zurückwies, bevor er ihn unter Druck setzte. Das paßt alles fast zu gut zusammen. Hat er da mehr oder weniger zufällig genau in das Wespennest gestochen, auf dessen Geheimhaltung das Amt für Sicherheit so große Mühe verwendet? Auch die Ausmaße des Wespennestes scheinen beträchtlich zu sein.

Wie sagte doch Niese? «Irgend etwas von weitreichender strategischer Bedeutung. Ich bin nicht unterrichtet. Nur soviel: Ich habe einen einzigen Satz aufgeschnappt, aber würde ich den weitersagen – lieber Detjen! Morgen früh wären wir, glaube ich, beide erledigt.» – Zu diesem Zeitpunkt nicht die Flinte ins Korn zu werfen, das verlangt zwar nicht die Ehre eines Versicherungsprüfers, wohl aber die eines Kundschafters des Ministeriums für Staatssicherheit der Deutschen Demokratischen Republik.

Eine Tür geht auf. Ein Vorhang raschelt. Sie sind wieder am Ausgangspunkt der Wanderung unter der Maske.

«Stehenbleiben», befiehlt die schmalzige Stimme. «Stan, nimm ihm die Manschetten ab. Und keine Dummheiten, Detjen! Ich habe die Waffe in der Hand!» Die Bügel der Schellen klappen auf. Achim massiert die schmerzenden Gelenke. John spricht weiter: «Auf dem Tisch steht Ihr Gepäck. Es fehlt nichts. Daneben liegt die Hotelrechnung. Bezahlt! Mann, was wir in Sie investieren – Sie müßten uns die Füße küssen!»

«Mir tränen die Augen, so gerührt bin ich», knurrt Detjen. «Ist der Karneval endlich vorbei? Kann ich die Maske...?»

Mit einem scharfen «Stop!» unterbricht John Achims Griff nach der Larve. «Zählen Sie laut, langsam und deutlich bis zehn. Wenn das vorbei ist – in Gottes Namen! Eins!»

Irrt er sich, oder ist der Ton, in dem sie mit ihm reden, «kollegialer» geworden, sogar ein wenig achtungsvoll? Man duzt ihn auch nicht mehr. Fünfzigtausend...

«Zwei!» zählt Detjen laut. «Drei – vier – fünf – sechs – sieben – acht – neun – zehn!»

Kaum hat Achim die letzte Zahl gesprochen, reißt er sich die Maske vom Gesicht und wirft sie in hohem Bogen ins Zimmer. Sein Gesicht ist schweißnaß, an den Schläfen und über der Stirn klebt das Haar. Vor allem jedoch kann er wieder richtig atmen. Die abgestandene warme Luft in dem Raum, in dem der Putz von den Wänden bröckelt, kommt ihm frisch und erquickend vor.

Seine Gaspistole liegt auf dem Tisch. Gedankenlos zieht er das Magazin heraus, betrachtet es und führt es wieder ein. Alle Patronen sind vorhanden. Er schiebt die Waffe ins Schulterhalfter zurück.

Ein Umschlag des «Ambassador»: die Hotelrechnung mit Stempel und Unterschrift. Das Gepäck ist vollständig. Er nimmt es auf und geht. Schon an der immer noch offenstehenden Tür, setzt er den Koffer noch einmal ab und kehrt zurück. Die Maske. An der Souvenirwand seiner Bonner Wohnung wird sich die Larve neben dem Strohhut aus Argentinien und dem, den er aus Portugal mitbringt, attraktiv ausnehmen!

Detjen geht über den leeren Hof, in dem sich ein einzelner Baum behauptet, vorüber an dem Motorradtorso. Seine Gedanken sind wieder bei Lüders. Wenn diese amerikanische «Gang» in Köln Erkundigungen über ihn einzieht, dann hat sie zweifellos auch nach einer Versicherung des Herrn Lüders gefragt. Die Summe hat man nicht genannt – das wäre gegen das Geschäftsgebaren –, aber es muß behauptet worden sein, Lüders wäre ausgerechnet bei der «Confidentia» versichert gewesen, sonst hätte der «Chef» Detjen gegenüber nicht so glatt die halbe Million geglaubt. Merkwürdig...

In der Nähe liegt ein älterer Mann in einem Overall unter seinem Dreiradfahrzeug, das vorn einem Motorroller und hinten einem Lieferwagen gleicht. Detjen bleibt stehen.

«Kennen Sie sich in dieser Gegend aus, Senhor?» fragt er.

Der Alte sieht hoch. «Ja. Warum?»

«Wer wohnt in diesem Haus?»

«Niemand. Die Bude ist leer, seit Monaten schon. Hier soll nämlich abgerissen werden.» Er räuspert sich und streckt plötzlich die Hand aus. «Einen Achter-Steckschlüssel haben Sie wohl nicht zufällig bei sich?»

Das entbehrt nicht einer gewissen Komik. Achim geht sofort darauf ein, faßt in die Tasche und erwidert ernst: «Leider...»

Weiterlaufend schmunzelt er und stellt, sich umblickend, fest, daß ihm niemand folgt. Natürlich – die Bande ist ja überzeugt, daß er vor dem Start der KLM-Maschine auf dem Flughafen erscheint.

11

«Sie?» fragt Oberst von Wieseneck überrascht, als der Kurier aus Bonn vor ihm steht.

Der Ankömmling klappt die Hacken zusammen und legt die Rechte an die Mütze. «Major Blumenfeld als Kurier des Führungsstabes.»

Von Wieseneck schüttelt ihm die Hand. «Ohne Förmlichkeiten, Blumenfeld. Wir kennen uns lange genug! Nehmen Sie Platz. Was möchten Sie trinken?» Und während er zur Bar in der oberen Etage des Botschaftsgebäudes geht, erkundigt er sich: «Seit wann hat Sie Brigadegeneral Becker an den Kurierdienst abgegeben?»

Blumenfeld lächelt. Er ist ein gutaussehender Mann und ist sich dessen bewußt. Wo findet man schon noch einen so eindeutig «nordischen» Typ – blond, blauäugig und mit einem kühn geschnittenen Gesicht.

«Kleiner Irrtum, Herr Oberst! Mein Platz ist nach wie vor bei General Becker. Ich bin hier, weil er meinte, daß Sie in Lissabon einen Mann brauchen, der über das Projekt ‹Ikarus› unterrichtet ist.»

«Soda oder pur?» will von Wieseneck wissen und hält die Whiskyflasche in der Hand.

«Pur, bitte.» Das hat der Oberst nicht anders erwartet. «Ich habe Ihnen auch die erbetenen Unterlagen über Lüders, Eberhard, mitgebracht. Dazu eine Information aus Ihrem Amt. Ihr Adjutant hat sie mir persönlich in letzter Minute zugesprochen.»

«Und?» Der Oberst reicht dem anderen einen Becher mit Whisky.

«Bei der Versicherungsgesellschaft ‹Confidentia› in Köln hat jemand telefonisch nach einem Hausdetektiv Achim Detjen gefragt. Da dort auf Grund der Betriebsordnung lediglich der Personaldirektor selbst entsprechende Auskünfte geben darf, ist der Anruf ihm zugeleitet worden. Ich soll Ihnen melden, daß über Detjen, Achim, die vereinbarte Erklärung erfolgte. Zugleich wurde seitens der Gesellschaft die Existenz eines Vertragsverhältnisses zwischen ihr und dem schon erwähnten Lüders, Eberhard, bestätigt.»

Von Wieseneck wirkt entspannt und vergnügt. «Na also!» sagt er. «Programmgemäß. Wer da anrief, ließ sich natürlich nicht feststellen?»

«Natürlich nicht.» Überflüssigerweise fügt er hinzu: «So eine Versicherung besitzt keine Fangschaltung zur Feststellung des Anrufers.»

Der Oberst lenkt das Gespräch nun auf den eigentlichen Anlaß der Reise des Kuriers. Major Blumenfeld betont sogleich, Brigadegeneral Becker als der Verantwortliche für die Realisierung des Projekts «Ikarus» empfehle, eine Information – soweit sie überhaupt notwendig sei – auf das Minimum zu beschränken.

Von Wieseneck verzieht keine Miene. So klug ist er allein, diese «Empfehlung», die einem Befehl gleichkommt, nutzt ihm gar nichts.

Blumenfeld spricht weiter. Als Gedankenstütze hält er jetzt ein Zettelchen von der Größe einer Zigarettenschachtel in der Hand, mit winzigen stenografischen Zeichen bedeckt. Der Major genießt den Ruf, die Debattenkurzschrift meisterhaft zu beherrschen. Das macht ihn seinem General beinahe unentbehrlich, weil Becker zu vertraulichen Konferenzen niemals einen fremden Protokollanten hinzuziehen muß. Überdies verwendet Blumenfeld eine Vielzahl eigener Kürzel – selbst wenn sein Stenogramm in unbefugte Hände käme, wäre die Geheimhaltung gewahrt.

Der Major beginnt bei Adam und Eva. Von Wieseneck ärgert es, daß sein Gegenüber zu denken scheint, er, der Oberst aus dem Amt für Sicherheit, hätte bisher auf dem Mond gelebt und nichts läuten hören. Selbstverständlich weiß er, daß die Bundeswehr in Portugal in wenigen Jahren ihren größten Auslandsstützpunkt beziehen wird. Selbstverständlich kennt er die Absicht und das Bemühen des Ministeriums, im äußersten Südwesteuropa militärisch seßhaft zu werden. Die Strategen sind davon ausgegangen, daß die volle Schlagkraft der Bundeswehr – und das besonders im Hinblick auf den vom Minister immer wieder apostrophierten «Fall Rot» – nur dann gewährleistet sei, wenn sie sich auf ein Stützpunktsystem orientiert, das außerhalb der Reichweite der Mehrzahl der Raketenwaffen des potentiellen Gegners liegt. Zumindest behauptet der Bundesnachrichtendienst des Generals Gehlen, Portugal erfülle diese Voraussetzungen. Zwar hat es, erinnert sich der Oberst, im Ministerium zwei Gruppen gegeben, von denen die eine die Spionageergebnisse des BND in Frage stellte und sich auf das katastrophale Versagen der einst von Gehlen geleiteten Abteilung «Fremde Heere Ost» bei der Vorbereitung und während des zweiten Weltkrieges berief, während die andere sofort ohne Vorbehalte dafür war. Sie trug den Sieg davon, und ihr Sprecher, Brigadegeneral Becker, wurde mit dem Befehl zur Realisierung des Projekts «Ikarus» belohnt. Einzelheiten des Unternehmens sind von Wieseneck jedoch nicht bekannt.

Blumenfeld nennt Details. Erstaunlich, was sein Zettelchen alles hergibt! Rund 150 Kilometer südöstlich von Lissabon, in der Nähe der Stadt Beja, ist ein etwa 800 Hektar großes Gelände für einen Flugplatz in Aussicht genommen. Wenn die Verhandlungen zum Abschluß kommen, werden in Beja zwei Betonpisten von jeweils über 3000 Meter Länge gebaut, Start- und Landemöglichkeiten für alle Flugzeugtypen der Bundesluftwaffe. Der Stützpunkt ist mit einem Depot verbunden, das alle wesentlichen Ersatzteile für die BRD-Maschinen vom Typ F-104g Starfighter, Fiat G-91 und das Transportflugzeug Transall C-160 aufnehmen soll. Im Nachbarort Casteloes entsteht ein weiteres Materiallager, das vor allem Sanitätsgerät beherbergen soll. In der Nähe ist ein Nothafen geplant, um Nachschub aus den USA umzuschlagen.

Außer einem Lazarett in Beja werden noch zwei weitere Bundeswehrlazarette in Lissabon und Sines projektiert. Wohnungen für fünfhundert Familien sind in Aussicht genommen, Hallen, Werkstätten und so weiter, alles nach neuestem technischem «know how».

«Damit nicht genug», führt Blumenfeld aus, «wird es in Evora eine zentrale Fernmeldestelle geben, die sowohl die Verbindungen innerhalb des portugiesischen Netzes als auch den schnellen Kontakt zwischen den Bundeswehrstützpunkten in Portugal und den militärischen Kommandostellen in der BRD sicherstellen soll.» Ein Feuerzeug schnappt. Der kleine Zettel geht in Flammen auf und verkohlt im Ascher. «General Becker», schließt Blumenfeld, «bedauert zutiefst die durch den Tod des Herrn Doktor Hohlfeld eingetretene zeitweilige Verzögerung der vorbereitenden Verhandlungen. Der Herr General hat mich beauftragt, Sie so detailliert zu unterrichten, damit Sie ermessen, welche Bedeutung der lückenlosen Aufklärung des Flugzeugabsturzes zukommt. Solange wir darüber nicht völlige Klarheit besitzen, sind uns im Hinblick auf das Projekt ‹Ikarus› die Hände gebunden. Um so mehr, da der Ministerialdirigent einen Teil der Planungsunterlagen bei sich hatte.»

Von Wieseneck pfeift leise durch die Zähne. «Und wieviel darf ich meinem Mann davon erzählen?»

«Nichts, Herr Oberst.»

Der Sicherheitsoffizier greift neuerlich nach der Whiskyflasche. «Sie nehmen doch noch einen?»

«Dann ließen sie mich laufen», erzählt Achim Detjen. «Nach dem, was ich dort hörte, muß dieser tote Lupus nur an die Absturzstelle gebracht worden sein, weil die Passagierliste sieben Namen nannte.»

Gerd von Wieseneck hat sein Pfeifenbesteck zur Hand und kratzt den Kopf seiner «London-Shag» aus. «Könnte ja von Agatha Christie sein – sechs fliegen, und sieben sind tot...»

«In der Tat!» bestätigt Achim. Von unterwegs hatte er im «Metropole» angerufen und Senhor Niese an den Apparat bitten lassen. Der Oberstleutnant arrangierte daraufhin den Treff mit dem Bonner Sicherheitsoffizier. Bei dieser Gelegenheit schlug er gleich die «Zuckerdose» vor. Die Wahl dieses Cafés verrät mehr Geschmack, als er Major Niese zugetraut hätte. Die «Zuckerdose» hat eine gewisse Ähnlichkeit mit einem Schwalbennest. Sie klebt förmlich an einem Steilhang, der hinauf zum Plateau von Estremadura führt, und wenn man auf der vorgebauten Terrasse sitzt, liegt einem Lisboa, die Stadt mit der mittelalterlichen Karavelle im Wappen, gleichsam zu Füßen, ein Gewirr von Dächern und Schornsteinen, von Boulevards und Straßen netzartig durchzogen. Viele der Straßen münden in den Hafen an der sieben Kilometer breiten Tejobucht. Das gegenüberliegende Ufer – ein grauer Streifen, über den sich die Silhouetten der meerwärts fahrenden Schiffe auf dem sich verengenden Fluß erheben.

Detjen fährt fort: «Das lenkte meine Aufmerksamkeit zuerst auf Lupus. Hatte man die Bombe in sein Gepäck geschmuggelt, um ihn zu töten und ihn, weil er etwas ahnte und nicht flog, ermordet und der Stimmigkeit der Passagierliste wegen und auch, weil das von einem Mord ablenken würde, an die Absturzstelle gebracht? Das war wenig wahrscheinlich, der Aufwand viel zu groß zur Beseitigung eines unbedeutenden kleinen Chauffeurs, dessen Tod – unter welchen Umständen auch immer – niemand ernstlich erregt hätte. Jetzt weiß ich, daß der Anschlag Lüders gegolten hat, demselben Lüders, den ich aus einer Laune heraus zum Kunden der ‹Confidentia› stempelte. Und weil ich – ein kleiner, aber pfiffiger Versicherungsprüfer – Lüders dauernd im Munde führte und auf seinen Spuren wandelte, wurde ich für die Bande zur ‹persona non grata›, zur unerwünschten Person. Da bin ich echt in was 'reingetreten, Herr Oberst!»

«Immerhin mit gewissem Erfolg!» urteilt von Wieseneck und setzt die inzwischen neu gestopfte Pfeife in Brand.

«Da der erste Versuch, mich zu beseitigen, fehlschlug, bediente man sich zum zweiten einer unfehlbaren Waffe: Geld! Mit fünfzigtausend Mark glaubt man den ‹Fall Lüders› aus der Welt geschafft.» Er trinkt den Rest Mokka. «Der war gut! Ich bestelle mir noch einen.»

In der «Zuckerdose» können sich die beiden Männer ungestört unterhalten. Der Tisch steht unmittelbar am Rande der Terrasse, neben ihm verläuft ein breiter Gang, man kann das ganze Café und sogar den am Hang zu ihm heraufschlängelnden Weg übersehen, und Detjen ist sicher, daß ihm diesmal niemand gefolgt ist. Wie schön muß es abends hier sein. Dann brennen stimmungsvolle Laternen, die Stadt ist ein Lichtermeer, und unten auf dem Wasser spiegeln sich die farbigen Positionslampen der Schiffe. Hierher wird er einmal mit Isa gehen. Wenn alles vorüber ist, vielleicht, und wenn er sich ganz auf das zauberhafte Mädchen und persönliches Glück konzentrieren darf...

«Ehe sie weitersprechen, Detjen.» Die Pfeife hat nun richtigen Zug; der Oberst beugt sich ein wenig herüber. «Ein paar interessante Neuigkeiten aus Bonn! Der Mann, für den Sie als Versicherungsprüfer arbeiten, ist kein unbeschriebenes Blatt, ist nicht irgendein Kaufmann. Lüders ging in unserem Koblenzer Beschaffungsamt ein und aus. Er kannte auch Doktor Hohlfeld.»

«Beschaffungsamt? Kann ich daraus schlußfolgern, daß Lüders seine Geschäfte mit Waffen machte und daß diese Geschäfte vielleicht nicht ganz legal waren?»

Von Wieseneck saugt kräftig an der Pfeife. Er raucht einen milden Tabak, der angenehm riecht. «Da eine Regierungsstelle dahintersteht», korrigiert er launig, aber bestimmt, «reden wir von Waffenhandel und gebrauchen diese Bezeichnung ohne schmückende Beiwörter.»

«Und Abnehmer war das Land, in dem Lüders lebte – Portugal?»

Der Oberst hebt die Schultern. «Selbst die Sozialdemokraten im Bundestagsausschuß haben dem Geschäft zugestimmt. Mein Gott, die Portugiesen haben es nicht leicht mit ihren renitenten Kolonien!»

Achim nickt. So ist das also: Man findet sich am Rhein bereit, den unmenschlichen Kolonialkrieg Portugals durch Waffenlieferungen zu unterstützen, aber man scheut sich, das in aller Offenheit zu tun. Damit die Weste nach außen hin weiß bleibt, schiebt man einen Strohmann vor, in diesem Fall einen gewissen Herrn Lüders. Und wie heißt die Firma, über die er seine Geschäfte abwickelt? Das Büro am Campo Grande nannte nur seinen Namen.

Als könnte er Gedanken lesen, fährt von Wieseneck fort: «Die Firma, die das hier abwickelt, braucht uns nicht zu interessieren.»

Detjen hat ein Ohr für Beiläufigkeiten, mit denen etwas unter den Tisch geschoben werden soll. Er schüttelt seelenruhig den Kopf. «Da bin ich gar nicht so sicher, Herr von Wieseneck. Lüders und Doktor Hohlfeld in einem Flugzeug unterwegs nach Porto. Doktor Hohlfeld in geheimer Mission. Beide kennen sich auch noch, und der Ministerialdirigent ist zweifellos über die Geschäfte des privaten Handlungsreisenden Lüders unterricht.» Achim atmet tief ein. «Entschuldigen Sie, Herr Oberst! Vermutlich bin ich von allen, die hier mitmischen, nach wie vor der einzige, der nicht weiß, was in den Koffern ist.»

Es entsteht eine Pause. Die «London-Shag» hüllt das Gesicht des adligen Sicherheitsoffiziers in dichte Rauchwolken. Verlegen wird Gerd von Wieseneck nicht. Nach dem Gespräch mit Major Blumenfeld hat er sich Punkt für Punkt zurechtgelegt, was er Detjen servieren kann. Tropfenweise, wie Medizin, verabreicht er nun die notwendigsten Informationen.

«Im Prinzip sind mir die Hände gebunden», beginnt er. «Nur soviel: Die Reise Hohlfelds hing mit einem Bundeswehrprojekt von einschneidender Bedeutung zusammen.» Seine Stimme sinkt zu einem Flüstern herab. Ein Ehepaar geht an dem Tisch vorüber. «Es geht um nicht weniger als um die Verwirklichung eines Stückes westeuropäischer Strategie. Das Vorhaben ist mit unseren NATO-Partnern abgesprochen und findet deren uneingeschränkte Zustimmung. Nehmen wir einmal an, die Portugiesen, auf deren Ländereien wir angewiesen sind, schreckten vor der militärischen Tragweite des Projekts zurück. Wäre es nicht von Vorteil, unter Berufung auf die schon erfolgte respektable Hilfe für Lissabons Kolonialpolitik einen sanften, aber wirksamen Druck ausüben zu können? Lüders war sozusagen das Trumpfas, das Hohlfeld im Ärmel hatte.

«Aha!» erwidert Achim. Das ist schon etwas! Und das angeführte «Stück westeuropäischer Strategie» bedeutet zwar nichts für den Versicherungsprüfer Achim Detjen, dafür aber um so mehr für den Kundschafter Werner Bredebusch. «Das schließt aus, daß die Geheimdienste unserer Verbündeten mit im Spiel sind.»

«Absolut!» bestätigt sein Gegenüber.

Achim seufzt. Er sieht auf die Stadt hinunter und sucht mit den Augen jenes verwahrloste Hofviereck, in dem die Maskerade begann und endete. Finden kann er es nicht. «Dann bleibt mir also nichts anderes übrig, als mich noch einmal mit der Bande anzulegen, von der ich mich eben verabschiedet habe.»

Das scheint ihm wirklich notwendig. Die Informationen aus Bonn werfen die Frage auf, was um alles in der Welt Lüders bewogen haben kann, sich mit der «Gang» anzulegen! Dazu hat der geheimnisvolle «Chef» nur gesagt: «Wer mit dem Feuer spielt, kann darin umkommen. Aber das geht Sie nichts an. Dazu keine Fragen, bitte...» Und gerade hier scheinen sich doch Zusammenhänge anzudeuten, Querverbindungen.

Als Detjen am Flughafen aus einem Taxi steigt, ist er darauf gefaßt, gleich einem der «lieben Freunde» zu begegnen, die ihn am ersten Tag seines Aufenthalts in Portugal so unsanft ins Jenseits befördern wollten. Vermutlich dem Dicken...

Aber diesmal haben sie Stan geschickt. Der Hagere mit der Brille hat einen Schlips umgebunden, zur weißen Hose ein dunkelblaues Clubsakko angezogen. Das verändert ihn so, daß es Achims guter Beobachtungsgabe bedarf, ihn wiederzuerkennen. Stan sitzt wartend auf einer Polsterbank neben dem Aufgang zu den Service-Büros. Er denkt gar nicht daran, sich zu verbergen. Als Detjens Blick ihn trifft, grinst er verbindlich und klopft so vielsagend auf seine Brusttasche, als wollte er sagen: »Da stecken die Moneten!«

Achim hat sich seinen Plan zurechtgelegt, der allerdings mit Unwägbarkeiten gespickt ist. Wenn ihn Isa nicht unterstützt, dürfte er kaum durchführbar sein. Und wie will er sie einweihen? Jetzt folgt ihm doch dieser Gorilla auf Schritt und Tritt! Damit hat der Major gerechnet. Gelassen tritt er an einen Kiosk und kauft einen ganzen Satz farbiger Ansichtspostkarten. Eine kleine Erinnerung an Lisboa, dabei kann niemand etwas finden. Schließlich reist man nicht alle Tage nach Portugal!

Einen Kugelschreiber trägt er immer bei sich. Detjen tritt an eines der Schreibpulte und adressiert drei Postkarten. Die Anschriften sind ausnahmslos erfunden, doch der Bestimmungsort ist in allen Fällen Köln, der Sitz der «Confidentia». Dieses Spiel schafft Achim die Möglichkeit, eine vierte Karte zu schreiben, ohne daß der in einiger Entfernung wartende Stan das bemerkt. Die letzte Karte läßt der Major in der Seitentasche verschwinden, die drei anderen schiebt er betont auffällig in einen Briefkasten. Dann erst fährt er auf der Rolltreppe nach oben. Auch sein Bewacher setzt sich sofort in Bewegung.

Isabellas Gesicht hellt sich augenblicklich auf und bekommt etwas Strahlendes, als der «Versicherungsprüfer» das Service-Büro betritt. Sie hat sich solche Sorgen um ihn gemacht und war so verstört von der Nachricht seines Auszugs aus dem «Ambassador». Und nun steht er unversehrt vor ihr. Am liebsten würde sie um den Tisch herum auf ihn zulaufen. Aber sein Gesicht ist abweisend und verschlossen. Wie ein Fremder steht er vor ihr.

Gerade öffnet er den Mund, da betritt ein weiterer Mann das Büro, ein drahtiger Typ in weißer Hose und Clubsakko. Detjen beachtet ihn nicht.

«Ich hätte gern ein Ticket für die nächste Maschine nach Frankfurt», sagt Achim, und es klingt so kühl und geschäftsmäßig, so unpersönlich, daß sich Isabella Solanos Gesicht wieder verschließt. Nach dem, was gewesen ist, so mit ihr zu sprechen, das beleidigt und tut weh. Aber anmerken läßt sie es sich nicht.

«Die KLM-Maschine in einer Stunde. Flug Nummer zwo-null-zwo», erwidert sie und ärgert sich, daß ihre Stimme ein wenig belegt klingt. Sie wollte doch auch kühl und spröde tun. «Das macht zweitausendundachthundert Escudos, Senhor.»

«Zwo-null-zwo. Ist mir angenehm», wiederholt er. Aus den Augenwinkeln beobachtet er Stan. Der gibt vor, einen Prospekt zu studieren, aber seine Blicke verweilen bei der Szene. Stan sieht sie mit Wohlgefallen. Wahrscheinlich denkt er: So muß man mit Frauen umgehen! So tun, als sei nichts gewesen. Ein harter Bursche!

Der «harte Bursche» nimmt seinen Paß aus der Tasche und legt ihn dem Mädchen hin, damit sie das Flugscheinheft ausfüllen kann. Dann fängt er an, Geld auf den Tisch zu zählen, lauter große Scheine. Dabei sieht er Stan so unverhohlen an, daß der unwillkürlich wegschaut.

Auf diese Weise entgeht dem Hageren, daß Isa plötzlich überrascht aufblickt. Das dauert nur eine Sekunde, dann beugt sie sich wieder zum Flugscheinheft. Zum zweitenmal überfliegt sie die in den Paß gelegte Karte: «Isa! Es muß so aussehen, als reise ich ab, aber ich will bleiben. Bitte, hilf mir!»

Auf einmal ist sie ganz ruhig. Sie bringt es sogar fertig, ihrem Gesicht einen abweisenden Zug zu geben. Achim stellt weiterhin Unpersönlichkeit zur Schau – Isabella begreift, daß das des Mannes wegen geschieht, der fast gleichzeitig mit ihm ins Büro gekommen ist.

Geradezu vorbildlich geschäftsmäßig tut sie, was zu tun ist. Anfrage, ob für den KLM-Flug 202 nach Frankfurt (Main) eine o.k.-Buchung möglich ist... Nach Bestätigung Durchsage des Namens und der Lissaboner Adresse, Hotel «Ambassador». Dann wendet sich Isabella Solano wieder zu Detjen, und nun klirrt auch in ihrer Stimme ein bißchen Eis. «Ihr Ticket, Senhor. Es ist alles erledigt. Die Portugal Airways wünschen Ihnen einen guten Flug.»

Auf dem Rande des Flugscheinheftes steht: «Ruf mich in zehn Minuten an!»

Mit einer knappen Kopfneigung nimmt Achim die Papiere entgegen, sagt – für Stan unerwartet freundlich –: «Leben Sie wohl, Senhorita Solano!» und geht hinaus, ohne sich noch einmal umzusehen. Eine Antwort erfolgt nicht. Da meint der Hagere, das sei vorauszusehen gewesen. Nun ist sie eingeschnappt... Er wirkt amüsiert, als er dem «Versicherungsprüfer» folgt. Wenigstens die Liebesgeschichte haben sie diesem Kerl gründlich vermasselt!

Kaum hat sich die Tür hinter Stan geschlossen, da greift Isabella wieder zum Telefon, und plötzlich ist ihre Stimme hell und aufgeregt: «Manuela? Du mußt mir helfen! Du fertigst doch nachher die KLM zwo-null-zwo ab?»

Zehn Minuten lang spielt Detjen den Fluggast, der auf den Aufruf seiner Maschine wartet. Überflüssigerweise kauft er ein paar Zeitungen als Reiselektüre und einen Beutel kandierte Früchte. Ohne erklärtes Ziel durch die weiträumige Halle schlendernd, stellt er seine Uhr nach der elektrischen des Flughafens, bleibt vor einem Blumenladen stehen und geht weiter. Stan nickt befriedigt – der Kleinen jetzt noch Blumen zu schicken wäre eine unnütze Ausgabe.

Dieses Hin und Her gefällt dem Hageren überhaupt nicht. Kann sich der Mensch nicht ruhig auf eine Bank setzen und warten? Stan wäre jederzeit bereit zu einer Verfolgung im Auto oder zu einem Mitreisen in einem Verkehrsmittel, aber so ein Herumrennen ist ihm in tiefster Seele verhaßt. Wozu soll das gut sein?

Es bringt immerhin so viel Abstand zwischen die beiden, daß Detjen in eine Telefonzelle treten und Isabellas Nummer wählen kann, ohne zu riskieren, daß sein Schatten die Ziffern von der Drehscheibe ablesen kann. Als Stan herankommt, ist das Gespräch bereits beendet. Achim wählt eine weitere Nummer. Daß er die Botschaft anruft, darf sein Verfolger wissen. Der «Chef» hatte ihm ja ausdrücklich nahegelegt, die diplomatische Vertretung der BRD erfahren zu lassen, daß die «Confidentia»-Recherchen ergebnislos verlaufen wären und daß der Absturz nur ein bedauerlicher Unfall gewesen wäre. Während Detjen telefoniert, lächelt er dem Amerikaner freundlich zu. Von den Lippen lesen, was er sagt, kann Stan bestimmt nicht – Achim spricht deutsch, und es wäre ein Wunder, wenn der andere das verstünde.

In der Botschaft ist das Gespräch sofort dem Oberst aus dem Amt für Sicherheit zugeleitet worden. Der sitzt gerade mit Oberstleutnant Niese zusammen. Niese ist mit den Gepflogenheiten von Abwehroffizieren genug vertraut, um gleich aufzustehen und gehen zu wollen – nichts zu hören, nichts zu sehen und nichts zu wissen ist im Umgang mit ihnen doch das beste –, aber von Wieseneck bedeutet ihm mit einer Handbewegung zu bleiben. So vernimmt er zumindest alles, was der Oberst sagt.

«Der Einfall ist ausgezeichnet, Detjen! Jawohl, reisen Sie ab. Moment!» Von Wieseneck zieht den mit mehrfarbigen Kugelstiften besteckten Zettelkasten neben dem Apparat heran und notiert. «Isabella Solano... Adresse im Telefonbuch... Das habe ich.» Auf einmal lacht er ein bißchen. «Na, dann guten Flug, mein Lieber! Oder sollte ich besser sagen: Hals- und Beinbruch?» Der Oberst legt auf und wendet sich an sein Gegenüber. «Es ist ein Jammer! Warum haben die Leute in meiner Abteilung nicht halb soviel gute Ideen wie dieser Mann von der Luftwaffe? Von Amts wegen ist er dazu gar nicht verpflichtet.»

In der Flughafenhalle erhebt sich Stan seufzend von der Bank in der Nähe der Telefonzelle, auf der er eben ein Plätzchen erwischt hatte. Nun geht das wieder los! Er ist richtig froh, als die Lautsprecher dröhnen: «Achtung! Wir bitten die Passagiere der Koninklijke Luchtvaart Maatschappij – KLM – zum Flug Nummer zwo-null-zwo nach Kopenhagen via Madrid, Frankfurt (Main) und Hamburg zur Abfertigung.» Die Ansage wird in den Weltsprachen wiederholt.

Gemächlich wendet sich Detjen den Abfertigungsschaltern zu. Paß- und Zollkontrolle befinden sich unmittelbar nebeneinander. Die Paßkontrolle erfolgt oberflächlich; die Zöllner winken gleich ab. Ein Reisender, dessen Land so vielfädig mit Portugal verbunden ist, wird hier immer mit konzilianter Höflichkeit behandelt. Man weiß, was sich gehört.

Die Schnelligkeit der Abfertigung verblüfft Stan offenbar, und als sich Achim nun zu ihm umdreht und eine fragend-auffordernde Geste macht, da hat er es sehr eilig, einen herumstehenden Dienstmann mit dem Kuvert aus seiner Brusttasche zu ihm zu schicken. Ein echter Versicherungsprüfer würde in den Umschlag hineinsehen, also tut Detjen es auch. Wie der «Chef» gesagt hat: lauter Tausender. Ein dicker Packen. In diesem Augenblick hält Achim ein kleines Vermögen in der Hand, aber sein Herz schlägt deswegen nicht schneller. Er steckt das Kuvert in die Brusttasche. Dann wendet er sich wieder zu Stan und macht eine betont tiefe Verbeugung. Der ist zwar überrascht, doch er erwidert den Gruß. Lebensart! denkt er. Das ist Lebensart!

Auf solch einem Großflughafen gibt es viele Espressos, Imbißstuben und Restaurants. Detjens Schatten wählt eine Café-Bar mit riesenhaften Fenstern zum Rollfeld. Er nimmt einen Hocker, von dem aus er bequem die schon bereitgestellte viermotorige KLM-Maschine beobachten kann. Sie ist gerade aufgetankt worden. Jetzt werden die Schläuche gelöst. Ein Mann in Uniform – wahrscheinlich der Bordingenieur – unterschreibt etwas, Stan tippt auf eine Quittung. Anschließend fährt der Tankwagen davon. Von einer Seite nähert sich der Catering-Wagen mit der Bordverpflegung und allem, was zum Service gehört, von der anderen schon Gepäckkarren. Diese Fahrzeuge mit eigenem, hydraulisch zu hebendem und zu senkendem Förderband sind voll beladen. Postsäcke schaukeln auf den Förderbändern empor, Pakete und Kisten. Das folgende Passagiergepäck, nach den Bestimmungshäfen geordnet, ist umfangreich. Das Flugzeug scheint ausgebucht zu sein.

Der Mann an der Café-Bar kann sogar, wenn er seine Stirn nahe an die Scheibe bringt, die Busse sehen, die unten die Fluggäste aufnehmen, um sie zu den Maschinen zu bringen. Vom Ausgang bis zu den Wagen ist es nur ein Sprung. Da muß er höllisch aufpassen, um nachher mit Sicherheit sagen zu können, daß sich der Versicherungsprüfer aus Köln wirklich an Bord begeben hat.

Detjen macht es ihm leicht. Schon am Bus, dreht er sich noch einmal um, blickt am Gebäude empor und grüßt mit erhobener Hand ins Ungewisse. Er ist überzeugt, daß irgendwo hinter der riesigen Glasfront wachsame Augen auf ihn gerichtet sind. Stan schließt daraus, daß der Versicherungsdetektiv die Lage real einschätzt und darauf verzichtet hat, die schönen Fünfzigtausend durch Mätzchen aufs Spiel zu setzen. Dennoch hält er auf seinem Posten aus.

An Achim vorüber drängen andere Reisende in den Bus. Stan schüttelt den Kopf. Mann, der kann es aber auch gar nicht lassen! Eben erst hat er sich von einem traurigen Mädchen verabschiedet, und schon kokettiert er wieder! Diesmal gefällt ihm die Bodenstewardeß, die den Bus begleitet. Schwarzes Haar und dunkle Augen müssen eine geradezu magische Anziehungskraft für den Versicherungsprüfer haben!

Die Türen des Fahrzeugs schließen sich. Der Zubringer setzt sich in Bewegung. Er beschreibt eine weite Schleife und steuert auf die andere Seite des Clippers. Der Einstieg, an den die Gangway bereits herangefahren wird, entzieht sich Stans Beobachtung. Der trinkt einen zweiten Espresso und sieht seine Mission praktisch bereits als beendet an. Trotzdem bleibt er noch. Nein, auf keinen Fall will er so vor Cliff stehen wie John nach dem Anschlag auf den VW. Er wartet, bis der Bus abfährt. Kein Zweifel, daß er bis auf den Fahrer und die Bodenstewardeß leer ist – die hydraulischen Türen stehen offen. Überdies schlägt das Gefährt die Richtung zu den Hangars ein, in deren Nähe sich vermutlich ein Depot für Versorgungsfahrzeuge befindet. Die Gangway rollt zur Seite und nimmt Kurs auf eine Maschine der Iberia Lineas Aereas de Espana. Nacheinander springen die vier Triebwerke des KLM-Flugzeugs an, die Propeller zeichnen flirrende Kreise. Erst sind die Blätter der Luftschrauben deutlich zu erkennen, dann lösen sie sich gleichsam auf und gehen ein in diese durchsichtige, schimmernde Scheibe. Hochgetourt werden die Motoren nun. Stan hat das Gefühl, daß die Glasscheibe, neben der er sitzt, leise klirrt. Plötzlich, wie von einer unsichtbaren Hand bewegt, beginnt der Riesenvogel sacht zu rollen, wird schneller und fährt zum Start. Zeitweilig verschwindet er hinter abgestellten Maschinen, die auch den Startpunkt verdecken, doch dann sieht ihn Stan in der Luft, wie er in flachem Winkel steigt und die Abgase der Triebwerke als vier dunkle Streifen hinter sich her in den blauen Himmel zieht.

«Good bye, Mister Detjen!» murmelt Stan, rutscht vom Hocker herunter und wendet sich zum Ausgang. Die Sache ist gelaufen.

Stan wäre anderer Meinung, wenn er das Gespräch hätte hören können, das die schwarzhaarige, dunkeläugige Manuela mit der Chefstewardeß der abzufertigenden Maschine führte. Diese sah genau so aus, wie man sich im Süden ein niederländisches Mädchen vorstellt: sehr schlank und kühl, hellhäutig, blauäugig und mit einem schweren blonden Haarknoten im Nacken.

«Ein Passagier wurde gestrichen», informierte Manuela. «Er ist nicht rechtzeitig erschienen. Senhor Detjen – nach Frankfurt am Main.»

«It's allright», quittierte die Blonde. «All passengers without Mister Detjen. Thank you!»

Die Passagierliste wechselte von einer weißbehandschuhten Hand in die andere, und dem Protokoll war damit Genüge getan. Wie viele Reisende kommen täglich auf den Flughäfen in aller Welt zu spät und werden deshalb gestrichen! Nichts Besonderes.

«Have a good journey! Gute Reise!» Ein freundlicher Wunsch der hübschen Portugiesin.

«Thank you very much. Good bye!» Die ebenso freundliche

Antwort des Mädchens aus dem Lande der Marschen und Polder zwischen Ijsselmeer und Maasmündung.

Manuela stieg in den Bus. Sie blieb vorn neben dem Fahrer stehen. Ob es ihm viel ausmachen würde, fragte sie beiläufig, mal schnell am Flachbau hinter dem Hangar drei vorbeizufahren. In jenem Flachbau befindet sich die Einsatzleitung für das Flughafenpersonal. Der Mann am Steuer konnte das selbstverständlich einrichten. Er erklärte sich sogar bereit, zu warten und Manuela wieder mit zurück zum Abfertigungsgebäude zu nehmen.

Jetzt ist der Hangar drei schon nahe. Um zum Flachbau zu gelangen, muß der Wagen um die Maschinenhalle herumfahren. Dabei kommt er bis hart an den Rand des Flugfeldes heran. Er rollt auf Beton, aber unmittelbar neben dem Grasstreifen. Niedrige Büsche stehen da, ziehen sich bis zum Zaun hin und sind hoch und dicht genug, einem Menschen Deckung zu geben.

Vorsichtig richtet sich Achim Detjen zwischen den Sitzen am hinteren Ausgang des Busses auf. Die hohen Lehnen verbergen ihn. Geduckt und um Lautlosigkeit bemüht, nähert er sich dem offenen Ausstieg. Der Fahrer kann ihn nicht sehen. Neben dem steht aufrecht Manuela und deckt mit der größten Selbstverständlichkeit den Rückspiegel ab. Isabellas Freundin ist großartig, sie redet wie ein Wasserfall und beschäftigt den Fahrer.

Manuela hat Detjen die Stelle genau beschrieben, an der er abspringen soll. Der Hangar zwei ist zurückgeblieben, auch die abzweigende Betonstraße zu den Materialdepots. Der Wiesenstreifen ist unmittelbar neben dem Trittbrett.

Achim holt tief Luft. Wenn der Kerl da vorn bloß ein bißchen langsamer fahren würde! Aber das ist einer von der schnellen Truppe, der hat ein steifes Bein auf dem Gaspedal.

Es hilft nichts. Jetzt oder nie! Er springt, macht – ohne sich dessen bewußt zu sein – eine mustergültige Judorolle und findet sich unversehrt zwischen den Sträuchern wieder. Der Bus ist schon weit weg.

Da murmelt er «Gracias, Manuela!», klopft sich den Staub ab, rückt den Binder zurecht und nimmt sein Köfferchen. Unangefochten und ohne irgendwem zu begegnen, erreicht er den Zaun, der niedrig ist und mehr repräsentativ als zum Schutz der Anlagen bestimmt sein mag, schwingt sich hinüber und steht am Rande eines Maisfeldes. Die trockenen Blätter rascheln im leisen Wind. In den Blattachseln stehen schon Kolben mit langen Quasten – viel früher als zu Hause in Mecklenburg. Und wie dort stehen hier Feldblumen – Klatschmohn und Wicken. Nicht einmal die Disteln fehlen! Er lächelt, als er sich auf den Weg macht.

12

Der Mann, der im schwarzen Mercedes sitzt, hat freie Sicht. Bis unmittelbar an das Parkverbotsschild ist er herangefahren, kein Wagen kann sich mehr vor ihn schieben – es sei denn, sein Besitzer riskiert einen Strafzettel der Lissabonner Verkehrspolizei. Von seinem Standort aus kann der Mann im schwarzen Mercedes die ganze Straße einsehen. Knapp achtzig Meter voraus, auf der anderen Seite, befindet sich der Eingang des Hochhauses, in dem Isabella Solano wohnt. Der Mann in der großen Limousine weiß, daß Achim Detjen nicht abreiste, sondern hierher zurückkehren wird.

Detjen läßt das Taxi, mit dem er kommt, ein paar Häuser vorher halten und wartet, bis sich der Wagen entfernt hat, ehe er auf sein Ziel zusteuert. Achim geht auf die andere Straßenseite. Würde ihm jemand begegnen, der ihn hier schon einmal gesehen hat – er würde ihn mit großer Wahrscheinlichkeit kaum erkennen. Zum erstenmal, seit er portugiesischen Boden betrat, hat Detjen seinen Trenchcoat an, und zusammen mit Hut und Sonnenbrille verändert ihn der Mantel in unauffälliger Weise. Das Attachéköfferchen trägt er so, daß der eingeprägte Name «Confidentia» dem Körper zugewandt und nicht auf Anhieb zu sehen ist.

Den Mann im schwarzen Mercedes kann er nicht täuschen. Der würde ihn auch erkennen, wenn er in der Maske eines Musikalclowns daherkäme. Er steigt gelassen aus. Einige wenige Schritte geht er dem Ankommenden entgegen – steif und förmlich, mit dem leicht schräg gesetzten «Homburger» wirkt er wie eine Mischung zwischen Butler und Premierminister. Ein halber Schritt zur Seite. Nun steht er genau im Wege. Leichtes, jedoch würdiges Lupfen des Hutes. Angedeutetes Kopfnicken als Ersatz für eine Verbeugung, zu der der Körper zu steif ist. «Einen Augenblick, bitte, Herr Detjen.» Er spricht deutsch.

Achim hat den Mann im Auge, seit er aus dem Taxi gestiegen ist. Der so auffällig geparkte Mercedes ist ja nicht zu übersehen. Daß er so demonstrativ auf der Straße steht, hat etwas Beruhigendes. Hätte jemand nicht auffallen wollen, wäre er auf einem der Parkplätze untergetaucht. Detjen fragt sich, ob ihm diesen Wagen vielleicht Gerd von Wieseneck geschickt hat. Zwar stellt er kein CD-Schild zur Schau, sondern ein gewöhnliches Lissabonner Kennzeichen, aber der schwarze Mercedes ist an Rhein und Ruhr ein so geläufiges Statussymbol, daß die Vermutung sich geradezu aufdrängt. Und nun spricht der Mann auch noch deutsch! Achim ärgert sich. Wenn der Oberst etwas von ihm will, kann er ihm nicht einen unauffälligeren Schlitten schicken?

Der Mann spricht gleich weiter. «Herzog», stellt er sich vor. «Ich habe die Freude, Sie von Herrn Born herzlich zu grüßen.»

«Born?» fragt Detjen zurück. Natürlich weiß er sofort, wer gemeint ist, aber er gewinnt so Zeit, sich auf die neue Situation einzustellen. Born ist der letzte, den er in Portugal vermutete.

Der Mann mit dem «Homburger» wird deutlicher. «Sie erinnern sich seiner gewiß. Er kam gemeinsam mit Ihnen aus russischer Gefangenschaft. Zuvor waren Sie zusammen im selben Lager. Woina pleni. Dann Spätheimkehrer.»

Achim lüftet seinerseits den Hut. Unwillkürlich beginnt er, Herzog zu kopieren – dessen steifleinene Würde fordert das geradezu heraus. Detjen drückt das Kreuz durch und macht abgezirkelte, etwas eckige Bewegungen.

«Born», sagt er nachdenklich. «Ja, das waren Zeiten. Wo ist Herr Born?»

«Hier in Lissabon», erteilt der Mann aus dem Mercedes bereitwillig Auskunft. «Herr Born hat erfahren, daß sich Herr Oberst von Wieseneck etwas schwer tut mit gewissen Informationen, die Sie dringend benötigen. Herrn Lüders betreffend, zum Beispiel.»

Achim wird hellhörig, auch wenn er sich bemüht, das zu verbergen. Seine Recherchen in Portugal sind unter dem Mantel strengster Geheimhaltung durchgeführt worden: Außer von Wieseneck weiß nur Oberstleutnant Niese davon, und ein direkter Kontakt zur Botschaft wurde vermieden.

«Und diese Informationen kann mir Herr Born geben?»

«Er sagte so. Jedenfalls würde er sich sehr freuen, Sie bei sich begrüßen zu dürfen. Ich habe einen Wagen hier.»

«Ach, wirklich?» Detjen kann sich die Frage nicht verkneifen und tut, als entdeckte er den Mercedes erst in diesem Augenblick. «Hübsch. Fahren wir!» Er ist sicher, daß an der Sache etwas dran ist. Außerdem möchte er gern wissen, welcher Wind Born, den ehemaligen höheren SS-Führer und von Norwegen gesuchten Kriegsverbrecher, in die äußerste Ecke Südwesteuropas geweht hat. Born spielt eine wichtige Rolle im Leben Werner Bredebuschs. Im Kielwasser Borns erreichte der Kundschafter die Bundesrepublik, durch ihn gelangte er auf den «Römischen Weg» und über Südamerika in jene Kreise, deren Pläne und Vorhaben zu erkunden seine Aufgabe ist. Ohne Zweifel schaltet Born auch in Portugal an irgendwelchen Hebeln, und mit Sicherheit tut er das im Auftrag seiner alten Kameraden. Detjen muß ihn besuchen.

Seite an Seite schreiten Herzog und er zum Wagen – mit den gleichen gemessenen Bewegungen und sogar im Gleichschritt. Es ist ein Bild totaler Übereinstimmung, auch ein Bild von gewisser Komik. Wie sie einsteigen, das erinnert schon an ein Ritual.

Herzog fährt selbst, und wie er den Wagen durch Lisboa steuert, das verrät genaue Ortskenntnis und darüber hinaus Vertrautheit mit den Gepflogenheiten portugiesischer Chauffeure. Der Mann mit dem «Homburger» weilt nicht erst seit gestern in diesem Land, er kennt sich aus. Da liegt die Vermutung nahe, daß auch Born bereits seit längerer Zeit hier tätig ist.

Der Mercedes verläßt die Stadt in nordwestlicher Richtung. Die hervorragende Uferstraße nimmt ihn auf und gestattet ein scharfes Tempo. Rechts steigen steile Hänge zum Plateau von Estremadura hinauf. Linker Hand breitet sich, soweit das Auge sieht, der Atlantische Ozean aus. Er ist an diesem Tage mäßig bewegt, eine flache, sanft gekräuselte Ebene, auf der in geringer Entfernung Fischerboote ziehen. Fast alle haben Segel gesetzt, um teuren Treibstoff zu sparen, und das ockerfarbene Zeug leuchtet herüber. Die Fischer haben ihr Schleppgeschirr ausgebracht. Hier werden Sardinen gefangen. Oder sollte schon der Thunfisch vor der Küste stehen?

Die Straße ist so hoch über dem Meeresspiegel angelegt, daß sie auch bei schwerer See ohne Gefahr befahren werden kann. Gut zehn Meter tiefer liegt der Strand, und wenn Achim hinunterschaut, sieht er, wie sich die Brandungswellen an zerklüftetem Fels brechen und gischten. Und es wallet und siedet und brauset und zischt...

Eine Abzweigung mit einem Schild: Privatweg. Der Mercedes holpert und springt, aber nur so lange, bis er um die nächste Kurve herum ist. Wo man den Weg von der Uferchaussee her nicht mehr einsehen kann, verwandelt er sich in eine Fahrbahn mit Autobahncharakter. Herzog gibt wieder Gas.

Die ganze Fahrt über sagt er kein Wort. Er sitzt mit unverändert steifer Würde hinter dem Lenkrad und wendet seinem Gast nicht einmal den Kopf zu. Herzog haftet etwas Unpersönliches an. Er wirkt wie eine Marionette, wie eine Funktionsfigur in einem Spiel. Über ihn könnte man sagen, was der römische Philosoph Apulejus über Theaterpuppen geschrieben hat: «Wenn diejenigen, welche die Bewegung der Glieder an den hölzernen menschlichen Figuren leiten, den Faden an dem Gliede, das in Bewegung gesetzt zu werden pflegt, ziehen, dann wird sich der Nacken drehen, der Kopf nicken, die Augen im Kopfe herumgehen, die Hände wie zu jeder Dienstleistung bereitstehen, und die ganze Gestalt auf anmutige Weise gewissermaßen zu leben scheinen...» Daß Herzog auf «anmutige Weise» zu leben scheint, würde Achim in Frage stellen, aber hölzern wirkt der Mann mit dem «Homburger» auf jeden Fall. Warum hat Born ihn in Bewegung gesetzt? Doch nicht, um ihm aus reiner Menschenliebe ein paar Informationen zu geben! Da steckt noch mehr dahinter!

In weitem Bogen führt die Privatstraße zum Meer zurück. Eine Bucht tut sich auf, und auf einem Felsen unmittelbar am Atlantik erhebt sich ein Haus, das man besser einen Palast nennen würde. Ein moderner Flachbau aus Glas und Beton steht da, der die Ausmaße eines gediegenen Ferienheims hat. Ein schmiedeeisernes Tor schiebt sich, wie von Geisterhand bewegt, zur Seite. Ohne die Geschwindigkeit zurückzunehmen, fährt Herzog weiter durch parkartiges Gelände, biegt in eine überdeckte Auffahrt ein und hält. Der Motor steht. Plötzlich ist das Rauschen des Meeres überraschend nah und in dieser Betonschlucht doppelt laut.

«Wir sind da!»

«Es ist mir nicht entgangen», erwidert Detjen im gleichen Tonfall.

Sie verlassen den Wagen.

Zwei Männer kommen ihnen entgegen. Der eine, der ebenso gravitätisch einherschreitet wie Herzog, ist der Diener, der Achims Mantel und Tasche entgegennimmt. Der andere mit dem Gehabe eines alternden Playboys – das ist Born!In weißen Hosen, das gegürtete rote Hemd über der haarigen Brust offen, geht er mit ausgebreiteten Armen auf Detjen zu.

«Herzlich willkommen, alter Junge, in meiner bescheidenen Hütte!» ruft er vergnügt, klopft seinem Gast auf die Schultern und legt den Arm um ihn. «Schön, daß du endlich mal nachsiehst, wie deine alten Freunde leben.»

Lärmend und polternd zur Schau gestellte Verbundenheit. Es mag sein, daß Born es ernst meint, denn für ihn bleibt Detjen der Mann, den er aus der Gefangenschaft kennt und den er dank seiner Verbindungen vor der französischen Militärpolizei bewahren konnte. Der DDR-Kundschafter Werner Bredebusch muß sich anstrengen, in diese Kumpanei einzustimmen. Als erstes gibt er sich von dem Betonpalast uneingeschränkt beeindruckt.

«Mensch, Felgenkamp!» sagt er bewundernd und gebraucht bewußt den früheren Bornschen Tarnnamen. «Du siehst ja blendend aus!» Damit übertreibt er nicht. Sonnengebräunt und ausgeruht, steht der Hausherr da wie das blühende Leben.

«Jetzt heiße ich wieder Born», stellt er richtig. «Felgenkamp – das war einmal!» Eine Handbewegung soll deutlich machen, wie lange das zurückliegt. «Vor dir steht der alte Knochen Born.»

Die Halle der Villa ist ein Paradestück. Die deckenhohen Fenster auf der einen Seite sind dem Meer zugewandt. Der Blick trifft nur die majestätische Weite des Ozeans, die Fischerboote und die braunen Raubmöwen, die mit heiserem Schrei auf Beutejagd sind. Schwarzer Marmor, weißgeädert, bildet den Fußboden. Exotische Pflanzen blühen in großen Schalen, weiße Ledersessel laden zum Verweilen ein.

«Wann haben wir uns eigentlich zum letztenmal gesehen?» fragt Detjen laut. Er gibt sich den Anschein, in Erinnerungen zu schwelgen. In Wirklichkeit weiß er genau, daß er Born in Frankfurt (Main) an jenem Tage wiedersah, an dem er, als Kurier der «alten Kameraden» aus Argentinien kommend, Gelegenheit zu einem ersten Zusammentreffen mit der Genossin Winnie Winkelmann hatte. Damals gab er nach langer Abwesenheit in der Fremde dem Ministerium für Staatssicherheit seinen ersten Bericht von der unsichtbaren Front, an die er als Tschekist der Arbeiter-und-Bauern-Macht entsandt wurde. «In Frankfurt, im Sommer einundfünfzig, vor sieben Jahren. Mein Gott, wie die Zeit vergeht!» Als müßte er seine Rührung überwinden, lacht er auf. «Ich sehe dich vor mir – im Smoking und an jeder Seite eine bildhübsche Puppe! Hattest gar keine Zeit.»

Born schmunzelt. «Wie das Leben so spielt.»

Sie durchqueren die Halle. Auf der anderen Seite führen breite Flügeltüren auf eine Terrasse hinaus, auf der Korbmöbel stehen, Liegestühle und eine Hollywoodschaukel.

«Allerhand!» Achim staunt. «Man kennt ja keinen Neid, aber trotzdem – wie kommt man zu so einer ‹bescheidenen Hütte›?»

Der Hausherr lacht. «Steht draußen dran!» erwidert er, während er zu einer fahrbaren Bar tritt und Gläser füllt. «Ich bin Industrieberater.»

«Und was treibst du wirklich?»

Born reicht ihm ein Glas. Achim ist richtig froh, daß er ihm Juice eingeschenkt hat und mal nicht den ewigen Whisky, mit dessen Angebot heute jedermann vorgibt, ein «Mann von Welt» zu sein.

«Ich berate wirklich ein paar Leute», versichert der alternde Playboy. Sachlich fährt er fort: «Wenn du mal ein paar Maschinengewehre brauchst, einen vielfach verwendbaren Kampfhubschrauber oder ein kleines U-Boot, dann wende dich vertrauensvoll an mich. Oder darf es ein Schützenpanzer sein, ein größerer Posten Munition? Äußerst preisgünstig, nur ein bißchen überlagert, aber zum Krieg im Busch immer noch bestens geeignet.» Born winkt ab. «Du hast ja keine Verwendung für... Dich läßt die Luftwaffe bis an dein Lebensende nicht los! Ihr Flieger seid alle ein bißchen irre, wie?»

Detjen schwenkt das Glas. «Luftwaffe, das war einmal. Ich bin jetzt Versicherungsprüfer.»

Der andere lacht schallend. «Ich weiß, ich weiß! Unseren Geheimdiensten fällt doch nie etwas Neues ein!» Damit ist dieses Kapitel für ihn erledigt. Er klatscht in die Hände wie ein orientalischer Potentat, wenn es ihn nach Wasserpfeife und Pantoffeln verlangt, doch es erscheint nicht der Diener, der viel vornehmer aussieht als sein Herr, sondern zwei weibliche Wesen kommen. Schwarzhaarig ist die eine, hellblond die andere, hübsch sind sie beide – und sie wissen das. Sie zeigen freigebig, was sie haben, und aus diesem Grunde wohl mögen sie ihren Platz im Hause Borns behaupten, der älter ist als beide Mädchen zusammen. Unbefangen und fröhlich kommen sie heran.

«Das sind meine Sekretärinnen», erläutert der Gastgeber und legt mit einer Art Besitzerstolz die Arme um beide, die sich wie selbstverständlich an ihn schmiegen. «Das ist Claudia» – Kopfbewegung zur Schwarzhaarigen – «und das Tina. Vor euch habt ihr einen alten Kriegskameraden, mit dem zusammen ich so tief im Dreck steckte, wie ihr es euch gar nicht vorstellen könnt. So was verbindet für immer! Gebt Pfötchen und seid nett zu ihm.»

Detjen macht eine Verbeugung. Die beiden «Sekretärinnen» kann er beim besten Willen nicht ernst nehmen, und so sagt er mit einem Anflug von Ironie: «Vertrauen gegen Vertrauen, meine Damen!»

«Nun zeigt mal, daß ihr gute Hausfrauen seid!» ordnet Born an, und die Mädchen laufen sofort mit wiegenden Hüften ins Haus, jede eine Kopie des Sex-Idols Marylin Monroe aus Hollywood. Nicht einmal eine schlechte Kopie!

Mit einer Handbewegung lädt Born zum Sitzen ein, und kaum haben sie Platz genommen, kommt er ohne Umschweife zur Sache: «Wie du die Interarms geleimt hast, alter Junge ...»

«Interarms?» Detjen wiederholt das Wort, ohne etwas damit anfangen zu können.

«Die International Armaments Corporation, ja», bestätigt Born. «Wie du sie 'reingelegt hast – man hätte wirklich glauben können, daß du abgeflogen bist!»

Wieder ist die Situation undurchsichtig. Die Firmenbezeichnung, die eben gebraucht worden ist, stinkt zehn Meilen gegen den Wind nach illegalem Waffenhandel – und im illegalen Waffenhandel war Lüders und ist Born tätig. Und er, Detjen, befindet sich hier im Hauptquartier der Firma, die ihn nach

Meinung des Obersten von Wieseneck nicht zu interessieren braucht. Welche Fäden verbinden sie mit der offensichtlich überseeischen «Interarms»?

«Du hast nicht geglaubt, daß ich abgeflogen bin?» Achim betont das Du.

Born schmunzelt. «Ich bin trotzdem kein Hellseher! Verbindungen sind alles. Ich kenne Niese, und der war dabei, als du Wieseneck telefonisch deinen Plan darlegtest. So einfach ist das.»

«Sehr einfach», bestätigt Detjen. Die Zusammenhänge werden nun klarer. Es bestehen über Niese ständige Kontakte zwischen der Botschaft und dem Haus am Meer. Achim vergewissert sich: «Lüders gehörte zu deinem Unternehmen, nicht wahr?»

«Erfaßt! Was meinst du, warum Lüders mit diesem Bürohengst Hohlfeld im Flugzeug saß?»

«Sanfter, aber wirksamer Druck», wiederholt Detjen Gerd von Wiesenecks Worte in der «Zuckerdose».

Die Mädchen kommen und stellen große Schalen mit Obst auf den Tisch. Dann verschwinden sie wieder. Born schaut ihnen mit Wohlgefallen nach.

«Interarms», sagt Achim, um an den Ausgangspunkt des Gespräches zu erinnern.

«Ihre Leute machen dasselbe wie wir, bloß unter anderer Feldpostnummer. Wir rechnen in Mark der Deutschen Bundesbank, sie in US-Dollar.»

«Bleibt eine Frage: Worauf zielte das Attentat?»

Born lehnt sich zurück, schlägt die langen Beine übereinander und faltet die Hände auf dem Leib. «Direkt auf meine Firma. Indirekt auf mich», entgegnet er. «Ein Zweieinhalbmillionengeschäft, das Lüders nicht abschließen konnte.»

«Zweieinhalb Millionen», wiederholt Detjen gedehnt. Sein Gegenüber muß deutlicher werden. Achim provoziert. Er lacht. «Und ich dachte, zweieinhalb Millionen sind für dich ein kleiner Fisch.»

«Selbst wenn es um zwanzig Pfennig ginge – ich lasse mir

meine Geschäfte nicht gern verderben. Und zweieinhalb Millionen sind zweieinhalb Millionen!»

Das alles ergänzt nahtlos, was Oberst von Wieseneck in der «Zuckerdose» offenbarte. Die Born-Lüdersschen Waffengeschäfte als Hilfsmittel für Dr. Hohlfeld bei der Durchsetzung des geheimnisvollen NATO-Projekts.

«Laß mich mal kombinieren.» Achim beugt sich vor. «Du bist in Portugal nicht der einzige, der gegen Barzahlung ein paar MGs aus dem Hinterstübchen holt. Die Interarms macht das auch. Da der Kundenkreis relativ klein ist, überschneiden sich eure Interessen gelegentlich. Man versucht, sich gegenseitig aus dem Felde zu räumen...» Er zögert eine Sekunde. «Lüders ist der Interarms in die Quere gekommen.»

Born bestätigt das. «Er hatte – natürlich nur zum Zwecke der Information – eine schwache Stelle dieser Organisation gefunden: Lupus. Der war zwar nur ein kleiner Kraftfahrer, aber über ihn hoffte Lüders an gewichtigere Leute heranzukommen. Irgendwie muß die Interarms Wind davon gekriegt haben. Sie schlug zwei Fliegen mit einer Klappe – Lüders und Lupus. Der Absturz.»

Und Lupus ahnte, was ihm zugedacht war, denkt Detjen. Er gab den Koffer mit der Bombe ab und wollte sich aus dem Staube machen. Weit gekommen ist er nicht. Seine eigenen Leute beschatteten ihn und legten ihn um. Laut fragt er: «Dann war der Anschlag also gar nicht gegen Doktor Hohlfeld gerichtet?»

Born schüttelt den Kopf. «Nein. Es war sein Pech, mit Lüders in einer Maschine zu sitzen. So dumm kann man gar nicht denken, wie es manchmal kommt.»

Einen kleinen Schluck Juice nimmt Achim, sieht aufs Meer hinaus und fragt beiläufig: «Und wo in Lissabon sitzt die Interarms?» Kein Zweifel – die Interarms hat die Koffer vom Polizeikommissariat abgeholt. Bei ihr muß er sie suchen, wenn er den Schleier des streng geheimen NATO-Projekts lüften will.

«Ich weiß es nicht. Denn wenn ich es wüßte», Born springt

auf und wippt auf den Zehenspitzen, «verlaß Dich darauf: Ich hätte schon längst eine Endlösung herbeigeführt! Solche Differenzen tragen wir unter uns aus. Ich verspreche dir: Wenn ich die Adresse der Interarms kenne, dann reiße ich ihr dermaßen den Arsch auf, daß sie den Tag aus dem Kalender streicht, an dem sie Born in die Quere kam!»

«Wie gehabt!» Diesen Kommentar kann Achim sich nicht verkneifen, und Born nimmt ihm das nicht einmal übel. Er ist ja stolz auf die «Heldentaten», die er während des zweiten Weltkrieges in den besetzten Gebieten im Sinne einer faschistischen «Endlösung» der Machtverhältnisse in der Welt vollbrachte. Achim ist recht befriedigt von diesem Gespräch. Er weiß mehr als der Herr des pompösen Hauses am Meer. Zum Beispiel ist ihm bekannt, daß Raffael Lupus Chauffeur im Ethnographischen Museum war, im selben Museum, in dem es Masken mit lebenden Augen gibt. Sitzt dort die Interarms? Zwar ist es schwer, sich die weltfremde Professorin Godiva im Kreis hemdsärmliger Waffenschieber vorzustellen, aber – weiß sie überhaupt, was unter ihrem Dach vor sich geht? Detjen denkt plötzlich an den Mann im Weinkeller. Der gehörte zu einer anderen Kategorie als die beiden Schlägertypen, die ihm zu einer Himmelfahrt verhelfen wollten. Zusammenhänge?

«Erzählst du mir das alles aus reiner Menschenfreundlichkeit, Born?»

«Nein», gibt der Hausherr unumwunden zu. «Ich möchte von dir wissen, ob du jemand von den Leuten wiedererkennen würdest, die dich bedroht haben.»

«Vielleicht! Aber dazu müßte mir erst einmal bekannt sein, wo ich sie suchen soll. Kaum anzunehmen, daß sie mir zufällig über den Weg laufen.»

Er muß sein Wissen um das «Fratzenmuseum» für sich behalten. Wenn Born dort einen «Einsatz» startet, hat der die Koffer, und eine Einsichtnahme in Ministerialdirigent Dr. Hohlfelds Unterlagen ist für den Kundschafter Werner Bredebusch unmöglich.

13

«In unseren Arsenalen in Alexandria im Bundesstaat Virginia, USA, lagern 50000 Pistolen und Gewehre, 40000 Maschinengewehre, Mörser und Granaten, 100 Millionen Patronen und Artilleriegeschosse... Wir haben zwar keine Düsenjäger am Lager; aber wir wissen, wo wir welche bekommen können, wenn sie jemand zu kaufen wünscht...»

Der ausgezeichnete Druck auf weißem Glanzpapier wird durch farbige Aufnahmen ergänzt. Brünierte Handfeuerwaffen wirken sehr hübsch neben einem verschnörkelten alten Wecker auf der weißen Marmorplatte eines Nachttisches. Das soll heißen: Für den, der diese Waffen besitzt, ist es nie zu spät! Auf einem anderen Foto hängt an einem simplen hölzernen Garderobenständer ein leichtes Maschinengewehr neben Schirm und Zylinder, den klassischen Attributen des Gentleman: eine Waffe für gehobene Ansprüche! Ein weiteres Bild zeigt einen Orchesterraum mit Notenpulten und allen Instrumenten. Links vom Dirigentenpult jedoch ist Raum ausgespart. Dort steht eine blankgeputzte Kanone: Mit Geschützen von Interarms spielen *Sie* die erste Geige!

John ist sehr angetan von den Fotos. Er betrachtet sie schmunzelnd, während er einen Stoß Prospekte faltet. An sich liegt ihm solche Fummelei nicht, und er hält sie für unter seiner Würde. Schließlich zählt er bei der Interarms schon zu den «alten Kämpfern». John war dabei, als die International Armaments Corporation an Castillo Armas die Waffen – vorwiegend Garand-M-Gewehre – lieferte, mit denen dessen Söldner 1954 zum Sturz der Regierung Arbenz in Guatemala antraten. Der «Bananenkrieg» der United Fruit! Seither ist John in Lissabon; es ist Methode bei Interarms, ihre Leute nach Großaktionen dieser Art aus dem Blickfeld zu nehmen und ihnen ein anderes Klima zu verordnen. Die hübschen Bildchen versöhnen den Dicken mit der langweiligen Aufgabe, die ihm Cliff zudiktiert hat. Bloß ein paar gutgewachsene

Puppen hätte man noch abbilden sollen.

An seinem Pult, das einer elektronischen Befehlszentrale ähnelt, thront wieder der elegante Cliff. Er hat telefoniert und legt gerade den Hörer auf. Einen Augenblick lang sieht er bedenklich vor sich nieder und stößt die Fingerkuppen aneinander. Dann drückt er den Knopf einer Gegensprechanlage.

«Wachhabender», meldet sich eine Männerstimme aus dem Lautsprecher.

«Ist der Chef bei Ihnen?»

«Noch nicht, Sir.»

Cliff räuspert sich. «Sobald er kommt, richten Sie ihm aus: Aus Bonn kommend, ist ein Spezialagent der CIA nach Lissabon unterwegs. Sein Name lautet Wilson. Ende.»

«Aus Bonn kommend, ist ein Spezialagent der CIA nach Lissabon unterwegs. Sein Name: Wilson», wiederholt die Stimme. «Okay, Sir!»

«Ende!» sagt Cliff und läßt die Sprechtaste los. Eine Kontrollampe erlischt.

Das Gespräch bietet John die willkommene Gelegenheit, seine Falterei zu unterbrechen.

«Wilson?» fragt er.

«Wilson, ja», bestätigt Cliff und rückt nervös an seiner randlosen Brille. Wenn es der James D. Wilson ist, den er einmal kennengelernt hat, dann verheißt dieser Besuch nichts Gutes. Gemeinhin läßt die Central Intelligence Agency den Chef der Interarms persönlich wissen, wer wann und wo und in welchem Umfang beliefert werden darf. Um die Filialen haben sie sich noch nie gekümmert, die Geheimdienstler in Washington. Wenn nun doch ein Sonderbeauftragter – und Spezialagenten sind Männer mit Generalvollmacht – hierher kommt, muß es dafür schwerwiegende Gründe geben. Ganz unvermittelt sieht Cliff die Rauchsäule über der Absturzstelle einer Portugal-Airways-Maschine vor sich.

Isabella Solano lacht schallend. Es sieht aber auch zu komisch aus, wie Achim mit dem geliehenen Smoking – weißes Sakko mit Seidenrevers zur nachtblauen Hose – fertig zu werden versucht. Dazu seine Kommentare.

«Ich sehe aus wie eine Vogelscheuche!»

«Ach, was du redest!» protestiert sie. «Das ist ein sehr hübscher Smoking. Ein bißchen eng vielleicht, aber du mußt ihn doch nicht zuknöpfen.»

«Ja!» brummt er.

Die Stimmung in der Einzimmerwohnung ist gelöst und heiter, so unbeschwert, daß Achim zutiefst bedauert, zu der Party gehen zu müssen, zu der ihn Born gebeten hat. Er hat versucht, sich davor zu drücken, zumal er kein Freund solcher Wohlstandsveranstaltungen ist, aber Born hat Detjens Argument, er sei nicht offiziell abgereist, um sich nun der high society zu zeigen, mit einer Handbewegung weggewischt. Seine Seefestung sei vollkommen sicher, und nur ausgesuchte Leute wären da. So hat Achim Isabella schonend beizubringen versucht, daß er den Abend nicht mit ihr verbringen kann, was er viel lieber täte. Es rührt ihn, daß sie nicht schmollt und ohne Umstände einsieht, daß jene Party zu besuchen für ihn ein Stück Arbeit darstellt, das er hinter sich bringen muß. Ihr hat der Hinweis genügt, daß er bei Born Männer treffen wird, die dank ihrer Verbindungen mehr vom Untergrund dieser Stadt wissen als etwa der Polizeipräfekt.

«Ich werde nicht lange bleiben», verspricht er, betrachtet sich im Spiegel und findet den Leihsmoking jetzt nicht mehr so übel. «Und ich bin noch schneller zurück, wenn du mir die Schlüssel zu deinem Auto gibst.»

«Nein», erwidert sie. «Ich fahre dich hin und warte auf dich! Dann müssen wir uns später trennen und sind eher wieder zusammen.»

«Aber nein! Es kann trotz allem ein paar Stunden dauern.»

«Und?» fragt sie lächelnd zurück. «Ich habe doch nichts zu versäumen.»

«Vielleicht erhalte ich bei Born einen Hinweis, dem ich sofort nachgehen möchte», gibt er zu bedenken.

«Dann ist es erst recht besser, wenn ich dabei bin. Ich kenne

Lisboa, und du würdest dich rettungslos verfahren.» Sie nimmt ihren Staubmantel vom Haken und zieht ihn über, ehe sie mit einer einladenden Handbewegung sagt: «Darf ich bitten, Senhor Detjen? Ihr Wagen ist soeben vorgefahren.»

Diese, wenn auch gespielte Abgrenzung kann er nicht hinnehmen. Er zieht Isa an sich...

Wie verzaubert wirkt die schöne Halle mit dem schwarzen, weißgeäderten Marmorfußboden und den deckenhohen Fenstern. Vielfarbiges Licht aus einer Unmenge kleiner Lampen macht das Bild seltsam unwirklich und bildet die merkwürdigsten Muster an Wänden und Decke. Auf allen Tischen blühen Orchideen in bizarrer Pracht, perlt Champagner in geschliffenen Gläsern. Lautlos servieren befrackte Kellner einen erlesenen Imbiß. Ihre schwarzen «Arbeitsanzüge» kontrastieren mit der vorwiegend hellen Garderobe der Gäste. Es ist Sommer in Portugal, und die Nächte sind mild. Deshalb wohl haben die Herren ausnahmslos den Tropensmoking mit der weißen Jacke gewählt. Die Damen sind tief dekolletiert und zeigen entblößte Rücken. Man tanzt, man trinkt und unterhält sich, und wenn die Band einmal ihr Spiel unterbricht, liegt das Rauschen der Brandung als immerwährende Geräuschkulisse über der Szene. Draußen steht ein blaßvioletter Streifen über dem Horizont, aber auf den achtet niemand. Das ist ein gewohntes Bild. Die meisten Anwesenden besitzen Villen am Meer.

Achim Detjen ist der Blick auf den Atlantik verwehrt. Er sitzt mit Born in einem fensterlosen Raum und kann die Farbenpracht der Halle nur andeutungsweise aus den Grautönen des Fernsehbildes ablesen, das ihm erlaubt, ungesehen an Borns Party teilzunehmen. Außer der für die Gäste unsichtbaren Fernsehkamera in der Halle gibt es dort auch versteckte Mikrofone, die die Festgeräusche in dieses Zimmer tragen.

Jetzt wird die Tanzfläche geräumt, alle Lampen verlieren an Leuchtkraft, und nur der Schlagzeuger der Band spielt noch. Mit wischenden Besen erzeugt er ein Geräusch, das wie Herzklopfen anmutet. Und dann... Ein jäher Aufschrei gestopfter Trompeten! Farbscheinwerfer flammen auf, und wie aus dem schwarzen Marmor emporgewachsen, steht eine kleine Girltanzgruppe auf der Tanzfläche. Sie bewegt sich zu den Rhythmen einer aufregenden Musik, die auf eigenartige Weise zugleich fremd und vertraut erscheint.

Achim beugt sich fasziniert vor. Die Tänzerinnen und Tänzer tragen Masken, die ihm erstaunlich bekannt vorkommen. Woher nur?

«Das in der Mitte», erläutert Born genüßlich, «ist Claudia. Bis vor einem Jahr tingelte sie von einem Nachtklub zum anderen, und in einem davon habe ich sie aufgegabelt. Sie war klug genug, einzusehen, daß die ständige Nachtarbeit dem Teint schadet und auch keine Reichtümer einbringt. Hin und wieder lasse ich sie hier mal tanzen, damit sie nicht ganz aus der Übung kommt.»

«Und die andere?»

«Tina ist eine richtige Sekretärin. Wenn du nicht allzu schnell diktierst, geht es sogar.»

Nun sehen sie eine Weile schweigend zu. Diese Claudia ist wirklich herrlich gewachsen, denkt Detjen.

«Woher hast du eigentlich die Masken?» fragt er plötzlich. «Die sehen verteufelt echt aus!»

Born schmunzelt. «Sind sie auch!» Auf dem Tisch vor ihnen befindet sich eine merkwürdige Apparatur, zu der er sich nun beugt. In ihrer Mitte steht ein Miniatur-Steuerknüppel, und auf diesem sitzt ein Knopf, der sich herausziehen und wieder hineindrücken läßt. Born zieht daran, und das Bild auf dem Monitor rückt Claudia nahe heran. Das ist also eine Anlage, wie man sie neuerdings zur Überwachung großer Warenhäuser benutzt. Mit dem Steuerknüppel läßt sich die Kamera nach rechts und links, nach oben und unten schwenken. Der Knopf setzt die Linse in Tätigkeit, mit der sich die Brennweite verändern läßt. Man kann damit ebenso einen großen Raum erfassen wie einzelne Personen herausheben und gleichsam dicht vors Objektiv bringen. Seit der Einführung dieser Anlagen, heißt es, hätten die Kaufhausdetektive wesentlich mehr

Warenhausdiebe gefaßt als je zuvor. «Die Masken wurden solchen aus meiner Sammlung nachgebildet», fährt Born fort. «Kleines Hobby von mir! Außerdem: Was du hier als Import aus den Kolonien vergleichsweise billig kriegst, das ist in Köln das Zehn- bis Zwanzigfache wert. Natürlich muß man darauf achten, nicht schon beim Einkauf übers Ohr gehauen zu werden. Was verstehe ich von afrikanischer Kultur? Na, zum Glück haben wir hier ein ausgezeichnetes Ethnographisches Museum. Wenn du mal Zeit hast – das empfehle ich dir! Die Leiterin ist ein wenig schrullig, aber unschlagbar, was Masken angeht!» Er bewegt den Steuerknüppel und läßt die Kamera über die Zuschauer der Tanzvorführung schwenken. «Da ist sie! Sie eingeladen zu haben zahlt sich für mich noch mal aus.»

Na, und wie! denkt Detjen. Vor allem dann, wenn ich recht habe und die Zentrale der Interarms in diesem Fratzenmuseum zu suchen ist! Aber laut sagt er: «Sehr umsichtig, Born!»

Noch einmal kommen die Masken groß ins Bild. Dann ist die Balletteinlage beendet. Vor allem Claudia muß viele Glückwünsche entgegennehmen – man weiß schließlich, was sich gehört. Nun tanzen wieder die Gäste.

«Kennst du die Leute alle?»

Born winkt ab. «Nur die, auf die es ankommt! Und damit keiner merkt, auf wen es mir ankommt, sind die anderen da und schlucken wie Staubsauger.»

«Kompliment!» Achim schmunzelt. «Recht kostenaufwendige Staubsauger! Dabei sind dir eben erst zweieinhalb Millionen durch die Lappen gegangen.» Weil er gern mehr über die Struktur des Unternehmens wissen möchte, fügt er hinzu: «Na, dieses Risiko trägt ja wohl Bonn.» Während er das sagt, sieht er den Hausherrn nicht an; er greift nach einem Glas und schenkt sich Kognak ein.

Born geht darauf ein. Er tritt genau auf das Brett, das ihm hingehalten wird. «Nur zum Teil», stellt er richtig. «Ich arbeite auch mit eigenem Kapital.»

Achim schmiedet das Eisen weiter. «In dem Zug, der uns beide aus der Kriegsgefangenschaft nach Hause brachte, habe ich nicht geahnt, daß ich neben einem Millionär sitze.»

In der Antwort schwingt Bedauern mit. «Ich war auch keiner. Jetzt bin ich es immer noch nicht.»

Detjen leert das Glas in einem Zug und senkt die Stimme. «Ich verstehe! Du mehrst und hütest den Schatz der alten Kameraden.» Noch deutlicher kann er nicht werden; er muß die vornehme Umschreibung «Schatz der alten Kameraden» für das zusammengeraubte Gut gebrauchen, das die SS seit Anfang der vierziger Jahre systematisch in Schweizer Banksafes und anderen Verstecken deponierte. Von geheimnisvollen Naturtresoren in der ehemaligen «Alpenfestung» wird in diesem Zusammenhang geflüstert, von der Gegend um Bad Aussee besonders. Immer wieder werden in jener Landschaft Tote gefunden, und immer wieder auch heißt es, sie hätten nach dem verborgenen «Nibelungen-Schatz» gesucht. In der Sage wurde dieser von Zwerg Alberich und seinen Gnomen verwahrt, heute wühlt in ihm unter anderen Born.

Der alternde Playboy nickt. Er findet die Bemerkung Detjens zu naiv, um näher darauf einzugehen. Achim ist kein Kaufmann; es wäre ganz unsinnig, ihn mit Geschäftsdetails zu belasten, von denen er ohnehin nichts versteht. Da liegt ihm, Born, etwas anderes viel mehr am Herzen.

«Du mußt nicht denken, daß das ein reines Vergnügen ist», sagt er vertraulich, zieht eine Schublade auf und legt fast behutsam eine englische Zeitung auf den Tisch. «Sieh dir das an! Nicht, daß die Leute, die da irgendwo in London sitzen, plötzlich ihr antifaschistisches Gewissen entdeckt hätten und unbedingt die Welt verbessern wollen. Sie ziehen die alten Geschichten hoch, weil sie meinen, mich damit auf dem Markt ausschalten zu können.» Born steht auf und knöpft den Tropensmoking zu. «Lies in aller Ruhe! Ich muß mich mal um meine Gäste kümmern. Nachher reden wir weiter.» Er geht zur Tür und bleibt, die Hand schon auf der Klinke, noch einmal stehen. «Welche hat dir besser gefallen – Claudia oder Tina? Die kann dir Gesellschaft leisten.»

«Keinen Bedarf!» wehrt Detjen ab, ohne von der Zeitung

hochzusehen. Der Hausherr geht. Achim liest. «Sieh an!» murmelt er. Schon beim ersten Blick auf das Blatt ist ihm ein Foto seines «Klienten» Eberhard Lüders förmlich ins Gesicht gesprungen. Da ist einmal die Zeichnung, die der Major am ersten Tage seines Portugalaufenthalts in der Lissabonner Presse fand. Daneben jedoch steht ein Bild, das Detjen fasziniert. Offenbar insgeheim und unbemerkt aufgenommen, zeigt es Lüders im Gespräch mit einem Mann, der auf Anhieb nicht zu erkennen ist. Die Aufnahme ist mit einem starken Teleobjektiv angefertigt worden, sie ist ohne räumliche Tiefe, alles klebt unnatürlich dicht aufeinander. Lüders und der andere unterhalten sich in einem Park, und im Hintergrund ist ein Gebäude sichtbar. Das ist verschwommen abgebildet, aber Detjen erkennt es trotzdem – das «Fratzenmuseum». Und der Parkweg stellt einen von denen dar, auf denen er selbst mit Gerd von Wieseneck ging. Lüders' Gesprächspartner ist vergleichsweise ärmlich gekleidet, ein untersetzter Mann. Sein Gesicht, halb von der Kamera abgewandt, könnte durchaus das von Raffael Lupus sein. Und Born hat gesagt, Lüders habe mit Lupus Kontakt hergestellt, um die Interarms zu finden.

Noch ein Bild. Ein sehr verwandelter Lüders in SS-Uniform und in herrischer Pose, etwa fünfzehn Jahre jünger. Er hieß damals auch nicht Lüders. Die britische Zeitung erklärt, der bei einem tragischen Flugzeugunglück in Portugal ums Leben gekommene bundesdeutsche Kaufmann Eberhard Lüders sei in Wirklichkeit der wegen Kriegsverbrechen gesuchte SS-Sturmbannführer Adolf Meier-Belzig aus der Wirtschaftsabteilung des Reichssicherheitshauptamtes gewesen. Ein weiteres Foto erhärtet diese Behauptung und läßt zugleich erkennen, wie groß die Rolle gewesen ist, die er einmal gespielt hat. «Im exklusiven Madrider Hotel ‹Horcher›», steht darunter, «konferierte der ehemalige Reichsbankpräsident des Hitlerreiches, Hjalmar Schacht (rechts), 1952 mit dem ehemaligen SS-Obersturmbannführer Otto Skorzeny, der sich hier Robert Steinbauer nannte. Skorzeny wird unter der Nummer e-4095/48–11 von der United Nations War Crimes

Commission als Kriegsverbrecher gesucht. Unser Archivfoto zeigt im mittleren Hintergrund Adolf Meier-Belzig. Der SS-Sturmbannführer stand, derselben Liste zufolge, in Fahndung wegen Teilnahme an Falschmünzerei und In-Verkehr-Bringens falschen Geldes, wegen Wertzeichen-, Urkunden- und Paßfälschung, wegen räuberischen Diebstahls, wegen Erpressung, wegen Mitgliedschaft in verbrecherischen Organisationen, wegen Geheimbündelei und wegen Kriegsverbrechen und Verbrechen gegen die Menschlichkeit, das heißt wegen Mißhandlung und Ermordung von Zivilpersonen sowie Plünderung.»

«Und so was suche ich mir als Klienten aus», murmelt Detjen, schenkt sich einen doppelten Brandy ein und gießt ihn hinunter. Dann ist ihm etwas wohler. Er denkt kühl, wie hoch «Freund» Born angebunden sein müsse, wenn ihm ein Mann wie dieser Lüders alias Meier-Belzig eben als Handlanger gut war.

Achim dreht die Zeitung in den Händen. «The Sutton Chronicle» – Sutton ist ein Stadtteil der englischen Metropole. Dieses Blatt ist bestenfalls von lokaler Bedeutung. Kaum anzunehmen, daß es außerhalb der britischen Insel im Handel zu finden ist. Und Born hat es einen Tag nach dem Erscheinen! Der Informationsdienst der «alten Kameraden» muß blendend funktionieren.

Während Achim «The Sutton Chronicle» zusammenfaltet, überlegt er, das Material über Lüders müsse dem Blatt zugespielt worden sein. Unmöglich, daß eine Zeitung dieser Kategorie sich aufwendige Recherchen im Ausland leisten kann. Um so begieriger greift sie zu, wenn ihr solche Enthüllungen auf den Tisch flattern. Er kann es den Redakteuren nachfühlen. Wer täglich über einen neuerrichteten Laternenmast in Euphorie ausbrechen oder den neueröffneten Ladentrakt des Fleischermeisters Smith preisen, den selbstgefälligen Tiraden eines eitlen Abgeordneten in der «Stadtteilregierung» lauschen oder Agenturmeldungen zu Eigenberichten umarbeiten muß, der atmet auf, wenn er einmal an Informationen gerät, deren Veröffentlichung ihn glauben macht, für Sekunden die Finger an einem Schalthebelchen der Weltgeschichte zu haben. Denn eigentlich wird man ja Journalist, um die Welt zu verbessern. Wer Born dieses Ei gelegt hat, geht aus dem Bericht nicht hervor, aber das Foto aus dem Lissabonner Park gegenüber dem Ethnographischen Museum spricht für Detjen eine deutliche Sprache. Die Interarms schaltete Lüders und Lupus aus, nachdem sie beider Bekanntschaft festgestellt hatte! Im Übereifer, Born aus dem Felde zu schlagen, machten die Amerikaner übrigens einen groben Fehler – einen deutlicheren Hinweis auf sich selbst konnten sie nicht geben!

Ein Grund mehr, nachher dem Hause der von Born so geschätzten Frau Professor Godiva und dem Saal mit den Masken, von denen eine lebende Augen besitzt, einen nächtlichen Besuch abzustatten! Immer mehr verdichtet sich die Vermutung, daß dort alle Fäden zusammenlaufen.

Der Bildschirm zeigt noch einmal den Maskentanz, auf vielfachen Wunsch wiederholt. Die aufpeitschende Musik erklingt wieder, erneut tanzt die langbeinige Claudia. Achim spielt jetzt mit dem Steuerknüppelchen der Fernsehanlage. Hm, damit kann man regelrecht Schulflugfiguren beschreiben! Nur ein Überschlag ist nicht drin. Sturzflug auf Born! Der steht mit einem jüngeren Mann an einem der Fenster. Worüber mögen sie sprechen? Nacheinander drückt Detjen die Knöpfe, auf denen sich das Mikrofonsymbol befindet. Rings um den Steuerknüppel sind sie gruppenweise angeordnet.

Auf einmal hört er, was an den einzelnen Tischen gesprochen wird. Belangloses Zeug zwar, aber klar und deutlich zu verstehen. Der Tisch von Professor Godiva. Ein Kreis älterer Herren hat sich um sie versammelt. Wie angenehm ihre Stimme klingt!

«Aber ich bitte Sie!» sagt sie gerade. «Die Maskenabteilung in meinem Museum ist mein besonderer Stolz. Ach, wenn Sie erst wüßten, wie viele persönliche Erlebnisse mit diesen herrlichen Schöpfungen unverbildeter Kunst der Naturvölker verknüpft sind! Viele Masken habe ich selbst zusammengetragen. Ich habe verschiedene Erdteile bereist.»

Die gleichen Worte, mit denen sie Achim gegenüber ihre Sammlung angepriesen hat, der gleiche Tonfall, die gleiche weltferne Entrücktheit! Trotzdem – beim zweiten Hören wirken sie unecht, überzogen und eingelernt. Von dieser Minute an könnte Detjen schwören, daß Romana Godiva vielleicht eine begabte Schauspielerin ist, niemals aber das, was zu sein sie vorgibt. Die Masken und das ganze Museum erfüllen lediglich eine Alibifunktion! Da kann ein- und ausgehen, wer will – er fällt nicht auf. Mein Gott, und er hat in kleinkarierter Naivität gedacht, die lebenden Augen gehörten einer unauffällig postierten Wache zum Schutze wissenschaftlicher Exponate!

Sosehr er sich müht, es gelingt nicht, Born und seine Gesprächspartner akustisch einzufangen. Gerade das wäre interessant – der Hausherr spricht nacheinander mit mindestens zehn Leuten. Ihre Gesichter lassen nicht vermuten, daß sie sich über Claudias Tanzkunst verbreiten. Eher ist das eine Stabsbesprechung. Da, wo sie stattfindet, gibt es keine Mikrofone. Achim verliert den Spaß am Spiel mit der Überwachungsanlage.

Noch einmal nimmt Detjen «The Sutton Chronicle» zur Hand. Die Fotos gesuchter Naziverbrecher wecken Erinnerungen, Erinnerungen an die Zeit in Argentinien. Er sieht Charles André vom «Journal Parisien» vor sich, kantiger Bauernschädel mit Haarbürste, blauer Jeansanzug, wie er in Europa eben erst in Mode gekommen ist. Und immer die großformatige Kamera dabei, mit einem Blitzlichtgerät gekoppelt. Charles André hatte niemand Bilder der Wölfe zugespielt, auf deren Spur er recherchierte, er kämpfte um sie unter Einsatz seines Lebens, mit heißem Herzen und sauberen Händen und durchdrungen vom festen Willen, mit seinen Mitteln einen Beitrag zu leisten zur Lokalisierung des faschistischen Krebsgeschwürs. Er, Werner Bredebusch, hatte den jungen Mann aus der Bretagne sehr gern gehabt und hätte sich ihm am liebsten offenbart, aber das war unmöglich gewesen.

Born kommt zurück, zieht die Smokingjacke aus und schenkt sich einen Juice ein. Ohne Umschweife fragt er gleich: «Hast du gelesen? Der nächste, den man da abkonterfeit, könnte ich sein.»

«Daran ist viel Wahres», bestätigt Achim.

Der Hausherr setzt sich zu ihm. «Es wäre eine Katastrophe», sagt er. «Ich habe das Unternehmen hier aufgebaut. Was hat das für Mühe gekostet, vom Ärger gar nicht zu reden! Jetzt läuft es; jetzt kann ich ernten, was ich gesät habe; ich lasse mich nicht vertreiben. Begreifst du, daß ich an all dem hier hänge?»

«An Claudia und Tina, für die du so eine Art Gottvater auf Erden bist. Ich verstehe! Aber wie willst du es verhindern? Kann ich dir dabei helfen?»

«Wenn ich nur wüßte, wo die Interarms sitzt! Ich würde ihr so aufs Maul schlagen, daß ihr Hören und Sehen vergeht! Detjen» – und er beugt sich zu ihm und legt ihm die Hand auf den Arm –, «du bist doch Spezialist auf der Strecke. Das weiß ich von Niese. Du bist hiergeblieben, um weiter zu ermitteln. Natürlich mußt du deine Aufgabe erfüllen. Ich bitte dich nur um eines: Sobald du herausgekriegt hast, wo die Interarms residiert, dann laß es mich zuerst wissen und gib mir vierundzwanzig Stunden Zeit! Anschließend kannst du mit gutem Gewissen nach Bonn berichten, daß die Interarms-Filiale in Portugal nicht mehr in der Lage ist, noch ein Flugzeug in die Luft zu sprengen. Diese Schweinerei» – er weist auf «The Sutton Chronicle» – «kann auch nur aus dem Stall der Konkurrenz kommen! Da bin ich ganz sicher.»

Detjen nickt und steht auf. «Wenn du mich so lieb bittest», erwidert er. «Ich werde sehen, was sich machen läßt. Wie lange dauert deine Party?»

«Mindestens bis Sonnenaufgang. Meine ‹Staubsauger› gehen erst, wenn ich die Alkoholfahne einrollen lasse.»

Achim schlägt ihm auf die Schulter. «So long, Born! Und es wäre nett, wenn du mir einen Becher Juice und ein paar Eiswürfel aufheben würdest.»

14

Isabella Solano sieht Detjen nach, wie er die nachtdunkle Straße hinabgeht. Auf der Seite, auf der sie geparkt hat, gibt es keine Laternen. Unmittelbar an den Gehweg schließt sich die Grünanlage gegenüber dem Ethnographischen Museum an. Sie wird von hohen Hecken begrenzt, die jetzt eine schwarze, lückenlose Mauer bilden. Über dem allen wölbt sich ein klarer Sternenhimmel. Die Stille der Nacht trägt das Rauschen des Atlantischen Ozeans bis hierher. Isabella zuckt zusammen, als plötzlich im Park ein Käuzchen schreit. So wenig abergläubisch sie ist – das hat etwas Unheimliches.

Sie legt die Hände aufs Lenkrad. Ist das nicht eine seltsame Geschichte, auf die sie sich eingelassen hat? Erst wartet sie stundenlang geduldig in der Nähe der Luxusvilla, dann fährt sie Achim hierher, und nun wartet sie wieder, als wäre sie nicht das Mädchen dieses Mannes, sondern ein beliebiger Taxichauffeur, für den auch Warten Arbeit ist, wenn nur der Taxameter läuft. Und bei alledem fühlt sie sich nicht einmal erniedrigt. Wie kommt das? Der Wunsch, keine Minute eines möglichen Zusammenseins mit Detjen zu verschenken, ist es nicht allein, obwohl er natürlich eine Rolle spielt. Um so mehr, da sie heute die Mitteilung bekommen hat, auf die sie lange wartet. Der Einsatz außerhalb Lissabons... Achim weiß nichts davon, und sie wird auch nichts sagen. Das soll ihn nicht belasten; er hat den Kopf ohnedies schon voll genug. Was die Aufklärung des Attentats durch die portugiesischen Behörden angeht, gibt sie sich keinen Illusionen hin. Das Portugal Salazars ist, so will es die offizielle Propaganda, ein Rechtsstaat, in dem Ruhe und Ordnung herrschen, Sicherheit und saubere Verhältnisse. In diese Landschaft paßt ein solcher Anschlag nicht, also hat er nicht stattgefunden. Selbst innerhalb der Portugal Airways spricht niemand mehr davon. Die Angst vor der PIDE, der Geheimen Staatspolizei, ist zu groß. Kaum, daß Isabella unter vier Augen mit Manuela darüber reden kann.

Auch das verbindet sie mit dem Mann aus der Ferne, daß dieser Versicherungsdetektiv aus Köln, aus welchen Gründen auch immer, sich nicht abschrecken und nicht lockerläßt auf seiner Suche nach der Wahrheit. Sie liebt ihn nicht nur, sie hat ebensoviel Bewunderung für ihn.

Jetzt überquert Detjen die Straße. Er hat den Trenchcoat angezogen und den Kragen hochgestellt, und es ist merkwürdig: Obwohl er so genau dem von Kino und Fernsehen geprägten Bild Isabellas vom Detektiv entspricht, wirkt er ganz anders als die Leinwand- und Bildschirmhelden. Viel sachlicher – und er macht keinerlei Aufhebens von sich. Sie sieht ihn an dem hohen Eisengitter entlanglaufen, das das Museumsgelände umschließt, sieht ihn sich hoch- und hinüberschwingen, und dann verschwindet er ganz aus ihrem Blickfeld. Und auf einmal hat sie Angst, so viel Angst, daß sie den Kopf auf die Hände am Lenkrad legt und sich bemüht, ruhiger zu atmen.

Achim Detjen steht zwischen blühenden Jasminbüschen. Sie umfangen ihn mit betäubendem Geruch. Ein Stück hin eine Naturlaube mit einer Bank. Ist das der Meditationsplatz der Dame Godiva?

Gras macht seine Schritte lautlos. Eigentlich wollte er um das Museum herumgehen. Das erweist sich als unmöglich. Parallel zur Hausfront versperrt eine Mauer den Weg. Die eiserne Pforte ist fest verschlossen. Wahrscheinlich befindet sich dahinter ein Hof. Detjen tritt zurück und blickt an der Fassade hinauf. Nirgendwo gibt es einen Lichtschein. Fast überall sind die oberen Klappfenster geöffnet. Das nutzt ihm nichts. Ein einziger Fensterflügel im ersten Stock scheint nur angelehnt zu sein. Er kann sich täuschen, aber die Gelegenheit ist zu verlockend. Dieses Fenster zieht ihn an wie ein Magnet. Seiner Lage nach müßte es direkt zum Maskensaal gehören. Achim findet es höchst vernünftig, daß Frau Professor ihr Museum offenbar immer nachts lüften läßt.

Unter den Fenstern des ersten Stocks läuft ein Sims entlang. Der müßte von der Mauer aus mit einiger Anstrengung zu erreichen sein. Detjen grinst. Der Trenchcoat wird beim Klettern hinderlich sein, aber ablegen möchte er ihn nicht.

Die Mauerkrone erreicht er ohne Mühe, wie er vermutet hat. Er blickt in einen Hof hinab, der, soweit er sehen kann, geradezu vorbildlich aufgeräumt ist. Nach hinten zu gibt es ein Tor. Es führt auf eine Parallelstraße von jener, auf der Isabellas NSU-Prinz parkt. Unten gibt es Zugänge zum Museum. Ohne Zweifel sind sie ebensogut verschlossen wie die Mauerpforte.

Den Sims kann Achim mit ausgestreckten Armen fassen. Er fühlt die Zinkblechabdeckung; er fühlt auch, daß der Sims höllisch schräg ist, darauf zu balancieren. Jetzt preist er den Zufall, der ihn für Borns Party keine passenden Lackschuhe bekommen ließ. Wenigstens nicht auf Anhieb, und zu einem Streifzug durch mehrere Geschäfte war er zu faul. So trägt er also seine schwarzen Halbschuhe, und die haben keine glatte Leder-, sondern eine rauhe Kreppsohle. Ein Glück!

Als er auf dem Sims steht, läuft ihm bereits der Schweiß. Der Klimmzug war noch das wenigste, aber das Hochstemmen aus diesem Klimmzug heraus... Um ein Haar wäre er abgerutscht und in den Hof hinuntergestürzt. Der liegt doch ziemlich tief, wenn man von oben herabblickt, und die trügerische Dunkelheit verstärkt den Eindruck noch. Detjen schmiegt sich eng ans Mauerwerk und arbeitet sich Schritt für Schritt den Sims entlang. Seine Finger tasten über die Klinkerfugen. Halt finden sie nicht. Unsäglich langsam nur kommt er voran.

Er bleibt stehen und hält den Atem an, als sich plötzlich das Geheul einer Polizeisirene nähert. Kann das ihm gelten? Hat er, ohne es zu bemerken, beim Eindringen in das Museumsgebäude eine verborgene Alarmanlage ausgelöst? Fein stünde er da, wenn sie ihn hier stellten! Die Botschaft oder von Wieseneck helfen ihm nicht. Im Gegenteil – sie streiten ab, ihn überhaupt zu kennen. Was haben sie mit einem Versicherungsprüfer auf Abwegen zu schaffen? Doch der Funkwagen rast auf der Straße vorüber. Sein Signal ist noch lange zu hören, ehe es irgendwo weitab verstummt. Achim schüttelt den Kopf. Er hätte sich eigentlich denken können, daß die Interarms, die er in diesem Museum vermutet, mit der einheimischen Polizei nichts zu tun haben möchte!

Er setzt seinen Weg fort.

Die prachtvolle Motorjacht beeindruckt James D. Wilson überhaupt nicht. Erstens gibt es im Jachthafen von Lisboa deren mehrere, und zweitens ist der Spezialagent der CIA es gewohnt, sich in «gehobenen» Kreisen zu bewegen. Selbst wenn er verblüfft wäre, würde er es überdies nicht zeigen. Ein Mann in seiner Position darf sich durch nichts aus der Fassung bringen lassen. Er geht auf die angelegte Gangway zu, als müsse es so sein; er nimmt die beiden Matrosen, die das Laufbrett ausbrachten, überhaupt nicht zur Kenntnis und marschiert so zielstrebig auf den Backbordniedergang zu, als wäre er hier zu Hause. Cliff hatte sich das ein wenig anders gedacht. Er wollte höflich den Weg weisen und dem Besucher zuvorkommend den Vortritt lassen. Nun sieht es aus, als laufe er bloß hinter Wilson her. Der Spezialagent gibt auf diese Weise unmißverständlich zu verstehen, wer hier etwas zu sagen hat.

Die Tür, die Wilson öffnet, führt zum Salon. Er hat sie aufs Geradewohl gewählt, und es hätte ihm nichts ausgemacht, in der Kombüse oder einer Passagierkabine zu landen. Daß er den Salon findet, verstärkt den Eindruck, daß er an Bord Bescheid weiß.

Es ist ein Traum von einem Schiffssalon. Nicht der blitzenden Messingbeschläge wegen und auch nicht wegen des «Seestücks», das eine ganze Wand bedeckt und in hellen Ölfarben einen mittelalterlichen Hafen darstellt. Viel stimmungsvoller ist die Mahagonitäfelung der übrigen Wände und der Decke. Millionenschwere Snobs verlangen heute von den Werften, daß die Salons ihrer supermodernen Motorjachten Täfelungen erhalten, die möglichst aus den Salons alter Vollschiffe stammen, der fünfmastigen Segler, die, von der Zeit längst überholt und durch die Maschine aus dem Feld geschlagen, noch da und dort von Liebhabern konserviert werden, die Film und Fernsehen gelegentlich ausleihen und die auch dann und wann bei Wettfahrten von sich reden machen. Die Täfelung hier erfüllt diesen Anspruch. Kunstvoll ist in sie der Name des Schiffes eingebrannt, das sie einst über die Weltmeere getragen hat.: «Henriette van de Fleet – Amsterdam 1812.» Wer da phantasiebegabt ist, der mag an Fahrten um Kap Horn denken, an Reisen unter dem Kreuz des Südens und an Begegnungen mit Dschunken und Daus.

James D. Wilson denkt an all das nicht. Mit einer Handbewegung fordert er Cliff zum Sitzen auf und bleibt selbst stehen.

«Keine gute Bilanz für Sie», beginnt er und stützt sich mit dem Ellenbogen auf die Bar, mustert die Flaschenetiketten, findet seine Hausmarke und schenkt sich ungebeten ein. «Ihr Boß mutet mir zu, mit einer Charge wie Ihnen zu verhandeln, und was Sie mir im Wagen zu erzählen haben, das ist der nackteste Dilettantismus. Ein Flugzeug in die Luft zu sprengen!» Mit dem Glas in der Hand wandert er durch den Salon. «Sie lieben starke Effekte, was?»

Cliff schaut von unten zu ihm hoch. Die Position, in die er gedrängt wird, ist ungünstig. Er kommt sich gleich unterlegen vor gegenüber diesem breitschultrigen Farmertyp mit der lauten, sonoren Stimme. Er wehrt sich, so gut er kann.

«Seit wann ist die CIA so zartfühlend, Mister Wilson? Bis jetzt haben wir blendend zusammengearbeitet. Sie können uns nicht vorwerfen, daß wir auch nur einmal Waffen und Flugzeuge an Leute geliefert hätten, die nicht den Segen Ihrer Organisation besaßen.»

Das Glas wird hart auf die Messingplatte der Bar gesetzt. «Darum geht es doch gar nicht!» Wilson beginnt im Salon hin und her zu laufen – beide Daumen in die Westentaschen gehängt, mit schnellen, energischen Schritten, die zu groß für den Raum sind. «Seien Sie sicher, daß ich auch dann noch ruhig schlafe, wenn Sie zehn Flugzeuge in die Luft sprengen.

Nur – es darf nicht ausgerechnet ein Ministerialdirigent Hohlfeld darin sitzen, ein Mann, der Verhandlungen führt, die für die NATO von eminenter Bedeutung sind! Mister Hohlfeld persönlich ist mir völlig gleichgültig, aber was das Projekt angeht, das ihm anvertraut war. Muß ich Ihnen tatsächlich erst erklären, daß die Bundesrepublik der Gentlemen Adenauer und Strauß die Korsettstange der amerikanischen Europapolitik darstellt? Was sie in Portugal installieren will, das ist nicht weniger als eine vorgeschobene Bastion in der Globalstrategie des Pentagon!»

Er winkt ab und sieht Cliff an, der seinen fest mit dem Boden verbundenen Drehsessel immer hin und her bewegt hat, um den Spezialagenten nicht aus dem Auge zu verlieren. Jetzt setzt sich Wilson ihm gegenüber und fährt fort, ohne Cliff auch nur Zeit zu einer Erwiderung zu lassen: «Nun erzählen Sie mir mal Punkt für Punkt, was seit dem Flugzeugabsturz geschehen ist. Ich sage Ihnen gleich, daß ich verdammt ungemütlich werde, wenn Sie auch nur das kleinste Detail unterschlagen! Fangen Sie an!»

Der Fensterflügel ist tatsächlich nur angelehnt. Er gibt dem Druck der Hand nach und schwingt nach innen. Detjen steigt auf das Fensterbrett und in den Maskensaal hinein. Zunächst einmal lehnt er sich erschöpft an die Wand und atmet tief. Hier drin hat er wenigstens wieder festen Boden unter den Füßen.

Das matte Licht der sternklaren Nacht, das hereinfließt, läßt undeutlich die Einrichtung des Saales erkennen. Da sind die Drehständer mit den Masken. Jetzt stehen sie still, und in der unbestimmten Helligkeit haben sie viel Gespenstisches verloren. Mit erloschenen Augen glotzen sie ihn an, und ihre Vielfarbigkeit ist nur zu ahnen. Eigentlich wirken sie nun viel musealer als während der Öffnungszeiten. Da waren sie bedeutend attraktiver.

Auf leisen Sohlen geht Achim erst einmal zur Treppe und schaut nach unten, um sich zu vergewissern, daß er allein im Hause weilt. Er zuckt zusammen. Unten steht jemand und starrt ihn unverwandt an. Gleich darauf löst sich die Spannung. Detjen schmunzelt. Das ist, vom einfallenden Licht einer Lampe in der Parallelstraße getroffen, eine der Wachsfiguren aus der ebenerdigen «Völkerschau», eines der polynesischen Mädchen. Kein lebendes Wesen. Und außer dem eigenen Atem sind nur das Knacken des arbeitenden Holzes und gelegentlich von der Straße hereindringende Geräusche zu hören.

Er wendet sich zurück in den Saal. Rechter Hand erkennt er die nach oben führende Wendeltreppe, von der aus Frau Professor ihm ein Maskenprivatissimum hielt. Ihr gegenüber hing die Maske mit den lebenden Augen. Sie hängt auch jetzt da, aber ihre Augen sind so tot wie die der anderen.

Achim geht auf sie zu. Er faßt sie behutsam an und stellt überrascht fest, daß sie mit der Wand fest verbunden ist und sich nicht abnehmen läßt. Das unterscheidet sie von den übrigen. Detjen macht die Probe aufs Exempel und ist danach sicher, daß es mit der einen eine besondere Bewandtnis hat. Er nimmt die Taschenlampe heraus, die er beiläufig kaufte, während er nach Lackschuhen suchte, ein kleines Ding mit schwacher Leistung, äußerlich anzusehen wie ein dick ausgefallener Füllfederhalter. Damit leuchtet er in die Augenhöhlen hinein. Der Lichtschein trifft auf Holz von der Farbe und Maserung des ganzen Paneels. Das enttäuscht Achim. Hat er sich doch geirrt? Hat ihm die überreizte Phantasie einen Streich gespielt?

Noch nie hat er an Halluzinationen gelitten! Da waren Augäpfel, die sich bewegten, und Lider, die sie für Bruchteile von Sekunden bedeckten. Darauf könnte er einen Eid leisten.

Detjen tritt einen Schritt zurück und mustert den Raum. Die Wand mit der Maske steht rechtwinklig zur Fensterfront, und es ist eine Innenwand. Dahinter befindet sich ein Raum, in dem er bei seinem ersten Besuch den Wächter vermutete! Kein Zweifel. Verwunderlich ist höchstens, daß es zwischen dem Maskensaal und dem anstoßenden Raum keine Verbindungstür gibt.

Mit der Taschenlampe leuchtet er die Täfelung ab. Vielleicht ist die Tür nur verdeckt, eine Tapetentür, wie er sie beispielsweise aus dem Wasserschloß in der Eifel in bester Erinnerung hat. Doch er findet keinen verborgenen Mechanismus, keine Feder und keinen Druckschalter als Ersatz für eine Klinke. Es ist wie verhext.

Achim lockert den Hemdkragen. Man müßte die Wand abklopfen. Wenn es eine versteckte Öffnungsmöglichkeit gibt, wird sie der veränderte Ton verraten. Allerdings verrät das Klopfen auch ihn, und er muß ja davon ausgehen, daß trotz der trügerischen Stille jemand im Haus ist. Stellt das Museum tatsächlich das Headquarter der Interarms in Portugal dar, dann ist es Tag und Nacht besetzt, dann ist immer jemand hier, um Anrufe entgegenzunehmen und notfalls Maßnahmen einzuleiten. Mit konventionellen Methoden ist hier nichts zu erreichen, er muß frech aufs Ganze gehen und den Überraschungseffekt ausnutzen, das heißt auf sein Glück vertrauen. Kann er die Tür nicht öffnen, dann muß das eben der tun, der sich vermutlich hinter ihr verborgen hält!

Sorgfältig bereitet er alles vor. Das Fenster als Fluchtweg steht offen. Unten ist Gras – ein Sprung aus dem ersten Stock müßte gelingen. Achim sucht Deckung gegen die Wand mit der Maske und findet sie hinter dem dritten Maskenständer. Noch während der Suche nimmt er die Gaspistole aus dem Schulterhalfter, lädt sie durch und schiebt sie entsichert in die Manteltasche. Dann erst greift er sich einen Stuhl und wirft ihn in hohem Bogen zur Treppe. Unnatürlich laut schlägt er auf die Marmorstufen und poltert mit Getöse hinab ins Erdgeschoß. Da hockt Detjen bereits hinter dem Ständer und hält die Waffe in der Hand.

Erst bleibt alles still, unheimlich still. Das verführt Achim nicht dazu, seine Deckung zu verlassen. Der Mann nebenan – wenn es ihn überhaupt gibt – schreckt hoch und lauscht. Zunächst versucht er das Geräusch einzuordnen. Daß es von der Treppe her kam, war klar. Da es sich nicht wiederholt, wird der Mann endlich beschließen nachzuschauen. Vermutlich rechnet er mit einer Gefahr aus dem Erdgeschoß – das Geräusch entfernte sich dorthin.

Die Augen! Da sind sie wieder! Im Nebenraum muß Licht brennen, denn zuerst ist in den vorher toten Höhlen nur blendende Helligkeit.

Na, komm schon! denkt Detjen. Komm schon heraus!

Das indirekte Licht im Maskensaal flammt auf. Die Ständer fangen an, sich zu drehen. Und die Musik kommt – eine Folge von Kulttänzen der verschiedenen Erdteile, mehr zu ahnen als zu hören. Wieder sehen die Masken, von Unterlicht angestrahlt, gespenstisch aus. Wahrscheinlich wird das alles mit einem einzigen Hebeldruck ausgelöst.

Aber jetzt weicht das Paneel zurück. Im Türrahmen erscheint der hagere Stan mit einem Revolver in der Rechten. Seine ganze Aufmerksamkeit ist dem Treppenaufgang zugewandt.

Eine Sekunde zu spät erkennt Detjen, daß das plötzlich aufgeflammte Licht seinen Schatten an die Wand wirft. Das hat er nicht vorhersehen können. Stan sieht den Schatten, wirft sich mit der Gewandtheit eines Panthers herum, erblickt Achim und drückt ab.

Detjen läßt sich instinktiv fallen, hört hinter sich das Projektil in den Ständer fahren und schaut über den kurzen Lauf der brünierten Waffe in das Gesicht des Revolvermannes. Gaspistolen haben keinen lauten Knall. Es klingt, als ob ein Zündhütchen explodiert. Um so erstaunlicher ist die Wirkung. Stan reißt die Hände zum Kopf, doch ehe sie ihn noch erreichen, klappt der Mann buchstäblich zusammen, schlägt hart auf den Boden und bleibt reglos liegen. Es gibt keine äußeren Verletzungen, aber für einige Zeit befindet sich Stan unter Vollnarkose.

Mit einem Fußtritt fegt Achim den Coltrevolver unter einen der Maskenständer. Man weiß ja nie, wie dumm es kommt. Eine Sekunde lang denkt er an Isabella. Daß sie den Schuß gehört hat, ist kaum anzunehmen, aber mit Sicherheit sieht sie die plötzlich erhellten Fenster und sorgt sich um ihn. Er hat ihr eingeschärft, nicht vom Wagen wegzugehen. Hoffentlich hält sie sich daran.

Stan ist allein. Gäbe es hier noch einen zweiten Mann, wäre der mit Gewißheit bereits in Aktion getreten. Trotzdem hält Detjen es für ratsam, seinen Besuch so kurz wie möglich zu halten. Mit der Waffe in der Hand tritt er durch die geöffnete Tür.

Fensterlos ist der Raum dahinter, und dennoch mutet die Luft hier frischer an als im Maskensaal. Einbauschränke, ein langer Konferenztisch, hochlehnige Stühle wie in mittelalterlichen Ratssälen, hinter Glasscheiben auf rotem Samt ein ganzes Waffensortiment, Hand- und Faustfeuerwaffen vom Revolver bis zum leichten Maschinengewehr. Und auf dem Tisch eine Art Pult mit einer elektronischen Befehlszentrale. Ja, das ist das Headquarter der Lissabonner Interarms-Filiale.

An der Rückwand der Tür, durch die Achim hereingekommen ist, befindet sich eine achtläufige Bündelpistole, der Vorläufer des Trommelrevolvers. Detjen hebt sie an und erkennt, daß sie dazu dient, den Schieber zu verdecken, der jetzt unter ihr sichtbar wird. Er drückt den Riegel beiseite. Zwei Löcher in Augenabstand. Achim sieht hindurch und hinein in den Maskensaal. In seinem Blickfeld hat er den Treppenaufgang, die drehenden Maskenständer und die schmale Holzstiege, die weiter nach oben führt und von der aus ihn Frau Professor Godiva ansprach.

Detjen nickt befriedigt. So ungefähr hat er sich das vorgestellt. Neben der Tür ist ein Zugschalter, dessen Hebel auf «on» steht. Der ungebetene Gast schiebt ihn in die Position «off». Das Licht im Maskensaal fällt gleichsam in sich zusammen, die Ständer rotieren nicht mehr, und die Tonbandmusik verstummt. Im matten Sternenlicht ist der reglose Körper Stans nur noch schemenhaft wahrzunehmen. Man muß genau hinsehen, um zu erkennen, daß der Mann atmet.

Wenn er jetzt noch die Koffer fände, wäre Achims Mission erfüllt. Er verliert keine Zeit und beginnt zu suchen, Detjen öffnet Schränke und Schubladen; er entdeckt viel Nebensächliches, nur die Taschen nicht, um die es geht. Das Gepäck von Ministerialdirigent Dr. Hohlfeld und Eberhard Lüders ist nicht hier. Achim erlag einem Trugschluß, als er annahm, hier wäre die Zentrale der Interarms. Ein Stützpunkt gewiß, aber die Zentrale? Nein! Und bis jetzt gibt es auch keinen Hinweis, wo sie sein könnte. Er tritt zögernd an das Schaltpult heran. Sekundenlang spielt er mit dem Gedanken, irgendwelche Knöpfe – keiner trägt eine Beschriftung – zu drücken und, sobald sich jemand meldet, im Befehlston den Chef zu verlangen. Das unterläßt er. So verlockend der Einfall ist, Detjen möchte das Museum lebend und als freier Mann verlassen.

Er blickt auf die Uhr. Neun Minuten ist er nun hier. Sechs weitere gibt er sich noch. Noch einmal die Schränke, noch einmal die Schübe... Und gründlichere Sichtung des vorgefundenen Papierkrams!

15

«Wir haben es also auf die sanfte Tour erledigt, Mister Wilson», schließt Cliff im Salon der eleganten Motorjacht. «Er nahm das Geld und flog ab.» Damit schlägt der Mann mit der goldgefaßten Brille die Beine übereinander, faltet die Hände auf dem Leib und schaut den Spezialagenten mit dem Blick eines Musterschülers an, der seine Hausarbeiten brav gemacht hat und ein Lob erwartet.

Tatsächlich nickt Wilson befriedigt, steht auf und geht zu dem «Seestück» hinüber, das er mit Interesse betrachtet. Immer üben Abbildungen von Häfen und Schiffen eine starke Anziehungskraft auf Menschen aus, die vornehmlich im Binnenland leben. Es ist eine bloße Formsache, daß er über die Schulter hinweg fragt: «Und wie hieß dieser Versicherungsprüfer?»

«Detjen», antwortet Cliff bereitwillig. «Achim Detjen. Er ist Detektiv bei der ‹Confidentia› in Köln, Schadowstraße einhundertundfünf. ‹Vertrauen gegen Vertrauen›. Wir haben das natürlich überprüft. Ein Anfänger. Erst ein halbes Jahr dabei.»

Wilson hat sich umgewandt. Während er auf den Berichterstatter niederblickt, verengen sich seine Augen, als nehme er langsam Druckpunkt an einem Abzug. «Detjen», wiederholt er genüßlich. «Achim Detjen.»

«So hieß er», bestätigt Cliff.

«Versicherungsprüfer», fährt der Spezialagent im gleichen Ton fort. «Das ist gut. Das könnte von mir sein!» Er schüttelt den Kopf. «Sie haben gesehen, daß er abgereist ist?»

Der Interarms-Vertreter setzt ein selbstbewußtes, mokantes Lächeln auf. «Meine Leute haben es gesehen.»

Plötzlich bricht eine Lawine los. Wilson lacht Cliff ins Gesicht, lacht dröhnend und kann sich gar nicht beruhigen. Die Tränen kommen ihm, und er nimmt ein großkariertes Taschentuch heraus, sie abzutrocknen. «Den Teufel haben sie!» behauptet er. «Dieser Mann reist nicht ab! Nicht Achim Detjen! Danken Sie dem Himmel, daß die CIA mich geschickt hat!»

Cliff starrt ihn verständnislos an und hegt zu Recht die schlimmsten Befürchtungen. Die «Confidentia» hat doch die Identität des deutschen Schnüfflers bestätigt – warum findet Wilson das so komisch? Eine dumpfe Ahnung steigt auf, daß Stan auf dem Flughafen ebenso getäuscht wurde wie John beim Absturz des Volkswagens. Wie war das möglich? Die beiden sind keine Amateure, sind erfahrene Routiniers. Undenkbar, daß ein kleiner Versicherungsdetektiv sie aufs Kreuz legt, sie fortgesetzt aufs Kreuz legt. Beim erstenmal – na schön, da hat man ihn unterschätzt, aber beim zweitenmal...

Wilson füllt sich ein Glas und leert es in einem Zug. Sachlich, als wenn gar nichts gewesen wäre, fragt er: «Können Sie ihren Boß verständigen?» Er scheint zu der Einsicht gelangt zu sein, daß weiteres Verhandeln mit Cliff Zeitverschwendung ist.

Der andere schnellt aus dem Sessel hoch, plötzlich weiter nichts als ein dienstbarer Geist. «Über Funk jederzeit.»

«Haben Sie einen Wagen hier?»

«Selbstverständlich, Mister Wilson.»

Der Spezialagent wendet sich bereits zum Niedergang. »Fahren Sie mich zur Bonner Botschaft», verlangt er.

Da beginnt Cliff zu begreifen, daß die Überprüfung des Versicherungsprüfers Detjen wohl doch nichts wert gewesen ist und daß dieser Mann anderswo angebunden ist als bei der Gesellschaft mit dem hübschen Werbeslogan. Und es tut ihm doppelt leid, daß er nicht in den Flammen des VW ein für allemal zum Schweigen gebracht wurde.

Noch einmal blickt Achim Detjen zurück. Etwa fünfzehn Meter hinter ihm beleckt der Atlantik ein Stück flaches, steiniges Ufer. Diese Schneise, die zwischen Felsen hindurch bis unterhalb des Bornschen Anwesens führt, ist keine Laune der Natur. Sie wurde ins Gestein gesprengt. Von einem vorüberfahrenden Schiff aus dürfte sie kaum wahrzunehmen sein, und da sie in einen überdeckten Tunnel mündet, ist sie auch vom Haus aus nicht einzusehen. Feldbahnschienen führen, aus dem Tunnel kommend, bis ans Ufer und verschwinden im Wasser – eine Slipanlage. Achim ist sicher, daß sie nicht dazu dient, ein Boot zu Wasser zu bringen. Seine Phantasie zeigt ihm deutlich Szenen, wie sie sich hier bei Nacht und Nebel mehr als einmal abgespielt haben mögen: Ohne Lichter ankert draußen in der Bucht ein Schiff. Es setzt eine Barkasse aus, und diese fährt in die Schneise hinein. Über die Feldbahnschienen rollen beladene Loren bis fast an das Boot heran. Verladearbeiten in aller Heimlichkeit. Kisten voller Schnellfeuergewehre, Munition und Handgranaten, Maschinenwaffen in Ölpapier, Sprengmittel aller Art. Die ganze Operation verläuft völlig gefahrlos. Der Segen des Staates liegt darüber. Born muß nicht eine Sekunde lang fürchten, daß etwa eines Tages ein Landungsboot in diese Schneise einbiegt und eine Kompanie Marineinfanterie ausspeit, damit sie jeden Fußbreit des Bornschen Anwesens unter die Lupe nimmt.

Detjen lehnt sich an die Felswand, die die Villa wie eine Krone trägt. Vermutlich wurde dieses Gestein ausgehöhlt und ist von Gängen und Kammern durchzogen – nicht erst seit der Ära Born. Im frühen Mittelalter schon mag man diese aufwendigen Stollen in den Fels getrieben haben. Vielleicht bargen sie Arsenal und Schätze von Seeräubern, die an der Straße von Gibraltar Schiffen auflauerten, die aus den reichen Mittelmeerhäfen, aus dem legendenumwobenen Orient den rauheren Küsten Nordeuropas zustrebten. Piraterie war damals ein so ehrbares Geschäft wie jedes andere, höchstens ein bißchen gefährlicher. Monarchen stellten gegen Gewinnbeteiligung Kaperbriefe aus, die den Inhaber vor Nachstellungen durch die eigene Kriegsflotte schützten. Sir Francis Drake gehörte zu ihnen; bevor er als Vizeadmiral der Königin von England die spanische Armada schlug, hatte er durch Negersklavenhandel und Seeräubereien ein Vermögen gemacht. Achim schaudert ein wenig bei der Vorstellung, daß das unterirdische Labyrinth von Sklaven gebaut wurde, von denen hinterher keiner in der Lage sein durfte, Verrat zu üben. Irgendwie paßt diese Vorgeschichte zu dem, was Born hier treibt, auch wenn der statt des Mühlsteinkragens eine elegante Smokingschleife trägt.

Ein eisernes Tor versperrt den weiteren Weg. Es ist gleichsam ein Teil des grauen Felsgesteins und nahtlos mit ihm verbunden. Die Feldbahnschienen führen darunter hindurch. Detjen schlägt mit der Faust gegen das Tor – ein lächerliches Unterfangen! Nirgends eine Klinke, nirgends ein Schloß, ja, nicht einmal die Andeutung eines Flügels. Der eiserne Vorhang im Theater hat wenigstens ein Türchen, durch das die gefeierte Primaballerina noch einmal treten kann, um dem Publikum mit großer Geste ihr Herz zu Füßen zu legen, dieses Tor hat nichts. Es bewahrt ein ehernes Schweigen gegenüber dem monotonen Wellenschlag des Atlantik.

Aber auf einmal ist eine Stimme da, Borns Stimme, die über Lautsprecher sagt: «Komm herauf, alter Junge!» Zugleich geht das Tor lautlos in die Höhe und sinkt wieder herab, nachdem Detjen die Schwelle des Schweigens überschritten hat. Für Augenblicke weht ein starker Luftzug, gerade so, als saugten die unterirdischen Stollen den Seewind tief ein. Dann ist das Tor geschlossen, und plötzlich flammt Licht auf – so hell, daß Achim für einen Moment geblendet die Augen schließt. Wieder erklingt Borns Stimme: «Immer geradeaus! Die Treppe!»

Wie unwirklich das alles ist! Nach schräg rechts führen die Schienen in einen breiten, dunklen Tunnel hinein. Der Zugang wirkt ausgemacht unfreundlich – auf einem Betonsockel erhebt sich ein Drehturm, der an den eines Panzers erinnert. Detjen kann sich des unangenehmen Eindrucks nicht erwehren, daß er durch die Sehschlitze beobachtet wird. Natürlich gibt es hier unten eine Wache!

Er tut, als bemerke er den Turm überhaupt nicht; er geht geradewegs auf die hell beleuchtete Treppe zu, über der er das Objektivauge einer Fernsehkamera erspäht. Achim bringt es fertig, betont unbefangen hinaufzuwinken. Sein Handrücken ist blutig, wie er jetzt erst wahrnimmt. Er hat sich verletzt bei der halsbrecherischen Kletterei, die ihn an den Uferfelsen entlang zur Schneise führte. Würde man ihn bitten, den gleichen Weg noch einmal zurückzulegen, lehnte er das ab. So schlimm hatte er es sich nicht vorgestellt, als er aus Isabellas Wagen stieg. Was er da gesagt hatte, entsprach seiner Überzeugung: «Kleiner Spaziergang über die Felsen, mehr nicht!»

Eine steile Wendeltreppe ist es, die er hinaufsteigt und in der sich immer wieder Fernsehkameras und Lichtschranken befinden. Nach menschlichem Ermessen ist es unmöglich, hier unbemerkt zu bleiben. Unterwegs gibt es Achim auf, die Stufen zu zählen. Sie sind sehr ausgetreten, das Eichenholzgeländer ist wohl erst später angebracht worden. Seufzend bedauert Detjen, daß es zu Zeiten der alten Seeräuber noch keine Fahrstühle gab.

Eine offene Tür nun, und da steht er unvermittelt in demselben Raum, in dem er zu Beginn des Abends die Party miterlebt hat: den Maskentanz, Borns nicht abzuhörende Gespräche. Nun ist die Täfelung etwas weiter zur Seite geschoben als vorhin, und die dadurch freigelegten Monitore zeigen das Tor von außen, die Höhle dahinter und verschiedene Stationen der Wendeltreppe.

Born ist nicht allein. Herzog hält sich bei ihm auf, und auch Oberstleutnant Niese ist zugegen – er im Straßenanzug und also ebensowenig wie Achim ein offizieller Gast der Party. Drei Augenpaare sehen Detjen an.

«Auf diesem Wege hätte ich dich nicht zurückerwartet», sagt Born sofort. «Du mußt mir schon erklären!» Das klingt scharf. Der alte kameradschaftliche Ton ist wie weggewischt. Wie zufällig steht Herzog so, daß er Achim von der Seite beobachten und notfalls den Geheimgang verstellen kann. Niese hält sich zurück.

Detjen grinst und spielt weiter den Unbefangenen. «Es stimmt also», wirft er hin. «Die Interarms ist besser unterrichtet, als ich für möglich gehalten hätte.» Flüchtig säubert er mit einem Taschentuch die Hand, ehe er in die Jacke faßt, an den Schreibtisch tritt und lässig erst einen Stoß Fotos hinblättert, dann eine Architektenzeichnung danebenlegt. «Bitte, meine Herren! Die Fotoaufklärung des seeseitigen Zugangs zur Villa! Diese Wegweiser befanden sich bis vor kurzem im Besitz Ihrer lieben Konkurrenz. Dazu – hier der Bauplan deines entzückenden Hauses am Meer, Born! Zweifellos eine Lichtpause des Originals. Mit Nennung des Bauherrn, des Architekten und so weiter. Ich hatte dich gebeten, mir einen Juice aufzuheben, alter Junge.»

Sie nehmen keine Notiz mehr von ihm, selbst Herzog hat seinen Flankenplatz verlassen. Sie stehen um den Tisch. Die Fotos gehen von Hand zu Hand. Der Plan ist aufgefaltet. In den Gesichtern malt sich Bestürzung, steht Erschrecken. Born kaut auf den Lippen. Herzog ist weiß wie die Wand. Niese zieht hörbar die Luft durch die Nase. Als erster findet er die Sprache wieder. Kein Kraftwort kommt über seine Lippen.

«Es sieht nicht so aus, als ob Sie hier noch lange kontinuierlich arbeiten könnten, Herr Born», stellt er sehr vornehm fest.

Der Hausherr schweigt.

Herzog räuspert sich. «Lassen Sie mir freie Hand, und ich

mache ein solches Feuerwerk, daß der Interarms Hören und Sehen vergeht!» Er muß so reden; er ist für die Sicherheit der Niederlassung verantwortlich.

Niese winkt ab. Er sieht die Sache von einer höheren Warte aus. «Ein Skandal wäre das letzte, was wir jetzt noch brauchen können.»

«Das lassen Sie doch, bitte, meine Sache sein!» fährt Born unvermittelt hoch. «Sie können sich ja in Ihrer exterritorialen Botschaft in Watte packen, während wir handeln! Woher hast du das, Achim?»

Detjen hat sich Juice eingeschenkt und Eisstücken hineingegeben. Nun schüttelt er das Glas ein bißchen. Das Eis klirrt. «Aus dem Ethnographischen Museum», erklärt er bereitwillig. «Darin gibt es einen Raum, der offenbar die gleiche Bestimmung hat wie dieser hier. Mit gut gearbeiteten Tapetentüren.»

Der Hausherr schüttelt fassungslos den Kopf. «Wenn du es nicht wärst, Detjen, ich würde kein Wort glauben! Es klingt absurd. Das Ethnographische Museum!»

Herzog spitzt die Lippen, als ob er pfeifen wollte, aber er pfeift nicht. «Lüders war demnach dicht dran.»

«...und mußte sterben, weil er Kontakt zu Raffael Lupus hergestellt hatte, einem Kraftfahrer des Ethnographischen Museums und vor allem wohl der Interarms!» vollendet Achim den Satz. «Wie zuvorkommend von dir, Born, daß du Frau Professor auch noch zu dir einlädtst und ihr die Möglichkeit gibst, sich in deinem Haus von der Stichhaltigkeit des Bauplans zu überzeugen! Wer hätte gedacht, daß du dich so hinters Licht führen läßt!»

Born schnauft. An seinen Schläfen treten die Adern hervor, auf seiner Stirn steht Schweiß. Er sieht Detjen nicht an. Zu Herzog wendet er sich. «Drei Mann von der Wache in den gelben Salon! Dorthin bittest du die Godiva unter einem freundlichen Vorwand. Und dann werden wir uns mit dieser Geisel auf eine Art und Weise unterhalten, daß sie zum Schluß nicht mehr weiß, ob sie Weiblein oder Männlein ist!»

Herzog entfernt sich blitzschnell. Das scheint ein Auftrag nach seinem Geschmack zu sein. Der Hausherr sitzt schon an der Steueranlage der Fernseheinrichtung und schwenkt die Kamera. Das Objektiv erfaßt einen Tisch nach dem anderen, sucht unter den Tänzern, an der Bar und bei den Gruppen, die sich plaudernd zusammengefunden haben. Es zeigt Herzog, der eintritt und sich suchend umschaut. Romana Godiva findet es nicht. Herzog setzt sich an einen freien Tisch. Born drückt einen der Mikrofonschalter, und gleich darauf klingt die Stimme des Wachleiters herauf: «Sie hat die Party bereits vor einer halben Stunde verlassen. Auf Grund eines Migräneanfalls, wie es heißt. Sie klagte plötzlich über Kopfschmerzen und ging. Eine Begleitung lehnte sie ab.»

Mit einem unflätigen Fluch läßt Born die Mikrofontaste los. «Herzog muß hin!» bestimmt er. «Und ich brauche frische Luft.»

Detjen und Niese schließen sich an, als er auf demselben Weg zum Ufer hinuntergeht, auf dem Achim vorhin heraufkam.

«Genau betrachtet, sitzen wir hier auf einem Pulverfaß», stellt der Hausherr fest. «Ich fürchte fast, wir werden den Zugang vermauern müssen.»

«Warum denn?» widerspricht Achim. «Eine erkannte Gefahr ist doch keine mehr! Es kommt eigentlich nur darauf an, den Zugang besser zu sichern.»

Vor ihnen geht das Eisentor in die Höhe. Die drei Männer treten hinaus und atmen tief die frische Luft ein. Es hat sich in der Nacht ein wenig abgekühlt. Angenehm, jetzt hier zu stehen!

«Ich schließe mich der Meinung des Herrn Major an», läßt sich der Oberstleutnant aus der Bonner Botschaft vernehmen. «Ich lasse Ihnen umgehend Unterlagen zukommen über das Neueste, was es auf dem Gebiet der Sicherungstechnik gibt.»

«Vor allem sollte dafür gesorgt werden», empfiehlt Achim, «daß man den Zugang nicht mehr von See her einsehen kann. Ich kann mich des Eindrucks nicht erwehren, daß die

Fotos von einem vorüberfahrenden Schiff gemacht worden sind. Das Teleobjektiv wurde schon vor einiger Zeit erfunden.»

Er hebt einen flachen Stein auf und wirft ihn so auf die Wasseroberfläche, daß er mehrfach hüpft, ehe er endgültig versinkt. Jetzt erst klingt in Detjen die Anspannung, klingt die nervliche Belastung der letzten Stunden langsam ab. Plötzlich fühlt er sich hundemüde. Auch ein wenig leer fühlt er sich und enttäuscht. Was hat er erreicht mit all seinem Einsatz? Bestenfalls hat er festgestellt, daß der geheimnisvolle Raum hinter dem Maskensaal im Ethnographischen Museum nicht die Hauptzentrale der Interarms in Lissabon ist. Aber er hat keinen Hinweis gefunden, wo er Ministerialdirigent Dr. Hohlfelds Unterlagen nun suchen soll; er ist eigentlich nicht klüger als vorher. Im Gegenteil! Seine Lage wird wieder schwieriger. Für den Einstieg ins «Fratzenmuseum» hat er freie Hand gehabt, weil man ihn abgereist glaubte und die durch ihn drohende Gefahr abgewendet wähnte. Nun jedoch... Der hagere Wächter der Interarms dürfte inzwischen aus dem Betäubungsschlaf erwacht sein, in den ihn der Gasschuß versenkt hat. Spätestens seither weiß man, daß der «Versicherungsprüfer» nach wie vor am Ball ist, und wird alles daransetzen, seiner habhaft zu werden. Einerseits läßt ihn das hoffen, daß sie selbst ihn zum «Allerheiligsten» führen; andererseits – wenn er nicht höllisch auf der Hut ist, wird er diesmal nicht mit heiler Haut davonkommen. Das kann er sich an seinen zehn Fingern abzählen.

Jetzt ist er so erschöpft, daß er sich außerstande fühlt, noch große Pläne zu machen. Außerdem möchte er Isabella nicht länger warten lassen. Auf einmal hat er eine ganz starke Sehnsucht nach ihr, möchte mit ihr allein sein in der Geborgenheit ihrer kleinen Wohnung.

Born hat volles Verständnis für sein Ruhebedürfnis. Überschwenglich ist sein Dank für die Ausspähung der Interarms, für die Entlarvung der ach so harmlosen Dame Godiva und für die Übergabe der sein Haus betreffenden Materialien.

Dafür habe Detjen bei ihm etwas gut, sagt er.

Er werde zu gegebener Zeit darauf zurückkommen, erwidert Achim, als er sich verabschiedet.

16

Was weder Born noch sein Leibwächter Herzog und dessen Mannen ahnen, ist, daß sich Romana Godiva, deren eigentlicher Name übrigens Phyllis Sherman lautet, noch in unmittelbarer Nähe der Villa aufhält. Sie hatte sich von ihrem Tanzpartner gelöst und die Halle des Hauses am Meer unter dem Vorwand plötzlicher Kopfschmerzen verlassen, als unvermittelt ein leises, kaum wahrnehmbares Piepen an ihr Ohr drang – viel leiser als das Geräusch eines Armbanduhrwekkers, nicht anhaltend, in Intervallen wiederkehrend. Auf die menschenleere Terrasse trat sie hinaus, überzeugte sich sorgfältig, daß sie allein war, und öffnete erst dann ihre kleine Abendtasche. Der Miniempfänger im Ohrclip vermag nur ein Rufsignal auszustrahlen; nun entnimmt Godiva der Tasche ein «Walky-Talky», ein Sprechfunkgerät in Format und Aussehen einer Puderdose. Ein dünnes Kabel verbindet es mit dem Bügel der Handtasche, und aus diesem zieht die Leiterin des Ethnographischen Museums eine unterarmlange Teleskopantenne.

«Ja?» fragt sie nur und hört dann schweigend an, was John – von Stan nach dessen Erwachen sofort verständigt – zu berichten weiß. Da ist einmal die Rede von dem unangenehmen ersten Eindruck, den Mr. Wilson auf Cliff gemacht hat, und dann vom Wiederauftauchen des Versicherungsdetektivs, der zwar das Geld genommen hat, aber dessen ungeachtet weiter recherchiert. Nun sei er gar in den Konferenzraum eingedrungen und habe Stan ein Pistolenduell geliefert, bei dem der eigene Mann den kürzeren zog.

Die Terrasse ist nicht der Ort, ihrem Ärger Luft zu machen.

Wenn sie auch nicht weiß, ob etwa eine Verbindung zwischen Detjen und Born besteht, hält sie es doch für ratsam, von dieser Party zu verschwinden und einer möglichen Bedrohung der Interarms vorzubeugen. Das Geschäft in Portugal hat sich so blendend angelassen, Mr. Cummings, das Haupt der International Armaments Corporation, würde ihr nie verzeihen, wenn sie es leichtfertig aufs Spiel setzte.

«Ich komme selbst», sagt sie und fügt hinzu: «Seid auf Besuch vorbereitet – für alle Fälle!»

Sie schiebt die Antenne wieder ein und versenkt die «Puderdose» in die Abendtasche. Sie kehrt nicht in die Halle zurück, sondern sucht auf dem kürzesten Weg ihren Wagen. Romana Godiva findet ihn inmitten der Luxuslimousinen, mit denen die Partygäste gekommen sind. Juan hat ihn nicht verlassen und darauf verzichtet, wie die anderen Chauffeure in den Kellerraum zu gehen, in dem es nicht nur zu essen, sondern auch Gelegenheit zu einem zünftigen Kartenspiel gegeben hat. Ihm ist eingeschärft worden, daß er in jeder Sekunde zu einem Blitzstart bereit sein müsse.

Heute steigt Romana Godiva nicht in den Fond. Sie nimmt auf dem Beifahrersitz neben Juan Platz. Er streckt gleich die Hand nach dem Starter aus, aber seine Chefin bedeutet ihm zu warten, nachdem er als erstes gesagt hat: «Ich kann mich irren, aber mir war so, als hätte ich vorhin diesen Versicherungsmops gesehen.»

«Was hat er gemacht?»

Juan deutet vage in Richtung Atlantik. «Er lief da 'runter, auf die Klippen zu, und kam nicht wieder. Hat schwarze Hosen angehabt und 'nen hellen Trenchcoat. Dazu was Schwarzes am Hals, vielleicht 'ne Smokingfliege.» Als müsse er sich entschuldigen, fährt er fort: «Ich sollte zwar den Wagen nicht verlassen, doch ich dachte, es könnte nicht schaden, mal nachzusehen, woher er kam. Was soll ich Ihnen sagen? Da oben steht der Asphaltpickel seiner Freundin.»

«Saß jemand drin?»

«Ich glaube nicht. Natürlich bin ich nicht nahe an die Schüssel herangegangen. Ausgestiegen ist jedenfalls niemand weiter.»

Die Godiva schweigt. Was sie befürchtet hat, ist eingetreten. Detjen kennt Born. Offen bleibt, seit wann. Es wäre möglich, daß er hergekommen ist, um mit den im Konferenzraum entdeckten Materialien ein Geschäft zu machen. Man weiß ja, daß dieser «Versicherungskaufmann» ein cleverer Bursche mit einem Hang für große Summen ist. Verlassen hat er das Haus am Meer noch nicht wieder.

«Wieviel Zeit ist seit seiner Ankunft vergangen?» fragt sie unvermittelt.

«'ne gute Stunde», erwidert Juan mit einem Blick auf die Uhr. «Wenn er zu dem Wagen seiner Freundin zurückkehrt, muß er wieder hier vorbei.»

Da nickt sie und bestimmt, daß gewartet wird. Mehr und mehr erweist sich dieser «Confidentia»-Detektiv als ernste Gefahr für die Interarms-Filiale Portugal. Jetzt ist das Maß übergelaufen, jetzt muß mit seinen Quertreibereien endgültig Schluß sein. Wenn Leute wie John und Stan nicht mit ihm fertig werden, weil er geistig beweglicher und klüger ist, dann muß sie sich eben selbst einschalten.

Eine Viertelstunde vergeht, eine halbe. Dann sehen sie ihn gleichzeitig – im weißen Tropensmoking, den Trenchcoat lässig über die Schulter gehängt. Er ist gut zu sehen. Es beginnt bereits zu tagen. Vom Osten her überzieht ein heller Schimmer den Himmel und läßt die Sterne verblassen. Vogelstimmen erwachen. Mauerschwalben fangen an, mit verwegenen Flugfiguren ihr Frühstück zu jagen.

Müde sieht er aus, der Privatermittler. Er geht langsam und mit hängenden Schultern und hat ein graues, erschöpftes Gesicht. Der Bartschatten macht es schmal und eingefallen. Detjen nimmt den kürzesten Weg. Das heißt, er kommt genau auf den Buick zu, um an ihm vorüberzulaufen. Jetzt befindet er sich schon neben der langgestreckten Motorhaube der zwar nicht mehr neuen, aber immer noch imponierenden Limousine. Die alte Karosse dient der Tarnung. Unter der Haube lauert ein nagelneuer Hochleistungsmotor.

Mit einer kaum merklichen Kopfbewegung gibt die Godiva ihrem Fahrer ein Zeichen. Der legt die Hand auf den Türöffner. Jetzt drückt Frau Professor den Knopf, der automatisch die Scheiben in die Türfüllung sinken läßt. Und schon streckt sie die Hand hinaus. Der Lauf der vernickelten kleinen Pistole ist genau auf Achim gerichtet, der in zwei Schritt Entfernung abrupt stehenbleibt. Damit hat er nicht gerechnet – hier, noch innerhalb von Borns Anwesen! – er ist überrumpelt. Keine Frage: Eine einzige falsche Bewegung, und es ist aus mit ihm! Den Schuß würde man im Haus nicht einmal hören, die Musik, die herausklingt, übertönt alles und läßt sogar das gleichmäßige Rauschen des Ozeans nur ahnen.

«Halt, Mister Detjen! Hände hoch und keine Bewegung!» befiehlt die Professorin. Die seltsam weiche und eindringliche Frauenstimme ist nun von schneidender Schärfe.

Achim gehorcht. Schon ist der Fahrer behend aus dem Buick heraus und steht hinter ihm. Detjen glaubt, daß er ihn entwaffnen will, und sagt: «Links.» Aber der Mann mit dem schwarzlockigen Haar und der Hakennase hat etwas ganz anderes im Sinn. Er hebt die Hand. Juan schlägt nur ein einziges Mal mit der Kante zu, doch er ist ein aufmerksamer Schüler seines Karatelehrers gewesen, Achim bricht lautlos zusammen. Feurige Kreise tanzen vor seinen Augen. Dann weiß er nichts mehr.

Der Chauffeur fängt ihn auf, schleift ihn zur hinteren Wagentür, die die Godiva von innen öffnet, und zerrt ihn hinein. Weil ein reglos im Auto Liegender Verdacht erwecken könnte – weiß man denn, ob nicht in der Stadt ein Polizeikradfahrer durch dummen Zufall nahe herankommt? –, setzt Juan Detjen hinten in die Ecke wie einen Fahrgast, der zu tief ins Glas schaute und seinen Rausch ausschläft. Den Trenchcoat wirft er achtlos daneben.

Nun hat es Frau Professor sehr eilig. Der Achtzylindermotor springt leise an. Juan vermeidet es, ihn hochzutouren. Die anderen Fahrer im Keller könnten neugierig werden. Unbemerkt stiehlt sich der Straßenkreuzer vom Parkplatz. Auf dem Weg zum Tor kommt er an Isabellas NSU-Prinz vorbei. Sowohl die Godiva als auch Juan schauen genau hin. Der Wagen ist leer. Sie schließen daraus, daß Detjen allein gefahren ist und daß er seine Freundin nicht ins Vertrauen gezogen hat. Die Feststellung befriedigt sie, sie erspart es ihnen, sich auch noch der Senhorita Solano bemächtigen zu müssen. Erst auf dem Privatweg schaltet Juan die Scheinwerfer ein und tritt kräftiger aufs Pedal. Mit einem wahren Satz springt der Buick vorwärts. Jetzt wird der Fahrer waghalsig. In den engen Kurven kreischen die Reifen und beginnt die schwere Karosse zu schleudern. Die Godiva verzieht keine Miene.

Isabella Solano rennt den Hügel hinunter, von dem aus sie hoffte, die Klippen am Ufer und vielleicht auch Achim sehen zu können. Unbemerkt hat sie beobachtet, wie sich der Buick an ihrem Auto vorüberschob, und sie ist ganz sicher, daß der Mann am hinteren Wagenfenster Achim Detjen war. Instinktiv begreift sie, daß etwas nicht in Ordnung ist. Niemals hätte er das Gelände in einem fremden Wagen verlassen, ohne ihr wenigstens Bescheid zu geben. Das bedeutet: Er ist nicht freiwillig in diesen Straßenkreuzer gestiegen! Ganz sicher befindet er sich in Gefahr. Wohin bringt man ihn?

Schon sitzt sie im Wagen, reißt den Zündschlüssel aus der Tasche der rostfarbenen engen Kordhose und startet. Sie muß wenden. Dann nimmt sie die Verfolgung auf. Durch das heruntergedrehte Seitenfenster pfeift morgenkühler Fahrtwind und erfrischt ihr erhitztes Gesicht. Es wird Isabella nicht bewußt, daß sie schärfer und riskanter fährt als je in ihrem Leben. Gemeinhin ist sie ein disziplinierter und ruhiger Chauffeur, der Gefahrensituationen von vornherein auszuschalten sucht – jetzt schneidet sie die Kurven, geht diese viel zu schnell an und gibt dann noch Gas, und jetzt werden ihre Hände am Lenkrad feucht. Um die Leute im Buick nicht aufmerksam zu machen, fährt sie ohne Licht. Isabella atmet auf, als die schöne Uferchaussee zu Ende geht und der Straßenkreuzer in der Stadt langsamer wird – nur mit Mühe und Not hat der kleine Prinz wenigstens so weit mithalten können, daß sie den Buick nicht aus den Augen verlor.

In Lisboa ist der Verkehr erwacht. Hochbeladene Gemüsewagen und andere Versorgungsfahrzeuge beherrschen das Bild, Sprengwagen fahren und die offenen Eidechsen, die immer wieder am Straßenrand halten und den Kehricht aufladen, den ein Heer von Straßenfegern mit Besen zusammenschiebt. Es herrscht kein Mangel an Arbeitskräften im Portugal Salazars. Noch fast leer rollen die Elektrischen. Der Strom der Menschen, die zu ihren Arbeitsplätzen eilen, setzt erst später ein.

Isabella verfolgt den Buick mit einer Art verbissener Entschlossenheit. Noch hat sie keine Ahnung, was sie unternehmen wird, wenn sie weiß, wohin man Achim bringt. Sie ist ganz darauf konzentiert, erst einmal die Frage nach seinen Verbleib zu beantworten und sich nicht «abhängen» zu lassen. Früher schon einmal hat das Mädchen versucht, im Stadtverkehr einen beliebigen fremden Wagen nicht aus den Augen zu verlieren – nur so zum Spaß und auch, weil solche Verfolgungen in jedem Kriminalfilm eine Rolle spielen. Da sieht das immer so einfach aus, aber in der Praxis! An der dritten Kreuzung war das fremde Fahrzeug über alle Berge, und sie gab auf. Daran denkt sie jetzt und setzt alles daran, nicht abgedrängt zu werden – auch auf die Gefahr hin, noch während der Gelbphase einer Ampel über die Kreuzung zu schießen. Was kann sie tun, als dabei inständig zu hoffen, daß nicht plötzlich eine Trillerpfeife gellt oder ein Polizeikrad sich vor sie setzt. Zum Glück ist das Polizeiaufgebot noch schwach um diese Stunde.

Der Buick fährt in Richtung des Ethnographischen Museums. Der Mann, den sie erst so kurze Zeit kennt und der ihr schon so viel bedeutet, hat ihr beiläufig erzählt, die Museumsdirektorin habe ihn ein Stück in einem alten Buick mitgenommen. Isabella läßt sich ein wenig zurückfallen, biegt von der Hauptstraße ab, fährt durch eine Nebenstraße und steht schon mit dem Blick aufs Ethnographische Museum in der Reihe der Laternenparker auf der Seite der Grünanlagen, als der Buick vor dem Nebeneingang hält. Das Mädchen im Staubmantel steigt aus, läuft in den Park hinein und bezieht hinter der dichten Hecke einen Beobachtungsposten. Sie muß das Strauchwerk nur ein wenig auseinanderbiegen, um die Geschehnisse genau verfolgen zu können.

Zwei Männer kommen eilig aus dem Museum – ein massiger, großer und ein hagerer, drahtiger, der eine Brille trägt. In dem Mann, den sie aus dem Buick zerren und schnell ins Gebäude schleppen, erkennt Isabella zweifelsfrei Achim. Schlaff und willenlos hängt er in den Armen der Museumswächter. Hinter ihnen schließt sich sofort die Tür.

Der Fahrer, der ihnen behilflich war, wartet. Die Dame, die nach der Ankunft ins Museum ging und offenbar die beiden Kerle herausschickte, kommt zurück. Sie ist immer noch im Abendkleid, merkwürdig anzuschauen in dieser Morgenstunde, seltsam deplaciert. Der schwarzlockige Chauffeur reißt mit der Mütze in der Hand den Schlag vor ihr auf und klappt ihn hinter ihr zu. Das kann nur Frau Professor Godiva sein, und so hat Achim ja auch den Fahrer beschrieben – grauer Dienstanzug, Hakennase.

Als sich der Buick wieder in Bewegung setzt, hat Isabella Solano den ersten Schreck soweit überwunden, daß sie erstaunlich kaltblütig zu überlegen und zu handeln vermag. Im Museum kann sie allein nichts ausrichten. Sie geht davon aus, daß Achim in der nächsten Stunde dort verbleiben wird – warum sonst hätte ihn die Professorin quer durch Lisboa hierhin gebracht? Achim hat, als sie, Isabella, ihn zum zweitenmal in der vergangenen Nacht zu Borns Haus am Meer brachte, gesagt, er müsse weitersuchen, das «Fratzenmuseum» sei nicht das Hauptquartier der Bande, die den Tod seines Klienten Eberhard Lüders auf dem Gewissen hat. Sicherlich begibt sich Frau Professor jetzt in die wirkliche Zentrale, und wer Detjen befreien will, muß wissen, wo er die Verantwortlichen zu suchen hat. Abermals fährt der NSU-

Prinz dem Straßenkreuzer nach. Diesmal hat es Isabella leichter – der Schwarzlockige fährt jetzt genau nach den Vorschriften der Straßenverkehrsordnung, er jagt den schnellen Wagen nicht mehr und macht die Verfolgung dadurch einfacher. Trotzdem läßt sich Isabella nicht verleiten, zu nahe aufzufahren. Sie achtet darauf, immer zwei, zumindest aber einen Fremden zwischen sich und der schwarzen Limousine zu haben.

Richtung Jachthafen!

Die langen Finger der Derricks, der Drehkräne an den Verladepiers, bleiben rechts liegen. Zurück bleibt auch der Lärm, bleibt das Getöse der Exhauster, bleibt das Poltern von Schüttgut. Im Jachthafen herrscht vornehme Stille. Reglos träumen die makellos weißen Luxusschiffe der schwindenden Nacht nach. Man müßte lange hinsehen, um festzustellen, daß die Mastspitzen der Segler kaum merklich hin und her pendeln und auf die geringste Bewegung des Hafenwassers reagieren.

Isabella hat keinen Blick für die Poesie des Bildes. So früh gibt es in diesem Teil der Tejobucht so gut wie keinen Fahrzeugverkehr; hier ist die Gefahr einer Entdeckung groß. Das Mädchen läßt immer mehr Raum zwischen sich und dem Buick. Der hält jetzt bei einer imponierenden Motorjacht. Von ihr wird sofort ein Laufbrett ausgebracht. Die beiden Matrosen, die das tun, salutieren, als die Professorin an Bord geht, und oben erscheint der wachhabende Offizier, grüßt auch und geleitet die Godiva sehr beflissen zum Niedergang. Die Art und Weise des Empfangs lassen darauf schließen, daß die Dame hier das Kommando führt. Diese Feststellung verblüfft Isabella. Frau Professor trat Achim als ein wenig versponnene, weltferne und eigentlich nur für ihre Masken lebende Wissenschaftlerin entgegen. Sie beklagte den Mangel an Geld und das Angewiesensein auf ein altes Auto – und dabei verfügt sie über ein Schiff, wie es sich nur Millionäre leisten können! Sie hat auf einmal auch eine ganz andere Haltung; sie tritt durchaus selbstbewußt, ja sogar herrisch auf.

Aus gemessener Entfernung beobachtet Isabella, wie der

schwarzlockige Chauffeur seinen Wagen abschließt und sich ebenfalls aufs Schiff begibt. Hinter ihm wird der Steg eingezogen. Jetzt ist niemand mehr an Deck. Man könnte glauben, der Buick stände seit Tagen verlassen am Liegeplatz. Fast vor allen diesen Luxusschiffen parken Autos – vom Zwölfzylinder bis zu lustigen kleinen Strandwagen, zu Buggy's mit verwegener Linienführung und ohne Verdeck. Sich hier zu Fuß zu bewegen, das scheint einem Sündenfall gleichzukommen.

Es wird immer heller, so hell, daß Isabella nun den Schiffsnamen lesen kann, der in Goldbuchstaben am Bug der Jacht prankt. «Amphytritis». Immer haben Amerikaner eine besondere Vorliebe für das, was ihr Land nicht aufzuweisen hat – für Tradition, alte Überlieferungen und Geschichte. «Amphytritis» ist ein Name aus der hellenistischen Sagenwelt. So hieß eine Göttin, zu der der Meeresgott Poseidon in Liebe entbrannt war. Sie versteckte sich vor ihm auf dem Grunde des Ozeans. Delphine spürten sie auf, und zum Dank dafür schuf Poseidon ein neues Sternbild und nannte es «Delphin».

Isabella wendet den Wagen. Sollte diese «Amphytritis» die von Achim gesuchte Zentrale der Bande sein? Spricht nicht vieles dafür? Wie schnell wäre das Schiff im Falle einer Gefahr außerhalb der portugiesischen Hoheitsgewässer!

Wie nur soll sie ihm helfen?

Unendlich tief ist der Brunnen. Weit oben leuchtet der Himmel über einem winzig wirkenden Mundloch. Wie von einer Wolke getragen, schwebt Detjen langsam hinauf. Zugleich löst sich das lastende Schweigen, das ihn umgab. Leise und sehr fern erst, dann aber immer klarer werden Geräusche vernehmbar und gewinnen an Deutlichkeit. Der Brunnenmund kommt näher, das Sonnenlicht blendet und läßt Achim die Augen schließen. Ein gewaltiger Knall macht, daß er sie wieder aufreißt, und da sieht er, daß das Loch vergittert ist. Jetzt erwacht er aus seiner Ohnmacht. Die Geräusche bleiben, aber Detjen befindet sich nicht in einem Brunnenschacht, sondern in einer Art Keller mit einem kleinen Fenster hoch oben unter der Decke. Von dorther klingen portugiesische Schimpfworte und die Mahnung zu größerer Vorsicht herein, Schritte und in Abständen schurrende Laute, als rücke man Lasten zurecht.

Achim schüttelt heftig den Kopf, um sich von der Benommenheit zu befreien. Das Genick schmerzt. Er kann kaum den Hals bewegen. Hat dieser Juan einen mörderischen Schlag! Immerhin, Detjen ist wieder bei sich.

Aufrichten möchte er sich. Es geht nicht. Die Hände sind ihm auf den Rücken gefesselt, die Beine zusammengeschnürt. Er liegt auf altem Stroh, es riecht nach Unrat, und auf dem schönen weißen Leihsmoking haben Staub und Schmutz ihre Spuren hinterlassen. Ein Revers ist eingerissen. Wenn er je hier herauskommt, wird er der Firma gepfefferten Schadenersatz leisten müssen. Wenn...

Dieses Wenn, die plötzliche Erkenntnis der Gefahr, in der er schwebt, macht Detjen vollends wach. Er hat einen trokkenen Mund, schluckt erst einmal. Wer aufgibt, ist verloren. Er zwingt sich zur Sachlichkeit.

Achim zieht die Beine an den Leib und setzt sich mit einem Schwung auf. Dann dreht er sich so, daß er mit dem Rücken an die Wand kommt und schiebt sich an ihr hoch. Einen Moment verhält er; ihn schwindelt. Der Kellerraum ist nicht groß. An das Fenster kommt er auch stehend nicht heran. Eine Tür ist da, eine Tür aus dicken Bohlen. Er hüpft zu ihr hin. Dabei muß er herumliegendem Gerümpel ausweichen und auf die Unebenheiten des Betonbodens achten. Als er ankommt, geht sein Atem in schweren Stößen. Er ist wie in Schweiß gebadet.

Die Tür ist von außen verschlossen oder verriegelt. Er entdeckt keinen Spalt, durch den er sehen könnte. Detjen legt das Ohr ans Holz. Kein Geräusch. Auf dieser Seite Stille.

Durch das hohe Fenster dringen nach wie vor die schurrenden Laute herein. Jetzt wird ein Motor angelassen, ein schwerer Diesel anscheinend, der zu einem LKW gehören könnte. Irgendwer weist das Fahrzeug ein. «Mehr links... Noch 'n Meter... Komm! Komm! Stop!» Riegel scheppern.

Etwas quietscht. Holz schlägt gegen Blech. Sind das die Klappen einer Ladefläche? Ein neuer Geruch dringt ins Verlies. Abgase...

All das läßt keinen Rückschluß auf den Ort zu, an den sie ihn gebracht haben – Frau Professor, die sich nicht um das technische Personal kümmert, und ihr Fahrer, der so genau wußte, daß Lupus seiner Saufereien wegen davongejagt wurde. Großartig haben sie ihn hinters Licht zu führen gewußt, das muß ihnen der Neid lassen! Achim hat keine Ahnung, wo er sich befindet. Das Museum kann es wohl nicht sein. Die Geräusche draußen erinnern mehr an eine Spedition. Oder an einen Verladebahnhof. Doch dann müßten Züge zu hören sein, und alles, was er vernimmt, ist das Klingeln einer in geringer Entfernung vorüberfahrenden Straßenbahn.

Er muß an das Fenster heran, koste es, was es wolle. In der einen Ecke steht eine alte Kiste. Nicht sehr groß ist sie, aber von ihr aus müßte er hinausschauen können. Sofern er den Kasten überhaupt bis unter das Fenster befördern kann! Er nimmt sich vor, diese Aufgabe in drei Etappen zu lösen. Zunächst muß er zu ihr hinhüpfen. Dann wird er sie vor sich her schieben, indem er immer wieder dagegen springt. Hören kann man ihn nicht; dazu ist der Lärm draußen zu groß. Auf die Kiste hinaufzukommen, dürfte der schwierigste Teil sein. Sie hat die Höhe von etwa zwei Treppenstufen. Wäre er nicht gefesselt, könnte er mit einem einzigen Schritt hinauftreten.

Detjen kann nachher nicht sagen, wie lange es gedauert hat, aber als die Kiste unter dem Fenster steht, da muß er erst einmal innehalten, um Luft zu schöpfen. Er muß mit einem einzigen Schlußsprung den halben Meter Höhenunterschied nehmen, sonst kippt der Behälter um und er verliert das Gleichgewicht und stürzt. Zu fallen wäre nicht das schlimmste, aber die Kiste stünde nicht mehr auf der Schmalseite, und er müßte sie wieder aufrichten. Neuer Zeitverlust... Vor allem ein weiterer Verlust an Kraft!

Jetzt! Der Sprung gelingt. Achim muß sich trotzdem noch auf die Zehenspitzen erheben, um etwas sehen zu können. Er blickt in einen Hof. Also ist er doch im Museum! Das ist genau der mustergültig aufgeräumte Hof, in den er bei seinem nächtlichen Maskenbesuch von der Umfassungsmauer hinabgesehen hat. Seitlich vom Kellerfenster steht ein schwerer Lastwagen mit abgeklappter hinterer Bordwand. Mehrere Männer sind damit beschäftigt, Kisten aufzuladen, die sie aus dem Gebäude schleppen – schwere Kisten, denn die Männer haben viel Mühe mit ihnen. Die geöffnete Tür, durch die sie ein- und ausgehen, trägt die Beschriftung: Magazin. Noch vor wenigen Stunden hätte Detjen ohne weiteres geglaubt, daß sich dahinter die überzähligen Schätze des Museums befänden. Doch es gibt kaum Masken und Kulturgegenstände von solchem Gewicht.

Zwei bekannte Gesichter. Achim sieht John und Stan aus fast der gleichen Perspektive wie nach dem Absturz seines Mietwagens – von unten nach oben. Die beiden arbeiten nicht mit. Sie leiten die anderen an und werden nicht müde, fortgesetzt zu größerer Eile zu ermahnen.

Nun fährt der beladene Lkw ab, hinaus auf die Straße. Sofort schiebt sich rückwärts ein anderer an seine Stelle.

«Stop!» ruft John. «Gut so!» Dann wendet er sich zu Stan. «Mit dem kriegen wir alles weg. Ich fahre mit – mit ihm!»

Und er deutet mit einer flüchtigen Kopfbewegung auf das Kellerfenster. Achim zuckt zurück.

17

Im Büro des Polizeikommissars ist der Teufel los. Bei Anbruch der Dämmerung hat es im Hafenviertel von Lisboa eine Messerstecherei mit Todesfolge gegeben, und das Einsatzkommando hat aufgegriffen und hierhergeschleppt, was nur in der Umgebung auf den Beinen war und Beteiligter oder Zeuge sein könnte. Außer dem Kommissar und seinen beiden Assistenten ist ein halbes Dutzend übernächtiger Detektive in schlechtsitzenden Konfektionsanzügen damit beschäftigt, halbwegs Ordnung in das heillose Durcheinander zu bringen, Größen an der Meßlatte festzustellen, Fingerabdrücke zu nehmen, Taschen umzudrehen und Aussagen zu protokollieren.

Die Aufgegriffenen, auf die das strenge Foto des Diktators unheilverkündend und abweisend niederschaut, gehören zum Strandgut der großen Stadt. Da ist ein auf billige Eleganz getrimmter Stutzer, der wort- und gestenreich versichert, er könnte keiner Fliege etwas zuleide tun. Man findet bei ihm gleich zwei Schlagringe, die keinesfalls neu wirken und die sofort zur Untersuchung auf Blutspuren ins Labor geschickt werden. Da ist ein gutgewachsenes Mädchen im Minirock und einer hautengen Bluse; es fuchtelt dem Polizisten mit der gelben Registrierkarte vor der Nase herum, weist auf den letzten Stempel und erklärt lautstark, bei ihr sei alles in Ordnung, doch die Bullen nähmen ja immer die Falschen «hopp». Wer komme nun für den Verdienstverlust auf, den sie hat? Sie schwimme nicht in Geld und sei auf jeden Freier angewiesen. Diese Behauptung wird fragwürdig, als der Polizist, unberührt von ihrem Geschrei, ihre Geldtasche umkippt. Sechstausend Escudos fallen auf den Tisch. Das Mädchen keift, dies wären ihre ganzen Ersparnisse. Sie wird erst still, als der Untersuchende den Zeigefinger an der Zunge anfeuchtet, ein wenig von dem weißen Pulver am Boden der Tasche aufnimmt und daran leckt. Das ist Rauschgift. Auch die Tasche wandert ins Labor.

Ein Mann ist da, der die Einvernahme teilnahmslos und mit stiller Bitterkeit über sich ergehen läßt. Er vagabundiert im Hafenviertel und lebt von dem, was andere wegwerfen, seit er von einer Stunde auf die andere aus seiner Mansarde exmittiert worden ist, weil er, arbeitslos, die hohe Miete nicht mehr zu zahlen vermochte. Ihm ist alles egal.

Ein Seemann wurde erstochen. Der Verdacht konzentriert sich auf einen gewandten Burschen mit flinken Augen und Gesten. Man hat ihn mit dem Ermordeten zusammen gesehen.

Der Rausschmeißer der Kaschemme, in der die beiden zuletzt waren, will gehört haben, daß er dem Seemann ein «Haus» anpries, in dem frisch aus den Kolonien herübergebrachte Afrikanerinnen auf ihn warteten. Aber als man dem flinken Burschen die Taschen umdreht, findet man darin nur mehrere Armbanduhren der verschiedensten ausländischen Fabrikate, zwei Siegelringe, von denen keiner an die Finger des Burschen paßt, und eine Börse mit Dollarscheinen und Euroschecks. Der Kerl ist ein Taschendieb, und solche Leute fassen gewöhnlich keine Waffe an. Scharf in die Mangel genommen, bekennt er endlich, daß er den Seemann zwar beklaut habe, sich aber aus dem Staube machte, als es zwischen jenem und einem anderen zur tätlichen Auseinandersetzung kam. Weil der Seemann die Einmischung dritter fürchtete, ging er mit dem anderen auf die Straße hinaus, und was dort geschah... Der Flinke hebt beide Hände. Übrigens habe der Hinzugekommene ebenso wie der Ermordete französische Francs in den Taschen gehabt. Zwei Detektive werden ausgeschickt, dieser Spur nachzugehen.

Das ist die Szenerie, in die Isabella Solano unvermittelt hineinkommt. Als sie fieberhaft überlegte, was sie tun könne, um Detjen zu helfen, fiel ihr der Polizeikommissar ein, den Achim erwähnte und bei dem er die Adresse von Raffael Lupus erfuhr. Er nannte keinen Namen, aber er gab eine ziemlich genaue Beschreibung – ein faltiges, eigentümlich erschlafftes Gesicht mit einer fleischigen Nase. Ein Mann kurz vor der Pensionierung, grauhaarig; ein Mann, der sich fortwährend mit dem Ventilator auf seinem Schreibtisch beschäftigt. Nicht zuletzt daran erkennt sie ihn. Obwohl es noch angenehm kühl ist in dieser frühen Morgenstunde, beugt sich der Kommissar immer wieder zu dem Gerät oder greift danach, um es am Gesicht vorüberzuführen.

In hastigen Worten macht ihn Isabella mit dem Sachverhalt bekannt. Der Name des Versicherungsprüfers ist dem Kommissar sofort geläufig und weckt Erinnerungen – angenehme Erinnerungen. Der Grauhaarige mag großzügige

Menschen. Viel zu selten, meint er, sind ihm solche in seinem Polizeidasein begegnet. Prinzipiell ist er sofort bereit, dem Mann beizustehen, doch sein Gesicht wird immer länger und bedenklicher, je länger die Senhorita spricht. Isabella berichtet minuziös und läßt nichts von dem aus, was ihr Achim erzählt hat. Auch die beiden Assistenten traten heran und hören zu. Sicher ist eine Unterhaltung mit dem schönen Mädchen angenehmer als die Verhöre mit den Delinquenten der letzten Nacht.

Zunächst lauschen sie schweigend und enthalten sich jeder Äußerung. Am Anfang finden sie die Geschichte, die die Besucherin so engagiert und leidenschaftlich vorträgt, hochinteressant und sogar fesselnd – dergleichen hören sie nicht jeden Morgen in ihrem Büroalltag.

«Die Sache schmeckt mir nicht», unterbricht der Kommissar plötzlich Isabellas Redefluß. «Ein bißchen unwahrscheinlich, das alles. Hm ...» Er findet noch keine Einstellung zu dem Vorgang. «Dieses Ethnographische Museum ist das hochherzige Geschenk einer privaten Gesellschaft an die Stadt Lisboa», gibt er zu bedenken. «Frau Professor Godiva gehört zu den angesehensten Persönlichkeiten der guten Gesellschaft.» Unschlüssig wiegt er den Kopf hin und her und verzieht das Gesicht, als hätte er Schmerzen. In jungen Jahren hat er es manchmal gewagt, sich mit Leuten aus jenen Kreisen anzulegen. Damals hat er noch an Recht und Gerechtigkeit für jedermann ohne Ansehen der Person geglaubt. Er hat immer den kürzeren gezogen und ist vorsichtig geworden, immer vorsichtiger mit zunehmendem Alter. «Das klingt alles recht phantastisch und unwirklich, Senhorita.»

Der Assistent, der gemeinhin an der elektrischen Schreibmaschine sitzt, gibt ihm sogleich recht. Er steht halb hinter Isabella, hemdsärmlig, das rohlederne Revolverhalfter unbekümmert zur Schau stellend, und tippt sich mit dem Finger an die Stirn. Die spinnt! soll das heißen, daran ist nichts. Sie macht sich wichtig.

Das Mädchen spürt, daß der Kommissar eine Mauer der

Ablehnung zwischen sich und ihr aufrichtet, und sie versucht verzweifelt, diese Mauer niederzureißen.

«Senhor Kommissar!» fleht sie. «Aber er ist doch aus dem Haus nicht wieder herausgekommen, in dem er ein paar Stunden vorher die Geheimtür fand und in eine Schießerei verwickelt wurde!»

Wieder greift der Grauhaarige nach dem Ventilator. Eine verteufelte Situation! Das Mädchen sieht nicht so aus, als ob es an Halluzinationen leidet. Eher wirkt sie wie jemand, der sicher auf den beiden Beinen steht und sein Leben fest in der Händ hält. In seinem Innersten ist der Kommissar bereit, ihr zu glauben. Er wäre nur zu gern behilflich. Der Versicherungsdetektiv aus Köln hat einen guten Eindruck auf ihn gemacht – nicht nur des Geldes wegen. Mit welcher Besessenheit und Hartnäckigkeit er seinen Fall aufzuklären versuchte – so hat der alte Polizeioffizier früher auch einmal werden wollen, bis ihm das Getriebe des Gamaschendienstes das Rückgrat brach. Es würde ihm eine grimmige Genugtuung bereiten, den Jungen herauszuhauen. Bloß – nicht mit einer Konfrontation, die ihm nur Prügel einbringen kann. Ein gefälliger Vorwand fehlt!

«Ich weiß es genau, und ich flehe Sie an – helfen Sie ihm!» Das Mädchen sieht erst den Kommissar und dann seine Assistenten bittend an. In ihren großen dunklen Augen stehen Angst und Traurigkeit.

Den zweiten Assistenten rührt dieser Blick. Auch er trägt auf dem Hemd das Schulterhalfter, aus dem der Griff des Polizeirevolvers mit dem nur zwei Zoll langen Lauf herausragt. Er ist ein Mann mit einem harten Gesicht, das durch die vorstehenden Jochbögen über tiefliegenden Augen etwas Abwesendes erhält. Der zweite Assistent hält eine Tasse Kaffee in der Hand und pustet behutsam über den weißen Schaum, ehe er fragt: «Die Geheimtür haben Sie selbst gesehen, nicht wahr?» Das zielt darauf, dem Kommissar die Glaubwürdigkeit des Mädchens zu beweisen und ihm praktisch Handhabe und Rückendeckung zu liefern.

Die gutgemeinte Hilfe verpufft, weil Isabella Solano wahrheitsgemäß antwortet: «Nein. Er war allein drin. Ich habe auf der Straße gewartet. Senhor Detjen wollte feststellen, ob etwas auf eine Verbindung zwischen diesem Lupus und seinem Klienten Lüders hindeutet.»

«Und was sollte der zweite Besuch?»

«Ich weiß es nicht. Da ist er doch mit Frau Professor abgefahren, ohne mich zu verständigen. Und dann haben sie ihn ins Museum getragen wie einen Toten!» Obwohl sie sich dagegen wehrt, bricht sie in Tränen aus. Der erste Assistent wendet sich ab; weinende Mädchen sind ihm ein Greuel. Sein Kollege nimmt ein Päckchen Papiertaschentücher aus der Hosentasche und hält es Isabella hin. Ohne eine Miene zu verziehen, steckt er es wieder ein, nachdem das Mädchen ein Tuch herausgezogen hat.

«Er fuhr im Wagen der Frau Professor», wiederholt der Kommissar, immer noch ratlos.

«Und sie ist allein weitergefahren», bestätigt Isabella.

Der erste Assistent hat schon jegliches Interesse verloren und kehrt zurück zur Einvernahme der Zeugen des nächtlichen Mordes im Hafenviertel. Der zweite stellt die Kaffeetasse hin und zieht die buschigen Brauen hoch. Dabei schiebt er die Unterlippe vor. Er hat eine Idee.

«Wenn man das Ganze einmal nicht aus der Sicht dieser jungen Dame betrachtet», sagt er gedehnt, «dann stellt es sich anders dar. Senhor Detjen traf mit Frau Professor auf der Party des Senhor Born zusammen. Zweifellos kann er dort erfahren haben, welche Schätze das Ethnographische Museum und speziell die Maskenabteilung bergen. Auch, daß Senhora Godiva im Hause wohnt. Ich möchte annehmen, daß er ein ungeheures Interesse für Masken geheuchelt hat. Ihnen muß ich doch nicht sagen, Senhor Kommissar, daß Privatdetektive gemeinhin ganz windige Burschen sind – Abenteurer, denen jedes Mittel recht ist, ihr Geschäft zu machen.» Augenblicklich überzieht Röte Isabellas Gesicht, augenblicklich setzt sie zu einem Protest an, doch der Assistent mit dem harten Gesicht legt ihr die Hand auf den Arm und gibt ihr mit festem Druck zu verstehen, daß sie schweigen soll. «Jedermann in Lisboa weiß», fährt er fort, «welch weichherziger und weltentrückter Mensch Frau Professor ist. Es genügt wahrscheinlich, ein Übelsein vorzutäuschen, um ihr Mitgefühl und ihre Hilfsbereitschaft zu wecken. Ich bin überzeugt, Senhor Kommissar, daß Detjen sehr munter wurde, als er sich in der Wohnung befand. Besser konnte es gar nicht gehen! Wer sagt uns, daß er nicht Souvenirs einsammelt, mit denen er nebenbei eine Menge Geld machen könnte? Sind Sie mal im Museum gewesen? Wissen Sie, unter welchen Schwierigkeiten und mit welchen Opfern Frau Professor ihre Masken zusammengetragen hat?»

Um die Mundwinkel des Graukopfes zuckt es verdächtig. Er hält sich den Ventilator ganz dicht vors Gesicht, um seine Lachlust zu verbergen. Der Strick, der ihm da präsentiert wird, damit er sich daran hochziehen kann, ist wahrhaftig ohne Rücksicht auf Verluste zusammengedreht worden! Natürlich glaubt der Assistent selbst kein Wort von dem, was er da von sich gibt, aber immerhin. Es ist nicht schlecht erfunden. Allerorts nehmen Kunstraubdelikte überhand; es gibt sogar eine Weisung des Polizeipräsidenten, auf diesem Sektor besonders scharf durchzugreifen.

«Trauen Sie Senhor Detjen das zu?» fragt er die Hilfesuchende.

Sie fühlt den verstärkten Druck der Männerhand auf ihren Unterarm, begreift und sprudelt aufgeregt hervor: «Ja, ich würde ihm das zutrauen! Unbedingt würde ich ihm das zutrauen!» Daraufhin nimmt der zweite Assistent befriedigt seine Hand von ihrem Arm.

Unvermittelt greift der Kommissar, der immer in Uniform ist, nach seiner Dienstmütze und setzt sie auf. Na also! Niemand kann ihn tadeln, wenn er sich zum Gralshüter des Ethnographischen Museums macht und keine Mühe scheut, die hochherzige Stiftung einer privaten Gesellschaft vor dem Zugriff unlauterer Elemente zu schützen. Wenn sich der Verdacht später als unhaltbar erweist – das steht auf einem ganz anderen Blatt, dafür kann er nichts. Der Kommissar nimmt den Telefonhörer ab, verlangt die Einsatzzentrale und fordert ein mobiles Kommando für die Kriminalbereitschaft. Dabei schaltet er den Ventilator aus, sieht das Mädchen an und bestimmt: «Sie kommen mit!»

Als das ungleiche Paar den Büroraum verläßt, in dem nun auch noch die Reinemachefrauen erscheinen und unbekümmert um das Durcheinander ihre Arbeit zu verrichten beginnen, nimmt der zweite Assistent seine Kaffeetasse. An seinen Schreibtisch kehrt er mit der Miene eines Menschen zurück, der soeben ein gutes Werk vollbracht hat.

Achim Detjen läßt den Kopf auf das faulige Stroh sinken und schließt die Augen. Keine Sekunde zu früh hat er seinen Beobachtungsposten am Fenster mit einem Sprung verlassen, der unter diesen Umständen halsbrecherisch war, und ist an die Stelle zurückgekehrt, aus der er aus der Bewußtlosigkeit erwachte. Er legt sich ein wenig auf die Seite und entspannt sich. Dabei müht er sich, ruhig und tief zu atmen und die verbrauchte Kraft wiederzufinden. Er wird sie nötig haben. Detjen ist sich darüber klar, daß er so tief in der Patsche steckt wie nie zuvor. Die Interarms hat er derartig gereizt, daß er von ihr kein Pardon mehr zu erwarten hat. Wenn sie ihn für immer zum Schweigen bringen will – welcher Hahn kräht schon nach einem kleinen Versicherungsprüfer? Der ist auf einer Auslandsreise verschollen – und aus! Werner Bredebusch muß die Zähne zusammenbeißen, wenn er sich das ausmalt. Was für ein unsinniges Ende in einer doppelten fremden Haut – der eines Majors der Bonner Luftwaffe und der noch darüber gezogenen eines Kölner Privatermittlers. Bis jetzt weiß er nicht, was sich im ominösen Gepäck des Ministerialdirigenten Dr. Franz Hohlfeld befindet. Alles, was er unternommen hat, ist vergebens gewesen; sein Aufenthalt in Portugal stellt sich ihm als eine Kette fortgesetzter Niederlagen dar. Und Isa ... Was wird sie denken, wenn er nun doch spurlos verschwindet und niemals wiederkehrt?

Schritte im Gang. Sie nähern sich der Bohlentür. Ein Riegel wird beiseite geschoben, ein Luftzug entsteht, und dann hört er John abfällig sagen: «Der schläft ja immer noch! Schlapper Typ!»

Ein fremder Atem weht Achim an. Er spürt, wie sich jemand über ihn beugt. Dann wird er an den Schultern gerüttelt und erhält mehrere Schläge auf die Wangen.

«He! Wach auf!» Das ist der andere, der Hagere.

Um weiteren Schlägen zuvorzukommen, macht Detjen die Augen auf. Er blinzelt und täuscht Benommenheit vor.

«Faß an, Stan!» befiehlt der Dicke.

Sie nehmen ihn an Schultern und Beinen und schleppen ihn hinaus in den Hof. Hier faßt ein Dritter mit an, ein Herkules mit einem Babygesicht, und wuchtet ihn hinauf auf die mit Kisten vollgestellte Ladefläche eines Lkw. Achim findet nicht gleich Halt und fällt zurück. Da macht es dem Muskelprotz Spaß, ihn aufzufangen und wie ein Paket wieder hochzuwerfen. Ringsum wird gelacht, während sich Detjen schmerzhafte Prellungen zuzieht. Er gibt keinen Laut von sich. Daß bei Waffenschiebern die Umgangsformen eines Mädchenpensionats herrschen, hat er nie erwartet. Er versucht sich zwischen den scharfkantigen Kisten einzurichten, so gut es eben geht. Die Ladeklappe wird geschlossen. Die vorher gearbeitet haben, stehen jetzt müßig herum. Das bedeutet, daß es im Ethnographischen Museum keinen Hinweis auf das Wirken der Interarms-Filiale in Portugal mehr gibt. Es ist jetzt, was es zu sein vorgibt – eine makellose Stätte der Kunst und Wissenschaft.

«Euch brauche ich nicht mehr», hört Achim den Dicken sagen. Das scheint an die Transportarbeiter gerichtet zu sein. «In den nächsten Tagen laßt euch hier nicht sehen. Und besorgt euch ein Alibi für diese Nacht!»

«Was ist passiert?» erkundigt sich eine Stimme, die Detjen fremd ist.

«Ende!» erwidert John nur.

Und abermals die fremde Stimme: «Ein Alibi ist nicht billig.»

«Ihr sollt nicht leben wie die Hunde!» sagt John. Und was da knistert, das müssen Geldscheine sein. Plötzlich erscheint der Kopf des Dicken über der Kante der hinteren Wand. «Fertig! Los geht's!»

Der hagere Stan bleibt also zurück, bleibt zurück als «Gorilla» der Godiva.

Der Dieselmotor springt an, der Wagen setzt sich schwerfällig in Bewegung. Achim kann nichts sehen. Nachdem John eingestiegen ist, wird die Heckplane geschlossen. Das kleine Fenster zur Fahrerkabine ist verhängt. Sie fahren eine Kurve. Er wird nach links gedrückt, also geht es nach rechts. Die Straße vor dem «Fratzenmuseum». Die Federung ächzt und läßt ahnen, wie gewichtig der Inhalt der Kisten ist. Außerdem verrät das Geräusch, daß der Motor in kleinen Gängen gefordert wird.

Durch Mark und Bein geht das Heulen der Polizeisirenen. Es rückt aus großer Entfernung rasch heran und wird immer lauter und beherrschender. Der Lkw hält. Wahrscheinlich steht er ganz vorschriftsmäßig am Straßenrand, um die Staatsmacht vorbeizulassen.

Achim spannt sich. Wenn er die Polizisten auf sich aufmerksam machen könnte! Mit John würden sie sicherlich im Handumdrehen fertig; die Ordnungshüter des Diktators sind harte und gut gedrillte Männer.

Da fühlt er Johns Hände an der Kehle, große, fleischige Hände, feucht, mit einem Geruch von Schweiß und Tabak. Diese Hände würden erbarmungslos zudrücken, sobald Detjen nur den leisesten Laut von sich geben würde.

Die Sirenen entfernen sich. Der Lastwagen fährt wieder an.

Irgendwo, gar nicht weit ab, verstummen die Sirenen. Und der Hals ist wieder frei.

Nur die blauen Rundumleuchten der Polizeifahrzeuge arbeiten. Zwei Wagen sind vor dem Ethnographischen Museum vorgefahren, die Limousine des Einsatzleiters und ein großer Jeep. Aus diesem sind zwölf Polizisten gesprungen, eine ganze

Korporalschaft unter Stahlhelmen. Zehn der Männer führen Schlagstock und Revolver, zwei sind an ihren Zielfernrohrgewehren als Scharfschützen zu erkennen. Diese gehen sofort hinter den Fahrzeugen in Anschlag.

Der Graukopf persönlich leitet den Einsatz. Mit bloßen Handbewegungen dirigiert er die Männer vom Einsatzkommando an die Zugänge und an die Rückfront des Hauses. Solche Operationen sind hundertmal trainiert und tausendmal ausgeführt worden. So jagt man nicht nur Kriminelle, so stellt man auf Befehl der PIDE auch aufsässige Studenten und jagt die Mitglieder und Sympathisanten der Bewegung für Nationale Unabhängigkeit. Man ist eingespielt, es läuft wie am Schnürchen. Mauern und Zäune existieren für diese Truppe nicht. Gedeckt durch die drohend aufs Gebäude gerichteten Scharfschützengewehre, übersteigen Polizisten die Umzäunung, öffnen von innen den Zugang und sind schon im Gelände, als ein betagter Pförtner überrascht aus dem Gebäude tritt. Niemand achtet darauf, daß er trotz der frühen Morgenstunde keineswegs verschlafen wirkt und gut rasiert ist. Es sieht aus, als habe er Besuch erwartet. Der Kommissar geht auf ihn zu.

Isabella Solano bleibt draußen auf der Straße. Nur unter der Bedingung, daß sie die Aktivitäten der Truppe nicht behindert und im Schutz der Scharfschützen in der Deckung der Fahrzeuge bleibt, darf sie die Limousine überhaupt verlassen. Das Mädchen möchte denken, daß der Grauhaarige das verfügt hat, weil er den Hinweis auf eine organisierte Bande doch sehr ernst nimmt, aber es kann auch bloße Gewohnheit sein.

Wie leergefegt ist die Straße. Alle Fenster bleiben geschlossen. Nirgendwo läßt sich ein Neugieriger sehen. Weiß man denn, wem die Unternehmung gilt? Erfahrung hat die Menschen in Portugal gelehrt, daß es meist ratsam ist, nichts gesehen und nichts gehört zu haben und nichts zu sagen.

Isabella beobachtet, wie der Kommissar den Pförtner einfach beiseite schiebt und mit dem Korporal und zwei Beamten durch das Portal geht. Seine Begleiter haben die Waffen in der Hand.

Das Mädchen wendet sich zu den Scharfschützen. Ihre Gesichter sind ausdruckslos, aber konzentriert. Mit ebenso unbeteiligten Mienen würden sie abdrücken. Aber so weit denkt das Mädchen nicht. Sie steht in nervöser Unruhe da und wartet fieberhaft darauf, daß die Tür aufgeht und Achim herauskommt.

Sie wartet vergebens. Eine halbe Stunde später erscheint der grauhaarige Kommissar wieder und hat nur die Beamten bei sich, die ihn ins Haus begleiteten. Da weiß Isabella, daß es ein Schlag ins Wasser war. Die Polizei hat weder den Versicherungsprüfer gefunden noch einen Hinweis auf verbrecherische Tätigkeiten, die weitere Aktivitäten rechtfertigen könnten. Beiläufig erfährt sie, daß in der Sammlung kein Stück fehlt, beiläufig auch, daß es im Maskensaal keine Geheimtür gibt. Ein offener Durchgang führt in ein Konferenzzimmer, in dem sich eine ethnographische Spezialbibliothek befindet.

Übrigens wußte der Pförtner, daß der von Frau Professor Godiva mitgebrachte Herr, dem schlecht geworden war, das Haus vor etwa einer Stunde verlassen hatte. Im Vorübergehen trug er dem Pförtner auf, die Senhora zu grüßen und ihr nochmals zu danken. Der Herr, sagte der Mann weiter, hätte auf der Straße ein Taxi angehalten und wäre in Richtung Innenstadt gefahren. Auf die Nummer des Taxis hätte er nicht geachtet. Wer denkt schon an so was?

Isabella macht von dem Angebot des Kommissars, der ihr zu verstehen gibt, daß seine Möglichkeiten nunmehr erschöpft sind, keinen Gebrauch, sie zu ihrer Wohnung zu fahren. Sie geht zu Fuß, allein mit sich und ihren Gedanken und sehr allein unter den vielen Menschen, die der junge Tag auf die Straßen bringt.

18

«Sehr aufmerksam, Mister Wilson», sagt Gerd von Wieseneck verbindlich und zugleich mit einer Selbstsicherheit, die dem Spezialagenten mißfällt. «Aber die CIA hätte sich nicht zu bemühen brauchen.»

Sie sitzen im Frühstückszimmer der Botschaft, dessen Biedermeiermöbel jeden fremden Besucher zunächst verblüffen und ihm dann «urdeutsch» erscheinen. Diese klaren Formen, die hellen Hölzer und die freundlichen geblümten Bezüge teilen dem Gast eine behagliche Stimmung mit, eine altväterliche, gelassene Ruhe. Wilson gefällt dieser nostalgische Zug ausnehmend gut, wenngleich er ihn – den Kenner der Bundesrepublik – ironisch an Hollywoodfilme denken läßt, in denen alle Deutschen in Seppelhosen oder Dirndlkleidern unter Eichen zwischen Fachwerkhäusern herumlaufen, wenn sie nicht gerade an gescheuerten Tischen Eisbein essen und Unmengen Bier trinken.

Von Wieseneck ist aus dem Bett geholt worden und noch im Hausmantel, über dessen Revers der um den Hals geschlungene Schal quillt. Der Oberst hat gerade noch Zeit gefunden, sich zu rasieren – niemals würde er jemand mit Bartstoppeln gegenübertreten. Dieses Prinzip hat er selbst während des Krieges eisern durchgehalten und sogar dann nicht aufgegeben, wenn ihn der Dienst in Gehlens Abteilung «Fremde Heere Ost» einmal in die Nähe der Hauptkampflinie führte. Wie aus dem Ei gepellt zu wirken, das gehört zu seinem Image.

Noch warten sie auf das Frühstück. Erst einmal steht als Vorleistung der Küche duftender Mokka auf dem Tisch. Dem spricht der amerikanische Spezialagent mit Genuß zu.

«Empfinden Sie mein Auftauchen bei Ihnen nicht als Einmischung in Ihre Angelegenheiten, Herr von Wieseneck», betont er nachdrücklich. «Wir wollen Ihnen helfen. Das ist alles.» Er setzt das Täßchen aus Meißner Porzellan – Import aus der Deutschen Demokratischen Republik, die es in diesen Jahren angeblich überhaupt nicht gibt – behutsam auf den Untersatz zurück und fährt zusammenhanglos fort: «Ich schätze Ihren Mister Detjen sehr.»

Der Oberst zeigt keine Reaktion. Es verblüfft ihn zwar, wie gut der andere unterrichtet ist, aber so etwas zeigt ein Geheimdienstmann nicht. Er tut, als wäre solches Wissen eine Selbstverständlichkeit. Dabei überlegt er, woher Wilson seine Information haben könne. Naheliegend wäre, daß er bereits mit seinen Landsleuten im Ethnographischen Museum Kontakt aufgenommen hat. Von Wieseneck dreht die «London-Shag» in den Fingern. Sie ist kalt und um diese Stunde ein bloßes Spielzeug. Der Oberst raucht nicht vor dem Frühstück.

«Und wie schätzt die Interarms die Situation ein?» wirft er hin.

Wilson schmunzelt. Das ist ein Gespräch nach seinem Geschmack. Klipp und klar sagt er: «Das Projekt ‹Ikarus› darf nicht scheitern. Darüber ist man sich in Washington ebenso einig wie in Bonn. Das erst einmal vorausgestellt! Was gewisse Zwischenfälle hier in Portugal angeht – ein Ministerialdirigent Doktor Hohlfeld ist doch wohl zu ersetzen.»

«Eine Weiterführung der Verhandlungen kann erst veranlaßt werden, wenn der Sachverhalt eindeutig geklärt ist. Unsere Diplomaten sind kein Freiwild für ausländische Terroristen.»

«Diese Haltung ehrt Sie», räumt der Spezialagent ein und schenkt Mokka nach. «Aber der Sachverhalt ist geklärt!» Eigentlich wollte er den Punkt als hinlänglich behandelt übergehen, doch wenn sich sein Gegenüber an ihm festhält, bleibt ihm nichts anderes übrig, als bei Null anzufangen. «Das Attentat richtete sich nicht gegen Doktor Hohlfeld. Der Ministerialdirigent hatte das Pech, in die Auseinandersetzungen zweier – sagen wir es harmlos: ‹Interessengruppen› zu geraten. Sie kennen Ihren Herrn Born und ich unsere Interarms. Die Panne konnte nur passieren, weil Interarms nicht genügend unterrichtet war. Sie hat auf Lüders und Lupus gezielt. Wenn sie gewußt hätte ... Aber ‹wenn› und ‹weil› sind Mostrich nach Tisch. Jetzt müssen wir schnell und konzentriert handeln.» Wilson lehnt sich zurück und schlägt die Beine übereinander. «Was macht Mister Detjen in diesem Augenblick?»

Von Wieseneck legt die Pfeife beiseite. Er hat keine Minute an der Stichhaltigkeit der Erkenntnisse gezweifelt, die sein Major im Verlauf seiner Recherchen gewann, aber sie Punkt für Punkt bestätigt zu finden beruhigt doch ungemein. «Er jagt dem Gepäck nach, genauer: dem Handgepäck von Doktor Hohlfeld und Lüders. Nur die Interarms kann es haben.»

So hübsch die Biedermeiermöbel anzusehen sind, bequem sitzt es sich nicht. James D. Wilson steht auf. Er geht im Kreise und betrachtet die Bilder an den Wänden. Sie sind dem Stil des Zimmers adäquat und zeigen die «heile Welt» bürgerlicher Idylle. Originalgemälde, von Kunstsammlungen zu Repräsentationszwecken ausgeborgt. Eine Stickerin hier, da eine Familie beim Ballspiel im Garten, dort ein briefschreibendes Mädchen. Wilson versucht unwillkürlich zu lesen, was auf dem Bogen steht, doch das gemalte Kerzenlicht reicht dazu nicht aus.

«Wenn das Gepäck bei der Interarms ist, dann erhalten Sie es», sagt er über die Schulter. «Kennt Detjen den Inhalt?»

Der Oberst schnippt ein imaginäres Stäubchen von seinem Hausmantel. «Natürlich nicht», erwidert er im Ton einer Zurechtweisung. «Das Unternehmen ‹Ikarus› unterliegt strengster Geheimhaltung.»

Der Spezialagent wendet dem briefschreibenden Mädchen den Rücken zu. Wenn er nicht erfahren kann, an wen der Brief gerichtet ist und was darin steht, dann interessiert ihn die ganze Geschichte nicht, da mag die Kleine noch so verträumt und zärtlich wirken. «Schlecht», bemerkt er und versenkt die Hände in die Hosentaschen. «Ich hätte ihm reinen Wein eingeschenkt. Damit er weiß, was auf dem Spiel steht.» Nun kehrt er in den kleinen Sessel zurück. «Was enthalten die Koffer?»

«Ikarus» ist ein NATO-Projekt. Von Wieseneck hat keinen Grund, dem «Verbündeten» gegenüber hinter dem Berge zu halten. Nur sehr leise spricht er. Weiß man denn, ob nicht die Wände Ohren haben? Man hat doch selbst an anderer Stelle für solche Ohren gesorgt! Während des zweiten Weltkrieges zum Beispiel. Wenn man fast alles wußte, was in der britischen Botschaft in Ankara vor sich ging, dann nur, weil man den Kammerdiener Seiner Exzellenz «eingekauft» hatte. Daß man ihn mit gefälschten Pfundnoten bezahlte, diesen «Cicero», steht auf einem anderen Blatt.

«Material über den Stützpunktring», zählt der Oberst auf. «Entwürfe, Skizzen, Grundrisse, Studien, Berechnungen. Unterlagen über die Luftwaffenbasis in Beja – ein Areal von mehr als achthundert Hektar – Offiziers- und Mannschaftsunterkünfte – auch das Flugzeugwerk – die Materialdepots. Unterlagen für das Fernmeldesystem, für die Nachschubwege. Mit einem Satz: alles über ‹Ikarus›.»

Wilson hat die Hände über dem Leib gefaltet und nickt bei jedem Wort.

«Gäbe der Himmel, daß tatsächlich Ihre verfluchte Interarms die Papiere hat!» schließt von Wieseneck. «Denn sonst...» Er beendet den Satz nicht. Einem Fachmann wie seinem Gegenüber muß er nicht darlegen, welche Folgen das hätte. «Ikarus» wäre damit praktisch gestorben, ehe das Projekt richtig zu leben begonnen hat. «Herein!»

Es hat geklopft. Das Frühstück wird gebracht. Der Servierwagen ist vollgestellt. Wilson schmunzelt zufrieden. Man läßt sich nicht lumpen in den Botschaften der Bundesrepublik!

Der Motor arbeitet schwer. Achim Detjen hat genau darauf geachtet und festgestellt, daß es schon eine ganze Weile keine Fahrt in großen Gängen mehr gibt. Es geht also unentwegt bergauf. Die Straße ist gut. Es gibt keine Erschütterung. Immer wieder einmal überholen leichtere Fahrzeuge den schwer beladenen Lkw. Soweit frische Luft unter die Plane dringt, hat der Gefangene den Eindruck, daß sie zunehmend an Feuchtigkeit verliert. Sie entfernen sich also von der Küste. Anfangs hat Achim gedacht, es gehe nur auf das Plateau von Estremadura hinauf, hinaus aus der Stadt. Inzwischen ist ihm klar geworden, daß das Ende der Reise noch nicht abzusehen ist. Und je weiter Lisboa zurückbleibt, desto mehr schwindet auch das letzte Fünkchen Hoffnung, daß Hilfe kommt und daß er entrinnen kann.

Dem Dicken wird es langweilig. Er bindet einen Zipfel der Heckplane hoch und bleibt neben dem Ausguck sitzen. Auf diese Weise erblickt Detjen wenigstens ein Stück Himmel, blauen, wolkenlosen, von Sommerhitze flimmernden Himmel. Er läßt die Augen nicht davon, er sucht ein Stück Landschaft zu erhaschen, um sich orientieren zu können. Jetzt neigt sich der Wagen schwer und träge zur Seite. Der Fahrer schaltet noch mehr zurück. Eine Haarnadelkurve.

Eine Felswand schiebt sich ins Blickfeld. Graues Gestein mit grünen Flecken. Moos ist das sicher. In schmalen Ritzen wachsen Farne. Eine winzige Birke klammert sich an eine Felsnase. Es ist ein Wunder, daß sie sich da halten kann. Nun deckt das grobe Gestein das ganze Bild ab. Detjen hat den Eindruck, daß sich die Wand über den Wagen neigt und ihn im nächsten Moment erschlägt. Das liegt an der Kurve.

Der Fels kommt ganz nah heran und rückt plötzlich zur Seite. Ein Stück der Straße wird sichtbar, und darüber hinweg schaut Achim hinab in ein Tal, das allseitig von aufragenden Bergen eingeschlossen wird. Im Zeitlupentempo sinkt es zurück. Detjen möchte sich aufrichten, doch er schafft es nicht. Die verfluchten Fesseln. Und dazu noch die scharfen Kanten der Kisten, auf denen er liegt. Er schließt die Augen. Nun bereut er, Born davon abgehalten zu haben, Herzog zu befehlen, ein «großes Feuerwerk» in der Interarms-Filiale zu veranstalten. Dann wäre er nicht in diese ausweglose Lage geraten.

Sie ist ausweglos, darüber gibt er sich keinen Illusionen hin. Er erkennt es auch daran, daß gleichsam im Eilzugtempo Stationen seines Lebens an ihm vorüberziehen. Alles ist wieder da – die Schulstreiche, die erste Liebe, das Segelfliegen, die Stunde, in der sich ihm der Vater als Antifaschist enthüllte und ihn dadurch zwang, sein Leben neu zu durchdenken und anders einzurichten, der erste Einsatz als Schlachtflieger der Hitlerluftwaffe und die Landung der Henschel HS-123 hinter den sowjetischen Linien. Die Arbeit als Frontbeauftragter, die Begegnung mit kampferprobten Genossen und die Entscheidung, künftig an ihrer Seite für den Schutz der jungen deutschen Arbeiter-und-Bauern-Macht zu wirken; die ersten Schritte als Tschekist der Deutschen Demokratischen Republik, das Lernen in der Arbeit und auch aus begangenen Fehlern, die brüderliche Hilfe der sowjetischen Genossen, persönliches Wachsen und schließlich das Gespräch, das seinem Einsatz als Kundschafter voranging und ihm Weg und Ziel wies – alles ist wieder gegenwärtig. Er hat noch einmal die Worte des Vorgesetzten im Ohr: «Zahlreiche Kriegsverbrecher haben sich der Verantwortung entzogen. Es gibt offensichtlich eine Organisation, die das bewerkstelligt und die damit mehr beabsichtigt, als diese Leute der Bestrafung zu entziehen. Wir müssen wissen: Wer sind diese Leute? Was haben sie vor? In wessen Auftrag arbeiten sie? Wir sind verantwortlich dafür, daß die Schuldigen ihrer Bestrafung zugeführt werden, um neue Verbrechen zu verhindern ... Wir können dir ein zweites Leben schaffen, das dich zu einem dieser Leute macht. Ob es dir gelingt, ihnen zu beweisen, daß du wirklich einer von ihnen bist, davon hängt das Gelingen deiner ganzen Mission ab ...»

Werner Bredebusch sieht wieder in den blauen Himmel. Er hat die Kriegsverbrecher, von denen damals die Rede war, aufgespürt und ist für sie einer der ihren geworden. Mit ihnen ist er über Argentinien nach Bonn gekommen, mitten hinein in die Korridore der imperialistischen Macht. Er weiß, was sie vorhaben, er kennt ihre Verbindungen und Hintermänner, und was er weiß, weiß das Ministerium für Staatssicherheit und kann die notwendigen Gegenmaßnahmen einleiten. Was auch immer die «alten Kameraden» aushecken – es ist von vornherein zum Scheitern verurteilt. Es kann ihnen nicht mehr gelingen, das Rad der Geschichte zurückzudrehen. Ein wenig hat er, Werner Bredebusch aus Stralsund, dazu beigetragen. Sollte dies hier das Ende sein, so darf er sich im letzten Augenblick sagen, daß er nicht umsonst gelebt hat.

Romana Godiva schüttelt den Kopf. Sie legt ihre schmalen, gepflegten Hände auf die Messingfassung eines der Bullaugen im Salon der «Amphytritis» und sieht hinaus. Um ihre Mundwinkel zuckt es. Die weltentrückte Versponnenheit, mit der sie Achim bei der ersten Begegnung im «Fratzenmuseum» gegenübergetreten ist, scheint sie wie einen alten Hut für immer an der Garderobe abgegeben zu haben.

«Dieser Wilson glaubt doch nicht tatsächlich, er könne mit uns umspringen wie mit seinen Geheimdienstleuten», spottet sie bitter.

«Er hat sich aber genau so benommen, Frau Professor», gibt der elegante Cliff hinter ihrem Rücken zu bedenken. «Als ich ihn zur BRD-Botschaft fuhr, wies er mich im schönsten Kommandoton an: ‹Holen Sie mir diese verfluchten Koffer›.»

«Woher wußte er davon?»

Cliff sieht sie überrascht an. «Ja, woher wußte er davon?» wiederholt er. «Das Gepäck war bis dahin mit keinem Wort erwähnt worden. Er hat das kombiniert.»

«Ich hoffe, Sie haben sofort widersprochen!»

«Ich habe die Bemerkung überhört», versichert der Mann mit der goldgefaßten Brille. «Er fuhr dann fort: ‹Und sorgen Sie dafür, daß Mister Detjen kein Haar gekrümmt wird. Wenn die Confidentia schon einmal einen so guten Mann hat, dann soll sie ihn behalten.› Erst einmal habe ich versucht Zeit zu gewinnen. Ich habe gesagt, ich allein könnte nichts entscheiden, ich würde jedoch den Boß verständigen. Darauf erwiderte er: ‹Dann richten Sie gleich aus, daß ab sofort zwischen der Interarms und Borns Leuten Burgfrieden zu herrschen hat. Wer dagegen verstößt, legt sich mit mir an, und Sie ahnen nicht, wie unangenehm ich werden kann. Mister Born wird in diesem Sinne verständigt.› Wörtlich!»

Die Professorin, die natürlich keinen akademischen Titel besitzt, wirkt unglaublich beherrscht. Das ist keine Frau, das ist ein Eisblock. «Alles?» fragt sie sachlich.

«Nicht ganz. Mister Wilson sprach von künftiger Aufteilung der Interessensphären in Portugal.»

Nun hebt sie wenigsten die Augenbrauen. «Interessensphären!» Sie lehnt sich an die Wand, die einmal mit der alten «Henriette van de Fleet» über die sieben Meere gefahren ist, verschränkt die Arme vor der Brust und lächelt. «Bildet sich der Mann wirklich ein, er könnte mir ins Handwerk pfuschen? Wer ist denn ein Spezialagent der CIA? Doch wohl nicht der Mensch, dessen Diktaten sich unsere Zentrale beugt – bei allem Wohlwollen für die Politik der Vereinigten Staaten! – Jetzt alles?»

«Ja. Mister Wilson hat mich aufgefordert, im Hotel ‹Presidente› auf ihn zu warten. Wenn er mich dort nicht antrifft, ist er in Kürze hier.»

Romana Godiva winkt verächtlich ab. An der Wand neben der Tür zum Niedergang gibt es eine Sprechanlage. Zu der geht sie. Ein Knopfdruck.

«Brücke», meldet sich eine Männerstimme.

«Wir laufen aus!» befiehlt die Godiva.

«Aye, aye, Madam!» klingt es zurück. «Bitte um Kursangabe.»

«Die offene See», antwortet sie knapp. «Und der Funker soll sich bereithalten.»

«Aye, aye!» quittiert der Mann auf der Brücke. Er wird sogleich aktiv. Das Schrillen der Klingeln im Schiff verrät es. Die Godiva kennt die Signale. Dreimal kurz, einmal lang, und das sechsmal – die «Amphytritis» wird klargemacht zum Auslaufen. Sofort folgt, ebenfalls sechsmal, das Signal kurz – lang: ablegen. Schon schallen auch von außen die Kommandos herein: «Klar zum Ablegen! – Klar bei Leinen! – Leinen los! – Leinen ein!» Die Matrosen, die die Kommandos ausführen, wiederholen sie monoton.

Ein Vibrieren, ein Zittern geht durch die Jacht. Die Maschine beginnt zu arbeiten. Die Gläser und Flaschen an der Bar klirren in den Halterungen. Der zunächst noch unregelmäßige Lauf des Schiffsdiesels teilt sich dem ganzen Fahrzeug mit und rüttelt es. Sobald der Rundlauf erreicht ist, gibt sich das. Dann bleibt nur ein leises Brummen übrig, das überlagert wird vom Fahrgeräusch.

Die Jacht hat die Anlegestelle hinter sich gelassen und strebt der Ausfahrt zum Atlantischen Ozean zu. Die Godiva hat Lust, an Deck zu gehen. Die Nacht ist anstrengend gewesen. Der Seewind wird die Müdigkeit wegwischen. Cliff beeilt sich, der Professorin ihren Wettermantel zu reichen. Der ist orangerot und hat eine Kapuze.

«Daß wir auslaufen, wird Mister Wilson aber gar nicht gefallen», gibt Cliff zu bedenken. Er sagt es vorsichtig; es steht ihm nicht zu, die Entscheidungen der Godiva zu kritisieren.

Sie wendet sich achselzuckend zum Niedergang. «Seine Sache! Solange wir die Unterlagen haben, stellen wir die Bedingungen. Ich habe nichts gegen Interessensphären, aber wennschon – dann bitte nach unseren Vorstellungen.»

Cliff folgt ihr hinauf an Deck. Die «Amphytritis» macht schnelle Fahrt. Ihr Bug hebt sich ein wenig aus dem Wasser, und hinter dem Heck bleibt eine lange Kielwasserspur zurück. Die Matrosen der Jacht sind auf die Chefin eingespielt. Kaum ist sie oben, wird ihr ein bequemer Liegesessel gebracht. Für Cliff stellt man einen Klappstuhl daneben. Das entspricht der Rangordnung.

«Es sah aus, als sei dieser Detjen ein guter Bekannter von Wilson», nimmt der Mann mit der goldgefaßten Brille eine frühere Bemerkung wieder auf. Die Godiva soll später nicht behaupten können, er habe das Gespräch mit dem Spezialagenten lückenhaft wiedergegeben und dadurch ein Fehlverhalten verschuldet.

Die Professorin lehnt sich zurück, steckt die Hände tief in die Taschen des Wettermantels und schließt die Augen. Ohne ihr herrisches Auftreten wäre sie durchaus eine schöne und begehrenswerte Frau. «Ach, Cliff», antwortet sie wie nebenbei. «Haben Sie je erlebt, daß die CIA jemandem nachtrauerte? – Wecken Sie mich, sobald wir außerhalb der Hoheitsgewässer sind.»

Jetzt brennt die «London-Shag» des Offiziers vom Amt für Sicherheit in Bonn. Oberst von Wieseneck hat sein Frühstück beendet; nun darf er rauchen, ohne seinen Maximen untreu zu werden.

Wilson liebt es, ausgiebig und lange zu frühstücken, und er gibt dieser Mahlzeit den absoluten Vorrang vor allen folgenden. Im Augenblick ist er bei Eiern im Glas angelangt, und während er löffelt, bemerkt er: «Wie gesagt, ich habe Interarms schon zurückgepfiffen. Sorgen Sie dafür, daß Ihr Herr Born das durch Wohlverhalten honoriert. Bandenschlachten sind mir ein Greuel.» Er feuchtet die Kehle mit einem Kognak an, reicht von Wieseneck das Glas, damit er nachfülle, und kaut weiter.

Der Oberst greift amüsiert nach der Flasche. Mein Gott, kann dieser Mann essen! Na, man sieht ja auch, wo es bleibt. Mr. Wilson scheint sich niemals Sorgen um seine Figur zu machen und die unübersehbaren Polster gelassen hinzunehmen. So ein derber, breitschultriger Typ kann sich das sogar erlauben. Er sieht aus wie einer der handfesten Burschen aus Amerikas Pionierzeit. Von Wieseneck denkt belustigt, daß er sich Wilson mühelos mit breitkrempigem Hut, blinkendem Sheriffstern und tiefhängendem Revolvergurt vorstellen könnte, rauhbeinig und unerschütterlich. Gerade diesen Eindruck möchte der Mann aus Übersee aber wohl verwischen. Seine Anzüge hat ein englischer Schneider gefertigt – so konservativ europäisch, wie es nur möglich ist. Dennoch sind die Verhaltensweisen seiner Vorväter unverkennbar. Solche Unbekümmertheit ist von Wieseneck fremd. Sein Frühstück besteht aus Joghurt und einem herzhaften Mohrrübensalat, dazu eine Scheibe Knäckebrot – nicht wegen der Gesundheit, sondern wegen der Figur. Sein Großvater trug unter der knappsitzenden Husarenuniform ein Korsett, dazu wäre der Oberst auch fähig. Im Grunde trennen ihn Welten von dem Yankee, der sich ihm gegenüber breitmacht.

«Ich mag Gangsterkriege auch nicht», versichert er. «Sie finden mich da vollkommen auf Ihrer Ebene, Mister Wilson.»

Nun schiebt der Spezialagent das Eierglas beiseite und zieht sich den Kognakschwenker heran, leert ihn und greift dann zu Wiener Würstchen, die er mit der Silberzange aus dem Warmhaltebehälter auf dem Servierwagen fischt.

«Damit steht dem Ausbau des Stützpunktringes nichts mehr im Wege», erklärt er. «Der Nachfolger Ihres Herrn Doktor Hohlfeld kann unbesorgt anreisen, Brigadegeneral Becker kann weiterarbeiten.»

Von Wieseneck mag nicht, daß der andere so tut, als habe er ihm persönlich einen Gefallen erwiesen. Er saugt kräftiger am Pfeifenstiel und pafft eine blaue Wolke in das Zimmer. «Dieser Ring nutzt nicht nur der Bundesrepublik, Mister Wilson», stellt er betont richtig. «Das wußten sogar die Sozialdemokraten im Verteidigungsausschuß des Bundestages. Um des NATO-Konzepts wegen haben sie ihre Zustimmung gegeben und nicht, um der regierenden CDU/CSU einen Gefallen zu tun.»

Diese Zurechtweisung kratzt den Spezialagenten nicht. Er wedelt mit der Hand, um den Tabakrauch zu zerstreuen. «Wir ziehen an einem Strang», wirft er versöhnlich hin.

«Und ich freue mich, daß es Ihnen schmeckt!» Der Oberst seufzt und sieht dem Würstchenrest nach, der eben im Munde Wilsons verschwindet.

«Schmeckt wirklich! Des weiteren werden unsere Regierungsstellen offiziell ihr Beileid zum Tode des Ministerialdirigenten bekunden. Ich denke, wir handeln ganz in seinem Sinne, wenn die CIA zusammen mit Ihrem Amt dafür sorgt, daß die Ermittlungen zur Ursache der Flugzeugkatastrophe ergebnislos verlaufen. Je schneller Gras darüber wächst, desto besser. Unsere Zeit ist von kurzem Gedächtnis. Zum dritten sind wir uns darüber einig, daß nichts über die Kontroverse der als ‹Interessengruppen› bezeichneten Waffenhändlerorganisationen an die Öffentlichkeit dringen darf. Für eine gewisse Presse wäre das ein gefundenes Fressen – ‹Gangsterkrieg in Lisboa! Portugal erhält Waffen zum Einsatz in Moçambique und Angola aus den USA und der BRD!›»

Die delikate Behandlung dieser Vorgänge liegt auch dem Bonner Offizier am Herzen, darüber braucht man sich nicht zu verständigen.

Endlich greift Wilson zur Serviette und betupft die Mundwinkel. «Okay! Beenden wir das und schreiten wir zu Maßnahmen!»

Damit ist von Wieseneck sehr einverstanden. «Richtig wohl wird mir erst sein, wenn ich das Gepäck von Hohlfeld und Lüders in den Händen habe. Bis zu diesem Zeitpunkt bleiben die schönsten Abmachungen zwischen uns hypothetisch.»

Der Spezialagent befindet sich schon auf dem Wege zum Telefon. Unterwegs dorthin zieht er ein winziges Notizbuch voller Rufnummern aus der Tasche und blättert darin. Zunächst wählt er den Anschluß der Interarms im Ethnographischen Museum. Niemand meldet sich. Die Leitung ist wie tot.

Wilson schüttelt den Kopf. «Sitzen die denn auf ihren Ohren? Die Zentrale ist immer besetzt. Schlamperei.» Er beschließt, es später noch einmal zu versuchen und inzwischen etwas anderes zu unternehmen. «Wie ist eigentlich unser gemeinsamer Freund Detjen zu erreichen? Wohnt er im Hotel, oder wo kann man etwas für ihn hinterlassen?»

«Bei mir!» antwortet der Oberst prompt, bequemt sich dann aber doch, den Zettel mit Anschrift und Telefonnummer von Isabella Solano über den Tisch zu reichen. «Das wäre eine zweite Möglichkeit.»

Wilson verzieht keine Miene, als er den Mädchennamen liest. Abermals surrt die Wählerscheibe und dringt aus dem Hörer das Rufzeichen. Lange. «Zum Teufel! Ist denn ganz Lissabon an diesem Morgen auf den Beinen?» Er legt den

Hörer auf die Gabel zurück. «Haben Sie eigentlich schon einmal daran gedacht, sich um Ihren Mann Sorgen zu machen?»

19

Romana Godiva hat nicht geschlafen. Als der Wachhabende von der Brücke kommt, um zu melden, daß die «Amphytritis» soeben die portugiesischen Hoheitsgewässer hinter sich gelassen hat, schlägt sie die Augen auf.

«Westwärts!» befiehlt sie. «Es genügt, mit halber Kraft zu laufen.»

Der Offizier murmelt sein «Aye, aye, Madam», tippt flüchtig mit zwei Fingern an den goldgestickten Mützenschirm und kehrt ins Ruderhaus zurück. Es gibt für ihn keinen Grund, überrascht zu sein. Die Fahrten auf offener See verlaufen immer so. Sobald das Schiff die Hoheitsgrenze passiert hat, begibt sich Frau Professor mit Mr. Cliff nach unten. Sie verschwinden in einem Raum, der einem Büro ähnelt und in dem sehr merkwürdige Schreibmaschinen stehen. Wenigstens findet sie der Offizier merkwürdig, der nichts davon versteht. Nach einiger Zeit kehren die beiden zurück. Der Funker erhält ein Blatt voller unverständlicher Zahlen, die in Fünfergruppen geordnet sind, und wird angewiesen, auf einer Welle zu senden, die ständig wechselt. Er ruft die geheimnisvolle Station irgendwo jenseits des Ozeans an und hämmert die Zahlen in die Taste, sobald Empfangsbereitschaft gemeldet wird. Sowohl der Wachoffizier als auch der Funker haben sich unterschriftlich verpflichtet, über alle Vorfälle an Bord gegenüber dritten strengstes Stillschweigen zu bewahren. Fragen stellen sie nicht. Die Heuer auf der «Amphytritis» übersteigt die auf Handelsschiffen bei weitem – warum sollten sie sie leichtfertig aufs Spiel setzen?

Eine knappe halbe Stunde lang fährt die Jacht westwärts,

ehe die Professorin und Cliff auf der Brücke erscheinen. Der Funker hämmert die Zahlengruppen in den Äther und gibt dann das Blatt zurück. Auch das ist immer so. Und ebenfalls wie immer kommt anschließend an die Empfangsbestätigung der fremden Station der Befehl, eine halbe Stunde zu kreuzen und danach empfangsbereit zu sein. Also kreuzt die «Amphytritis». Romana Godiva und ihr Begleiter bleiben auf der Brücke. Im Ruderhaus herrscht eisiges Schweigen. Weder der Rudergänger noch der Mann am Maschinentelegrafen wagen den Mund zu öffnen. Wenn sie gezwungen sind, Befehle des Wachhabenden zu wiederholen, wie es Vorschrift ist, tun sie es schnell und knapp, als dienten sie auf einem Kriegsschiff.

Die Professorin sieht und beachtet das Unbehagen nicht, das auf ihr Erscheinen zurückzuführen ist. Gedankenverloren steht sie an einem der großen Frontfenster und sieht in die Ferne. Sie trommelt dabei ungeduldig auf die messingene Scheibeneinfassung, und dieses Trommeln, das alle hören, macht jeden Anwesenden nervös.

Die Jacht kreuzt in unmittelbarer Nähe eines Schiffahrtsweges. Für einen Nichtseemann ist es immer wieder erstaunlich, wie dicht die Schiffsfolge an solchen Plätzen ist. Da sind Küstenmotorschiffe, die auf Trampfahrt jeden Hafen anlaufen und überall etwas zu laden oder zu löschen haben. Massengutfrachter und Kühlschiffe ziehen vorüber. Mit Südkurs erscheinen Tanker, die hoch aus dem Wasser ragen – sie fahren leer zurück zu den Pumpstationen im östlichen Mittelmeer, vielleicht sogar durch den Suezkanal zu den Scheichtümern und Emiraten des schwarzen Goldes.

An Backbord bildet der Atlantik ein seltsames Bild. Als zöge sich hier ein ganzes Heer von Quallen zusammen, sieht es aus – pastellfarbene bläuliche und rötliche Tupfer, die mit den kleinen Wellen in ständiger Bewegung sind. Achteraus scheinen Fischkutter beinahe stillzustehen.

Im Ruderhaus atmen alle insgeheim auf, als der Funker mit einem beschriebenen Blatt in der Hand aus seiner Station kommt und der Godiva den Bogen überreicht.

«Bitte, Madam! Die Antwort...»

Unten im Büro tippt Cliff die Zahlenreihen ab. Frau Professor beugt sich ungeduldig über die Codiermaschine, die die Ziffernreihe mit leisem Brummen in Buchstaben verwandelt, in zusammenhängende Wörter und Sätze. Das dauert nicht lange.

Cliff sieht hoch, sobald er fertig ist. Er bezähmt seine Neugier und wagt nicht zu fragen, welche Anweisungen seine Chefin aus Amerika empfangen hat. Wenn sie ihn unterrichtet, muß das ihre eigene Entscheidung sein.

Sie wendet sich zu ihm. «Wir kehren nach Lissabon zurück. Sie gehen ins ‹Presidente› und warten auf Mister Wilson. Die Central Intelligence Agency erhält von uns jede nur mögliche Unterstützung.» Sie betont noch gesondert: «Jede!»

Nun kann er sich doch nicht enthalten zu fragen: «Ist das eine neue Sprachregelung?»

Romana Godiva nimmt die Niederschrift des Funkspruchs, das maschinengeschriebene Blatt mit den Zahlen und den Bogen aus der Codiermaschine und gibt sie zusammen mit den Manuskripten für die Anfrage in den Vereinigten Staaten in einen kleinen Reißwolf, der in Ausmaß und Form an eine Kaffeemaschine erinnert. Er erzeugt auch ein ähnliches Geräusch. Nach drei Sekunden ist von den Papieren nur ein weißer Staub übrig, und der interessiert niemand mehr.

«Mister Cummings hat die größere Übersicht», erwidert die Professorin farblos. «Kommen Sie in den Salon.»

Die Entscheidung des obersten Chefs der International Armaments Corporation ist ganz anders ausgefallen, als die Godiva erwartet hat. Cliff erkennt es daran, daß ihr die Hände zittern, als sie an die Bar geht und sich hastig ein Glas aus der erstbesten Flasche füllt, die sie greifen kann.

«Und was sieht Mister Cummings von seiner höheren Warte aus?»

«Daß wir – unbeabsichtigt und unwissend natürlich! – eines der größten NATO-Projekte gefährdet haben. Daß Washington nicht den kleinsten Spaß versteht, wenn wir die

Rollback-Konzeption ankratzen. Daß wir bereits genug Porzellan zerschlagen haben.» Sie trinkt, schüttelt sich und stellt das Glas so ungeschickt hin, daß die anhaltende Vibration der «Amphytritis» ausreicht, es vom Tisch rutschen und zerschellen zu lassen. Die Godiva kümmert das nicht. Ein Steward kann die Scherben später wegräumen.

Cliff öffnet wortlos den unsichtbar in den Tresen eingebauten Schrank. An diesem Platz würde niemand Geheimnisse erwarten. Der elegante Mann beugt sich hinab und zieht wortlos zwei Gepäckstücke hervor, einen Attachékoffer und ein Boarding Case. Beide zeigen Brandspuren, beide sind so angeschlagen, als wären sie bei einem Verkehrsunfall zwischen zwei zusammenstoßende Wagen geraten. Der Attachékoffer aus einstmals schönem schwarzem Nappaleder hat komplizierte Schlösser. Diese Schlösser haben ihren Sinn verloren – der Koffer ist an der Seite aufgeplatzt. Man könnte mühelos hineingreifen.

Auf die Gepäckstücke deutend, fragt Cliff: «Per Adresse Wilson, frei Haus?»

Erst einmal geht sie zur Sprechanlage und befiehlt der Brücke, so schnell wie möglich an den Liegeplatz in Lisboa zurückzukehren. Dann sieht sie ihren Vertrauten mitleidig an. Sie hat sich wieder gefaßt und ihre alte Kaltblütigkeit wiedergefunden.

«Frei Haus? Das nun auch wieder nicht! Ein bißchen Druck können wir damit noch ausüben, ohne den Bogen zu überspannen! Obwohl es Mister Wilson in jedem Fall bekommen wird!»

Sie und auch Cliff müssen sich plötzlich festhalten, um nicht zu fallen. Die «Amphytritis» ändert bei voller Fahrt den Kurs. Wäre im Salon nicht alles sicher am Boden oder in besonderen Ständern festgemacht, würde jetzt ein Teil der Einrichtung klirrend von einer Seite auf die andere rutschen. So aber geschieht nichts.

«Schließen Sie die Koffer in Ihrer Kajüte ein», bestimmt die Godiva. «Und was den Versicherungsprüfer angeht...» Sie sucht Cliffs Blick, der daraufhin die schon aufgenommenen Gepäckstücke noch einmal absetzt. «Wo sind die Lkws jetzt?»

Der Elegante blickt auf die Uhr, denkt einen Augenblick nach und rechnet. «Etwa auf halber Strecke», antwortet er dann. «Vorausgesetzt, daß alles planmäßig läuft. Daran zweifle ich eigentlich nicht. In etwas mehr als einer Stunde lebt der Herr aus Köln nicht mehr.»

Die Professorin hat keine Lust mehr, an Deck zu gehen. Sie zieht den Wettermantel aus und wirft ihn achtlos auf einen Hocker. «Ich will mir nicht weitere Scherereien einhandeln», sagt sie schroff. «In etwas mehr als einer Stunde ... Cliff, zum Funker! Mein Flugzeug hinterherjagen! Der Pilot soll den Konvoi stoppen. Detjen darf kein Haar gekrümmt werden. Er soll ihn mitbringen. Stan soll ihn aufs Schiff schaffen und ein Auge auf ihn haben. Ende.»

Wie froh Isabella ist, daß sie heute nicht im Service-Büro arbeiten und freundlich lächeln muß! Sie ist gerade von dem ergebnislos verlaufenden Polizeieinsatz in ihre Wohnung zurückgekehrt, als das Telefon klingelt. Das Personalbüro teilt mit, es sei soweit, sie solle zu Hause bleiben und die Koffer packen. Am Spätnachmittag komme ein Wagen und hole sie ab. Die Linienmaschine werde sie auf dem Flug Nummer 6731 mitnehmen nach Luanda in der Kolonie Angola. Sie werde direkt in der Vertretung der Portugal Airways wohnen – ein hübsches Zimmer mit Klimaanlage.

Gehorsam hat Isabella Solano angefangen zusammenzuräumen, was sie mitnehmen will. Das Packen geht ihr nicht von der Hand; sie ist überhaupt nicht bei der Sache. So lange hat sie auf diesen Tag gewartet, auf das Signal zum ersten Schritt in die weite Welt, und nun ... Sie empfindet keine Freude. Wie kann sie denn jetzt abreisen – ohne ein Lebenszeichen von Achim, ohne zu wissen, was mit ihm ist! Sie hat Angst um ihn und ist traurig, unsagbar traurig, weil sie nicht weiß, wie sie ihm helfen soll. Der Polizeikommissar hat ihr unmißverständlich zu verstehen gegeben, daß er nichts mehr für sie tun könne, ohne in Teufels Küche zu geraten – und danach verlange es ihn nicht. Sie ist auf eigene Faust noch einmal in den Jachthafen gefahren, ohne zu wissen, was sie sich eigentlich davon versprach – da war die «Amphytritis» nicht mehr da, der Liegeplatz leer. Ihre Frage nach dem Verbleib der weißen Jacht wurde mit Kopfschütteln und Achselzucken beantwortet.

Nun klammert sie sich an die Hoffnung, es werde plötzlich klingeln, und Detjen werde vor der Tür stehen. Nein, sie kann sich einfach nicht vorstellen, daß alles so endet!

Es klingelt tatsächlich – das Telefon. Isabella läßt fallen, was sie gerade in den Händen hält, und eilt zum Apparat. «Ja?» fragt sie in gespannter Erwartung.

Am anderen Ende der Leitung spricht eine Männerstimme, die ihr unbekannt ist. Die fremde Stimme spricht englisch mit unverkennbar amerikanischem Akzent. Sie will wissen, ob da Senhorita Isabella Solano sei. Erst, nachdem Isabella das bestätigt, fährt die Stimme fort: «Ich möchte Mister Detjen sprechen. Mein Name ist Wilson, James D. Wilson. Wir kennen uns aus Köln.»

Isa ist sehr aufgeregt. Meldet sich da ein Verbündeter, ein Mann, mit dem sie ihre Sorge um Achim teilen kann? «Leider weiß ich nicht, wo Mister Detjen jetzt ist.»

«Würden Sie die Freundlichkeit haben, ihm etwas auszurichten, sobald er erscheint?»

«Sehr gern!» Schon zieht sie sich eifrig den Zettelkasten heran und nimmt einen Kugelschreiber. James D. Wilson bittet zu übermitteln, daß er Achims Anruf im Hotel «Presidente», Appartement Nummer 12, dringend erwarte. Und zum Schluß sagt er – sehr salopp und gerade deshalb vertrauenerweckend: «Machen Sie sich keine Sorgen um ihn, Senhorita. Er wird in absehbarer Zeit bei Ihnen aufkreuzen.»

Für den Spezialagenten ist es unvorstellbar, daß die Interarms-Leute nicht jeden seiner Wünsche im Handumdrehen erfüllen.

Nach dem Anruf geht Isabella das Packen leichter von der Hand. Sie will damit fertig sein, wenn Achim kommt, und Zeit für ihn haben.

20

Was mag im Kopf dieses John vorgehen? Er sitzt breit und behäbig an der aufgeschlagenen Plane und läßt die Landschaft an sich vorüberziehen. Sein massiger Körper schaukelt im Rhythmus der Fahrbewegungen, und im gleichen Takt wackelt sein Kopf. Detjen beobachtet ihn seit einiger Zeit.

Nein, in diesem Gehirn geht gar nichts vor. Dieser Mann hat weder einen eigenen Gedanken noch einen eigenen Willen. Er führt Befehle aus, mehr nicht. Ganz sicher führt er sie mit Gründlichkeit aus, um bei seinem Boß eine gute Nummer zu haben. John erinnert an einen Bluthund. Ausreichend Fressen und gelegentliches Streicheln – und er ist zu jeder befohlenen Gewalttat fähig. Wahrscheinlich kommt er sich dabei noch groß vor.

Achim versucht ein Gespräch. «Wir fahren ja ewig! Es geht zu einem neuen Versteck, wie?»

Der Dicke dreht sich um, sieht ihn verwundert an und grinst. Sein Gefangener muß ganz schön die Hosen voll haben! Will er sich anbiedern?

«Im Museum ist der Boden zu heiß geworden, was?» fährt Detjen fort. «Ich mache dir 'nen Vorschlag: Steig aus der Geschichte aus, ehe es zu spät ist. Vielleicht weiß man auch schon von eurem neuen Versteck? Für dich wäre es das beste, du würdest mit mir abspringen. Ich könnte dich irgendwo hinbringen, wo du absolut sicher bist!»

Der schwammige Koloß grinst nicht mehr. «Lied aus!» sagt er grob über die Schulter.

Achim gibt nicht auf. Hat er denn eine andere Chance, als sich mit dem Kerl zu arrangieren? «Meine Freunde sind nicht fein, und sie haben die Fotos und den Plan des Hauses am Meer aus eurem Geheimzimmer. Nun rate mal, wie die darüber denken! Sie unterhalten sich nicht mal mit dir! Nicht, daß sie versuchen würden, dich hinter Schloß und Riegel zu bringen! Mit so was halten die sich nicht auf. Ratata – und einen wie dich treffen sie mit geschlossenen Augen, so einen Fettwanst kann man doch gar nicht verfehlen! Und aus ist es mit dem guten Essen und den kleinen Mädchen.»

«Schnauze!»

Achim läßt keinen Blick von ihm. «Du bist doch 'n Profi! Du weißt genau, daß man gegen einen Schuß aus dem Hinterhalt wehrlos ist. Du weißt nie, wann er kommt. Und du bist erst Mitte Dreißig... Na ja, hast ja bisher ein schönes Leben gehabt.»

John schweigt. Er starrt wieder stur auf die Straße hinaus.

«Wenn du jetzt mit mir abhaust», bohrt Detjen weiter, «würden die im Fahrerhaus das nicht einmal merken. Meine Freunde zeigen sich erkenntlich, und bei ihnen bist du sicher. Noch ist das drin, John! Wenn du mich dagegen umbringst... Mann! Ich kann dich nicht dran hindern, aber du mußt dir darüber klar sein, daß du dann ein Mörder bist. Eure Waffenschiebereien könnt ihr unter euch ausmachen, aber dann kennt jeder Polizist deinen Steckbrief. Es nutzt dir nichts, wenn du aus Portugal abhaust – Interpol jagt dich überall, und die hat schon größere Fische zur Strecke gebracht. Du bist doch 'n kluges Kind, Dicker! Willst du für deinen Boß den Kopf hinhalten? Für die Bombe im Flugzeug macht dich keiner verantwortlich – das ist nicht auf deinem Mist gewachsen. Was den Mordversuch angeht, das abgestürzte Auto – Schwamm drüber!»

«Das war Stan!» stellt John richtig. «Er hat die Bremsschläuche durchgeschnitten.»

Achim verzieht keine Miene. Freude über den ersten Erfolg zu zeigen wäre verfrüht und könnte alles verderben. Der Dicke ist ein schwerfälliger Typ; er muß ihm behutsam und Punkt für Punkt beibringen, was er denken soll, muß ihm suggerieren, daß er eine eigene Entscheidung trifft, wenn er seinen Gefangenen laufen läßt, und muß ihm die Überzeugung einimpfen, daß jene Entscheidung für ihn die günstigste darstellt. Im Prinzip ist das Unternehmen aussichtsreich – solche Leute verkaufen ihre Dienste immer dem, der ihnen die meisten Vorteile verspricht. Ihre Bereitschaft, die eigene Haut zu Markte zu tragen, hält sich demzufolge in Grenzen. Es ist ein reiner Test, daß Achim, der Nichtraucher, fragt: «Hast du mal 'ne Zigarette für mich?»

Ohne zu zögern nimmt der Dicke sein Päckchen aus der Tasche und will über die Kisten zu Detjen turnen. Achim versteht nicht, warum er plötzlich innehält, nach hinten zurückkehrt, aufsteht, sich am Gestänge der Plane festhält und zum Himmel sieht. Was John hört, kann er nicht wahrnehmen. Dazu sitzt er zu dicht hinter der Fahrerkabine. Das Motorengeräusch deckt für ihn jedes andere zu. Immer noch geht es, von geringen Unterbrechungen abgesehen, bergauf, immer noch wird vorwiegend in kleinen Gängen gefahren.

Jetzt sieht Achim das Flugzeug. Es kommt von der Spitze des Konvois her über das Fahrzeug hinweg und wird nun durch die Öffnung in der Plane sichtbar. Achim sieht es nur wenige Sekunden. Es fliegt sehr tief. Hinter dem Konvoi zieht der Pilot steil hoch. Er muß eine Schleife beschreiben, denn gleich darauf ist die Maschine wieder zu sehen. Dicht über der Straße folgt sie dem Lkw und wackelt, ehe sie unmittelbar hinter dem Wagen neuerlich steigt.

Der Flugzeugtyp ist Detjen bekannt. Dieser schmucke abgestrebte Hochdecker ist der «Himmelsfalke», die «Skyhawk» der Cessna-Werke; seit 1955 auf dem Markt und bereits das meistverbreitete viersitzige Reiseflugzeug der Welt. Außer Privatfliegern besitzen es als Schul- und Verbindungsmaschine auch beispielsweise die US-Army, die Bundeswehr und die Armeen Perus und Ekuadors. Achim hat schon in der «Skyhawk» gesessen, immer auf dem Sitz neben dem uniformierten Kurierflieger seiner Dienststelle, und natürlich hat er sich als ehemaliger Pilot genau über den hübschen Vogel unterrichten lassen. Wie die Mehrzahl der zum Verkauf an Amateurflieger bestimmten Maschinen ist der «Himmelsfalke» vergleichsweise einfach zu handhaben, und solche Raffinessen wie Blindflug- und -landegeräte braucht er nicht. Man bewegt sich mit ihm in der Luft wie mit einem Pkw auf der Straße. Detjen würde einiges dafür geben, in der Cessna zu sitzen und einfach abdrehen zu können. Aber er sitzt gefesselt in diesem verfluchten Lkw.

Jetzt kommt John doch herangeturnt und schlägt mit der Faust an die Rückwand des Fahrerhauses. Von vorn wird das Verbindungsfenster aufgemacht. «Habt ihr gesehen?» fragt der Dicke sofort aufgeregt. «Das ist doch die Maschine vom Chef, oder ...?»

«Das ist sie», bestätigt der Mann am Steuer. «Nun kommt sie wieder. Die wollen was von uns.»

«Kann die Mühle hier irgendwo landen?»

«Die braucht nicht viel Platz. Da vorn ist so 'n Plateau. Es könnte reichen.»

«Dann fahr dort rechts 'ran und halte!» bestimmt John.

«Und die anderen?» klingt es zurück.

«Die holen wir nachher wieder ein.»

Detjen ist ebenso gespannt wie die Besatzung des Lasters. Die verrät durch ihr Benehmen, daß das Auftauchen des Flugzeuges ungewöhnlich und überraschend kommt und aus dem Alltag dieser Gangster herausfällt. Er überlegt fieberhaft. Was kann in Lisboa geschehen sein, das die Godiva veranlaßt, den Konvoi auf halbem Wege zu stoppen? Eine Antwort fällt ihm nicht ein. Er könnte nur raten, und das führt zu nichts. Viel bedeutsamer ist für ihn, daß die «Skyhawk» den so erfolgreich begonnenen Dialog mit John unterbricht und vielleicht neue Weichen für das Verhalten des Dicken stellt.

Der Lkw wird noch langsamer und schwankt hin und her. Die Aufbauten ächzen. Das Gefährt verläßt die Straße und rollt ein Stück auf unebenem Gestein, ehe es hält. Der Motor wird abgeschaltet, und da hört Achim plötzlich ganz deutlich den Landeanflug der Cessna. Er kennt dieses veränderte

Triebwerkgeräusch, er weiß genau, was der Pilot tut, um eine ordentliche Dreipunktlandung auszuführen. Dann stottert der Motor. Stille. Die Luftschraube steht. Der «Himmelsfalke» ist unten.

Hinten springt John ab. Offenbar geht er dem Piloten ein Stück entgegen, denn als seine Stimme hörbar wird, da ist sie ziemlich weit entfernt.

«Welcher Wind weht dich denn hierher, Hal?»

Der Pilot spricht, als wäre er eben im Stimmbruch, aus einem sonoren Tonfall wird unvermittelt ein Kicksen. «Befehl vom Boß: Ihr fahrt ohne Passagier weiter. Den Versicherungsschnüffler übernehme ich. Mit dem haben sie in Lissabon noch etwas vor.»

Detjen beißt die Zähne zusammen. Eine völlig neue Situation! Den Plan, ihn an entlegenem Platz umzubringen, scheint man aufgegeben zu haben. Sonst hätte man kaum die Cessna hierher gejagt. Dieser Gedanke ist schon recht beruhigend! Wenn ihn jetzt die Godiva in ihrer Nähe zu haben wünscht, was bezweckt sie damit? Versicherungsdetektiv Detjen von der «Confidentia» in Köln, Schadowstraße 105, als Faustpfand für irgendwelche Verhandlungen? Mit Born vielleicht? Aber die Interarms und Born setzen sich doch nicht freiwillig an einen Tisch! Wer soll den Unparteiischen spielen? Darauf findet er keine Antwort. Eines jedoch steht fest: Bei der Godiva und wahrscheinlich unter der direkten Aufsicht von Johns Kumpan Stan sind ihm die Hände gebunden. Außerdem macht der Hagere einen intelligenteren Eindruck als der Dicke. Er wäre kaum zu gewinnen, er wüßte wohl zu genau, daß der Arm der International Armaments Corporation weit reicht. Und je länger Achim gefangen ist, desto geringer wird die Aussicht, an das Gepäck Hohlfelds heranzukommen.

John kommt zurück und zerrt Detjen an den Beinen aus dem Wagen, fängt ihn auf und stellt ihn hin. Der Pilot, ein langer Mann mit rötlichem Haar und sommersprossigem blassem Gesicht, grinst angesichts dieses Jammerbildes. Die ehemals weiße Jacke des Tropensmokings läßt kaum noch die Grundfarbe erkennen, die Hose ist beim Schleifen über die scharfkantigen Kisten an mehreren Stellen aufgerissen. Achim unterstützt den traurigen Eindruck, den er macht und dessen er sich sofort bewußt wird. Er steht da mit krummen Knien, hängenden Schultern und eingezogenem Kopf. So reicht er dem Piloten kaum bis an die Schultern. Der mustert ihn von oben bis unten. So ein Aufgebot wegen dieses Männleins, denkt er. Den stoße ich doch mit dem kleinen Finger aus dem Anzug!

«Da hast du ihn», sagt John und wendet sich zurück zum Lkw.

Der Lange hält ihn an der Schulter fest. «Soll ich ihn vielleicht zur Maschine tragen? Hab dich nicht, und mach ihm die Fesseln los! Der hat doch genug.» Und zu Detjen: «Bist du schon mal geflogen?»

Achim sieht zur Cessna hinüber. Die steht goldrichtig am Ende des Plateaus und wendet der Straße die Nase zu. Der Pilot hat sie gleich dem Wind entgegen gedreht; er müßte bloß noch starten. Detjen fällt noch mehr zusammen.

«Mit richtigen Flugzeugen, ja», sagt er unbehaglich. «Aber mit sowas ...»

«Wehe, du kotzt mir die Kabine voll», knurrt der rothaarige Pilot. Er ist jetzt völlig überzeugt, daß ihm von diesem Mann keine Gefahr droht. Der wird sich unterwegs mucksmäuschenstill verhalten und dem Herrgott danken, wenn er wieder auf festem Boden steht. Und auf dem Flughafen wartet Stan!

Endlich fallen die Fesseln. Arme und Beine sind steif geworden. Achim stöhnt; als er die ersten Schritte macht, droht er fast zu stürzen und fängt sich scheinbar mühsam. Neben dem Langen her stolpert er auf die Maschine zu. John bleibt beim Lkw zurück. Der fährt noch nicht ab. Im Fahrerhaus hängen sie aus den Fenstern und sind neugierig auf den Start der «Skyhawk» von dem kleinen Plateau.

Sie gehen annähernd dreihundert Meter über festen, vom Wind polierten Felsboden. Detjen erinnert sich krampfhaft.

Wieviel Startrollstrecke brauchte die Cessna? So um dreihundert Meter müssen das sein – das ist fast allen Reiseflugzeugen dieser Größenordnung mit Kolbenmotoren gemeinsam. Es müßte reichen. Es müßte um so mehr reichen, wenn die Maschine nur mit einem Mann besetzt ist. Fracht ist nicht an Bord. Der Tank wird nicht mehr voll sein. Behutsam öffnet und schließt Achim beim Gehen die Faust, spannt die Muskeln und probiert sie aus.

Der Pilot achtet nicht darauf. In seiner weißen Hose und einem Sporthemd mit Schulterklappen und großen Taschen läuft er mit langen Schritten und findet es ganz natürlich, daß Detjen Mühe hat, neben ihm zu bleiben.

«Wenn du unterwegs Sperenzchen machst, gehen wir beide drauf» sagt er, um Achim einzuschüchtern. «Wenn du dich ruhig verhältst, bringe ich dich heil in Lisboa 'runter, das garantiere ich.» Nach ein paar Schritten zieht er eine Pistole aus der Hosentasche und zeigt sie vor: «Außerdem – ich mag an Bord keinen Krawall.»

Der Einstieg an der Maschine steht offen, den hat der Pilot vorhin nicht geschlossen. Detjen bleibt stehen, als zögere er, einzusteigen. Der Lange nimmt ihn am Arm.

«Komm, komm!» ermuntert er. «Dir passiert nichts.»

«Aber dir!» stößt Achim hervor und rammt seinem Begleiter die Faust in den Magen. Er legt all seine Kraft und die Hoffnung, aus der Klemme herauszukommen, in der er steckt, in diesen einen Schlag. Der Hieb trifft genau. Der Rothaarige klappt zusammen wie ein Taschenmesser und bleibt liegen. Die Pistole ist ihm aus der Hand gefallen. Detjen hebt sie auf und springt ins Flugzeug. Er zieht den Starter. Der warme Motor brüllt sofort auf und dreht den Propeller.

Nun stellt sich heraus, daß Achim im Kurierflugzeug doch nicht gut genug aufgepaßt hat. Theorie ist die eine Seite, Praxis die andere. Mehr Zeit als erwartet braucht er dazu, sich mit den Bedienungselementen vertraut zu machen. Als er endlich die Bremse lösen kann, sieht er mit Schrecken, daß sich der Lkw in Bewegung gesetzt hat und mit voller Fahrt auf die

Cessna zukommt. Auf dem Trittbrett am Fahrerhaus steht John und zerrt etwas Metallenes unter dem Sakko hervor. Schießen wird er erst, wenn die Entfernung geringer geworden ist.

Die Maschine rast genau auf den Laster zu. Dabei wird sie immer schneller. Achim kann nicht ausweichen. Das Plateau ist zu schmal, viel zu schmal. Er muß sich darauf verlassen, daß seine Nerven besser sind als die der anderen. Sie sind besser! Der Lastwagen stoppt. Wahrscheinlich wird der Fahrer jetzt versuchen rückwärts zu rollen.

Nein! Zwei Männer springen heraus und reißen John mit sich zu Boden. Die beiden schmiegen sich fest ans nackte Gestein. Der Dicke reißt die Pistole hoch.

Detjen hält den Atem an, als er das Steuerhorn mit beiden Händen zu sich heranzieht. Reicht es schon, oder knallt er die «Skyhawk» in voller Fahrt gegen den bulligen Kühler des Lasters? Das wäre das sichere Ende.

Das Stoßen des Fahrwerks auf dem felsigen Grund ist sofort weg. Die Cessna, jäh in ihrem eigentlichen Element, schaukelt ein wenig und hebt gehorsam die Nase. Schon liegt der Lkw unter ihr, hinter ihr, und sie steigt weiter.

Die Orientierung fällt Achim leicht. Er braucht nur der Straße zu folgen, auf der der Lastwagen herauf in die Berge kroch. Sie wird ihn mit Sicherheit zurück nach Lissabon führen. Da er jetzt von hoch oben auf sie niederblickt, muß er sich nicht an ihre Windungen und Schleifen halten, sondern kann gleich die Hauptrichtung einschlagen. Und von Minute zu Minute findet er sich besser mit der «Skyhawk» zurecht. Sie erinnert ihn in vielem an die Beechcraft «Bonanza», mit der er in Argentinien den ehemaligen Colonel Krösing von Cordoba zur Hazienda kutschierte. Die beiden Maschinen gehören zur gleichen Kategorie, und der Umstand, daß die «Skyhawk» ein Hochdecker ist, macht sie sogar weniger empfindlich gegen das Ruder, macht sie gemütlicher. Es wäre gelacht, wenn er damit nicht bis Lissabon käme!

Je mehr sich Detjen mit der Cessna der Hauptstadt nähert,

desto achtsamer fliegt er. Er drückt die Maschine so tief hinab, wie er es nur vertreten kann. Achim möchte vermeiden, daß die «Skyhawk» auf den mattgrünen Schirmen der Radaranlagen bei der Flugsicherung erscheint. Man würde ihn anrufen, und er müßte antworten, um nicht Verdacht zu erwecken. Sicherlich ist der Flug der Godiva-Privatmaschine gemeldet, sicherlich würde man es ganz normal finden, daß die Cessna jetzt von ihrem Trip in die Berge zurückkommt, aber – sobald sie auf dem Flughafen ausrollt, wären die Interarms-Leute da, und wenn sie auf freiem Feld landet, würde man bei der Flugsicherung an einen Unfall denken und eine Suchaktion starten. Detjen kann das eine so wenig brauchen wie das andere. Ihm schwebt vor, so nahe wie möglich bei der Stadt niederzugehen, an einem Punkt, von dem aus die öffentlichen Verkehrsmittel leicht zu erreichen sind.

Achim unterfliegt das Radar. Das ist nicht ungefährlich. Zwar überschreitet Detjen die mögliche Mindestgeschwindigkeit von 79 Stundenkilometern nur so weit, wie er es für angebracht hält, um die Maschine voll manövrierfähig zu haben, doch das sind immer noch über hundert Stundenkilometer, und da rasen die Gittermasten der Hochspannungsleitungen mit ihren durchhängenden Kabeln, rasen Fabrikschornsteine und baumgruppengekrönte Hügel unheimlich schnell auf ihn zu. Kirchtürme stellen sich ihm in den Weg. Er muß höllisch aufpassen. Dieser Flug strengt ihn sehr an und läßt ihn fühlen, daß er seit Argentinien nur noch selten die Gelegenheit hatte, ein Steuerhorn in der Hand zu halten. Er ist aus der Übung. Das macht ihm zu schaffen.

Ob die Godiva schon weiß, daß er ihren Piloten ausgeschaltet hat? Bei John hat er kein Funkgerät gesehen, aber weiß er, ob nicht eines der Spitzenfahrzeuge des Konvois damit ausgerüstet ist? Dann reden sie jetzt bereits darüber, wo dieser Versicherungsdetektiv wohl landen wird und wie sie ihn am besten abfangen können. Scheußlicher Gedanke! Achim nimmt die Pistole des Langen, nestelt – denn er kann ja das Steuer nicht loslassen – das Magazin heraus und sieht, daß eine Patrone fehlt. Wenn der Mann durchgeladen hat, steckt sie im Lauf. Achim führt das Magazin wieder ein, schiebt die Waffe in die Tasche und hofft, daß er sie nicht brauchen wird.

Unter ihm fährt jetzt ein Schnellzug in die Stadt. Seine und die Geschwindigkeit des Flugzeuges sind fast gleich. Die Cessna bleibt zurück, und das ist für den Lokführer gewiß ein großer Triumph. Zu Hause wird er erzählen, er sei mit einer Sportmaschine um die Wette gefahren und habe gesiegt.

Linkskurve. Was soll er auf dem Hauptbahnhof?

Er landet auf einer Wiese. Erst, als die «Skyhawk» schon Bodenberührung hat und er bei der Fahrt über Unebenheiten, Maulwurfshügel und Steine durchgerüttelt wird, sieht er, daß ein dünner Drahtzaun die Wiese umgrenzt. Achim bremst, so scharf er kann. Dabei sinkt das Bugrad tief in den weichen Boden. Trotz des laufenden Motors hört er das Brechen des Fahrwerks. Die Nase mit dem Propeller senkt sich bedenklich nach vorn, aber wie durch ein Wunder hat die Luftschraube immer noch genug Raum, sich weiterzudrehen. Detjen nimmt die Zündung heraus. Plötzlich ist Stille um ihn, wohltuende, friedvolle Stille. Eine Sekunde lang schließt er die Augen. Das ist noch einmal gutgegangen!

Nur eine Sekunde. Dann nichts wie 'raus, ehe die Neugier Leute aus dem Vorort herbeieilen läßt, dessen Dächer er jenseits eines Hügels erkennen kann. Er läßt das Fahrzeug zurück, wie es ist. Nur die Nylonkutte nimmt er mit, die offenbar dem Piloten gehört und die auf den hinteren Sitzen liegt. So, wie er ist, kann er nicht gehen. Ein Mann in einem zerschlissenen und verdreckten Tropensmoking fällt am hellen Tage zu sehr auf. Er schlüpft in die Kutte und kommt sich ein wenig wie eine Vogelscheuche vor, weil das Gewand natürlich viel zu lang für ihn, andererseits jedoch zu eng ist.

Den Feldweg, der direkt an der Wiese vorüber ins Dorf führt, benutzt er nicht. Er umgeht ihn in weitem Bogen und gelangt von der anderen Seite her auf den kleinen Marktplatz mit der Bushaltestelle. Als Unbeteiligter hört er die Gespräche der Leute über das Flugzeug, das «da hinten» abgestürzt sei.

Wer Zeit hat, ist auf dem Wege dorthin.

Halbleer fährt der klapprige Bus ab. Detjen benutzt ihn, bis er sich in der Stadt weiß und Aussicht hat, ein Taxi zu bekommen.

Zunächst aber sucht er eine Telefonzelle auf und wählt Isabella Solanos Nummer. Es berührt ihn, wie erleichtert und froh sie durch seinen Anruf ist, wie sie auflebt und geradezu jubelt. Sie erzählt gleich, was sie vergeblich unternommen hat, erwähnt auch Mister Wilson und bittet ihn, nur gleich nach Hause zu kommen.

Dann sitzt er im Taxi. Wilson hat angerufen. James D. Wilson. Dessen Anwesenheit in Lissabon kann nur bedeuten, daß die Gefährdung des streng geheimen NATO-Projekts durch das Flugzeugattentat weite Kreise gezogen hat, ja, auch im Pentagon Unruhe erzeugte. Keine Frage, daß Wilson bei der Klärung des Sachverhalts sehr schnell ein Auge auf die Interarms warf, keine Frage auch, daß er den «Verbündeten» von Wieseneck konsultierte. Der hat vermutlich von ihm, Achim, gesprochen und Isas Anschrift weitergegeben. Dafür spricht, daß die Godiva anderen Sinnes wurde und ihr Flugzeug hinter dem Konvoi herjagte – Wilson hat sicherlich seine Auslieferung verlangt. Dies gewiß nicht zuletzt in Erinnerung an die guten Dienste, die ihm Detjen in Argentinien erwies, als er Krösing dazu bewog, auf den amerikanischen Kurs bei der Wiederbewaffnung der Bundesrepublik einzuschwenken, zum anderen aber auch aus der sachlichen Erwägung heraus, daß er nicht irgendein Versicherungskaufmann, sondern – wie Ministerialdirigent Dr. Hohlfeld – ein angesehener Mitarbeiter des Bonner Verteidigungsministeriums ist.

21

Die Atmosphäre ist gespannt. Zwischen Romana Godiva und dem Spezialagenten der Central Intelligence Agency knistert es, und jeder wünscht den anderen zum Teufel, ohne das zu sagen. Man knirscht mit den Zähnen und lächelt sich an. Nach außen hin ist dies ein Gespräch wie andere auch in der exklusiven Hallenbar des Hotel «Presidente». Chrom, Marmor, Leder – und die junge Dame an der Bar ist trotz der frühen Stunde schon im Abendkleid. An den Tischen bedienen befrackte Kellner. Obwohl es draußen hell ist, schaffen die Jalousien der deckenhohen Glaswand zur Straße ein mattes Halbdunkel. Licht brennt, und die Beleuchtungskörper an der Decke bilden Sternbilder nach, die Sternbilder des nördlichen Himmels. Auch der «Delphin» ist da.

«Ich fasse zusammen», sagt James D. Wilson. «Die CIA verbietet Ihnen, die Kreise von Leuten zu stören, deren Interessen in Portugal die unseren sind. Unter den gegenwärtigen Umständen hat die Truppe des Mister Born in Lissabon das Vorrecht. Habe ich mich klar ausgedrückt?»

Die Godiva dreht gereizt ihr Glas auf der Tischplatte. «Born und Lüders und wie sie alle heißen. Leute, die sich im eigenen Lande nicht sehen lassen dürfen! Nazis. Kriegsverbrecher.»

«Ihr tiefes Moralempfinden entzückt mich, Madam», erwidert der Spezialagent. «Nun behaupten Sie bloß noch, Sie hätten das Flugzeug in die Luft gejagt, um über Lüders alias Meier-Belzig Gericht zu halten, und ich bin zu Tränen gerührt!» Er beugt sich vor. «Was sollen diese Vokabeln von neunzehnhundertfünfundvierzig? Daß Lüders und wohl auch Born einmal schwarze Uniformen trugen – wen stört das noch? Brauchbare Leute. Wir wollen doch auf dem Teppich bleiben.» Er zündet sich eine Zigarette an und fährt fort, als wäre nichts gewesen: «Rücken Sie das Gepäck heraus, und wir bleiben Freunde.»

Sie antwortet nicht gleich. Die Godiva nimmt die Brille ab und massiert die schmerzende Nasenwurzel. Das dient ausschließlich dem Zweck, Zeit zu gewinnen. Sehr sorgsam wägt sie ab, wie weit sie gehen kann. In Gedanken geht sie noch einmal die auf der Jacht empfangene Funkantwort von Mister Cummings auf ihre Anfrage durch. So eindeutig war die nicht formuliert, daß sie sich später auf einzelne Punkte berufen könnte. Cummings hat sie angewiesen, der CIA «elastisch» entgegenzukommen und die Priorität des NATO-Projekts zu respektieren. Davon, daß sie sich in Portugal kampflos aus dem Geschäft drängen lassen soll, hat er nichts gesagt. Auch nicht davon, daß er wohlwollend schweigen wird, wenn sie, Phyllis Sherman, auf der nächsten Zusammenkunft der Filialleiter – solche Zusammenkünfte finden vierteljährlich statt – rückläufige Bilanzen vorlegt. Bisher waren sinkende Absatzkurven stets ein Greuel für ihn, und die Filiale Portugal hielt bislang in den Geschäftsberichten immer eine gute Position mit Aufwärtstrend. Daß sich das ändert, kann nicht im Sinne von Samuel Cummings sein, der in den Korridoren der Interarms schlicht «Big Sam» genannt wird, der «große Sam». Andererseits soll sie... Ein Teufelskreis! Wie einfach haben es doch im Vergleich zu ihr Diplomaten! Mit dem freundlichsten Lächeln würden die jetzt aufstehen und kundtun, daß sie erst neue Weisungen ihrer Regierungen einholen müßten. Sie dagegen... Natürlich könnte sie versuchen, «Big Sam» zu erreichen, nur – es käme keine Verbindung mit dem Chef des Unternehmens zustande. Nicht, bevor das hier bereinigt ist.

«Eine Gegenfrage, Mister Wilson. Sie sagten eben: ‹Unter den gegenwärtigen Umständen hat die Truppe des Mister Born in Lissabon das Vorrecht›... Was habe ich unter ‹den gegenwärtigen Umständen› zu verstehen? Welcher Zeitraum soll damit abgesteckt werden? Und was heißt ‹Vorrecht›, in Prozenten ausgedrückt?»

Daß sie ein hartnäckiges Luder sei, denkt der Spezialagent nicht ohne Anerkennung. Daß sie seine Bemerkung wörtlich wiedergeben kann, spricht ebenfalls für sie. Nur soll sie nicht versuchen, ihm das Leben schwerzumachen. Vielleicht ist es ratsam, sie wissen zu lassen, wie genau er über sie unterrichtet ist, um sie zu verunsichern.

«Berechtigte Fragen, Mistreß Sherman», räumt er katzenhaft freundlich ein. «Sie erwarten doch wohl nicht, daß ich mit Daten und Uhrzeiten aufwarte? Aber eine Antwort sollen Sie haben: Die Geschäfte des Herrn Born sind mir von dem

Moment an schnuppe, in dem die portugiesische Regierung ein gewisses Abkommen verbindlich unterzeichnet hat und in dem eine Bonner Expertengruppe hier ihre Arbeit aufnimmt. Man wird Sie rechtzeitig in Kenntnis setzen, wenn es soweit ist. Bis dahin, meine Teure, erlaubt sich die CIA, obwohl es ihr durchaus nicht an Arbeit fehlt, ein Auge auf Ihre Unternehmungen zu haben.» Er drückt die Zigarette schon wieder aus, lehnt sich zurück und faltet die Hände über dem Leib.

Auf die Nennung ihres Klarnamens hin hat sie mit keiner Wimper gezuckt. Damit kann er sie doch nicht aus den Angeln heben! «Sie sind mir noch eine Erklärung schuldig, welche Vorrechte Sie Herrn Born eingeräumt zu sehen wünschen. In Prozenten ...» Was das angeht, wird sie nicht lockerlassen. Das gebietet ihr der Selbsterhaltungstrieb. Sie muß etwas in der Hand haben, womit sie Cumming gegenüber operieren kann.

Dafür hat Wilson sogar Verständnis. «Gehen wir einmal davon aus, daß die CIA über die Höhe der Rüstungskäufe Portugals exakt unterrichtet ist, dann würde ich meinen: ein Drittel Interarms, zwei Drittel Born. Unter den gegebenen Umständen!»

Die Godiva steht auf. «Nein!» sagt sie scharf. «Das kommt überhaupt nicht in Frage.»

Auch Wilson wuchtet sich aus dem Sessel hoch. Er hat gesagt, was gesagt werden mußte; er läßt die Thematik nicht zum Diskussionsgegenstand werden. «Zwei Drittel Born – ein Drittel Interarms», wiederholt er.

«Dann sehe ich mich außerstande, Ihnen das Gepäck der beiden Deutschen zu übergeben.»

Der Spezialagent braust nicht auf. Er wird auch nicht lauter. Für die Erregung der Godiva hat er durchaus Verständnis, doch er steht hier, um die Sache zu bereinigen – schnell, gründlich und geräuschlos. In der Relation ist Beja wichtiger als der Umsatz der Interarms. Das entscheidet seine Haltung.

«Wir treffen uns in genau zwei Stunden wieder», sagt er kühl. «Hier im ‹Presidente›! Sie haben dann, bitte, das Gepäck bei sich.» Ein Fingerschnippen ruft den Kellner heran. «Auf meine Rechnung!» sagt er. «Appartement zwölf.»

Aufgeregt und froh ist Isabella Solano. Nun, da Achim Detjen wieder bei ihr weilt, ist ihre Sorge um ihn weggewischt. Sie klingt nach in der großen Zärtlichkeit, mit der sie ihn empfangen hat, und mit der Fürsorge, die sie ihm nun angedeihen läßt. Nur Stunden bleiben ihnen noch, bis ein Wagen der Portugal Airways sie abholen wird zum Flug nach Luanda, in das Verwaltungszentrum der Kolonie Angola mit ihrem Reichtum an Kaffee, Diamanten, Mineralrohstoffen, Sisal, Getreide und Nutzholz, zu ihrem künftigen Einsatzort. Wohlweislich hat sie die gepackten Koffer in den Schrank gestellt und auch die frisch gebügelte weiße Uniform für den Dienst in den Tropen wieder weggehängt. Die Freude über das Wiedersehen soll nicht gleich von Abschiedsgedanken überschattet werden. Später vielleicht... Jetzt will sie nicht davon anfangen. Sie hat Detjens Gabardineanzug bereitgelegt und wirtschaftet nun in ihrer Kochnische.

«Und wo ist die Cessna jetzt?» ruft sie ins Bad hinüber.

Achim hat nur in großen Zügen erzählt, was er durchmachte, und dabei die Gefahr kräftig untertrieben. Es ist ja gutgegangen!

«Die Cessna?» antwortet er. «Die steht unten im Flur. Wenn sie da stört, bringe ich sie in den Keller.»

Isa lacht. «Ach, du Teufel!» sagt sie glücklich. «Und mir hast du erzählt, daß du nur wenig von Flugzeugen verstehst! Hoffentlich bist du dir wenigstens bewußt, daß dich jetzt alles sucht, was in Portugal mit Flugsicherung zu tun hat. Sie haben dich doch im Radar gehabt!»

Er frottiert sich die Haare und schmunzelt. «Das glaube ich nun wieder nicht! Ich bin sehr tief geflogen und über Hecken, Bäume und Kirchtürme gesprungen. Weißt du, ich war schon immer ein rücksichtsvoller Mensch – ich werde mich hüten, die internationale Luftfahrt durcheinanderzubringen!»

«Und wo hast du das gelernt?»

Das Geschirrklappern hat aufgehört. Es ist still in der Kochnische.

Achim zögert einen Augenblick. Am liebsten würde er ganz ehrlich sein. Tiefflug mit allen Raffinessen hat er in Wahrheit während seiner Ausbildung als Schlachtflieger bei der Naziluftwaffe gelernt. Das gehörte zum Training des Angriffs auf stehende und bewegte Bodenziele. Der Doppeldecker HS-123 war eigens dafür konstruiert. Aber das darf er nicht erzählen. Jene Fertigkeiten hat der Mann Werner Bredebusch erworben, der heute Oberstleutnant im Ministerium für Staatssicherheit der Deutschen Demokratischen Republik ist. Isa kennt nur den Versicherungsdetektiv Achim Detjen aus Köln, einen ehemaligen Jagdflieger. «Ich bin während des Krieges geflogen», entschließt er sich zu einer halben Wahrheit. «Ich spreche nicht gern davon. Es war schrecklich.»

Das akzeptiert sie. Sie fragt nicht weiter und dringt nicht in ihn.

Später, als sie am Tisch sitzen, erzählt Isabella ihre eigenen Erlebnisse. Wie der Polizist mit dem harten Gesicht ihr beigestanden und dem Polizeikommissar einen Vorwand zum Eindringen ins Ethnographische Museum geliefert hat, berichet sie, wie das Gebäude ergebnislos durchsucht worden ist und wie völlig ratlos sie, Isa, gewesen ist. Von ihrer Verfolgungsfahrt in den Jachthafen spricht sie und von der ständigen Angst, «abgehängt» zu werden. «Du hättest das sicherlich viel geschickter gemacht als ich», sagt sie. «Du hast da Übung, aber ich... Ich wollte doch nur, daß dir nichts passiert.»

«Du warst großartig», erwidert er leise und nimmt ihre Hand. Noch nie ist er einem solchen Mädchen begegnet. Er wehrt sich gegen die Vorstellung, daß er sie bald aus seinem Gesichtskreis verliert und daß nichts bleibt als die Erinnerung. Er könnte sich so gut ausmalen, wie ein Leben mit Isabella wäre. Aber es ist unmöglich, ist unmöglich, weil sie in Wahrheit einen Mann und seine Geschichte liebt, die es beide nicht gibt.

Von der Jacht erzählt sie nun und daß sie durch eine Anfrage beim Hafenamt in Erfahrung gebracht hat, daß die «Amphytritis» unter portugiesischer Flagge läuft, aber Professor Romana Godiva gehört, einer Bürgerin der Vereinigten Staaten von Nordamerika.

Von der Jacht hört Achim zum erstenmal. Auch Born hat nichts von ihr gewußt, sonst hätte er sie erwähnt. Kein Kompliment für Herzog. Er und seine Leute machten es sich wohl zu leicht. Das Ethnographische Museum außerhalb jeden Verdachts, die Godiva eine weltentrückte, versponnene Wissenschaftlerin, die Born mit ihrem Wissen über Masken verblüffte, einem Wissen, das auf zwei A-4-Seiten Schreibmaschinentext Platz hat, und von dieser «Amphytritis» keine Ahnung. Detjen ist sofort klar, daß das Schiff der Professorin hervorragende Dienste leistet. Abgesehen davon, daß die Fotos, die er im «Fratzenmuseum» fand, sicher von Bord der Jacht aus aufgenommen wurden – zweifellos verfügt sie über Hochleistungsfunkanlagen, die es der Chefin der portugiesischen Interarms jederzeit gestatten, in direkten Kontakt mit der Zentrale zu treten. Eine große Funkanlage in einem Haus, noch dazu in einem Museum, wäre verdächtig, die Antennen würden auffallen und das umständliche Einholen von Lizenzen erfordern, hundert Fragen nach dem Warum und Wozu müßten beantwortet werden – auf einem Schiff ist das alles eine Selbstverständlichkeit, im Gegenteil, hier würde das Fehlen von Sende- und Empfangsanlagen merkwürdig erscheinen.

Achim weiß jetzt, wo sich die Zentrale der Filiale befindet. Sie auf die «Amphytritis» zu legen, das war geradezu genial! Eine Jacht dieser Größenordnung hat viel Ähnlichkeit mit einem mittelalterlichen Wasserschloß, wie er es in der Eifel kennengelernt hat – ringsum Wasser, und die einzige Zugbrücke ist leicht zu bewachen. Nur hat ein Schiff den großen Vorteil, daß man beim Herannahen von Gefahr den Anker lichten und mit seiner ganzen Festung auf und davon fahren kann.

Das Gepäck des Ministerialdirigenten Dr. Hohlfeld und des

Kaufmanns Eberhard Lüders befindet sich an Bord der Jacht! Eine ganz einfache Schlußfolgerung. Bleibt nur die Frage: Wie soll Achim auf die «Amphytritis» kommen? Er und sein Name sind schließlich in den Kreisen der Interarms mehr als hinlänglich bekannt.

»Ich muß dir ein großes Kompliment machen, Isa», sagt er. «Was du ermittelt hast, bringt mich ein gewaltiges Stück voran. Du hast genau das Glied in der Kette gefunden, das mir noch fehlte. Jetzt sehe ich klar!»

Sie freut sich über das Lob. Daß sie ihm nun doch helfen konnte, vertieft die Gemeinsamkeit zwischen ihnen. Aber dann erschrickt sie.

«Du willst doch nicht etwa hingehen?»

Achim massiert sich unschlüssig das Kinn. «Wenigstens mal ansehen, hm?»

Sie sieht ihn an. Nach dem Bad, frisch rasiert und in dem unversehrten Gabardineanzug wirkt er wieder unternehmungslustig und ist voller Tatendrang. Isas Blick schweift zu der Papiertüte, die sie in den Flur gestellt hat. Aus ihr ragt, was von dem schönen Tropensmoking übriggeblieben ist – Textilrohstoff, Lumpen. Da seufzt sie.

«Warum tust du das?» fragt sie leise. «Hast du denn noch nicht genug getan? Was kann deine Versicherung mehr verlangen, als daß du den Sachverhalt klärst?»

Da ist es wieder, was wie eine unsichtbare Mauer zwischen ihnen steht. Gegenüber dem Versicherungsprüfer Achim Detjen hat sie recht. Der könnte eine eidesstattliche Erklärung abgeben und den Fall zu den Akten legen. Was soll er ihr sagen?

«Ich bin eben ein besonders gründlicher Mensch», erwidert er, und es klingt recht hilflos. «Ich kann nicht aus meiner Haut.»

Sie sieht ihn mit ihren großen dunklen Augen an und hat ein ganz kleines zärtliches Lächeln. Waren es nicht gerade seine Hartnäckigkeit und Gründlichkeit, die ihr diesen Mann so sympathisch machten und sie dazu brachten, ihn insgeheim zu bewundern? Isabella kann nicht anders – sie nimmt seinen Kopf zwischen beide Hände und küßt ihn. Sie möchte ihn ja nicht anders.

Er ist ihr dankbar für dieses Verhalten. «Gibst du mir noch einmal dein Auto?» bittet er.

Sie reicht ihm die Schlüssel und schafft es, ihn zur Tür zu bringen, ohne von ihrer bevorstehenden Abreise zu sprechen. Vielleicht würde ihn das hindern zu tun, was er in seiner Gründlichkeit für nötig hält. Das will sie nicht. So erinnert sie ihn nur daran, daß er James D. Wilson anrufen soll – Hotel «Presidente», Appartement 12 –, und bittet ihn, das ist nun fast schon die Regel bei jeder Trennung, auf sich aufzupassen.

Als er gegangen ist, steht sie eine Minute lang mit hängenden Armen in der plötzlich so leeren Einzimmerwohnung. Aber sie hält das Lächeln von vorhin noch fest, als sie sich wieder an den Tisch setzt und Schreibzeug heranzieht. Auf alle Fälle wird es so leichter sein.

Die City von Lissabon ist ihm schon sehr vertraut. Ohne Orientierungsschwierigkeiten steuert Detjen den wendigen NSU-Prinz durch die Stadt. Ein Gutes haben die Erdbeben gehabt, die Lisboa in der Vergangenheit mehrfach heimsuchten – das Straßenbild der Unterstadt wurde geradlinig und übersichtlich. Der Weg zum Jachthafen ist leicht zu finden.

Aber dorthin fährt er nicht. Je länger er darüber nachdenkt, desto klarer wird ihm, daß ein Besuch der «Amphytritis» einem Selbstmord gleichkäme. Damit wäre niemandem gedient. Er geht Punkt für Punkt durch, was er dem Ministerium für Staatssicherheit in Berlin melden kann, ohne das Material eingesehen zu haben. Bei Licht betrachtet, ist das eine ganze Menge. Zunächst einmal hat er erfahren, daß ein NATO-Projekt offenbar gigantischen Ausmaßes in Portugal geplant ist, dies unter der Federführung des Bonner Verteidigungsministeriums. Der Erzfaschist Born hat mit die Grundlagen dafür gelegt. In Lisboa gehört neuerlich zu den Gehilfen des Militärattachés Oberstleutnant Niese, der noch vor gar nicht langer Zeit zum Stab des Brigadegenerals Becker gehörte und hier mit Born eng zusammenarbeitet, als eine Art Verbindungsmann. Brigadegeneral Becker befaßt sich im Ministerium mit strategischen Fragen. Die Abteilung des Oberst Krösing, zu der Detjen gehört, hat für ihn mehrfach Materialien zusammenstellen müssen, die sich auf den Operationsradius verschiedener Maschinentypen und Fragen der rückwärtigen Dienste der Luftwaffe bezogen. Eines Tages brachte Krösing von einer Stabsbesprechung folgendes Bonmot mit: «Frage des Generals Becker: ‹Wo ist für die strategische Luftwaffe der BRD der sicherste Platz?› – Antwort: ‹Auf alle Fälle außerhalb des Landes!› «Mit großer Wahrscheinlichkeit handelt es sich bei dem Vorhaben in Portugal nach alledem um eine reine Luftwaffenbasis. Von Wieseneck sprach von ausgedehnten Ländereien, die man benötigt, das unterstreicht die Hypothese.

Damit läßt sich doch schon viel anfangen! Das kann der erste Stein in dem Mosaikbild sein, das aus einer Vielzahl einzelner Beobachtungen und Meldungen zusammengesetzt wird, aus der Kontrolle der Personalbewegungen, aus der Lektüre des Anzeigenteils portugiesischer Zeitungen, in dem Firmen Arbeitskräfte für bestimmte Gegenden suchen, und durch Feststellung des Weges, den ausgesuchte Schiffsfrachten nehmen. Wie immer bei solchen Anlässen wird eine Flut von Dienstreisen einsetzen, wie sie Ministerialdirigent Dr. Franz Hohlfeld antrat, ohne sein Ziel zu erreichen. Auch Aufklärung ist letztlich Teamwork, das Zusammenwirken vieler.

Trotzdem wäre es natürlich ideal, einen Blick in die Unterlagen aus Bonn werfen zu können. Das steht außer Frage. Gibt es dazu wirklich gar keine Möglichkeit? Mister Wilson ist im Lande, hergeweht von der Sorge seiner Regierung um das NATO-Projekt. Es ist gefährdet, solange irgendwelche dritte das brisante Material in den Händen haben. Wilson hat sicherlich mit der Interarms verhandelt. Wird sie ihm das Gepäck aushändigen? Denkbar wäre es. Nun, auch seine Beziehungen zu Wilson sind nicht die schlechtesten.

Er hält an der nächsten Telefonzelle an. Den Anruf bei dem Spezialagenten noch länger hinauszuzögern ist nicht ratsam.

Mr. Wilson meldet sich nicht, hält sich nicht in seinem Appartement auf. Er hat jedoch seinen Schlüssel nicht beim Empfang abgegeben, folglich muß er im Hause sein. Ob man ihn über die zentrale Rufanlage suchen solle, wird höflich gefragt, aber das verneint Detjen. Geheimagenten lieben es nicht, ihren Namen aus Lautsprechern zu hören. Er wird ins Hotel fahren und den alten Bekannten schon finden.

Wieder windet sich der kleine Wagen flink durch den Lissabonner Verkehr.

22

Auch ein Anruf aus der Halle des Hotels «Presidente» bleibt ergebnislos. Im Appartement 12 meldet sich niemand. Detjen schlendert zur Bar, schwingt sich auf einen der Hocker und bestellt einen eisgekühlten Orangenjuice. Plötzlich hat er Mühe, die Augen offenzuhalten. So spurlos ging der Ausflug in die Berge nicht vorüber. Jetzt hängt er durch, so sehr er sich anstrengt, seine Schwäche abzuschütteln. Verschnaufen, nur eine Minute lang verschnaufen...

Die Wand hinter der Bardame in ihrem offenherzigen Abendkleid ist mit Spiegeln belegt. Seitenverkehrt zeigen diese Spiegel die jalousieverhangenen Außenfenster, die zu Sternbildern gruppierten Beleuchtungskörper an der Decke, den Marmorfußboden, die Trennwand und den Durchgang zur Halle, den Rückenausschnitt der bedienenden Dame, Gäste und Kellner an den Tischen und – James D. Wilson! Der sitzt, mit dem Rücken an der Wand, in einem Sessel, raucht eine dicke Zigarre und blättert gelassen in einer Nummer von «US News and World Report». Sehr zu fesseln scheint ihn das Nachrichtenmagazin nicht; er wendet die Seiten lustlos um.

Eigentlich könnte Achim sein Glas nehmen und zu ihm hingehen. Er bringt es nicht fertig. Die Beine sind ihm wie Blei. Als gehorche der Körper seinem Willen nicht mehr, bleibt Detjen sitzen und starrt in den Spiegel. Wie schön müßte es sein, jetzt schlafen zu können – tief, traumlos und in Isabellas Nähe. Merkwürdig, in der kleinen Wohnung hat er sich vorhin noch ganz munter und fit gefühlt. Hinter ihm kommen und gehen Gäste – alte und junge, dicke und dünne. Die älteren Dicken sind in der Mehrzahl. Das ist in Luxushotels immer so.

Achim duckt sich unwillkürlich. Das hat ihm noch gefehlt! Die Godiva kommt herein, und der drahtige junge Mann in ihrer Begleitung ist Stan, der ihm – laut John – die Bremsschläuche durchgeschnitten hat. Stan hat sich wieder feingemacht. Er trägt das Klubsakko und dieselben weißen Hosen wie auf dem Flugplatz. Achim reibt sich die Augen. Nicht, um die Müdigkeit zu verscheuchen – die ist wie weggeblasen. Er glaubt, sein Gesicht verdecken zu müssen. Nun zieht er am Strohhalm, ohne das Glas anzuheben. Er beugt sich tief darüber.

Die beiden beachten die Bar nicht. Ohne auch nur einen Blick an den Spiegel zu verschwenden, gehen sie geradewegs auf James D. Wilson zu. Der legt die «US News and World Report» beiseite und zieht unwillig die Brauen hoch. Leider kann Detjen das Gesicht der Godiva nicht sehen, doch der Spezialagent ist ungehalten. Seine Gesten machen das im Spiegel deutlich ablesbar. Und nun . . . Die Godiva wendet sich halb zur Seite, tippt sich verlegen an die Stirn und hat auf einmal wieder ganz die Haltung der versponnenen Maskenliebhaberin. Hier scheint sie um Verständnis für ihre Vergeßlichkeit nachzusuchen. Ein Wort zu Stan genügt, und der nimmt aus seiner Aktentasche einen Schreibblock. Das formatfüllende goldgeprägte «G» auf dem marineblauen Lederdeckel ist sogar im Spiegel deutlich zu erkennen. Die Professorin tritt ein wenig beiseite, wohl des besseren Lichts wegen, und schreibt eine knappe Notiz auf das oberste Blatt.

Dann macht sie, von Stan wie von einem Schatten gefolgt, ein paar Schritte auf den Ausgang zu.

Achim setzt alles auf eine Karte. Er rutscht vom Barhocker und geht unmittelbar an der Godiva und ihrem Begleiter vorüber. Freilich wendet er den Kopf weg und verändert seine Haltung – er sinkt ein und zieht das rechte Bein ein wenig nach –, doch wenn sie aufmerksam wären... Zumindest Stan hat ihn schon in demselben Anzug gesehen.

Sie sind zu sehr mit sich selbst beschäftigt. «Juan fährt damit sofort zur Jacht! Cliff bleibt mit den Koffern auf offener See, bis Wilson Zugeständnisse macht.»

Stan feixt verständnisvoll und wendet sich zum Durchgang, eilt an Detjen vorüber und geht zum Portal, das sich per Lichtschranke automatisch vor ihm öffnet. Achim tritt ans Fenster. Hier decken ihn zur Halle hin Kübelpflanzen. Er beobachtet, wie Stan zu dem sattsam bekannten schwarzen Buick läuft und dann in die Bar zurückkehrt. Sobald er sie erreicht hat, verläßt Detjen seine Deckung und ist wie der Blitz draußen auf der Straße. Er kann den Buick noch sehen. Der fährt zum Hafen – gar keine Frage!

Mit einem Sprung nach vorn setzt sich der Prinz in Bewegung, fährt mit radierenden Reifen eine Schleife und jagt dem Straßenkreuzer nach. Der wird auch heute von dem schwarzlockigen Juan gesteuert, demselben, der ihn auf Borns Parkplatz zusammenschlug, hinterrücks zusammenschlug. Der Kerl hat Godivas schriftlichen Befehl für ihre Männer auf der «Amphytritis» bei sich. Achim überlegt eiskalt, wer ihn auf dem Schiff kennen kann. Stan ist als Leibwächter bei der Professorin und John irgendwo in den Bergen. Bleibt eigentlich nur der dritte Mann, der, der in der alten Weinkellerei mit ihm verhandelte. Aber hat der ihn anders als mit der weißen, augenlosen Maske gesehen? Wilson hat die Koffer also nicht, die Gepäckstücke sind auf der Jacht.

Was stellt Juan an, wenn er plötzlich seiner, Detjens, ansichtig wird? Inzwischen dürfte auch die Flugzeuggeschichte bekannt sein. Stan, der ihn auf dem Flugplatz in Empfang nehmen sollte, ist unverrichteterdinge zurückgekommen, und jedermann bei der Interarms weiß, daß dieser verteufelte «Confidentia»-Detektiv aus Köln eine ernst zu nehmende Gefahr für die Organisation geblieben ist. Es gibt zwei Möglichkeiten. Entweder versucht der Chauffeur vor Achim im Hafen zu sein. Das ist wenig wahrscheinlich, denn dann macht er den verdammten Deutschen auf das Headquartier der Interarms aufmerksam. Viel eher wird er geneigt sein, Achim zu erledigen. Den hat er schon einmal außer Gefecht gesetzt, dem fühlt er sich überlegen. Daran, daß sein Angriff nicht vorherzusehen war, denkt er gewiß nicht. Das ist nicht die Art solcher Leute.

Kurz entschlossen setzt Detjen den Wagen unmittelbar hinter den Buick. Juan müßte ihn erkennen, sobald er in den Rückspiegel blickt. Diese Gewohnheit scheint er jedoch nicht zu haben; er reagiert nicht. Da versucht es Achim mit der Lichthupe. Erfolgreich. Der Buick biegt an der nächsten Straßenecke ab, ohne die Richtungsänderung anzuzeigen. Wenn Juan gedacht hat, Detjen auf diese bequeme Weise loszuwerden, täuscht er sich. Das kleine Fahrzeug ist für solche Blitzaktionen besser geeignet als die schwere Limousine. Es legt sich zwar gefährlich zur Seite und schleudert, sitzt aber dann sofort wieder hinter dem Buick. Und an Reaktionsschnelligkeit nimmt es Detjen mit diesem Juan jederzeit auf!

Seine Kombination war richtig: Der Chauffeur vermeidet es, ihn in den Hafen zu dirigieren. Ständig die Fahrtrichtung wechselnd, legt er es offenbar darauf an, Achim über das ursprünglich angesteuerte Ziel im unklaren zu lassen. Und noch etwas: Er versucht nicht mehr, den Verfolger abzuschütteln. Im Gegenteil, wenn der NSU-Prinz einmal zurückfällt, fängt er an zu trödeln und ihm das Aufschließen zu erleichtern.

Immer abgelegener und verkehrsärmer werden die Straßen, durch die es geht, immer verwahrloster die Häuser. Jetzt glaubt Detjen, die Gegend wiederzuerkennen. Diese Straßen, glaubt er, fuhr der Taxichauffeur entlang, der ihn im «Metropole» abholte und in das baufällige Haus brachte, wo er die Maske aufsetzen mußte. Achim ist bis zum äußersten gespannt und hellwach. Es könnte ja sein, daß Juan in diesem Viertel Helfershelfer besitzt. Vorsichtshalber entsichert er die Pistole des rothaarigen Piloten, die in seiner Rocktasche steckt.

Nein, Juan schleust ihn nicht zu dem bekannten Ort. Er biegt plötzlich in einen Autofriedhof ein. Die mittels eines Krans übereinander getürmten Wracks entziehen den Buick sofort dem Blick.

Detjen zögert nicht eine Sekunde. Wenn er dem Straßenkreuzer in dieses Wirrwarr folgt, ist er verloren. Juan kennt sich hier vermutlich aus. Er kann in aller Ruhe in sicherer Deckung warten und den Verfolger überraschen.

Achim hält. Er läßt den kleinen Wagen mitten in der Einfahrt stehen, die dadurch blockiert ist. Den Motor schaltet er nicht ab, aber er springt heraus, rennt ein Stück an der Umfassungsmauer entlang und schwingt sich hinauf. Lautlos turnt er über gestapelte Autoveteranen hinab in den Hof, der verwahrlost und verlassen wirkt. Immer auf Deckung bedacht, arbeitet er sich an den schwarzen Buick heran, der unmittelbar neben einer Holzbude parkt. Da steht auch Juan, hat den Revolver in der Hand und lauscht dem deutlich hörbaren Motorengeräusch des Wagens. Wahrscheinlich vermutet er, daß Detjen nach wie vor im Wagen sitzt und in das Gelände einfahren wird, wenn er, Juan, nicht wieder herauskommt.

Lautlos tritt Achim hinter ihn. Er ist jetzt dem Schwarzlockigen so nah, daß der seinen Atem spüren müßte, würde Achim diesen nicht verhalten. Detjen könnte den Chauffeur niederschlagen, ehe der begreift, was hier gespielt wird. Das widerstrebt ihm.

«He, du!» sagt er leise. Juan fährt herum. Ein Handkantenschlag trifft seinen Unterarm. Die Waffe fliegt in hohem Bogen davon und landet mit mißtönendem Scheppern zwischen dem rostenden Blech.

Der Chauffeur greift sofort mit den Fäusten an. Achim ist ihm überlegen. Mit einem Judowurf und zwei kurzen, schnellen Hieben setzt er den Mann außer Gefecht. Dann fesselt er ihn mit Kabelresten, die überall herumliegen. Er ist kein Freund von Knebeln, doch was bleibt ihm übrig? Mit Pflaster aus dem Verbandskasten des Buick macht Detjen es Juan unmöglich, zu schreien und Lärm zu schlagen. Den Mann hierzulassen, wäre gefährlich. Es könnte jemand kommen und ihn befreien, und dann würde Juan mit Sicherheit zum nächsten Telefon rennen. Nein, Achim muß den Chauffeur unter Aufsicht behalten. Er öffnet den weiträumigen Kofferraum des Buick und legt den Bewußtlosen hinein. Da der Körper locker und entspannt ist, gelingt ihm das ohne besondere Mühe. Die Kofferhaube klappt zu.

Noch ist die Einfahrt zum Autofriedhof blockiert. Detjen fährt Isas Wagen auf die Straße hinaus und parkt ihn vorschriftsmäßig. Minuten später verläßt die schwarze Limousine in elegantem Bogen den Schrotthof und strebt dem Jachthafen zu.

Dank Isabellas genauer Beschreibung ist die weiße «Amphytritis» leicht zu finden. Als hätte Achim nie etwas anderes getan, fährt er dicht heran, nimmt den repräsentativen Block der Godiva aus dem Handschuhfach und geht auf die Jacht zu. Die Stelling wird ausgebracht, die beiden Matrosen der Deckwache kennen die Limousine und setzen voraus, daß der Mann, der mit ihr kommt, an Bord gehen darf. Detjen verstärkt diesen Eindruck, indem er mit schnellen, federnden Schritten hinaufläuft – in eben der Haltung, mit der er in Bonn durch die Gänge des Verteidigungsministeriums geht. Das Wissen um die eigene Autorität, Selbstbewußtsein sowie die Gewohnheit des Befehlens liegen darin. Innerlich ist er keineswegs so sicher. Er weiß, wie leicht der Bluff ins Auge gehen kann, wie sehr das Gelingen des ganzen Unternehmens an einem seidenen Faden hängt.

Aus dem Ruderhaus kommt der Wachoffizier auf ihn zu, ein Mann in makelloser weißer Uniform, mit Gold auf Mützenschirm und Ärmeln. Achim läßt ihm nicht Zeit, zu Wort zu kommen. Je mehr hier alle Initiative von ihm ausgeht, desto besser ist es.

Demonstrativ schlägt er den Block der Godiva auf. Er hat unterwegs gelesen, was sie schrieb. Wenige Worte...

«Ablegen! Auslaufen! Außerhalb der Hoheitsgewässer auf Weisung warten. G.»

Die Schrift schwungvoll und mit vielen Schnörkeln... Die Dame ist eitel!

Detjen reißt das Blatt ab und reicht es dem Offizier. «Frau Professor läßt Ihnen diesen Befehl übermitteln», sagt er knapp. «Bevor Sie auslaufen, habe ich zwei Gepäckstücke zu übernehmen. Es eilt!»

Insgeheim atmet er auf, daß der Wachhabende nicht mißtrauisch wird. Er scheint genau den richtigen Ton getroffen zu haben.

Der Seemann nimmt das Blatt an sich, wirft einen flüchtigen Blick darauf und steckt es ein. «In Ordnung, Sir! Was die Gepäckstücke angeht, müssen Sie natürlich mit Mister Cliff sprechen. Kabine zwo – neben dem Salon. Die Mannschaft hat keinen Zutritt zu den Passagierräumen.» Er winkt einen der beiden Matrosen heran. «Führen Sie den Herrn zum Salon, Tom!»

Auch das ist etwas Alltägliches. «Bitte, folgen Sie mir!« sagt der Gerufene und läuft voran zum Niedergang. Die weißen, durch Goldleisten freundlicher gestalteten Schiffsgänge sind taghell erleuchtet. Vor dem Zugang zum Salon bleibt der Matrose stehen. «Hier beginnt das Passagierdeck, Sir.»

Achim zwingt sich zu einem gelassenen Nicken. «Okay!» Tom macht auf dem Absatz kehrt. Detjen legt die Linke auf die Klinke. Als er sie niederdrückt, schließt sich seine Rechte in der Tasche um die entsicherte Pistole. Auf einen Kampf kann er sich hier nicht einlassen, was nun geschieht, muß schnell und unbemerkt von der Mannschaft geschehen.

Der schöne Salon mit der dunklen Holztäfelung und dem wandgroßen hellen Ölgemälde ist leer. Achim stutzt. Von irgendwoher erklingt Musik, sehr bekannte Musik. Das könnte aus der Oper «Der Bajazzo» von Leoncavallo sein. Es ist eine hervorragende Aufnahme, offenbar eine Gesamtaufnahme des Werkes. Detjen lauscht. Das ist die Szene kurz vor Beginn des Theaters auf dem Theater. Der junge Bauer Silvio beschwört Nedda, die Frau des Bajazzo, ihren Gatten zu verlassen und mit ihm zu fliehen. Der Komödiant Tonio belauscht die beiden und holt den Bajazzo, damit er Zeuge der Untreue seines Weibes werde. Silvio flüchtet. Canio, der Bajazzo, verfolgt ihn. Selten ist einem Komponisten dramatischere szenische Musik gelungen als diese!

Achim durchquert den Salon in Richtung der Tür, die dem Eingang gegenüber weiter ins Schiffsinnere führt. Auch dieser Flur ist weiß und mit goldenen Leisten verziert. Nach beiden Seiten zweigen Türen ab. Nummern stehen darauf, rechts die geraden, links die ungeraden. Gleich rechts ist die «2».

Detjen atmet tief ein, ehe er nach dem messingglänzenden Türgriff faßt. Hier ist die Musik ganz nahe. Canio kann seinen Nebenbuhler Silvio nicht einholen. Der junge Bauer kennt sich im Dorf aus, kennt alle Schlupfwinkel und Verstecke des Ortes.

Die Tür geht nach innen auf. Sie öffnet sich lautlos. Der Blick ist frei in eine luxuriös eingerichtete Kabine – nußbaumgetäfelt, mit eingebautem Wandschrank, einer Bettcouch, einem kleinen Schreibtisch. Auf dem Schreibtisch liegt eine Schallplattenkassette neben dem Plattenspieler. Unmittelbar davor sitzt Cliff, den Rücken zur Tür, im Sessel und hat den Kopf in beide Hände gestützt. Seltsam entrückt und der Musik hingegeben wirkt er. Unter dem Schreibtisch, direkt vor Cliffs Füßen, stehen ein Attachékoffer und ein Boarding Case. Beide tragen Brandspuren und sind durch Stoß oder Schlag beschädigt. Hohlfelds und Lüders' Gepäck. Ein Zweifel ist nicht möglich.

Behutsam zieht Achim die Rechte leer aus der Tasche. Nein, auch hier braucht er keine Pistole. Unbemerkt gelangt er hinter Cliff. Detjen muß sich überwinden, zuzuschlagen, aber er hat keine Wahl. Der elegante Mann mit der goldgefaßten Brille und dem Menjou-Bärtchen fällt lautlos nach vorn. Achim muß in auffangen, damit er nicht auf den Plattenteller sinkt. Ein plötzliches Abbrechen der Musik könnte auf Deck Aufmerksamkeit wecken. Er schleift den Bewußtlosen zur Couch hinüber, nimmt die Gepäckstücke – ihr Gewicht verrät, daß sie nicht entleert wurden – und verläßt die Kabine. Die wenigen Geräusche, die er verursacht hat, gehen unter in den Opernklängen aus dem Lautsprecher.

Unverrichteterdinge kehrt Canio von der Verfolgung zurück. Aufgewühlt ist er, verzweifelt und voller ohnmächtigen Schmerzes. Und in dieser Stimmung muß er jetzt Komödie spielen, muß er die bereits versammelten Zuschauer zum Lachen bringen und vor der als reizende Colombine kostümierten Nedda Possen reißen. Das erwartet das Publikum von einem Bajazzo. Canio bleibt keine Wahl. «Lache, Bajazzo!» heißt es für ihn.

Der Salon, der weißgoldene Flur, der Niedergang, das Deck und die Stelling. Niemand hält Achim Detjen auf, als er das Schiff verläßt mit dem schaurigen Lachen des Canio im Ohr. Die Schiffssignale, die jetzt auf der «Amphytritis» nacheinander «Klar Schiff!», «Ablegen!» und «Auslaufen!» befehlen, überdecken es nur zum Teil. Achim fällt ein zentnerschwerer Stein vom Herzen, als er unbeschadet am Steuer des Buick sitzt, den Motor anläßt und abfährt. Das war ein Husarenritt, wie er einem nur einmal im Leben gelingt – weder im voraus zu planen noch bewußt zu wiederholen. Die Umstände haben ihn diktiert.

In zügiger Fahrt geht es zurück zum abgestellten Wagen Isabellas und dann mit diesem nach Hause. Der schwarze Straßenkreuzer bleibt zwischen den Autowracks stehen – mit geöffneter Kofferklappe, damit Juan genug Luft bekommt.

23

Unmittelbar vor dem Eingang des Hochhauses steht eine Limousine, auf deren Flanken das Zeichen der Portugal Airways zu sehen ist. Sie ist verwaist, aber die Kofferklappe steht offen – sicheres Zeichen, daß der Wagen zum Zwecke der Ent- oder Beladung hier hält.

Attachékoffer und Boarding Case in den Händen, läuft Detjen die Treppen hinauf. Schon zum Zeitpunkt seines ersten Besuches bei Isabella war der Fahrstuhl defekt, und inzwischen ist er nicht repariert worden.

Unvermittelt bleibt Achim stehen. Ein Mann in der blauen Uniform der Portugal Airways kommt die Treppe herunter. Er trägt Koffer, und hinter ihm geht Isa. So hat er sie noch nie gesehen – in dem weißen Hut und der weißen Uniform für den Dienst in den Tropen. Wie schön und wie fremd sie aussieht!

Der Mann mit den Koffern geht vorüber, ohne von Detjen Notiz zu nehmen. Was kümmern ihn die Leute in diesem Haus!

«Isa...», sagt Achim leise und verständnislos. «Isa...» Es klingt wie eine Frage.

Sie bleibt stehen, eine, zwei Stufen höher noch als er, und schaut auf ihn herab. Ihre Stimme klingt belegt, als sie erwidert: «Ich habe dir doch erzählt, daß ich versetzt werden würde. Nun ist es soweit. Ich fliege nach Luanda, weißt du.»

Er erinnert sich an das Buch, das er bei seinem ersten Besuch auf dem Tisch liegen sah. «Portugal und seine Kolonien.» Und die bonbonbunten Fotos im Service-Büro. Er schluckt.

«Das ist ganz plötzlich gekommen, ja? Dieser Termin...»

Ihre behandschuhte Rechte gleitet mit verhaltener Liebkosung über sein Gesicht. «Ich kenne ihn schon lange. Aber ich wollte, daß du ganz unbefangen bleibst. So ist es schöner gewesen.»

Achim steht hilflos da. Er weiß nichts zu sagen und nichts zu tun. Nur anschauen kann er sie und fühlen, daß er jäh so etwas wie ein Würgen in der Kehle hat. Isa geht es wohl nicht anders. Sie wendet sich plötzlich ab, hat dann doch einen schnellen Kuß für ihn und läuft an Detjen vorüber die Treppe hinab.

«Isa!»

Auf dem unteren Treppenabsatz bleibt sie noch einmal stehen und sieht zu ihm hoch, schweigend.

«Ich habe dir noch gar nicht gesagt ...», setzt er schwerfällig an.

Da unterbricht sie ihn. «Du hast mir so vieles noch nicht gesagt! Ich habe dir einen Brief geschrieben. Er liegt auf dem Tisch. Wenn du gehst, dann steck die Schlüssel von außen durch den Briefschlitz.»

Auf der Straße hupt der uniformierte Fahrer. Es wird Zeit. Fast gleichzeitig heben im Treppenhaus Isa und Achim grüßend die Hand. Ohne sich noch einmal umzusehen, verläßt das Mädchen das Haus.

So verstört ist Detjen, daß er sich in einen Sessel setzt und gar nichts zu denken vermag. Seine Blicke wandern durch die Wohnung. Ohne Isa ist sie leer und kalt. Schließlich zieht er sich den Brief heran und liest ihn ganz langsam. Jedes Wort stellt eine Liebeserklärung dar an den Mann, der er nicht ist. Und am Ende steht die genaue Anschrift des portugiesischen Flughafens am Verwaltungssitz der Kolonie Angola, in Luanda. Achim liest den Brief ein zweites und ein drittes Mal. Wer hat gesagt, daß jeder Abschied ein kleines Sterben ist? Der Mann wußte gar nicht, wie recht er hatte ... Detjen faltet das Blatt zu einer Ziehharmonika, stellt es in den Ascher und zündet es an. Und während das Papier zu einem Häuflein Asche wird, sitzt er davor und läßt keinen Blick von der Flamme.

Als sie erloschen ist, steht er auf und geht zu seinem Koffer. Achim entnimmt ihm die Minox, die Kleinstbildkamera, die mit 16-mm-Schmalfilm geladen wird. Eine Kassette ist eingelegt, die Meßkette für Nahaufnahmen vorhanden. Er deponiert den Apparat auf den Tisch und öffnet als erstes das Gepäck des Ministerialdirigenten Dr. Hohlfeld.

Ein wenig süffisant meldet Oberstleutnant Niese Gerd von Wieseneck, daß seiner Abreise aus Portugal prinzipiell nichts mehr im Wege steht. Die Kuriermaschine sei gewartet worden und aufgetankt, der Pilot auf Abruf verfügbar. «Fehlt nur noch eine Kleinigkeit, Herr Oberst, wenn ich mir die Bemerkung erlauben darf, die Koffer!»

Von Wieseneck pafft blaue Wolken aus seiner «London-Shag» und winkt ab. Ohne sich vom Fenster seines Gästezimmers in der Botschaft zu lösen, erwidert er: «Ich habe keinen Grund, eine verbindliche Zusage der CIA in Zweifel zu stellen, Herr Niese. Ich starte, sobald die Koffer hier sind.»

Das Fenster führt in den Park der Botschaft hinaus. Man kann den Swimmingpool sehen, der auf drei Seiten durch hohe Hecken begrenzt wird und an einem so heißen Tag ein beliebter Treffpunkt vor allem für die Damen der diplomatischen Vertretung ist. Hübsche, gepflegte Frauen, schöne Bikinis. Und ringsum eine geradezu betäubende Blumenpracht.

Die nonchalante Gelassenheit des adligen Abwehroffiziers regt Niese auf. Er wird froh sein, wenn der Oberst aus dem Amt für Sicherheit endlich weg ist. Was für Unruhe der in den genau bemessenen Tagesablauf des Militärattaché-Gehilfen gebracht hat! Aber es ist wohl die Art dieser Leute, mit halb enthüllten Geheimnissen und vagen Andeutungen das geordnete Leben eines Soldaten durcheinanderzurütteln. Seit von Wieseneck in Lisboa weilt, bleibt seine eigentliche Arbeit liegen.

«Für meinen Geschmack», sagt er gereizt, «läßt sich Mister Wilson sehr viel Zeit!»

Nun dreht sich der Oberst doch um. Er mustert den farblosen und ein wenig faden Niese von oben bis unten. Im diplomatischen Dienst mag er ja ganz brauchbar sein, aber für die Abwehr taugt er nicht! «Es wird Gründe dafür geben, lieber Niese», entgegnet er von oben herab.

Das Klingeln des Telefons erspart ihm weitere Erklärungen. Niese geht zum Apparat und hebt ab. Dann reicht er den Hörer an von Wieseneck weiter. «Ihr Herr Detjen.»

Der Name des «Versicherungsprüfers» belebt den Oberst. «Na endlich!» ruft er in die Muschel und tut einen gewaltigen

Zug an seiner Shag-Pfeife. «Wo, um alles in der Welt, haben Sie bloß gesteckt? Ich habe mir ja ernsthaft Sorgen um Sie machen müssen!» Er wartet die Antwort nicht ab, er fragt gleich weiter: «Sind Sie denn in der Zwischenzeit mit unserem Freund Wilson zusammengetroffen? – Ja, der ist neuerdings auch im Land und angelt nach denselben Fischen wie wir. Offenbar besitzt er bessere Köder. Ich erwarte jeden Augenblick, daß er mir den Fang übergibt. Das heißt für Sie, daß Sie die Suche abbrechen können. Sie haben genug getan.» Niese kann nicht verstehen, was der Major der Luftwaffe am anderen Ende der Leitung sagt, aber er beobachtet, wie von Wieseneck den Kopf schüttelt und den Hörer von einer Hand in die andere gibt. «Was soll das heißen: Wir sind vergebens hiergewesen? Davon kann überhaupt keine Rede sein! Zwei Fliegen mit einer Klappe. Wir bekommen die Unterlagen, und wir wissen, wie sich die ganze Sache zugetragen hat! Ohne Ihren Einsatz würden wir im zweiten Punkt völlig im dunkeln tappen und könnten nichts unternehmen, wenn es künftig wieder Störungen unserer selbstlosen Hilfe für Portugal gibt. Schätzen Sie bloß nicht zu gering ein, was Sie erreicht haben! Wissen ist Macht – pflege ich bei solchen Gelegenheiten gern zu sagen. Wir brechen die Zelte hier ab, Detjen! Haben Sie Lust, mit mir in der Kuriermaschine zurückzufliegen? Wenn es natürlich zarte Bande wünschenswert erscheinen lassen, daß Sie noch zwei Tage bleiben. – Ach so! Um so besser! Und vergessen Sie nicht: Sie sind der erste Versicherungsdetektiv, der auf Staatskosten mit einer Luftwaffenmaschine befördert wird.»

Eine Kassette 16-mm-Schmalfilm zu 36 Aufnahmen hat nicht ausgereicht. Achim mußte eine zweite und dann noch eine dritte in die Minox einlegen, um die Pläne für Beja vollständig in die Hand zu bekommen.

Beja. Unternehmen «Ikarus». Was sagte Oberst von Wieseneck? «Ein Bundeswehrprojekt von einschneidender Bedeutung! Es geht um nicht weniger als um die Verwirklichung eines Stückes westeuropäischer Strategie». Wenn er all die halben Andeutungen zusammennimmt, die ihm an Stelle einer klaren Information über Ministerialdirigent Dr. Franz Hohlfelds Mission gegeben wurden, erhalten die nüchternen Lichtpausen von Bauplänen und Anlageskizzen, von Kapazitätstabellen und Masseangaben ein unheimliches, ein bedrohliches Leben. Die Terminpläne sind ausgearbeitet. Es ist genau festgelegt, wieviel Zeit vergehen wird vom ersten Spatenstich bis zu dem Tag, an dem sich eine Staffel Starfighter oder Fiat G-91 von Beja aus in die Luft erheben soll – zum Premierenstart! Und beide Jagdbombertypen können auch atomare Waffen tragen. In seinem Bericht an die Genossen in Berlin wird Werner Bredebusch wiedergeben, was ihm gesagt wurde und was ja einem Kommentar zu den fotokopierten Plänen gleichkommt. Seit er das Material besitzt, hat das Projekt Beja schon aufgehört, eine Gefahr für den Frieden in Europa zu sein. «Ikarus» ist wertlos für die NATO, ehe noch Hohlfelds Nachfolger die Grundsteinlegung vertraglich bindet. Die NATO weiß es nur nicht!

Mit einem zufriedenen Lächeln läßt Werner die kleinen Filmkassetten in der Brusttasche seines Hemdes verschwinden. Er fliegt ja mit der Kuriermaschine aus einem NATO-Land in das andere. Man sitzt in einem Boot, wer denkt da Böses? Als er die Meßkette der Kleinstbildkamera zusammenschlingt und den Apparat in das Ledernecessaire zurücklegt, meint er, daß es sich gelohnt hat, die Rolle des «Confidentia»-Detektivs mit solcher Härte und so hohem Einsatz konsequent zu Ende zu spielen.

Die Unterlagen seines «Klienten» Lüders sind an und für sich uninteressant. Sie gehen, von ein paar exakten Daten abgesehen, nicht über das hinaus, was Detjen bereits durch von Wieseneck weiß. Die Endsumme freilich prägt er sich ein. Während er nun – ohne die Handschuhe auszuziehen, die er von Beginn seiner Fotoarbeit an trägt – Blatt um Blatt umwendet, um nichts auszulassen, denkt er plötzlich wieder an Charles André, den ermordeten französischen Reporter mit dem Bauerngesicht und im blauen Jeansanzug. Wenn er noch lebte – was hätte er darum gegeben, diese Abrechnungen und Bankbelege in die Hände zu bekommen. Gleichsam als Bilder ohne Worte demonstrieren sie faschistische Untergrundarbeit. Sie lassen erkennen, in welch hohem Maße die «alten Kameraden» integriert sind in die Machtmaschinerie des Adenauerstaates, wie sie im konkreten Fall des ehemaligen höheren SS-Führers Born ihm als willige Vollstreckungsgehilfen dienen und wie sie teilhaben an der Verwirklichung seiner chauvinistischen Politik revanchistischer Prägung. Aber André haben sie aus dem Weg geräumt.

Achim kneift ein wenig die Augen zusammen. André, dem er sich innerlich sehr verbunden fühlte, ist tot, ja – aber er lebt und weiß, daß «Journal Parisien» nach wie vor zu den kritischen und an Ruhr und Rhein äußerst unbeliebten Beobachtern der Bonner Szene gehört. Da nimmt er einige der aufschlußreichsten Papiere, packt sie in ein Kuvert und malt auf dieses mit Druckbuchstaben die Anschrift der Pariser Redaktion. «Le redacteur en chef» – zu Händen des Chefredakteurs. Und damit sie in Paris richtig kombinieren und den Zusammenhang erkennen, wählt er als Absender: Charles André, z. Z. Lisboa, Portugal. Zumindest die leitenden Köpfe der Zeitung wissen genau, daß ihr Kollege André im argentinischen Dschungel erschlagen wurde, als er auf der «Spur der Wölfe» recherchierte.

Den Brief steckt er in die Jackentasche. Die Gepäckstücke von Hohlfeld und Lüders sehen wieder aus wie vorher. Detjen stellt sie neben die Kleiderablage auf dem Flur. Das verstärkt für einen Besucher den Eindruck, daß Achim die Koffer zwar besorgt, sich aber nicht weiter mit ihnen befaßt hat.

Und nun hat er Zeit für Wilson!

Achim ruft im Hotel «Presidente» an. Wieder bedauert die dortige Zentrale, daß sich im Appartement 12 niemand meldet. Diesmal macht Detjen von dem Angebot Gebrauch, den Gast im Hause ausrufen zu lassen. Er lächelt, wenn er sich vorstellt, wie ein Boy eine schwarze Tafel herumträgt mit der Aufschrift: Telefon für Mr. Wilson!

Der Spezialagent ist der Godiva inzwischen überdrüssig. Bei allem Verständnis für Geschäfte kann er nicht leiden, wenn man mit ihm feilscht, und das tut sie! Mit großer Zähigkeit versucht sie ihren Kopf durchzusetzen und einen höheren Prozentanteil am Waffenhandel mit Portugal für die Interarms herauszuschlagen. Da kann er «Nein!» sagen, so oft er will – sie fängt immer wieder von vorn an. Überdies hat er längst begriffen, daß sie ihn hinsichtlich der Koffer ausgetrickst hat. Wäre der schwarzlockige Fahrer wirklich mit der Weisung weggeschickt worden, das Gepäck zu holen, dann müßte er bereits zurück sein. Statt dessen läßt er auf sich warten, und die Sherman benutzt den Umstand, daß er die Unterlagen um jeden Preis haben muß, immer unverhohlener zu einer gediegenen Erpressung. Wenn er bloß wüßte, wo sie das Zeug hat!

Es ist ihm ganz lieb, unerwartet ans Telefon gerufen zu werden, mal Luft schnappen zu können. Er erträgt die Dame nicht mehr und muß in seiner Lage doch ein freundliches Gesicht machen.

«Entschuldigen Sie mich einen Augenblick!»

Sie entläßt ihn mit einem hoheitsvollen Kopfnicken. Er geht hinaus in die Halle, wird in die halbkugelförmige Kabine 9 gebeten und nimmt unter der Glaskuppel den Hörer auf.

«Wilson!»

«Detjen!» meldet sich die Stimme am anderen Ende. Gutgelaunt klingt sie. Damit gibt sie die Stimmung des Sprechenden exakt wieder. Achim hat sich entschlossen, Attachékoffer und Boarding Case dem Spezialagenten der CIA zu übergeben. In den Augen von Wiesenecks hat der Versicherungsprüfer Detjen in Lissabon genug für die BRD getan. Wenn er jetzt mit den Koffern ankäme, wäre die erste Frage, warum er vorhin beim Telefonieren diesen entscheidenden Fakt verschwiegen hat. Blinder Eifer schadet nur! Er kann ja nicht gut sagen, daß er sich das Zeug erst einmal ansehen wollte. Der Oberst erwartet das Gepäck durch Wilson. Dessen Situation vermag sich Detjen leicht auszumalen. Der Spezialagent hat die Übergabe zugesagt und kann sein Versprechen nicht halten. Was immer er anstellt – darauf, daß sich Attachékoffer und Boarding Case in der Wohnung einer portugiesischen Dame befinden, kommt er nie. Er sitzt in der Klemme, und wenn Achim ihm aus dieser heraushilft... Das kann dem Kundschafter Werner Bredebusch für seine weitere Arbeit in Bonn noch sehr nützlich sein. Er fährt fort: «Ganz kurz, Mister Wilson! Oberst von Wieseneck verriet mir, daß Sie hinter dem Hohlfeld-Lüders-Gepäck her sind. Liegt Ihnen noch daran?»

Der Atemzug des Mannes im «Presidente» ist so tief, daß ihn Detjen noch durch die Leitung hindurch zu spüren glaubt.

«Menschenskind!»

Achim hat das Gefühl, daß Wilson jetzt Mund und Muschel mit der hohlen Hand abschirmt, damit ja kein Unbefugter etwas hört. «Wissen Sie, wo es ist?»

«Ja! Ich hielte es für klüger, wenn Sie es in Empfang nehmen würden. Es ist schließlich Ihre Interarms.»

«Wo ist das Zeug? Wie viele Männer brauche ich, um an das Gepäck heranzukommen?»

Detjen lacht laut und unbekümmert. «Sie allein genügen, Mister Wilson! Das Gepäck befindet sich seit ein paar Minuten in meinem Besitz. Kommen Sie in die Wohnung, mit der Sie schon einmal telefonisch verbunden waren. Ich warte.»

«Okay! Dafür können Sie von mir haben, was immer Sie wollen!»

Als er aufgelegt hat und die halbkugelförmige Glaskuppel verläßt, reibt er sich die Hände. Nun ist er wieder ganz der alte, der Mann, der sich seiner Macht voll bewußt ist und sie rücksichtslos gebraucht. Und er hat ja schon damals in Argentinien richtig erkannt, daß dieser Detjen brauchbar ist! Ein guter Mann! Was für ein guter Mann!

In die Hallenbar zurückkehrend, läßt Wilson der Godiva noch sekundenlang das Gefühl der Überlegenheit. Jetzt macht es ihm Spaß, daß ihn der hagere Leibwächter der Mrs. Sherman so mitleidig betrachtet, als wäre er die Maus, die so unvorsichtig war, mit einer Katze kämpfen zu wollen.

Die Professorin sieht zu ihm hoch. «Ein Drittel für Born, zwei Drittel für Interarms – es bleibt dabei!»

Wilson setzt sich nicht. Er hebt sich auf die Zehenspitzen. «Nein! Das ist mein letztes Wort!»

Mit einem Achselzucken steht sie auf. «Wie Sie wollen! Es tut mir leid, aber Sie werden verstehen, daß Sie unter diesen Umständen die Koffer nicht bekommen!»

Wilson grinst. «Ich habe sie bereits», erwidert er trocken. «Und wie gesagt: Zwei Drittel Born, ein Drittel Interarms!»

Manuela ist ein bißchen traurig. Im Service-Büro der Portugal Airways steht sie in ihrer blauen Uniform an dem Platz, an dem bisher ihre Freundin gearbeitet hat, und denkt insgeheim, daß die weiße Dienstkleidung für die Tropen doch viel attraktiver aussieht. Isabella ist gekommen, sich zu verabschieden. Nachdem sie hinten im Büro «Auf Wiedersehen» gesagt hat, wartet sie nun bei Manuela auf den Aufruf der Maschine nach Luanda. Zum erstenmal stehen sie beieinander, die beiden Mädchen, die sich sonst immer so viel zu sagen und manches miteinander zu belachen hatten, und schweigen sich an.

Isabella ist nicht bei der Sache. Dieser Abschied bedeutet ihr nicht soviel. Ihre Gedanken sind in der Einzimmerwohnung geblieben, die sie bei einem baldigen Aufenthalt in Lissabon ebenso wie den kleinen Wagen verkaufen wird. Aber nicht das bewegt sie. Sie denkt an den Mann, der noch dort ist, der so plötzlich in ihr Leben getreten ist und es auf so eigenartige Weise erfüllter gemacht hat. Wie verstört und hilflos er ihr auf der Treppe gegenübergestanden hat. Hätte sie doch früher von ihrer Versetzung sprechen sollen? Nein! So ist es schön gewesen bis zur letzten Minute.

«Portugal Airways, Service-Büro», meldet sich Manuela, als das Telefon klingelt. «Guten Tag! Was kann ich für Sie tun?» Dann schaut sie überrascht auf und hält Isabella den Hörer hin. »Für dich!»

«Solano!» sagt Isabella und weiß schon, wer da ist, ehe sie die Stimme hört. Manuela sieht erstaunt, wieviel gelöste

Zärtlichkeit das Gesicht der Freundin von einer Sekunde zur anderen hat, wie sehr es sich – gleichsam von innen heraus – verwandelt. «Ja, Achim?»

In diesem Augenblick beginnen in der Flughafenhalle die Lautsprecher zu dröhnen und die Passagiere der Portugal Airways zum Flug Nummer 6731 nach Luanda zur Maschine zu bitten. Viel Zeit bleibt nicht mehr – Flüge in die Kolonien werden als Inlandflüge ohne Paß- und Zollformalitäten behandelt.

«Nichts, Isa!» klingt Detjens Spanisch leise aus dem Telefonhörer. «Ich wollte nur deine Stimme noch einmal hören.»

Isabella Solano verläßt das Service-Büro, ohne Manuela noch einmal anzusehen. Die Freundin muß nicht bemerken, daß ihr Tränen in den Augen stehen.

Portugiesische Militärpolizisten werfen einen kurzen Blick in den Wagen, salutieren und treten zurück. Ein Schlagbaum hebt sich. Ein Militärkrad setzt sich vor den Mercedes der Bonner Botschaft und weist ihm den Weg zur Kuriermaschine auf dem militärischen Teil des Flughafens.

Das stilisierte «Eiserne Kreuz» am Rumpf der zweimotorigen Beechcraft Travel Air macht das Flugzeug von weitem erkennbar. Und jetzt ist auch die Uniform zu sehen, die der Pilot trägt und die bis auf die Rangabzeichen die gleiche ist, in der der Major der Flieger Achim Detjen im Verteidigungsministerium Dienst tut. Der Pilot öffnet zuvorkommend den Wagenschlag und meldet dem Oberst die Maschine startklar. Als ihm Detjen die Hand reicht, klappt er mit abgezirkelter Verbeugung die Hacken.

«Leutnant Schulz», stellt er sich vor.

Niese, der heute Uniform trägt, weil das die Abfertigung auf dem Militärflughafen abkürzt und erleichtert, bleibt in der Limousine mit CD-Kennzeichen. Als die Triebwerke des schnittigen Tiefdeckers zu laufen beginnen, atmet der zurückbleibende Oberstleutnant erleichtert auf. Fürs erste ist sein Bedarf an Sonderbeauftragten des Amtes für Sicherheit in Bonn gedeckt.

24

Gegenüber dem Bonner Beethovenhaus hockt vor dem Spielzeugladen nach wie vor der Bär auf der Stange und bläst buntschillernde Seifenblasen in die Luft. Die ist an diesem Mittwoch Ende Juni 1958 trocken und staubig. Sommerhitze brütet über der Stadt, deren alter Kern um diese Zeit noch verschlafener wirkt als sonst. Die meisten Abgeordneten sind in Urlaub gefahren, und die Mehrzahl der Beamten hat es ihnen gleichgetan. Der Gesamteindruck ist freundlich und verträumt-provinziell.

Werner Bredebusch ist pünktlich. Winnie Winkelmann sieht ihn kommen, einen Mann in einem eleganten Sommeranzug und mit einer Zeitung in der Hand. Ohne Hast, aber zielstrebig geht er an dem Antiquitätengeschäft vorüber, in dem sich die Fotografin unentschlossen für alte Möbel zu interessieren scheint. Die Nostalgiewelle wirft ihre Schatten voraus – die Preise haben schlagartig angezogen. Omas Hausrat ist wieder «in», ist gefragt.

Sie werde später noch einmal hereinschauen, sagt Winnie zu dem Verkäufer, der ein wenig aufdringlich ist. Sie verläßt das Geschäft und läuft, als hätte sie nie etwas anderes vorgehabt, in dieselbe Richtung, die Werner eingeschlagen hat. Dort, dicht vor der Kreuzung , befindet sich die fragliche Telefonzelle. Ein junges Mädchen kommt gerade heraus, Werner geht hinein, und Winnie tritt wartend heran. Sie muß hinter Achim die Nächste am Apparat sein. Das alles sieht ganz alltäglich aus. Auch, daß Winnie Winkelmann in der Tasche nach Kleingeld für den Automaten kramt.

In Wirklichkeit beobachtet sie Werner Bredebusch genau. Der legt die zusammengefaltete Zeitung, die er mitgebracht hat, achtlos auf das Pult mit dem dickleibigen Telefonbuch und stützt die Hand darauf. Auf das Blatt kommt es also an.

Bredebusch spricht in die Muschel, doch in der Tat redet er ins Leere. Er hat den Anschluß des Veranstaltungsdienstes gewählt. Vom Tonband laufen die Programme der Kinos, Vorträge werden aufgezählt, auf das Fernsehprogramm verwiesen. Die Theater in Bonn und Bad Godesberg haben schon Ferien.

Jetzt legt er auf und verläßt die Zelle. An die Zeitung denkt er nicht mehr. Die hat er «vergessen». Alltag auch das. Als sie aneinander vorbeigehen, Winnie und Werner, besteht ihre Verständigung aus einem Blick und einem kaum merklichen Lächeln. Dies ist ein Treff außer der Reihe, beide haben wenig Zeit, und Werner brennt darauf, das Material in Berlin zu wissen. So ist nur eine Übergabe verabredet worden.

Beiläufig greift die Fotografin nach der liegengebliebenen Zeitung, während sie mehrfach wählt und offenbar keine Verbindung bekommt. Eine Phantasienummer. Und nebenbei wechseln drei kleine Minox-Filmkassetten den Besitzer.

Detjen geht in Richtung Markt weiter. An sich müßte er sich nicht umdrehen und sich darauf verlassen, daß die «Souvenirs aus Lissabon» in den richtigen Händen sind. Da ereignet sich ein unerwarteter Zwischenfall. Ein Schuljunge, etwa zwölf Jahre alt, schneidet mit seinem Fahrrad die Kurve so scharf, daß er mit der Pedale am Bordstein hängenbleibt, das Gleichgewicht verliert und wenige Meter vor Werner stürzt. Aus einem Korb auf seinem Gepäckträger rollen Semmeln über den Gehsteig. Der kleine Mann ist sehr tapfer. Ohne die gewiß schmerzhaften Abschürfungen zu beachten, die er sich zugezogen hat, fängt er an, die Semmeln einzusammeln.

Werner Bredebusch richtet das Fahrrad auf. Das hat kaum Schaden genommen, nur der Lenker und die Vorderradgabel haben sich verkantet. Die Kraft des Schülers reicht nicht aus, sie zu richten. Werner hilft ihm. Über das Fahrrad hinweg sieht er Winnie mit der Zeitung in der Hand aus der Telefonzelle kommen und im Fußgängergewühl untertauchen. Da lächelt er, schiebt dem Buben sein Rad hin und sagt freundlich: «Siehst du, mein Junge! So wird das gemacht!»

ISBN 3-327-00397-1

5. Auflage, 1987
Lizenz-Nr. 5
Printed in the German Democratic Republic
Satz: (140) Druckerei Neues Deutschland, Berlin
Druck und buchbinderische Weiterverarbeitung: Druckerei des Ministeriums für Nationale Verteidigung (VEB) – Berlin – 3 4349-6
Lektor: Erika Walter
Umschlaggestaltung: Peter Muzeniek
Typographie: Günter Hennersdorf
LSV: 7001
Bestellnummer 746 116 2
00460